Nosotros dos
en la tormenta

Eduardo Sacheri

Nosotros dos
en la tormenta

ALFAGUARA

El papel utilizado para la impresión de este libro ha sido fabricado a partir de madera
procedente de bosques y plantaciones gestionadas con los más altos estándares ambientales,
garantizando una explotación de los recursos sostenible con el medio ambiente y beneficiosa para las personas.

Nosotros dos en la tormenta

Primera edición en Argentina: abril de 2023
Primera edición en México: junio de 2023

D. R. © 2023, Eduardo Sacheri

D. R. © 2023, Penguin Random House Grupo Editorial, S. A. U.
Travessera de Gràcia, 47-49, 08021, Barcelona

D. R. © 2023, Penguin Random House Grupo Editorial, S. A.
Humberto I, 555, Buenos Aires

D. R. © 2023, derechos de edición mundiales en lengua castellana:
Penguin Random House Grupo Editorial, S. A. de C. V.
Blvd. Miguel de Cervantes Saavedra núm. 301, 1er piso,
colonia Granada, alcaldía Miguel Hidalgo, C. P. 11520,
Ciudad de México

penguinlibros.com

D. R. © diseño: Penguin Random House Grupo Editorial,
inspirado en un diseño original de Enric Satué

ISBN: 978-607-383-239-7

Impreso en México – *Printed in Mexico*

Para vos, papá.
Por lo mucho que aprovechamos
el tiempo que tuvimos.
Y por esa única vez que te vi llorar.

Esta novela es fruto, entre otras cosas, de un laborioso trabajo de investigación bibliográfica y testimonial que llevé a cabo durante varios años. Sin embargo, los hechos y personajes de esta historia son ficticios, y cualquier parecido con la realidad es mera coincidencia.

E.S.

Otoño

1

Antonio se descuelga del colectivo un poco antes de que frene del todo, como hace siempre. Alza la vista y ahí están: la Base Aérea de Morón, la garita y los dos milicos que montan guardia con los fusiles FAL en posición de descanso y que, de puro aburridos, se lo quedan mirando, aunque más no sea porque no hay otra cosa que mirar. Antonio cruza la avenida, alejándose y sintiendo los ojos de los soldados en la nuca. Zigzaguea entre los autos, porque a esa hora hay mucho tránsito y el semáforo lleva semanas descompuesto.

A quién se le ocurre, piensa Antonio una vez más, instalar la casa operativa de la Unidad Básica de Combate a doscientos metros de una base militar. Es un sinsentido. Una provocación inútil. Lo dijo en la reunión en la que se les informó la novedad. Y sus superiores lo tildaron de timorato, neurótico y apocalíptico. Ojalá se hubiese callado. Pero en fin. Es tarde para lágrimas. Aparte, una mancha más qué le hace al tigre.

A medida que camina las dos cuadras, alejándose de la avenida Pierrastegui, se apagan casi todos los sonidos. Queda algún pájaro. Algún televisor encendido. Dentro del barrio, son pocos los autos. Es tan grande la quietud, que se escucha el crujir de las hojas secas debajo de sus pies.

En el instante mismo en el que golpea la puerta de chapa —dos golpes breves, una pausa, un golpe más— repara en que, otra vez, omitió asegurarse de que nadie lo estuviese siguiendo. Al final van a tener razón esas evaluaciones que le hacen últimamente. Oye cómo el Mencho se acerca a abrirle, caminando por el largo pasillo. No necesita verlo para saber que es él. El tintineo del llavero, la carraspera perpetua y el silbido lo delatan. El Mencho acciona las dos cerraduras y el pasador, abre la puerta, lo hace pasar, cierra de nuevo. Antonio lo sigue por el largo pasillo de paredes altas que, entre las dos casas linderas, avanza hasta casi el centro de la manzana. En eso los responsables de la Unidad sí se lucieron. Es difícil acceder a la casa operativa desde la calle y, al mismo tiempo, si hace falta una evacuación de emergencia, las condiciones son excelentes: detrás de la casa hay otro patio, de medianeras bajas que permiten escapar en cualquier dirección, saltando tapias, y salir a través de las casas vecinas hacia las calles adyacentes. Al final del pasillo el Mencho golpea la puerta con el mismo código y le abren de inmediato.

Antonio saluda a los presentes y ocupa su lugar. Por el modo en que todavía se escucha algún murmullo, por la manera en que los cuerpos buscan el mejor modo de amoldarse a esas sillas incómodas, porque recién ahora Claudia saca la pava de la hornalla y apaga el fuego, Antonio concluye en que llegó justo a tiempo, antes de que comenzara la reunión. Se felicita por eso. Ganarse una reprimenda por algo tan nimio como una impuntualidad sería lamentable. Mejor, piensa con un resto de ironía, que se guarden la próxima reprimenda para algo que tenga más sentido.

—Bien, compañeros —el aspirante Santiago toma la palabra—, el orden del día indica que tenemos que hacer un balance de la experiencia electoral que el Partido Auténtico protagonizó en Misiones, y del que nuestra Unidad Básica de Combate participó con correcto desempeño. La Conducción Nacional bajó el documento que les hicimos llegar antes de ayer y que espero que hayan tenido tiempo de analizar.

Obedientes, todos sacan sus copias. El Puma Igarzábal va más allá. Con la yema de los dedos y movimientos primorosos, inhabituales en él, alisa las esquinas del papel, plancha sus posibles dobleces. El aspirante Santiago —eso Antonio lo detecta con claridad— le dedica al Puma un rápido vistazo y, a juzgar por cómo traga saliva, identifica el sarcasmo escondido en esos gestos armoniosos.

—Creo que lo que queda claro, luego de la lectura del documento de la Conducción Nacional —la voz de Santiago, que nunca es demasiado segura, tiene un registro más endeble de lo habitual—, es que la experiencia de ensayo electoral que el Partido Peronista Auténtico protagonizó en Misiones superó las expectativas de Montoneros. En todos los órdenes.

Mientras escucha lo que Santiago tiene para decirles, Antonio mira al resto de los presentes. Claudia, a la derecha del aspirante, tiene los ojos fijos en su copia. El Mencho y el propio Antonio están a la derecha. De frente a Santiago —y no es casual que elija siempre sentarse frente a él, casi como un desafío— el Puma Igarzábal sigue alisando las esquinas de la suya. Tampoco es que Santiago esté diciendo nada novedoso. El Partido se jugó una carta fuerte con eso de las elecciones para gobernador en Misiones. Llevan meses en la clandestinidad, y el gobierno de Isabel Perón los tiene entre ceja y ceja. El Brujo López Rega y la derecha sindical han salido a cazarlos como conejos. Y en medio de ese panorama adverso, la Conducción Nacional de Montoneros se lanzó a la patriada de pelearles la gobernación de Misiones. Fueron meses febriles, de discusiones fecundas. No todos los compañeros estaban seguros de que fuera la mejor estrategia. ¿Salir de la clandestinidad, con todos los riesgos del caso, para enfrentar el aparato del peronismo oficial? ¿Hacerlo en una provincia tan distante, tan lejana? Las bases, o la lectura que hizo la Conducción de lo que pensaban las bases, determinaron que sí. Que había que dar la pelea. Que había que aguantar el chubasco. El chubasco y hasta la humillación de que los obligaran a cambiar el nombre de la agrupación. No les permitieron usar "Partido Peronista Auténtico". Les prohibieron usar "peronista", de modo que tuvieron que ir a la elección como "Partido Auténtico". Fachos de mierda. Pero se lo aguantaron. Fueron igual.

Pero perdieron. Por paliza, perdieron. El peronismo de derecha, esos entreguistas, esos asesinos, esos vendepatrias, ganaron la elección por cualquier cantidad de votos. Antonio siente que no tienen nada para reprocharse: lo dieron todo. La Unidad Básica de Combate en pleno viajó a Misiones, hizo militancia de base en los barrios, fiscalizó la elección. Para Antonio y el Mencho, que están con un pie en la clandestinidad y con el otro en la vida civil, fue un riesgo relativo: viajaron con sus documentos reales y sin armas. Pero el resto de la célula, Santiago, Claudia y el Puma, viajaron en la más absoluta clandestinidad. Con todos los peligros que eso implica. Antonio intenta concentrarse en lo que está diciendo Santiago, precisamente. Y sí, está hablando de la felicitación que la Conducción Nacional le encomió que bajase a toda la militancia involucrada en la patriada.

—No sólo quedó en evidencia el compromiso irrenunciable de la militancia —sigue diciendo el aspirante—. También quedó demostrado que la masa del pueblo peronista está abierta a escuchar a una vanguardia que no sólo sacude los prejuicios de la derecha sindical, sino que…

—Y una mierda.

El Puma Igarzábal suelta esas tres palabras como al descuido, hablándole más a la mesa que al resto de la Unidad. Pero, aunque habló en un murmullo, es como si hubiera vociferado, porque Santiago se queda mudo en mitad de la frase que estaba soltando.

—Ya empezamos con vos y tus caprichos —Claudia lo dice moviendo su silla hacia atrás, como un modo de subrayar su fastidio.

El Puma la observa con una mueca divertida. Claudia, a medias por respeto a la cadena de mandos, a medias por amor, ha saltado a defender la autoridad de Santiago. Pero no advierte, piensa Antonio, que su acción es contraproducente.

—¿Caprichos, dice la compañera? —el tono que usa el Puma, el modo en que le brillan los ojos, la sonrisa apenas insinuada… es evidente que ha empezado a divertirse—. Ningún capricho. Pero estamos grandes como para que nos tomen de boludos, dicho con todo respeto por el aspirante y, desde ya, con más respeto todavía por los compañeros de la Conducción Nacional que redactaron el documento.

A Antonio no se le pasa por alto lo de "aspirante". Un modo de recordarle a toda la célula, y al propio Santiago, que su grado militar es apenas el de aspirante. No es sargento, ni mucho menos teniente. Y el Puma sí que fue teniente. ¿Es cierto que lo degradaron? Sí que lo es. ¿Y es cierto que lo degradaron por su indisciplina, su falta de apego a las normas y su desprecio por la cadena de mandos? También es cierto. Pero que los galones se los ganó y los tuvo, se los ganó y los tuvo. Y eso es el nudo más nudo del quilombo que tienen en esa Unidad Básica de Combate. De entre los muchos y variados quilombos que tienen.

—Acá no estamos para que vos ventiles los viejos rencores que tenés con la Dirección Regional, Puma —interviene el Mencho, que siempre se siente más cómodo tomando partido por la autoridad constituida.

—Este no es un asunto de la Dirección Regional sino de la Dirección Nacional, compañero —el Puma lo dice poniendo sus manos a distintas alturas, para señalar las jerarquías y, de paso, hacer sentir al Mencho un pichón muy pero muy pichón—. Y no me interesa ventilar ningún rencor, si es por eso. Pero tampoco quiero que perdamos el tiempo de la Unidad engañándonos con espejitos de colores.

—¿Está diciendo que las conclusiones que baja la Conducción Nacional son engañosas, compañero?

Santiago, elevando el tono y abandonando el tuteo, intenta llevar la conversación a un plano más formal, en el que la eventual desobediencia del Puma lo haga pasible, llegado el caso, de una nueva sanción. Después de todo, piensa Antonio, en esa habitación hay tres cuadros montoneros que son testigos de una discusión en la que se ha escuchado la palabra "engaño" vinculada a un documento emanado de la Conducción. Antonio se pregunta si, llegado el caso, él estaría dispuesto a testificar con la misma pasión verticalista con la que —eso lo descuenta— testificarían Claudia o el Mencho.

—Jamás diría semejante cosa, aspirante —ni Santiago, ni compañero. Otra vez lo nombra por su rango. Rango que, para un responsable de grupo, y en boca de un ex teniente, es un insulto velado—. Lo que sostengo lo sostengo en el marco de una discusión democrática entre soldados de la causa nacional y popular que se vienen jugando el pellejo.

El Puma los mira a los cuatro, alternativamente, mientras lo dice. Y en esta parte de su discurso no hay sarcasmo, sino reconocimiento.

—Y pido disculpas si fui demasiado frontal en el modo en que me manifesté. Pero de verdad, compañeros: la vía electoral está agotada. No sé si para siempre o por ahora. Eso no está a mi alcance determinarlo. Eso es una incumbencia de la Conducción Nacional, y no de los soldados. Los soldados estamos para acatar lo que se decida en la Conducción. Pero en Misiones quedó claro que las fuerzas de la derecha sindical y el lopezreguismo no se van a dejar arrebatar el poder por las buenas. La ofensiva final, compañeros, es con los fierros. No con los votos.

El Puma hace un silencio largo, y durante su transcurso Antonio casi siente la caricia del entusiasmo. El Puma será medio engrupido, medio salvaje, medio indisciplinado, pero lo escuchás hablar así cinco minutos y te entran ganas de salir a tomar la Casa de Gobierno armado con un rifle de aire comprimido o una pistola de cebita. En una de esas la Conducción tuvo razones para degradarlo. En una de esas si el Puma, y no Santiago, fuera el líder de la UBC, ya estarían todos muertos y enterrados. Pero también es cierto que el tipo parece un diario que adelanta. Lo que te dice hoy sucede dentro de dos meses. Cuando la Conducción, hace meses, les bajó la directiva de comprometerse con el proceso electoral en Misiones, porque había que conseguir colocar ahí un gobernador del Partido Peronista Auténtico, porque eso iba a desenmascarar a los traidores, porque el pueblo estaba harto de Isabel y de López Rega y porque había llegado la hora de que la gloriosa JP tomara la conducción del movimiento y del país, el único que dijo que todo eso era gastar pólvora en chimangos había sido el Puma. El único que dijo que el Partido Peronista Auténtico de Montoneros iba a perder, y a perder por mucho, había sido el Puma. El único que anticipó que se les iba a ir el verano apuntalando una acción en la que el peronismo ortodoxo los iba a hacer quedar como unos pendejos (la expresión que usó, en realidad, fue "ni siquiera pendejos, sino aprendices de pendejos") había sido el Puma. El único que anunció que a López Rega iba a alcanzarle con llegar como un Papá Noel sin trineo pero con billetera repartiendo colchones por acá y heladeras por allá, y que con eso le iba a alcanzar para ganar sobrado, había sido el Puma.

Por eso si a lo que acaba de decir el Puma uno le saca la cuota de resentimiento y de impotencia que carga —resentimiento por cómo lo trataron desde arriba, impotencia por saberse mejor preparado que Santiago para conducir la Unidad Básica de Combate—, Antonio tiene que coincidir con él y con lo que acaba de decir y lo que acaba de proponer, que ni más ni menos es salir a sacudirlos donde les duele y con lo que les duele, porque lo que les duele son los caños y los muertos en la tapa de los diarios. Y si no entienden otra ley que la de cagarse de miedo, pues que se caguen: ellos y los canas y los milicos. Y ya va siendo hora de dejarse de joder con toda esa pelotudez del frente de masas y la alianza policlasista y la mar en coche.

Es por eso que Antonio casi siente esa caricia de entusiasmo. Porque lo escuchás y te das cuenta de que el Puma ve las cosas que los otros no ven, y las ve antes. Y encima cuando Santiago retoma la dirección del debate resulta que las instrucciones que la Conducción les bajó a los responsables de las UBC van precisamente por ahí, por donde propone el Puma, y Antonio ve cómo los planetas se van alineando, a fin de cuentas. Porque el documento que les bajaron ayer a él le había parecido lo mismo que al Puma, una sanata bárbara que le daba mil vueltas a la realidad para disfrazar la derrota de victoria, pero estas instrucciones adicionales ya son harina de otro costal, porque son claritas como el agua y van en la línea de agarrar los fierros y dejarse de joder, apretarles bien las bolas a todos esos hijos de puta y que se caguen bien de miedo, y es un momento casi mágico porque ahora lo que concluye Santiago y lo que apostilla el Puma van en la misma línea y los tenés a los dos tirando para el mismo lado, y Antonio se siente bien cuando pasa eso: la cabeza de Santiago y el corazón del Puma, la prolijidad de uno y el empuje del otro, mientras empiezan a barajar acciones que se pueden emprender ya mismo, y Claudia agarra una hoja y toma nota de lo que van diciendo y el Mencho se sale de la vaina para aportar alguna idea que va teniendo. Y por eso es casi mágico, porque Antonio por un momento está a punto de sentir el entusiasmo y la alegría y la esperanza que tuvo hasta hace un tiempo, un tiempo no tan lejano en el que compartía con ellos y con todo el movimiento montonero esa fe y esa certeza…

Pero el problema es ese. Justamente ese. Que para Antonio las cosas ya son "casi". Ya no son redondas. Ya no son completas. Y lo que tenía lo tenía, conjugado así, en pretérito imperfecto. No lo tiene, en tiempo presente. Ni la fe, ni la certeza, ni la esperanza ni la alegría. Ni mucho menos el entusiasmo.

2

—¿Un auto o dos autos, Gervasio?

—Ya lo dije, soldado. Uno. Un auto.

Ernesto repara en el tono cortante de la respuesta, pero se mantiene todo lo inexpresivo que la importancia del momento aconseja. Y por el rabillo del ojo ve que Ana María hace lo mismo. Luis debería saber, a esta altura del estofado, que durante un operativo a los superiores no se los llama por su nombre de guerra sino por su grado, o con el genérico "señor", y las órdenes se escuchan con atención y no se las discute. Y Luis acaba de cometer los dos errores.

Son entendibles, de todos modos, las dudas de Luis. No conocen el terreno en el que están. El pelotón acaba de reunirse a doscientos kilómetros de su base de operaciones de Ciudadela. Bueno, esa cifra de doscientos a Ernesto acaba de ocurrírsele, pero bien pueden ser trescientos, y no doscientos, los kilómetros. Su cálculo resulta de lo que demoró el micro que tomaron con Ana María desde Liniers. Viajaron juntos, con un minuto de pareja de recién casados que va a conocer San Nicolás porque a él acaban de ofrecerle un trabajo en el puerto de la ciudad. Ernesto ignora si Gervasio y Luis viajaron juntos o separados. No se lo informaron y él no lo preguntó. Lo cierto, ahora, es que los cuatro completaron el traslado sin novedad y están sentados a una mesa de esa pizzería del centro de la ciudad. Ernesto carraspea un poco, antes de hablar, como para asegurarse de que un tembleque repentino de la voz no delate sus nervios.

—¿El auto ya está disponible, señor?

—Acá a la vuelta, soldado. En perfectas condiciones y con el tanque lleno.

—Es un Falcon azul —agrega Luis.

Ernesto asiente, mientras piensa si alguna vez han usado un Falcon azul. Definitivamente, no es uno de los autos operativos que él conoce. Gervasio y Luis lo habrán levantado al llegar a San Nicolás. Habría sido demasiado peligroso robarlo en Buenos Aires y recorrer toda la ruta 9 hasta ahí a bordo de un coche robado, rifándose la suerte en cualquier retén del ejército o de la policía.

Ernesto saca conclusiones: una acción decidida de repente, para la cual convocan a un pelotón ajeno a la zona, que levanta equipo en el lugar y que se dispone a actuar sin inteligencia previa. La cosa huele a urgencia por los cuatro costados. Todavía le falta un dato importante, pero no sabe si preguntar o no preguntar. Al final, pregunta:

—¿Armas, señor?

—Dos. ¿Alguna duda, o estamos?

¿Dos armas, y Gervasio pregunta si queda alguna duda? ¿Quién va a tener el privilegio de participar de la acción desarmado, totalmente regalado? ¿Quiénes dos, mejor dicho, porque ellos son cuatro y las armas son dos? Ernesto puede anticiparlo. Luis y él. No es enojo lo que siente, porque si lo razona entiende que Gervasio tomó la decisión que tenía que tomar. No es lo mismo viajar desde Buenos Aires hasta San Nicolás con dos armas escondidas que con cuatro. Y que lo repentino de la acción que se disponen a ejecutar no permitió contactar a los camaradas locales para agenciarse más armamento. Pero a veces le cuesta asumir la lógica tajante de la marcha de las cosas. No se enoja porque sabe que no tiene derecho a enojarse. Pero a veces se frustra. Eso. Es frustrante que las cosas sean, a veces, tan difíciles.

Gervasio y Ana María se ponen de pie y los despiden hablando en voz bien alta, Ana María con un beso en la mejilla y Gervasio con apretones de mano. Luis se hace cargo de su rol en la pantomima, y le habla a él con los gestos y el tono de dos amigos rezagados que se niegan a terminar la noche tan temprano. Deja pasar los cinco minutos estipulados y es su turno del apretón de manos y la despedida. Ernesto llama al mozo, paga la cuenta, calcula sus propios cinco minutos y sale caminando hacia la esquina en la que deben levantarlo.

3

Ernesto está satisfecho con la esquina que le asignaron. Un árbol bastante frondoso la deja casi en sombra, está a una cuadra de la avenida y eso le da tiempo de sobra para ver acercarse el Falcon azul y —lo más importante— que ningún otro auto dobla detrás. Gervasio se detiene y se pasa al asiento del acompañante, mientras Ernesto abre la puerta del conductor y ocupa su puesto. En la esquina convenida levantan a Luis.

—Siga derecho hasta el semáforo que se ve allá al fondo —le dice Gervasio en la oscuridad—. Después le indico.

Avanzan casi veinte cuadras, primero por la avenida y luego por calles secundarias, en silencio. Recién entonces el oficial le tiende un revólver 32 corto a Ana María. Está bien, piensa Ernesto. Gervasio se ha quedado con las dos armas hasta último momento por si la cosa se torcía: para quedarse repeliendo un eventual fuego enemigo, mientras su pelotón se ponía a cubierto. Gervasio es un buen responsable de grupo. Duro, pero bueno. Y está bien que la segunda arma la maneje Ana María. Por sangre fría y por puntería, es la mejor de ellos para eso. Del mismo modo que Ernesto es el más capacitado —lo sabe— para llevarlos hasta el lugar del operativo y, sobre todo, para sacarlos de ahí.

—La próxima esquina crúcela bien despacio, que necesito verificar una cosa —indica Gervasio.

Ernesto obedece y mira en la misma dirección que el oficial. A mitad de cuadra, a la derecha, hay una comisaría, con un policía de guardia cuya silueta se adivina a través del vidrio antibalas de la garita.

—Ahora dos cuadras más, y una a la izquierda.

No suena fácil. El operativo va a realizarse a tres cuadras de una comisaría, en las afueras de una ciudad que no conocen y sin inteligencia previa. En fin. Ernesto se amonesta por ese ramalazo de autocompasión. Siempre supieron que las cosas no serían fáciles, qué tanto. A un gesto de Gervasio, Ernesto apaga el motor y, con el envión que trae el Falcon, lo arrima al cordón de la vereda en el sitio más oscuro de la cuadra. Gervasio asiente, aprobatorio. Esperan ocho o diez minutos.

Una silueta dobla la esquina más lejana, caminando por la vereda hacia la posición del pelotón.

—La ruta de salida —Gervasio le habla directamente a Ernesto— es diez cuadras derecho. Las primeras ocho, pavimento. Las dos últimas, de tierra. Giro a la derecha, por asfalto de nuevo. Un kilómetro y está la ruta 9. En la ruta, a la izquierda.

Ernesto asiente mientras memoriza. Gervasio se gira hacia el asiento trasero.

—¿Lista?

—Lista —responde Ana María.

—Vamos.

Abren las dos puertas del lado de la vereda sin hacer ruido. Las dejan así, no sólo para evitar el estrépito sino para no perder tiempo en el repliegue. Ernesto escucha cómo quitan los seguros mientras trotan hacia el objetivo. Veinte metros. Quince. Diez. Llevan las armas alzadas. El objetivo ya no camina hacia ellos. Ernesto no distingue su rostro pero tiene que haber visto esas dos siluetas salidas de la nada que le apuntan dos armas al pecho. Sí distingue su ademán repentino —repentino y tardío— de llevarse la mano a la cintura. El primer disparo de Gervasio le da en el pecho, a juzgar por el modo en que el cuerpo se sacude hacia atrás. La boca suelta un quejido y una especie de tos, como si expeliera todo el aire de los pulmones. Trastabilla mientras retrocede. Cae de culo sobre la vereda, tomándose el pecho con las dos manos. Ana María dispara dos veces. El cuerpo se gira sobre sí mismo y se acurruca. La chica inicia el repliegue a la carrera. Gervasio se aproxima al cuerpo tendido en la vereda y le dispara a la cabeza. Mientras Ana María se sienta y cierra su puerta, Gervasio se inclina sobre el cuerpo y le quita el arma que no llegó a sacar de la cintura. Antes de replegarse arroja unos panfletos sobre el cuerpo. Después sí retrocede y sube también al auto.

Ernesto, que ha encendido el motor durante los disparos, arranca de inmediato. Lleva las luces apagadas. Mira alternativamente la calle casi a oscuras y el retrovisor. Nadie los sigue. Cuando llega a las dos cuadras de tierra sí enciende las luces. Ahora la calle es una boca de lobo y el peligro de chocar o de romper el tren delantero del auto en algún bache es demasiado grande.

Gira a la derecha por el asfalto y vuelve a apagar las luces. Casi enseguida, a lo lejos, se ve el trazo veloz de los autos que van y vienen por la ruta 9. Por suerte es un cruce señalizado, a nivel. No tendrá que trepar el terraplén, a muy baja velocidad y levantando tierra. El Falcon es confiable pero con cuatro ocupantes es pesado. Espera junto al cartel de "Pare" a que se haga un hueco en el flujo de autos.

Lo encuentra detrás de un camión de ganado que va hacia Buenos Aires. Acelera a fondo y pasa a segunda. Nueva aceleración y tercera. El Falcon llega sin problema a los ochenta kilómetros por hora. Pasan unos cuantos minutos antes de que nadie diga nada.

—Ese policía era responsable de las torturas a dos compañeros del frente sindical. Camaradas de Acindar.

El comentario de Gervasio es lo único que se dice en los siguientes quince minutos. Ernesto sigue concentrado en manejar con cuidado. En eso, y en pensar que este es el primer ajusticiamiento revolucionario del que participa. ¿Alguno de los otros estará en la misma situación? Lo duda. Descuenta que no es el caso de Gervasio. ¿Y Ana María? A juzgar por el profesionalismo que desplegó, seguro que la camarada tiene experiencia de sobra. Del pasado de Luis sabe poco y nada, y no corresponde preguntar.

Las luces del Ford Falcon iluminan uno de esos carteles camineros de letras blancas sobre fondo verde. Para Buenos Aires faltan ciento ochenta kilómetros. Son muchos, para un auto en el que viajan cuatro jóvenes con dos armas. Dos, no. Tres armas, contando la que Gervasio le expropió al objetivo.

—En Baradero agarrá la ruta 41 —Gervasio pasa al tuteo por primera vez desde que se encontraron en la pizzería de San Nicolás—. Cruzá San Antonio de Areco y seguimos hasta San Andrés de Giles. Entramos a Buenos Aires por la ruta 7, desde ahí.

Ernesto asiente. Es una buena decisión. La 7 suele estar menos vigilada que la 9. Pero que esté menos vigilada no significa que, de todos modos, no puedan toparse con un retén de la policía o el ejército. Gervasio parece adivinarle el pensamiento, porque se acomoda en el asiento, se saca la pistola expropiada de debajo del cinturón y se la tiende.

—¿Estás despierta, Ana María?

—Sí, por supuesto.

—Bien. Todos atentos. Si tratan de pararnos, pasamos como sea.

Ernesto pone el guiño y sobrepasa a un camión con acoplado. Llegan a Ciudadela sin novedad, apenas pasadas las tres de la mañana.

4

Hace rato que Claudia sacude la lapicera entre los dedos índice y mayor de la mano derecha y provoca un golpeteo intermitente sobre su pupitre. El idiota del profesor no parece percibirlo. Sigue recitando, en su tono cansino y monocorde, una clase teórica que a los ocho alumnos desperdigados por el aula no les sirve, no les interesa, no les importa para nada. Claudia debería estar en el café de la calle Urquiza, o en el subsuelo, en la sede del Centro de Estudiantes. Pero el pelotudo de Mendiberri —que así se llama el profesor— es de esos que toman lista todas las clases y te dejan libre si no cumplís con el setenta y cinco por ciento de asistencia. Y Claudia sabe que está peligrosamente cerca de ese límite, de modo que no puede faltar así como así. Para colmo de males, son apenas ocho en un aula en la que entran treinta personas. No hay manera de pedirle a ninguna compañera que grite: "¡Presente!" al escuchar su apellido, escondida en la multitud. ¿Qué multitud puede haber en Geología del Cuaternario, una de las últimas materias de la carrera de Arqueología? En la Argentina de 1975 hay que ser marciana para estudiar Arqueología. Y para avanzar hasta las últimas materias, más todavía. Claudia se siente, en consecuencia, una especie de marciana al cuadrado.

Es un milagro —un milagro gris, un milagro funesto, un milagro detestable, pero un milagro al fin— que ese viejo despreciable siga al frente de una clase de la universidad. Es inadmisible que, semana tras semana, saque de sus portafolios esas fichas amarillentas cuyo contenido recita, sin gracia y sin talento, como una letanía insoportable. Qué mal tienen que haber hecho ellos las cosas —Claudia se hace cargo de los errores de la Tendencia Revolucionaria— como para que ese anciano decrépito no haya saltado por los aires. ¿Cómo es posible que Mendiberri no haya volado de una patada en el culo en el '73, cuando la JP tenía el viento de popa y no había fuerza capaz de resistírsele y los viejos gagás como ese salían escupidos de sus cátedras más rápido que ligero? Tampoco hay que ser tan dura con los compañeros, se dice Claudia: eran tantos los fachos que había que desalojar que no se daba abasto. No alcanzaban los sumarios, ni las asambleas ni los piquetes para rajar a todos los que había que rajar. Era inevitable que alguno quedara. Como este viejo inútil de Mendiberri.

No hubo tiempo o los jóvenes pecaron de ingenuos. Claudia no tiene una respuesta concluyente. Lo cierto es que un buen día —o un mal día, mejor dicho— López Rega los madrugó interviniendo la Universidad. Y la intervención de Ottalagano llenó la facultad de matones de la Concentración Nacional Universitaria que se pusieron a patrullar los pasillos y las aulas y a perseguir militantes. Fachos de mierda. Desde entonces la facultad es un campo minado, y es peligroso desde pegar un cartel hasta entrar sola en el baño. Claudia lo piensa y más imperioso le resulta salir de esa clase. Debería estar en el café, con los compañeros. O en el Centro de Estudiantes, donde siempre hay algo que hacer. Pero no: está perdiendo el tiempo en esa clase soporífera del dinosaurio disecado.

Peor que peor. Porque con este fósil hay algo más. Algo que Claudia tiene atragantado y que le avinagra el humor un poco más todavía. Porque resulta que a este Mendiberri la intervención le ofreció un cargo académico. Ahora ella no recuerda si director de asuntos institucionales, o director de posgrados, o director de qué carajo— y el muy turro, el muy arrastrado, se apresuró a aceptarlo. Y eso es bastante peor que el solo hecho de atornillarse a vegetar en una cátedra. Sí, señor. Aceptarle un cargo a la derecha es avalarla, apoyarla, tomar partido por los gorilas en la lucha. Viejo de mierda.

Lo que debería hacer ella es levantarse y mandarse a mudar. No sin antes decirle a Mendiberri lo que piensa de él, de su cargo académico y de sus clases. Pero ahí está. No se anima. Parece mentira, y a Claudia le provoca mucha vergüenza. Claudia milita desde hace una pila de tiempo. No le hace asco ni a la calle ni a los fierros. Le ha entregado la vida a la Orga. Y está feliz de haberlo hecho. Y sin embargo hay una estúpida atadura pequeñoburguesa que no es capaz de desatar, por más que insista y se insulte y se enoje: quiere recibirse. Quiere tener su título de arqueóloga. ¿Qué importancia puede tener para la Revolución que haya una arqueóloga más en la Argentina? ¿De qué carajo le sirve al pueblo que ella complete el último casillero de su libreta universitaria con un aprobado? En nada. En absolutamente nada. Pero ahí está, atornillada al pupitre. Pensarlo la enfurece, porque entonces los atornillados a sus lugares ya son dos: el imbécil de Mendiberri y la imbécil de Claudia.

En esas está cuando se abre la puerta del aula y entran dos pibes del Centro de Estudiantes y se paran en el frente. Al más petiso Claudia lo conoce sólo de vista: sabe que es delegado de no sé qué de la carrera de Historia y que milita en el trotskismo. El más alto es Rolo, que empezó Arqueología con ella pero se quedó empantanado en un par de materias de primero y sigue vegetando en las Introducciones. Ella lo conoce por Rolo, pero tal vez ahora se haga llamar por algún nombre de guerra que ella ignora. Es precisamente Rolo el que le sonríe a Mendiberri, le hace un ademán de saludo y anuncia al conjunto:

—Buenas noches, profesor. Disculpe que lo interrumpa

pero tenemos que pasarle un aviso a los compañeros. Resulta que...

—No.

Mendiberri usa un tono de voz apenas más alto que el soporífero y monocorde que utiliza para su explicación, y la expresión de su rostro sigue siendo inescrutable. Como Rolo se interrumpe y se lo queda mirando, el viejo agrega:

—Entiendo que necesite compartir información con sus compañeros, pero me toma a la mitad de una explicación y no me parece adecuado interrumpirla así como así.

—Son dos minutos —tercia el trotskista, con una amabilidad entradora que a Claudia le da cien patadas al hígado, porque no hay por qué pedir la anuencia de ese viejo reaccionario. Lo que haya que decir se dice y punto.

—Si son dos minutos —Mendiberri mueve el brazo izquierdo para que su reloj pulsera emerja por debajo de la manga de su saco— les sugiero que regresen dentro de dieci... ocho minutos. Sí, dieciocho minutos, que termina mi clase y ustedes pueden pasar todos los anuncios que necesiten.

—Me parece que...

—Gracias —dice Mendiberri, y acomoda las fichas que tiene sobre el escritorio y se dispone a seguir con su clase.

Listo. Suficiente. Si esos dos pusilánimes no van a ponerlo en su sitio tendrá que ocuparse ella.

—Perdón, profesor, pero me parece evidente que, en tiempos como los que corren, el contenido que usted dicta no reviste la misma urgencia que la coyuntura política que enfrentamos.

En su fuero íntimo, Claudia espera que el viejo haya reparado en el "dicta". Porque ese viejo no enseña, no cuestiona, no problematiza. Dicta como un grabador. Recita contenidos que ellos bien podrían leer directamente en los libros. Atrasa. Varias décadas, atrasa.

—Lamento contradecirla, señorita. Pero no creo que cambie mucho la dramática y urgente coyuntura nacional de aquí a las nueve en punto. Y en cambio usted, sus compañeros de comisión y yo necesitamos estos ya… diecisiete minutos para terminar de repasar esta somera introducción a la influencia de los parámetros orbitales y el vulcanismo en el registro estratigráfico.

Basta. Claudia se hartó.

—No le vamos a permitir que anteponga su prurito enciclopedista al legítimo derecho de los compañeros a emaparse de lo que los compañeros del Centro de Estudiantes tienen para compartir con nosotros.

Por reflejo mira hacia los costados, como para apoyarse en el resto de la comisión. Pero enseguida entiende que es una intención vana: los otros siete alumnos de Geología del Cuaternario son esa clase de gente que va de su casa a la facultad y de la facultad a su casa, que no tienen el menor compromiso político y que no se sienten interpelados por ninguna realidad ni por ninguna injusticia. Con lo único que sueñan es con meterse en la cuadrícula de un sitio arqueológico provistos de un pincelito y de toda la paciencia del mundo. Marcianos más marcianos que ella, porque no sólo estudian una carrera imposible y están a punto de recibirse, sino que además sueñan con trabajar de tales. Marcianos al cubo, casi, que no militan, ni militaron ni militarán.

Envalentonados por la actitud de la compañera, o secretamente avergonzados de que sea una mujer la que le pone los puntos al vejestorio, Rolo y el trotskista se aproximan al escritorio de Mendiberri en actitud menos amistosa. Mendiberri permanece sentado y alza el cogote para estudiarlos alternativamente. Después mira la hora y trata de ver a Claudia y al resto de sus alumnos más allá de las dos siluetas que se interponen. Suspira. Después murmura algo como "Bueh", se incorpora, recoge las fichas que tiene regadas sobre el escritorio y las guarda en un portafolios gastado que —supone Claudia— lo acompaña desde que se recibió de geólogo.

Rolo, con ademán triunfante, se gira hacia la comisión en pleno y se dispone a retomar el anuncio donde lo dejó, pero la voz de Mendiberri se le adelanta.

—Disculpe, alumno. Sólo un segundo —el viejo se dirige a la clase—: como no pudimos finalizar la clase sobre parámetros orbitales, y yo suelo tomarles asistencia justo al final de mi exposición, lamentablemente me veré obligado a ponerles ausente. Ojalá no se les complique la regularidad con eso, pero no está a mi alcance solucionarlo. Buenas noches.

Claudia siente el impulso de ponerse de pie y alcanzar al viejo en el pasillo, pero lo piensa mejor y decide que hacer algo así sería, ni más ni menos, anteponer una necesidad individual al mensaje de los compañeros del Centro, de modo que se queda rumiando bronca mientras Rolo explica Claudia no entiende del todo qué acerca de una asamblea que tendrá lugar dentro de un rato en el aula grande del primer piso. Y no entiende del todo porque la cabeza se le va hacia el cálculo mental de cuántas faltas tiene en Geología del Cuaternario, y no está segura de si sigue siendo alumna regular o, la puta que lo parió al gorila de Mendiberri, acaba de quedarse libre.

5

Mónica sube los escalones de la estación Loria y, sorprendida, se topa con Mendiberri esperándola en la salida del subte.

—¡Epa! ¿Qué hacés acá, papá?

¿Fue que ella se retrasó? No. La chica corrobora en su reloj que su padre, a esa hora, debería estar todavía dando clases en la facultad, a ocho cuadras de allí.

—Salí temprano, hija.

Mónica frunce el ceño.

—¿Qué pasó, papá?

—Nada. Que salí temprano. ¿Por?

Lo conoce mucho. Lo conoce a fondo, cosa que tampoco constituye una hazaña de indagación. Su padre está lejos de ser un alma misteriosa llena de secretos. Lo que ves es lo que hay. Un señor previsible y reiterado, geólogo jubilado que se pasa el día leyendo en su casa, excepto los jueves, cuando dicta sus clases de Geología del Cuaternario en la carrera de Arqueología. Aburrido hasta la exasperación y monótono hasta el paroxismo, aunque ambas emociones —exasperación y paroxismo— quedan a cargo de los que están a su alrededor, porque a su padre nada lo altera, ni lo conmueve, ni lo afecta, ni lo molesta, ni lo turba. Pero ahí está lo que a Mónica la alarma: además de previsible, reiterado, aburrido y monótono, el geólogo Mendiberri se mueve con una puntualidad exquisita. Nunca llega tarde a ningún sitio, pero tampoco llega demasiado temprano: considera que anticiparse a las citas es, también, una forma de impuntualidad. De manera que, sí o sí, algo raro tiene que haber pasado. Y Mónica sospecha que, además de raro, es algo malo.

—Decime la verdad, papá. Jamás en la vida terminás una clase antes de tiempo.

—No pasó nada, hija. Entraron unos muchachones del Centro de Estudiantes a decir no sé qué, discutimos un poco y me terminé yendo.

—¿Te tomaron el aula? ¿Te hicieron algo? —a Mónica le preocupa mucho menos la continuidad de los contenidos académicos que la salud de su padre.

—No. O sí. Nunca me había pasado. Viste que yo tengo esa aula escondida en el último rincón del último piso. La cosa es que los dejé con la palabra en la boca y me fui, Mónica. No voy a tolerar que unos chiquilines me digan cuándo puedo dar clase y cuándo no. Además estaba en plena explicación, qué se creen…

Mientras caminan hacia la parada del colectivo, Mónica intenta representarse la escena. Sabe en qué consisten las clases de su padre: estratos, tipos de suelo, cenozoico tardío y pleistoceno medio. Todo recitado en tono monocorde desde las fichas amarillentas y antediluvianas con la que su padre se maneja desde lo que él mismo reconoce como "el tiempo de la inundación", aunque nunca deja claro cuándo se produjo, exactamente, la citada inundación.

—Mejor cambiemos de tema. ¿Cómo te fue en el trabajo?

—Mejor no cambiamos nada, papá. ¿No habrás generado una pelea inútil con esos tipos, no? ¡Mirá que son peligrosos!

—¿Peligrosos? ¡Qué va! Son unos nenes revoltosos.

—¿Nenes? ¿Pero vos te das una idea de la pavada que estás diciendo, papá?

Mónica se felicita por haberse callado la palabra "pelotudez", en lugar de pavada, porque Mendiberri se habría horrorizado y el eje de la conversación habría pasado de su discusión con los alumnos del Centro de Estudiantes al mucho más personal: "Tu madre y yo no te educamos como lo hicimos para que tu boca se convierta en una cloaca".

—¿Del cargo? ¿Dijeron algo del cargo que tenés?

—¿Qué cargo? ¡No, nada que ver! ¿Podemos cambiar de tema?

Su padre le ha dicho mil veces que el cargo que aceptó es decorativo, insignificante. Pero Mónica no está segura de que esté en lo cierto. Al fin y al cabo, el grado de conexión de su papá con la realidad circundante siempre ha sido más bien escaso, y desde que enviudó es más escaso todavía. ¿Y el de ella? ¿Cómo es el de ella? Es un jueves al anochecer y Mónica va del brazo de su padre hacia la parada del colectivo. Van a tomarlo en la parada de la calle Moreno y a bajarse al cruzar Juan B. Justo. Caminarán dos cuadras hasta su casa, donde los espera Mirta trajinando con la comida, y van a cenar los tres mirando la telenovela. El geólogo viudo con las dos hijas solteras. ¿Solteras o solteronas? ¿A partir de qué edad corresponde aplicar el aumentativo? Mirta, treinta y dos. Mónica, treinta. Maldito número redondo. Le cayó pésimo cambiar de década en su último cumpleaños. Su padre alza el brazo para detener el colectivo y se vuelve hacia ella.

—Che, nena... ¿Tenés idea de qué habrá preparado tu hermana para cenar?

6

Antonio estaciona el Dodge 1500 sobre la avenida Rivadavia, a unos treinta metros del objetivo. Sabe, porque el Mencho lo explicó en la reunión de planificación, que allá adelante, sobre la misma vereda, entre los locales de la zapatería de señoras y la casa de artículos para el hogar, hay un zaguán un poco retirado, y que en ese portal está la entrada del sindicato. El Mencho podría haber avisado que a esa distancia, a la que le ordenaron establecer su puesto de vigilancia, la entrada propiamente dicha no se ve, porque el zaguán es muy estrecho. Como también pudo haber avisado que la casa de artículos del hogar tiene unas vidrieras enormes, desde el piso hasta el techo, y que el local está iluminado a todo lo que da, con lo que en la vereda parece de día aunque sean las once de la noche.

Justo que está pensando en el Mencho, ahí aparece. Estaciona la camioneta sobre la vereda de enfrente, en el otro extremo de la cuadra, y apaga las luces. Antonio consulta el reloj. Once y cinco. Bien. Están en horario.

Enciende un cigarrillo, aunque se supone que no tiene que hacerlo. El Puma se los tiene dicho: en la oscuridad, la brasa se ve como un faro a la orilla del mar. El Puma lo dice así, exagerado, apasionado, grandilocuente, como se expresa el Puma cuando se refiere a estas cosas. Al tipo lo emociona todo lo que se refiera a operativos. Cuando habla de acciones directas, se le iluminan los ojos. En realidad, piensa Antonio, el Puma no habla de otras cosas. La discusión política le importa poco y nada. Es evidente que le aburre. Todo lo contrario de lo que pasa con Santiago. En una de esas es buena esa diferencia, se dice Antonio. Una especie de complementariedad entre los dos líderes. Aunque en realidad, se corrige, nada de "dos líderes". El Puma llegó degradado a la UBC. Así que de líder, nada de nada.

Para acallar un poco su conciencia Antonio mantiene el cigarrillo bien abajo, entre las piernas abiertas. El humo que asciende vertical, en el auto cerrado, le irrita los ojos. Abre la ventanilla. Apenas una rendija, porque el día estuvo lindo pero ahora bajó mucho la temperatura. En lugar de levantar el cigarrillo hasta los labios inclina la cabeza, haciendo una extraña contorsión para no golpearse la frente contra el volante, y pita ahí abajo, entre las piernas. Así no hay manera de que nadie, desde afuera, vea cómo se aviva la brasa del pucho. En el fondo es todo tan incómodo que tal vez lo mejor sería quedarse sin fumar. Pero al mismo tiempo el aburrimiento de esas esperas se le hace tan eterno, y son tantas las horas que lleva acumuladas en situaciones de ese tipo, que sigue siendo preferible fumar, incómodo hasta la exasperación, pero fumar de todos modos.

Once y diez, según lo acordado, Santiago y Claudia aparecen tomados de la mano desde la esquina más cercana a donde estacionó el Mencho, y avanzan hasta la parada del colectivo. Se supone que no pasará ninguno hasta que todo haya terminado y el comando haya evacuado la zona pero, si pasase, saben que tienen que quedarse sentados ahí en la parada, haciéndose arrumacos y caricias de novios. Como mucho el colectivero les tocará un bocinazo y les gritará alguna grosería, pero los tomará por una parejita de enamorados. Cosa que, piensa Antonio, son, al fin y al cabo. No tan inofensivos como otras parejitas de enamorados, es verdad, porque la chica de la parejita lleva una Browning de la Federal sujeta a la cintura del jean y el chico un 38 corto en el bolsillo del gamulán. Pero si todo sale bien las armas no saldrán de sus escondites en todo el operativo.

Once y cuarto. El Puma aparece desde atrás de la ubicación de Antonio, que ya ha apagado el último cigarrillo. No cometen la novatada de girar las cabezas para verse, pero ambos verifican la presencia del otro, por el rabillo del ojo. El Puma lleva un bolsito negro, común y corriente, no demasiado grande, debajo del brazo. La pucha, hay que reconocerle los huevos. La sangre fría para manejarse con esa soltura. Si los que armaron el caño cometieron un error, o si ellos mismos la chingaron ajustando el temporizador, adiós muchachos.

Cuando termina de caminar a lo largo de las iluminadísimas vidrieras de la casa de electrodomésticos el Puma se agacha, justo pegado a la línea municipal, en el gesto de quien va a atarse los cordones de los zapatos. Casi de inmediato está otra vez andando, ahora más lejos, ya a la altura de la zapatería de señoras. Definitivamente, piensa Antonio, es el mejor de todos ellos. No demoró más de diez segundos. Ahora el bolsito ya no viaja bajo su brazo derecho. Descansa bien apoyado contra la alta puerta de madera de la Delegación Haedo del Sindicato de Obreros Textiles Zona Oeste.

Apenas el Puma desaparece girando en la siguiente esquina, Santiago y Claudia se levantan del asiento de la parada y caminan, sin apuro, en dirección contraria. Tampoco ellos dan vuelta la cabeza hacia el Dodge de Antonio, que controla la hora. Once y veinte. Enciende el motor y supone que el Mencho está haciendo lo mismo. Las órdenes, sin embargo, no son idénticas para los dos. Primero tiene que retirarse el Mencho, a las once y veintidós. Después Antonio, a las once y veinticuatro.

Con total puntualidad el Mencho enciende el motor de la camioneta y arranca. Recién cuando ha recorrido casi toda la cuadra, a la altura del sitio en el que aguarda Antonio enciende las luces, le hace una venia y le sonríe al cruzarlo. Ya casi es su turno. Enciende el motor del auto. Todo perfecto. Con gesto mecánico echa un último vistazo avenida adelante: ni por la calle ni por las veredas hay un alma. Mira el retrovisor externo: nada tampoco. Gira el espejo del parabrisas para echar una mirada a sus espaldas. Y entonces lo ve. Antonio gira el cuerpo para ver por la luneta trasera. Mierda. Un hombre joven (por la ropa, la altura, la forma de moverse, la velocidad, las manos en los bolsillos) camina a buen ritmo mirándose los pasos. Mierda, mierda, mierda. Son las once y veinticuatro, seguro. Pero tampoco las cosas son tan exactas. Esos relojes de mierda que usan ellos pueden discordar, por uno o dos minutos. Trata de convencerse de que en una de esas no pasa nada. Pero por otro lado…

Puta, carajo. El tipo ya alcanza la altura de las vidrieras enormes de la casa de artículos para el hogar. En una de esas alcanza a llegar a la otra esquina sin que pase nada. Pero en una de esas, no. Se decide. Abre la puerta del conductor. Baja.

—¡Flaco! —lo llama, pero no obtiene respuesta—. ¡¡¡Flaco!!!

Ahora sí el desconocido lo escucha, gira la cabeza, se detiene, y lo interroga con un gesto mudo de ojos agrandados. No hay tiempo para más. Un fogonazo brillante y un estruendo feroz estallan en el zaguán, delante de las oficinas del sindicato. Antonio se agazapa y cierra los ojos por instinto, pero los abre a tiempo de ver cómo las vidrieras gigantescas del local de electrodomésticos estallan en mil pedazos y se derrumban como una cascada. Después (no en ese momento, porque en ese momento Antonio no es capaz de pensar casi en nada) entenderá que la onda expansiva debe haber hecho un extraño recorrido, hacia adentro por el sindicato y hacia afuera por los comercios contiguos. Antonio corre hacia el lugar donde vio por última vez, de pie, al desconocido. Lo descubre tirado en el piso, sobre el costado del cuerpo, medio hecho un ovillo, cubierto por infinidad de fragmentos brillantes. Tratando de no cortarse, Antonio lo gira para situarlo boca arriba. Tiene la cara cubierta de sangre. Antonio suelta un nuevo: "Mierda, carajo". Le zumban los oídos y le cuesta concentrarse. Se ordena mantenerse sereno. Le abre el gamulán (muy parecido al de Santiago), le echa un vistazo concienzudo y lo palpa aquí y allá. La gruesa piel de cordero parece haberlo protegido en esa zona, porque no se ven manchas de sangre sobre el tórax del tipo. ¡Maldita idea del pelotudo y quién carajo lo mandó a pasar justo por ahí en ese momento, teniendo toda la puta noche para pasar más tarde o más temprano!

El tipo tose y se queja con un gemido.

—No abras los ojos —le ordena Santiago—. La boca tampoco.

Antonio se da cuenta de que si abre los ojos, o la boca, parte de los fragmentos de vidrio que lo cubren pueden hacerle mucho daño. Mira hacia el costado. Ahí sigue el Dodge con el motor encendido. Sopesa la posibilidad de cargarlo en el asiento de atrás y llevarlo al hospital. El Instituto de Haedo no está lejos. Pero de inmediato se dice que no. No puede darse el lujo de poner en peligro a toda la Unidad Básica de Combate. Ni recorrer las quince cuadras con el tipo ensangrentado arriba del auto, ni llegar a la guardia del hospital, ni responder las preguntas que le harán al pedir auxilio ahí son riesgos aceptables.

—Ya te van a venir a buscar. Quedate quieto —dice, y se incorpora para mirar a los costados.

Acaba de asaltarlo el más básico y egoísta de los pánicos. La avenida sigue desierta, pero le parece escuchar cómo se levanta una persiana en el balcón de un primer piso, en la vereda de enfrente. Sabe lo que le espera si lo agarran. Primero lo va a sacudir la policía. Después se lo van a pasar a los del sindicato. Y ahí sí, despedite. Sale corriendo hacia el Dodge.

—¡No te vayas a mover hasta que te atiendan o te vas a cortar todo! —grita, pero sin darse vuelta.

Habría que ver si el flaco, con toda la cara cortada y ensangrentada como la tiene, está en condiciones de escucharlo y de hacerle caso. Sale arando con el Dodge, en primera, como alma que lleva el diablo. Al pasar por delante del estropicio Antonio escucha, con nitidez, el sonido cristalino que hacen los neumáticos al aplastar los restos de vidriera que volaron hasta el pavimento, y ruega que no se le pinche una goma en la huida, o está frito.

7

Ernesto sale de la casa operativa de Ciudadela sintiendo que se sacó un peso de encima. No tolera mentirle al grupo, y mucho menos a Gervasio. ¿Alguna vez se escabulló sin permiso de su responsable, en lugar de hablar de frente con él y solicitar unas horas de permiso? Sí. Alguna vez lo ha hecho. Y eso le generó una culpa enorme. Tan enorme que le quitó sentido y alegría a sus horas licenciado.

Esta vez lo pensó mucho, le dio muchas vueltas y al final decidió ir de frente. Le pidió a Gervasio una entrevista personal, le manifestó que necesitaba visitar a su familia y el responsable se limitó a decirle que sí y a estrecharle la mano. Desde que ayer a la madrugada regresaron de San Nicolás el clima en el grupo es de satisfacción, casi de euforia. Ernesto encuentra más que justificado ese orgullo, que no tiene que ver con un regodeo burgués sino con la satisfacción por la tarea desempeñada con profesionalismo. Se desplegaron en un territorio desconocido, a enorme distancia desde su base, no pudieron hacer inteligencia previa, cumplieron con el ajusticiamiento revolucionario sin bajas propias y se replegaron en perfecto orden hasta su base, sin mayor novedad.

¿Fue una actitud ruin, de parte de Ernesto, aprovechar ese clima festivo para pedirse el permiso? No, la pucha. Nada de eso. Ernesto tiene que mantener la culpa a raya. Seguro que vienen días tranquilos, y no deja ninguna tarea pendiente que recargue las de sus camaradas. Además necesita ese pequeño espacio de contacto con los suyos. En alguna sesión de autocrítica se habló de eso, y se tiraron conceptos como debilidad pequeñoburguesa y falta de solidez teórica. Pero Ernesto no quiere enredarse en ese asunto. No hoy, por lo menos.

La ventaja de salir con autorización es que no necesita correr como un loco para volver cuanto antes y con la lengua afuera, sino extremar los cuidados. En lugar de tomar el tren en la estación de Ciudadela directo a la de Castelar, se sube a un 343 para emprender una triangulación como Dios manda. La 343 usa coches nuevos, con puerta de atrás. Ernesto se sienta en el último asiento del lado del pasillo, atento a cualquier emergencia. Va con tiempo, aunque nunca es demasiado porque a los viejos les gusta cenar temprano.

Está dispuesto a dar todo lo que le pidan en el Partido. Hace tiempo, mucho tiempo, que se entregó a la causa revolucionaria con alma y vida. Y no se arrepiente. Volvería a dar cada uno de los pasos que lo condujo a este presente. Pero no puede cerrar definitivamente la escotilla que separa la clandestinidad del mundo de antes. Por lo menos, no del todo. No todos los días. No con respecto a sus padres. ¿A los otros miembros del comando no les pasa lo mismo? Si les pasa, no tienen la inocencia, o la torpeza, o la vaya a saber qué, de manifestarlo como él. Eso, a Ernesto, le pesa. Le da bronca que su celo revolucionario pueda quedar opacado frente a Ana María, o a Luis, que jamás de los jamases piden excepciones o permisos.

Se baja del 343 en Caseros y toma el tren hasta Hurlingham. Finge interesarse en las revistas de un kiosco hasta que el andén se vacía por completo. Definitivamente nadie lo sigue. Ernesto se pregunta si no estará exagerando, pero como dice su mamá: mejor prevenir que lamentar. Acordarse de ella lo enfoca de nuevo en el dilema de sus deseos opuestos. Cuando en el Partido le propusieron abocarse a una célula del ERP (y la propuesta no fue caprichosa, sino un premio a su com-

43

promiso y a su desempeño, porque así se lo dijeron sus responsables de entonces) le aclararon lo de la compartimentación más estricta, lo de la clandestinidad total. Y Ernesto fue honesto. Bueno, casi honesto. Dijo que no podía cortar por completo el lazo con sus padres, porque es hijo único (cosa que es cierta), sus padres son personas muy mayores (cosa que también es cierta) y su papá está muy enfermo del corazón (y ahí naufragó su honestidad, porque eso es mentira).

Está convencido de que nadie lo está siguiendo, pero continúa dispuesto a extremar las precauciones. Camina hasta la ruta 4 y alcanza con lo justo una Costera Criolla. Son ómnibus sin puerta trasera, pero, bueno, tampoco se puede todo.

El oficial que lo reclutó le había preguntado si podía prometerle que esas visitas a su padre enfermo iban a ser suficientemente esporádicas, y Ernesto había respondido que sí. Ernesto sabe que mintió. Pero nadie es perfecto, y él está dispuesto a compensar esa falla, esa única falla en su actitud revolucionaria, sobreexigiéndose en cualquier otro aspecto que el Partido le pida. No tiene dudas.

Baja de la Costera detrás de la estación de Morón y se interna en esas calles cada vez más mansas a medida que uno se aleja de la estación y del centro. Qué cosa rara son los límites, piensa Ernesto, mientras cruza zigzagueando Cañada de Ruiz, esa calle estrecha y transitada que separa Morón de Castelar. Es poner el pie en la vereda del lado de Castelar y sentirse en casa. Y en casa todas las cosas son distintas. Hasta Ernesto deja de ser Ernesto y vuelve a ser Alejandro.

Se ve que hoy es un día de culpas, porque avanzar por esas calles de casas bajas, pocos autos y árboles amarillentos y medio deshojados lo pone de frente, otra vez, con todas sus contradicciones. "Su casa", acaba de pensar. El concepto de "su casa" debería hacerlo pensar en la base operativa de Ciudadela, o en cualquier barriada obrera. No está bien que lo remita a ese paisaje prolijito, próspero, individualista y autosatisfecho.

Pero cuando gira la última esquina y ve la cuadra igual a todos los otoños la alegría se sobrepone a la culpa. Pasa por delante de la casa de los Domínguez, que en la vereda tienen esos tilos que sueltan hojas secas hasta junio. Y por lo de Geiser, que se empeña en podar su arbolito de ligustro en esa figura artificial y ridícula de esfera perfecta. Y por lo de las mellizas Alarcón, cuyo padre ha cumplido, también este otoño, con el rito bestial de podar los dos paraísos de su vereda hasta dejarlos convertidos en dos tocones tristes. Cuando llega al tapial de su casa abre el portón de madera que siempre está sin cerradura. Entre las piedras del cantero de los cactus está su llave. Hurga, la encuentra, se limpia los pies en el felpudo del porche y abre la puerta.

—¡Hola! ¡Llegué! ¡Soy yo! ¿Están?

—¡Alejandro! —grita su madre desde la cocina.

8

Alejandro se encuentra con el abrazo de su madre a la mitad del living. La mujer le tiende los brazos al cuello y el hijo se inclina para rodearla con los suyos. Por el pasillo se acercan los pasos pesados del padre.

—¿Alejandro? ¿Es Alejandro, Beatriz? —la voz del hombre suena entre sorprendida y esperanzada.

El hijo alza la vista hacia ese lado y ve la figura de su padre recortada en el umbral.

—Hola, papá.

Al escucharlo, su madre lo suelta para que los hombres puedan saludarse. Alejandro no sabe si darle un abrazo o un apretón de manos. Lo usual, en la vida de antes, era el apretón. Los abrazos eran para ocasiones muy, muy especiales. Alejandro querría abrazarlo, pero no se resigna a que esa noche, esa cena, ese encuentro, sean una ocasión excepcional. El padre decide por él: salva los cinco pasos que los separan y lo abraza. Su padre no es sólo un cuerpo cada vez más magro. También es esa mezcla de olor a jabón blanco, cigarrillo, sudor y Vieja Lavanda Fulton, en un equilibrio indefinible.

—¿Pero por qué no me avisaste que venías, hijo? —está diciendo su madre mientras se dirige de nuevo a la cocina—. A esta hora García ya cerró y me agarrás sin nada para picar, nada de nada, ni salamín, ni queso…

—No te preocupes, mami. Cualquier cosa está bien.

La voz de su madre suena ya desde la cocina:

—¿Cómo va a estar bien cualquier cosa?

Los hombres se han quedado de pie en medio del living.

—¿Cómo van tus... cómo estás? —el padre no está seguro de cómo abordarlo.

—Bien, bien. Todo en orden. ¿Ustedes?

El padre hace una mueca, que puede significar muchas cosas o ninguna. De lejos su madre sigue hablando:

—Si me decías te hacía unas milanesas, unas papas fritas cortadas a la española como te gustan a vos...

Alejandro alza la voz para que su madre lo escuche por encima del trajín de sus cacharros:

—En serio, mamá. No quiero que te pongas a cocinar ahora como una loca.

—¡Hacenos unos huevos fritos y listo, Beatriz! —interviene su padre, también en voz alta.

La madre se asoma y se dirige a su marido, seria y abrupta:

—Vos ni sueñes con huevos fritos. Tenés la presión por las nubes y el médico ya te dijo mil veces que basta de fritos —y repentinamente dulce, a Alejandro—: ¿Te hago un par de huevos?

—Dale, mami. Me encantaría.

—Pongan la mesa —ordena, antes de perderse otra vez en la cocina.

Alejandro se dirige a su padre:

—¿Qué es eso de la presión alta? No me dijiste nada.

El hombre hace un gesto que Alejandro conoce hasta el cansancio y significa: "Tu madre exagera".

—Buscate un repasador, así seco bien los platos antes de poner la mesa, hijo.

9

—¿No tenés frío, acá afuera?

—No, papi. Estoy bien. ¿Vos?

—No, pero tengo más abrigo que vos, con esa campera finita que trajiste.

Alejandro se toma un momento para pensarlo. Sí, hace frío. Pero en el jardín pueden conversar tranquilos, sin que nadie los escuche. Su madre ya está acostada en el dormitorio matrimonial, que da al frente. Y ahí atrás, con los seis o siete grados de temperatura que debe estar haciendo, ningún vecino curioso va a andar parando la oreja.

—No, papá. Si vos no tenés frío, nos quedamos.

Salieron hace un rato, apagaron el farol de la pared exterior de la cocina y se sentaron en los sillones de hierro forjado. ¿Desde cuándo están esos sillones en el jardín? Alejandro los tiene incorporados de toda la vida. ¿O está equivocado?

—¿Estos sillones los compraron ustedes, o vienen de la época de los abuelos?

—No —dice el padre. La brasa de su cigarrillo sube hasta los labios, cobra intensidad, vuelve a bajar—. Los compró el abuelo cuando las tías y yo éramos chicos. El jardín era más grande porque todavía no habíamos ampliado la casa por el costado.

La brasa del cigarrillo se mueve como una luciérnaga. Su padre está señalando el lado izquierdo del lote. ¿Cuántas veces han hablado ellos dos de la historia de esa casa? Muchísimas. Tantas que Alejandro sabe que es inminente que su papá mencione la época en la que Castelar era puro campo, y las casas eran tan pocas y estaban tan sueltas que desde la vereda se veía la estación del ferrocarril, que queda como a quince cuadras.

—Mirá lo que sería Castelar en ese tiempo que vos te parabas en la puerta de casa y veías la estación —suelta su padre, y Alejandro no puede evitar sonreír en la oscuridad.

—Pasame un cigarrillo, que se me acabaron —dice el hijo.

El padre le alarga el paquete y el encendedor metálico que usa desde la noche de los tiempos. Es un regalo de cumpleaños de cuando Alejandro era chico. Muy chico, pero se acuerda del paquete, del moño, del brillo del metal cuando su padre se los mostró.

—¿Y vos cómo… cómo estás?

Pobre viejo. No sabe cómo preguntar. Y para peor él no está seguro de qué decirle, de qué manera, hasta dónde. Sabe, por experiencia, que la sinceridad absoluta, extrema, frontal, no tiene ningún sentido. Ese hombre lo quiere, pero no puede entenderlo. Demasiadas ataduras lo ligan a su tiempo, a su educación, a su clase social, a sus prejuicios.

—Bien, papi. Bien.

¿Qué más decirle? ¿Cómo? Es como si un fulano se acercase a mil obreros que construyen una catedral de esas góticas, monumentales, llenas de torres, arcos y relieves, esas que te mueven al asombro y a la constatación de tu pequeñez, y preguntase: "¿En qué andan, muchachos?". La propia pregunta invalida la respuesta. ¿Qué podrían responderle? "Estamos construyendo lo más grande que vas a ver en tu vida, y tus hijos en la suya, y lo mismo va a suceder con los hijos de tus hijos." Aunque esa imagen de la catedral —bien pensado— no es demasiado adecuada, con eso de que la religión es el opio de los pueblos. "Estamos derribando el capitalismo. Es-

49

tamos peleando una guerra mano a mano contra los podero-
sos y sus esbirros, y les estamos ganando, y falta poco para que
les ganemos del todo." ¿Puede responderle eso a su padre? No.
O lo ves o no lo ves. O reconocés una catedral gótica cuando
la tenés delante o estás más ciego que la miércoles.

—¿Te van a mandar a Tucumán?

La pregunta de su padre lo incomoda. Alejandro piensa
que es culpa suya, y no de su papá. Su estúpida sinceridad a
medias. Si Gervasio se enterase de que su viejo está al tanto de
que él está integrado a una célula del ERP, y que la expectativa
del comando es que los envíen a pelear al monte tucumano,
Gervasio —con toda la razón del mundo— lo caga a trompadas. Lo caga a trompadas para empezar, y después lo degrada
a repartir panfletos en la puerta de una fábrica, para terminar.
Pero esas son las consecuencias de no asumir la clandestinidad
a fondo, y a otra cosa.

—No, papá. Yo no tengo nada que ver con esa parte, al
final.

Mejor esa mentira piadosa. En una de esas, después de
una pausa, pueden cambiar de tema y dejar esa zona espinosa
sin herirse uno al otro.

—Ojalá que sea como decís, Alejandro. Ojalá.

Lo dice de un modo que a Alejandro lo irrita. No entiende del todo por qué, pero lo irrita.

—¿Por qué "ojalá"?

Aun en la oscuridad, sabe que su padre lo está mirando.
Él también debe estar sopesando las ventajas y desventajas de
la sinceridad.

—Porque más allá del buzón que les estén vendiendo a
ustedes adentro, hijo, en Tucumán los están haciendo mierda,
y los van a terminar matando a todos. Así que, por eso, "ojalá"
no vayas para allá.

Este es el momento en que Alejandro debería morderse

los labios, pero no puede. No puede permitir que su viejo suelte, así como así, semejante error de análisis.

—Entonces vos creés las mentiras que cuentan el gobierno y sus cipayos…

—Ah, entonces es mentira que a ustedes los están destrozando en Tucumán.

Alejandro no necesita verle la cara a su viejo para saber que tiene esa mueca burlona que hace cuando discuten de política.

—Más bien que es mentira. El gobierno dice eso para ocultar la verdad.

—Bueno, en general es para eso que uno miente. Para ocultar la verdad.

Seguro que detrás de ese comentario hay otra sonrisita, más pronunciada que la anterior. Basta. Suficiente.

—¡Cortala, papá! ¡Y dejá de burlarte!

—¿Burlarme? ¿Vos pensás que me causa gracia que los estén haciendo mierda y vos te plantes acá, convencido de que van ganando?

—¡Seguro que vamos ganando! ¿Qué te creés? ¿Que un pueblo decidido es tan fácil de derrotar, así como así?

—¿Ahora resulta que ustedes son el pueblo?

—¡Más bien que somos el pueblo!

—No te engañes, Alejandro. Que usen ese nombre no significa que sean "el pueblo".

—¡Por supuesto que somos el pueblo!

—Son cuatro gatos, Alejandro. Eso son. Vos y los cuatro gatos que piensan como vos.

Alejandro resopla intentando no sucumbir al deseo de responder la ofensa. No hay caso. Ese hombre nunca va a entenderlo. Pero no quiere terminar el encuentro en esos términos. No tiene la menor idea de cuándo podrá volver a conversar con su papá.

—¿Seguro que no tenés frío? —El tono de su padre es el del principio. Se ve que ha hecho el mismo razonamiento que él. No tiene sentido dinamitar el puente que ambos pisan.

—No, papi. Yo estoy bien, pero en una de esas deberías abrigarte vos.

—No hace falta. Igual ya me voy a tener que ir para adentro. Vos querrás guardarte un rato para verlo al Cabezón.

Alejandro comprueba, una vez más, por qué no puede enojarse con él. O hacerlo durante demasiado tiempo. Su viejo está en todas. En todas las que él necesita. Sabe que el tiempo corre, y que Alejandro querrá guardarse un rato para encontrarse con su mejor amigo. Se le ocurre algo.

—¿Y si lo llamo por teléfono y le digo de vernos más tarde? Que me espere un rato. Después voy. Así charlamos un rato más vos y yo.

—Por mí está bien, hijo. Pero no sé si ustedes pueden andar usando cualquier teléfono.

En realidad, tiene razón. Ese jubilado dueño de una semillería parece más perspicaz que él a la hora de establecer protocolos de seguridad. Que un militante del ERP hable por teléfono para encontrarse con uno de Montoneros, usando el teléfono de la casa de sus viejos para llamar a otra casa que queda a la vuelta, no parece el colmo del profesionalismo. Pero, bueno, tampoco es el colmo del profesionalismo que el citado militante haya pasado largas noches discutiendo con su padre, sentados en esos sillones de hierro, sobre su incorporación a la Juventud Guevarista, y después sobre su militancia en el Partido Revolucionario de los Trabajadores, y por último sobre sus acciones en el Ejército Revolucionario del Pueblo. Una lástima por los protocolos, dicho sea de paso.

—Lo llamo y vengo, así charlamos un rato más.

—Andá, hijo. Acá te espero —su padre responde mientras enciende otro cigarrillo que relumbra en la oscuridad.

10

Alejandro afirma la escalera contra la pared del galponcito del fondo. Sube los ocho peldaños de madera y apoya con cuidado los pies en el techo de chapa, asegurándose de pisar sobre los remaches, como le enseñó su padre muchos años atrás: los remaches delatan la posición de los tirantes que sostienen el techo, y son el lugar más resistente para andar ahí arriba.

Cuando era chico, muy chico, subirse ahí con su papá tenía un aura de gozo y de aventura. Alejandro subía adelante y su padre detrás, por si el alpinista erraba el paso y se venía en banda. Una vez arriba se sentaban sobre las chapas para otear el paisaje: desde esa atalaya se veían los fondos de todas las otras casas de la manzana. Alejandro llevaba el revólver de cebitas y el *walkie-tolkie* para jugar al "fuerte". Su padre le decía que ellos dos eran como el teniente Drogo, el de *El desierto de los tártaros*. Y cuando el hijo preguntaba por ese teniente y ese desierto su viejo, invariablemente, le contestaba que ya lo iba a leer cuando fuera grande.

Cuando se hicieron amigos con el Cabezón, el techo del galponcito adquirió una segunda utilidad, igual de interesante. Como el Cabezón vive a la vuelta, pero en la misma manzana, uno podía subir al techo, alcanzar la cumbrera y después avanzar por las paredes medianeras de los vecinos para llegar de la casa de uno a la casa del otro. Desde la primera vez que Alejandro hizo la prueba, él y el Cabezón sintieron que su amistad ascendía hacia un escalón superior. El resto de los chicos del barrio, cuando querían encontrarse, tenían que salir de sus casas, caminar por la calle y tocar el timbre que fuera. A ellos dos, de hecho, les pasaba lo mismo si querían ir a lo de Miguel, a lo de Pablo o a lo de Fito. Pero entre el Cabezón y Alejandro no hacía falta. Ellos poseían un sendero propio y secreto. Peligroso, por añadidura: había que caminar por una pared de diez centímetros de ancho, como los equilibristas del circo, balanceando de vez en cuando los brazos para no irse en banda. Y sin hacer ruido. Ni los Alarcón, ni los Geiser, ni los Domínguez, ni los Molina, ya pegando la vuelta, ni los Balbuena, dueños de ese ancho terreno del caserón por donde había que pasar al final, advirtieron jamás ese tráfico secreto. Y si lo advirtieron, jamás le fueron con la denuncia a sus madres, cosa que para el caso es más importante todavía.

Esta noche Alejandro camina aguzando la vista, intentando aprovechar la poca luz que llega desde el farol de mercurio de la calle para no pisar en falso y precipitarse a cualquiera de esos fondos. Para peor, sabe que desde hace un tiempo los Molina tienen perro, un dóberman que sin duda no verá con buenos ojos que el hijo de los de la semillería le dispute el territorio, precipitándose desde el cielo como un fardo o un meteorito.

El tramo más difícil es el de los Balbuena, la única casa de doble frente de toda la manzana. Veinte metros resbaladizos porque tienen un cedro altísimo que deja el fondo permanentemente en sombra, y la medianera es puro musgo resbaloso. Y después del cedro, una higuera, como para complicar aún más el panorama. La higuera está plantada cerca de la medianera. Cuando eran chicos, con el Cabezón se dieron más de un atracón, trepados a esa pared. Pero cuando pasa mucho tiempo sin que la poden, sus ramas son un obstáculo adicional, en el último tramo del recorrido. Le cuesta más que en la niñez: tiene que encorvarse, corregir su centro de gravedad, avanzar agachado, tentado de aferrarse a esas ramas elásticas y huidizas que más bien pueden perderlo que ayudarlo. Será porque es más alto, o porque el cedro tiene más ramas, o por las dos cosas. Pero siente un gran alivio cuando emerge del otro lado. Ya casi ha llegado a destino. Ahora tiene que encaramarse en la pared de casi un metro en el punto en el que la medianera de los Balbuena se junta con la baranda de la escalera que, ya en el fondo de la casa del Cabezón, lleva desde el patio a la terraza. Si cruzó sin problema todo lo anterior, trepar con un saltito al otro lado no puede ser un problema. Y no lo es. Ya está del otro lado, de pie sobre la escalera de la casa de su amigo. Arriba, la terraza. Abajo, el patio. No mete demasiado barullo, pero en el silencio de la noche su amigo tiene que haberlo escuchado. Se escucha su voz, de hecho, desde arriba.

—Subí, trosco.

Alejandro obedece. El Cabezón —que sólo es el Cabezón ahí, en su casa, porque en su Unidad Básica de Combate es Antonio, del mismo modo que Alejandro sólo es Alejandro en esa manzana de casas bajas— está sentado contra la pared que cierra los laterales de la terraza.

—¿Qué hacés, peroncho? —lo saluda Alejandro mientras le palmea el hombro y se deja caer a su lado.

—Todo espectacular.

—Pasame un pucho, que no traje.

—Qué raro. No puedo creer que otra vez más tenga que hacerme cargo de tus vicios.

—Dale, flaco. Encendedor tengo.

—Ah, magnífico. Así es otra cosa.

11

El Cabezón se da cuenta de que Alejandro está muy entusiasmado, porque empieza a levantar la voz:

—¿Te lo dije o no te lo dije?

—Uh, terminala, Ale.

—¿Cuántas veces te dije que Perón iba a terminar cagándolos?

El Cabezón bufa y niega sin énfasis. Alejandro ríe entre dientes y se toma un minuto para encender otro cigarrillo. Es cierto, piensa el Cabezón, que Alejandro se lo dijo mil veces. Pero bueno, también es cierto que el Cabezón le advirtió a Alejandro sobre otro montón de equivocaciones de su propia organización. De todos modos, prefiere dar vuelta la página. Ni endilgar ni recibir recriminaciones. Esta noche no, por lo menos.

—¿Vos me viste alguna vez, a mí, entusiasmado con Perón?

—¡Te vi meterte a militar en la Juventud Peronista! ¿Qué más querés que te vea?

—Lo hablamos mil veces, Ale. No rompas las bolas.

El Cabezón suelta el humo intentando formar un anillo. Seguro que no lo consigue —nunca lo ha logrado, y nada indica que hoy se rompa el maleficio—, pero en la oscuridad no se nota el nuevo fracaso. No quiere discutir con Alejandro. Se estaba por dormir cuando sonó el teléfono. Él estaba en su pieza, acostado, fumando y escuchando la radio. Le extrañó la hora del llamado. Su madre y sus hermanas dormían desde hacía rato o al menos estaban en sus piezas, según ese acuerdo tácito de "Nosotras y vos vivimos bajo el mismo techo pero hacemos como que no" que ya llevaba... ¿cuánto tiempo?

—¿Y a vos qué se te dio por llamar por teléfono, en lugar de venir y tocarme la ventana? ¿O es que de repente los bichos colorados se han vuelto unos chambones descuidados?

—Eso nunca, Cabeza. Y menos si nos comparamos con los Montoneros.

Sonríen. Dan otra pitada. Mejor así. No tiene sentido andar compitiendo por cuál de las orgas tiene más gente, más operativos, más chances de convertirse en vanguardia de la guerra popular. Hoy, por lo menos, no. Hoy alcanza con charlar largo y tendido con su mejor amigo.

—¿Vos en lo tuyo cómo andás? —pregunta el Cabezón.

Lo de "en lo tuyo" es un eufemismo, y los dos lo saben. Como saben que está prohibido lo que están haciendo. No se le cuenta a un extraño en qué anda uno. De todos modos le parece una exageración, una cautela excesiva. Si lo agarran a él, por ejemplo. ¿Qué información sobre Alejandro podrían arrancarle? Que es del ERP, que vive clandestino en una casa operativa por Lomas del Mirador, Ramos Mejía o por ahí. Los nombres de guerra de sus compañeros, podría ser. Pero ignora los verdaderos. Eso es todo. Bueno, pensándolo bien, es bastante. Si lo detienen y le entran a dar con la matraca, quién sabe cuánto sería capaz de aguantar sin vender a su amigo de la vuelta de casa. Cuando sale ese tema en las reuniones de la UBC todos aseguran que serían incapaces de vender a los compañeros. El Cabezón no quiere mandarse la parte con eso. Ni él ni sus compañeros, nunca jamás, han sido llevados a ninguna frontera del dolor. Gracias a Dios.

—Antes de ayer participé de un ajusticiamiento.

Alejandro lo dice con un tono neutral. Mejor dicho: lo dice en el tono que el Cabezón le conoce y que significa que está haciendo un esfuerzo enorme por sonar neutral.

—¿Y cómo fue?

El otro demora en contestar.

—Un cana represor. Lejos, en la provincia.

Siguen fumando en silencio.

—Nosotros acabamos de hacer algo bastante grande. Un caño en un sindicato recontragorila.

Después el Cabezón agrega algunos detalles y mientras narra los pormenores no puede evitar la tentación de adornarlos con supuestos peligros adicionales. Mientras lo hace, tampoco puede evitar preguntarse por qué. ¿Será que en algún rincón de su orgullo le pesa que su amigo haya participado de un operativo así de pesado, con una muerte incluida, mientras él todavía sigue virgen de cosas así? No está seguro. De lo que sí está seguro es de que antes le habría molestado más. Mucho más. Antes, compararse tenía más sentido. Esas discusiones bizantinas en las que Alejandro se jactaba de que ellos eran más organizados, más profesionales, mientras los montos eran una manga de chambones. Y el Cabezón se defendía como gato panza arriba, retrucándole que el problema del ERP era que eran una vanguardia sin pueblo, una secta militarizada sin conexión con las bases. Hoy, no. El Cabezón no tiene ganas de discutir.

—Ahora hay que esperar que nuestro responsable suba el informe, y ver qué nos bajan. Pero en una de esas nos trasladan a Tucumán, a pelear en el foco del monte.

—¡A la mierda! —el Cabezón no tiene pruritos en sonar admirativo, pero enseguida recapacita—: ¿Pero no los están cagando a palos, allá en la selva?

—Uh, sonás como mi viejo —responde Alejandro, pero sin enojo—. Bueno, en una de esas, un poco, sí. Por eso hay que apuntalar ese frente. Hay que llegar al punto de quiebre. Estamos cerca. Muy cerca. Si el pueblo ve que la vanguardia no duda, sigue al ataque, combate convencida, vas a ver cómo el pueblo al final se encolumna. No hay manera de que no pase.

—Claro.

¿"Claro"? El Cabezón lo ve de cualquier manera menos "claro". Pero le parece admirable que esos pibes estén dispuestos a jugársela en el medio del monte. A veces el Cabezón se pregunta si no fue un error entrar a militar en Montoneros. ¿Qué hubiese pasado si, en tercer año del secundario, en lugar de meterse en ese grupo de profundización del cristianismo con Sergio y con Silvia, se hubiese ido con Alejandro para el lado del trotskismo? En una de esas no tenía los quilombos ideológicos que padece ahora. Esta fragilidad teórica que lo acorrala. ¿O será que ya tenía los quilombos desde antes, desde siempre los tenía, y por eso lo cautivó mucho más la mística popular de Montoneros que esa cosa metódica, disciplinada e intelectual que los del PRT llevan como una marca en el orillo? En algunas noches particularmente desesperadas se imagina pidiéndole a Alejandro que lo conecte con los troscos. Hacer toda la autocrítica que le indiquen. Cursar su escuela de cuadros. Después de todo, ¿cuánto más abajo de lo que está ahora tendría que arrancar en su estructura? ¿O acaso ahora, en Montoneros, está en una posición interesante? Ni en pedo. Semiclandestino como está, corre muchos más riesgos que los que están clandestinos, simplemente porque mientras los otros bucean él sigue con el cogote afuera del agua. ¿Qué sería lo peor que le podría pasar? ¿Que en el ERP le encomendasen tareas de apoyo anodinas cuando no directamente pelotudas? Como si las que le ordenan hoy por hoy no fueran así.

Momento, se dice el Cabezón. No exageremos. No nos pongamos tan dramáticos. Lo que tiene que hacer es dejar de dudar. Eso, dejar de dudar, ir para adelante es lo que va a desempantanarlo. De lo contrario, si sigue metido en ese pantano de preguntas, la revolución popular va a tomar el poder y el triunfo lo va a encontrar a él, como un boludo, llevando paquetes de acá para allá y de allá para acá. Eso siempre y cuando triunfe la revolución popular, claro. Porque si al final pierden… ahí está. Ese es el problema. El problema suyo. Que se pregunta esas cosas. Que dentro de su cabeza deja que crezcan los condicionales. Mientras el Cabezón se pregunta "si" van a ganar, seguro que Alejandro está recontraconvencido y no tiene la menor duda de que van a ganar. Y los compañeros de Alejandro tampoco. Pero ojo, que los compañeros del Cabezón en la UBC tampoco dudan. A ver si ahora, de repente, va a resultar que Santiago, o el Puma, andan dudando y pensando "si" ganan o "si" pierden. Ni en pedo. Están convencidos de que van a ganar. El problema es él. El problema es el Cabezón y sus dudas. Siempre sus dudas. Sus putas dudas.

12

Mientras el Cabezón apaga el enésimo pucho contra las baldosas de la terraza, escucha un prolongado bocinazo. ¿Puede ser que la hora se les haya ido de semejante manera? Se vuelve hacia Alejandro y distingue que también está girado hacia él, con la misma pregunta en el rostro. Bueno, si distingue sus rasgos es porque sí, definitivamente, se les hizo tardísimo y, sin que se dieran cuenta, empezó a clarear.

—¿Esa es la bocina del rápido de Bragado?

—Se nos hizo cualquier hora, che.

Se incorporan, se sacuden el polvo del trasero del jean, el Cabezón recoge el paquete de cigarrillos y el encendedor y los guarda en el bolsillo. Bajan la escalera sin hacer ruido, evitan que se golpee la puerta mosquitero, atraviesan la cocina, el comedor y el pasillo de entrada. El Cabezón abre la puerta con ademanes lentos, para que las bisagras no rechinen. Pero después de asomar medio cuerpo al porche vuelve a entrar.

—Esperá, Ale, que el vecino de enfrente está sacando el auto.

—¿Lissi?

—No, el tano ese está en el quinto sueño. Laspada. Justo el de enfrente.

—Qué pegada.

—No te preocupes. Lo saca de la cochera y lo deja regulando en la vereda mientras desayuna.

El Cabezón abre con cuidado la mirilla para espiar. Un

minuto después le hace el gesto a Alejandro de que pueden salir.

—¿Auto nuevo, el amigo Laspada? —mientras caminan hacia el cerquito de madera que separa el jardín delantero de la vereda, Alejandro hace un ademán con la cabeza hacia el auto del vecino, que suelta una nubecita de humo por el escape, en el frío de la mañana.

—¿Viste lo que es? Ese Torino es una nave espacial.

—Qué oligarca hijo de puta —comenta Alejandro, sin énfasis—. Seguro que a los obreros les paga una miseria y él se da estos lujos.

—Explotador, pero disciplinado, ojo —reconoce el Cabezón. Siguen hablando en susurros porque la ventana del dormitorio de su madre da al frente—. Siete y media, como un relojito, lleva a los hijos a la escuela y la facultad.

—Tres hijos tiene, ¿no?

—Sí, pero el del medio va a la facultad a la tarde. Ahora se va con el chiquito y con la hija. Al pibe lo deja en la escuela y a la piba en la estación de Castelar. A la tarde vuelve cada uno por su lado, porque el viejo se queda en la fábrica como hasta las siete.

El Cabezón abre con delicadeza el portoncito del cerco, evitando que haga ruido. Le hace un ademán a su amigo para que salga a la vereda y le descubre, cuando cruzan una mirada, un gesto entre valorativo y burlón.

—¿Qué?

—Nada.

—¿Qué me mirás, flaco?

—Dale, Cabeza. Hacete el boludo.

—¿Con qué?

—¿Me vas a decir que no pensaste en el garca este como un objetivo? Para una expropiación, Cabeza. Hacete el gil.

—Dejate de joder, Alejandro. Vive enfrente de mi casa.

—Sí, pero tenés media inteligencia hecha.

—Estás en pedo.

—Mirá que si ustedes no se animan…

El Cabezón cambia su gesto de perplejidad —el comentario de Alejandro lo sorprendió con la guardia baja— por uno que pretende ser de astucia.

—Ni se te ocurra venir acá a joder con tus bichos colorados. Después veo si lo hago o no lo hago, pero no vengas a escupir el asado, viejo Vizcacha.

Sonríen los dos mientras se dan un apretón de manos.

—Chau, Cabezón. Cuidate.

—Vos también, Ale.

Alejandro, a buen paso, se pierde en dirección a la estación de Castelar.

13

Diego se revuelve en el asiento trasero.

—¿Podés hace algo con esta pendeja, papá? ¡Voy a llegar tarde otra vez!

—No hablés así de tu hermana, Diego —responde el padre.

—Ah, claro, porque el problema es que yo le digo "pendeja", y no que Cecilia haga lo que se le canta el… lo que se le canta.

Laspada insulta por lo bajo, pone marcha atrás y retrocede con el Torino a la calle, tratando de ganar tiempo.

—Llego tarde, papá —insiste Diego.

Laspada toca un bocinazo corto. Le da vergüenza por los vecinos, aunque intenta convencerse de que siendo las siete y cuarto de la mañana serán pocos los que sigan acostados. Azuzada por el bocinazo o porque sí, finalmente Cecilia emerge desde la puerta de la casa. Intenta apresurarse haciendo equilibrio sobre esos zuecos que parecen zancos y que tiene puestos a todas horas. Laspada sospecha que debe sacárselos únicamente para dormir y para ducharse. Cuando la chica está todavía sentándose, Laspada pone primera y arranca.

—¡Eh! ¡Cuánto apuro!

—Sí, estamos apurados, Cecilia. Tu hermano llega tarde a la escuela, por si no lo sabías.

—Si tiene tanto apuro, que se vaya caminando.

—¿Por qué no te vas caminando vos, tarada?

—¡Me encantaría, pendejo, pero papá no me deja!

—Dejen de hablarse así…

—¿O vos te creés que a mí me gusta andar por ahí en un auto como este, cuando hay miles de trabajadores que cobran sueldos de hambre?

Laspada se gira hacia ella un segundo. La chica le respondió a Diego, pero lo mira a él. Otra vez la mula al trigo.

—Te pido que tengas la amabilidad de cortarla con ese tema. No quiero empezar amargado la mañana.

El viaje continúa en silencio hasta que llegan a la puerta de la escuela. Como el Torino es una cupé, Cecilia tiene que bajar, haciendo equilibrio sobre sus zuecos, mientras Diego acciona la palanca del respaldo del asiento del acompañante para salir a su vez. Ya pegó el estirón, tiene las piernas largas, y sus movimientos parecen más torpes todavía. Cecilia le dedica una mirada burlona cuando se cruzan junto al auto. Apenas la chica ocupa otra vez el asiento, su hermano menor cierra de un portazo y se aleja mascullando los insultos que su padre no le deja dedicarle en voz alta. Cecilia se vuelve hacia Laspada.

—¿No le vas a decir nada? ¿Acaba de cometer el pecado, el sacrilegio de cerrar fuerte la puerta de tu Torino y vas a dejar que se vaya tan campante?

—No. No le voy a decir nada porque la culpa de lo que pasó es tuya, y no suya. Si hubieras salido en hora, esta discusión no habría pasado. Para defender los derechos de gente que ni conocés, sos la primera. A solidaria no te gana nadie. Pero ser solidaria con tu hermano, para que llegue en hora y no le pongan media falta… eso te resulta imposible, ¿no?

—Lo que faltaba. Ahora me vas a dar lecciones de solidaridad. ¿Vos, papá?

—Yo te puedo dar lecciones de lo que se me cante.

—Estás muy equivocado.

—Te recomiendo que no me faltes el respeto.

—¿Vos te atrevés a hablar de faltar el respeto, papá? ¿De verdad?

Laspada frena con brusquedad frente al único semáforo de Castelar, en Arias y Carlos Casares, que acaba de ponerse en rojo, y se vuelve hacia su hija:

—¿A qué viene eso? ¿A quién le falto yo el respeto, a ver? ¿A quién?

—¡Al pueblo! ¡Al pueblo le faltás el respeto! ¡Ganando la plata que ganás! ¡Teniendo el auto y la casa que tenés!

—¿Así que me vaya bien en la vida es una falta de respeto?

Arranca cuando se pone en verde. Ya están llegando a la barrera de la estación. Laspada mastica su bronca y algunos argumentos.

—Que yo sepa, vos no tenés ningún problema en disfrutar ni de la casa, ni del auto, ni de la ropa que te comprás con el dinero que gano.

—Yo no te pedí nada de esto, para que sepas.

Cecilia lo dice señalando el piso del Torino, como si el auto fuera la síntesis de la prosperidad que detesta.

—Bueno. Hoy cuando vuelvo de la fábrica, si querés, llevo las valijas a tu pieza y guardamos toda tu pilcha para donarla a los trabajadores.

Estaciona apenas más allá de la barrera para no entorpecer a algún auto que venga detrás, aunque a esa hora hay muy pocos dando vueltas. Se gira hacia su hija, que lo observa iracunda. Su último comentario ha dado en el blanco. Sin despedirse la chica abre la puerta de un tirón, se incorpora y estabiliza el cuerpo otra vez sobre los zuecos. Por segunda vez en la misma mañana, la carrocería del Torino se sacude con el golpazo de una de sus puertas al cerrarse.

14

Claudia consulta su reloj. Se supone que faltan cuatro minutos. Espera que Paterson, la del Centro de Estudiantes, sea puntual. Aunque a Claudia la tienen totalmente sin cuidado las diferencias entre las glaciaciones de Mindel y de Riss, que es el tema sobre el que Mendiberri lleva media hora perorando, levanta la mano para formular una pregunta. Mejor que el viejo decrépito no la vincule con lo que está a punto de suceder.

—Sí, alumna.

Cuando Claudia se dispone a hablar se apagan las luces del aula. No sólo las del aula. También las del pasillo y las de la escalera que lleva a esa especie de altillo desvencijado en el que Mendiberri dicta sus clases.

—Ah, pero qué contrariedad —la voz de Mendiberri es serena. Claudia intuye que los labios del vejestorio deben estar curvados en una sonrisa.

Se oyen unos pasos rápidos por la escalera y el corredor.

—¡Viva Perón! ¡Muerte al Brujo! ¡Abajo la intervención y sus esbirros! ¡Basta de fachos! ¡Por una universidad nacional, popular y revolucionaria!

Los gritos son de una chica joven, que no es la propia Paterson. Claudia se pregunta a quién habrán mandado, mientras el haz de la linterna, después de sacudirse sobre el techo y las paredes, vuelve a perderse escaleras abajo.

—Ah, pero entonces quiere decir que no se trata de un desperfecto eléctrico —Mendiberri vuelve a hablar en el mismo tono sosegado.

—Es evidente, profesor —Claudia abandona la prudencia que se había prometido mantener.

—Bien. ¿Alguien me puede recordar dónde nos habíamos quedado?

—¿Piensa seguir dando clase?

—¿Y por qué no habría de hacerlo? Es cierto que se dificultará la toma de apuntes, pero tampoco vamos a ahogarnos en un vaso de agua por un evento desafortunado, y…

—¿Evento desafortunado? ¿A la lucha estudiantil usted la llama "evento desafortunado"?

—No hace falta que grite… ¿Cáceres, verdad? No hace falta que grite. Somos diez personas y nos escuchamos perfectamente.

—¿De modo que conoce mi apellido? ¿Tengo que preocuparme por eso, señor Secretario de Posgrados de la Intervención brujovandorista?

—¿Y por qué habría de preocuparse? Conozco los apellidos de todos, señorita. Como le decía recién, somos diez personas… Propongo que sigamos con lo nuestro.

Claudia está acostumbrada a discutir sin salirse de las casillas. Pero con ese viejo no consigue controlarse.

—¿"Lo nuestro"? ¿Cómo se atreve? ¡"Lo nuestro" es no ser cómplices del entreguismo de Isabel, López Rega y Ottalagano! ¡Eso es "lo nuestro"! Vamos, compañeros. Todos afuera. ¡No seamos cómplices de los fachos de la intervención!

Termina de decirlo y comprende que se dejó llevar. Sabe que acciones como esa no las decide una militante común y corriente como ella. Requieren el aval del responsable de la JUP, o de alguno de sus delegados. Bien podrían acusarla de un vanguardismo irreflexivo. Hay un riesgo todavía más inmediato: que el resto de los alumnos de la comisión no la secunden. La autoridad existe hasta que es desobedecida, y ella acaba de cometer la torpeza de arriesgarse a que la ignoren.

¿Acaso no han debatido hasta el cansancio, en los encuentros de formación, sobre ese peligro? La acomete un dilema urgente: ¿qué debe hacer si los compañeros desoyen la consigna de abandonar el aula? ¿Ignorarlos u obligarlos? Se pone de pie. Abre el cierre de su cartera y tantea con los dedos la culata del 38. Encuentra el encendedor. Lo saca y lo enciende. En la negrura del aula la llama alcanza para definir el contorno de sus cuerpos, pero no sus expresiones.

—No me molesta, Cáceres, si quiere permanecer allí de pie. Pero tenga cuidado de no quemarse las yemas de los dedos.

—No necesito que ningún dinosaurio me ofrezca consejos, se lo garantizo.

Claudia se gira hacia sus compañeros.

—¿Vamos a permitir que nos sigan faltando el respeto, compañeros?

—¿Y desde cuándo yo le falté el respeto, alumna? —Mendiberri cambia de tono de inmediato—. Eso que dijo acerca de los dinosaurios me hizo acordar de algo que quería compartir con la clase, fíjese qué curiosos son los caminos de la mente. Acabo de leer en el *Archaeological Journal* de la Universidad de Princeton un trabajo que por ahora luce un poco alocado en su hipótesis, pero sugiere que la extinción de los dinosaurios…

—¿De verdad no piensa dejarnos en paz? —ahora sí Claudia ha pegado un grito estentóreo.

Una chica que usa unos enormes anteojos y se sienta siempre en la primera fila se incorpora, empuja su banco y camina rápido hacia la puerta. Tan rápido, de hecho, que la llama del encendedor de Claudia tiembla con la ráfaga que genera. Claudia aprovecha para cambiar de mano el encendedor, porque es verdad que está empezando a quemarse los dedos.

—Por el momento no es más que la teoría de unos mexicanos que analizaron un cráter en la península de Yucatán. Y hay que reconocer que, por ahora, la comunidad científica no ha sido demasiado hospitalaria con la teoría de que un meteorito…

Mientras Mendiberri habla, para alivio de Claudia el resto de los alumnos, uno a uno, van levantándose y saliendo del aula. Lástima que el viejo no se da por enterado y sigue con su letanía.

—Como corresponde en estos casos, habrá que esperar que nuevas investigaciones apuntalen la hipótesis o…

—¿En serio piensa seguir jodiendo? —Claudia alza la voz sin proponérselo, movida más por la incredulidad que por la rabia.

—No me grite, Cáceres.

Claudia duda si cambiar de mano otra vez el encendedor o apagarlo. Opta por cerrarlo y dejarlo caer en la cartera. Se sienta en el primer banco e intenta serenarse lo suficiente como para discutir con el viejo en términos políticos.

—Usted no entiende que lo que hizo, al aceptar el cargo en la intervención, es una afrenta para todos los estudiantes y su lucha revolucionaria, ¿no?

—¿El cargo? ¿Qué tiene que ver el cargo?

—¡Todo tiene que ver, Mendiberri! ¡Acá se toma partido por un bando o por el otro y se asumen las consecuencias, para que sepa!

—Le agradezco que me esclarezca, Cáceres. Pero le confieso que me deja perplejo…

—¿Qué es lo que lo deja perplejo?

—Eso que me dice que los he afrentado… A usted, a sus compañeros, a la patria en armas…

A Claudia le cuesta mucho no detenerse en el tono sarcástico que Mendiberri desliza con pinceladas sutiles.

—Yo no mencioné la patria en armas.

—Tiene razón. Habló de lucha revolucionaria, pero a veces se me confunden las consignas. Es que para un cerebro fatigado como el mío son demasiadas.

—Creo que usted no termina de entender lo que está pasando, profesor.

—En eso creo que tiene razón, fíjese. Creo que los seres humanos sólo entendemos lo que de verdad nos importa. Y es cierto, le confieso, que todo ese asunto de su proyecto, su ideal, su revolución, me interesan un reverendo pepino.

—¿Ah sí? ¿Y después se queja de que lo insulto? ¿Quién se cree que es para insultar a la Revolución?

—Nada más lejos de mi ánimo, Cáceres. No le digo que lo que ustedes creen y hacen no importe. Digo que a mí no me importa. Si le sirve de consuelo, también me trae sin el menor cuidado lo que digan y hagan los enemigos de ustedes.

—¡Ahí está, Mendiberri! ¡Ningún consuelo! Porque usted es Secretario de Posgrados de esta intervención, que persigue a los compañeros. ¡Y por lo tanto es cómplice! Acá hace falta un cuerpo docente comprometido, popular, militante…

—Ahí estamos sonados, Cáceres. Yo le puedo ofrecer numerosos conocimientos sobre el Cuaternario, pero no me pida compromiso con lo que pasa en 1975 porque…

—¿Por qué? ¿A ver? ¿Por qué, profesor?

Mendiberri hace una pausa antes de responder. Los ojos de Claudia se han adaptado lo suficiente a la oscuridad como para distinguir la silueta de su profesor sentado tras el escritorio.

—Ya se lo dije. No me despierta el menor interés. Cuidado que tampoco me despierta enojo, ni odio, ni nada. Es eso, Cáceres. No se ofenda. Lo mismo me ocurre con cualquier otro… proyecto político, como los denomina.

—No me deja otra que compadecerlo, entonces. Al final es un pobre tipo.

—Le agradezco la compasión, Cáceres. Eso sí, el mejor

modo de agradecérmelo es dejarme dar mis clases sin sobre-saltos…

—Sigue sin entender, profesor. Eso que usted llama so-bresaltos es el tren de la historia. Y a ese tren hay que subirse. Porque los que no quieren subirse son tan enemigos nuestros como los que nos tiran tiros desde abajo. ¿Me entiende?

—Creo que sí.

—¡Porque a los tibios los vomita Dios!

Nuevo silencio de Mendiberri. Y nueva certeza de Clau-dia, cuando vuelve a hablar, de que el viejo sonríe mientras habla.

—Alguna vez que ande con tiempo voy a pedirle que me explique cómo hacen ustedes para juntar a Dios con el mar-xismo leninismo.

—¿Ahora resulta que los católicos de derecha son los due-ños de Cristo, su señoría?

—No, no, para nada. Yo no tengo la dicha de guarecerme en ninguna religión. Será que me genera envidia que ustedes tengan dos, a falta de una.

—¿Quiere decirme que la Revolución es una religión?

—¿Pero por qué me lo toma como una crítica? ¿Recién estábamos disputándonos a Cristo, y ahora le molesta?

Listo. A Claudia se le agotó la paciencia. Se incorpora, camina hacia la puerta y se detiene en el umbral.

—Usted va a terminar mal, Mendiberri. Se lo juro, si no cambia, va a terminar mal.

—Creo que sí, Cáceres. Lo de cambiar, a esta altura de la cosecha, mal lo veo. Y por otra parte, eso de "terminar mal" es un destino que comparto con toda la humanidad, me parece.

Se escucha el frufrú de la ropa del profesor. La luz del encendedor le ilumina el perfil mientras enciende un cigarri-llo. Claudia sale y cierra de un portazo.

15

Ernesto se pregunta si Ana María se va a aguantar las ganas de decir lo que piensa y calcula que no, que no va a aguantárselas. El grupo está acostumbrado a que ella sea la más franca, la más frontal, la más abierta, aun a riesgo de comerse después una reprimenda del responsable. Y la expresión del rostro de la camarada, desde que Gervasio tomó la palabra para bajar las órdenes de la conducción, da a entender que no piensa quedarse callada demasiado tiempo más. La conocen tanto, además, que el propio responsable se detiene en mitad de un detalle que está explicando y la mira.

—¿Algo para comentar, Ana María? Hacelo, nomás. Te escuchamos.

Ana María parece dudar.

—¿Puedo hablar en confianza, Gervasio?

—Esto no es un operativo, ni una revista. Ni siquiera es una reunión formal. De modo que sí, claro que podés.

—Lo que pasa es que siento, pienso —se corrige— que nos robaron la idea. ¿Qué querés que te diga? Nos la robaron. ¿O no?

Esa última pregunta la formula mirándolos alternativamente a los tres. Ernesto cruza un vistazo con Luis, que enseguida desvía los ojos. Y después con Gervasio, que parpadea como si estuviera indeciso.

—¿Ustedes piensan lo mismo que Ana María? —pregunta Gervasio.

Ernesto intenta ordenar íntimamente sus argumentos. Es

cierto que, hace algunas semanas, desde la conducción se le solicitó al comando Ho Chi Minh —al igual que al resto de los comandos— que presentaran ideas para acciones de propaganda armada. Y también es verdad que el comando Ho Chi Minh —más precisamente Ana María— fue la que propuso la toma de una escuela. Ahí se había sumado Luis, perfilando mejor los detalles de la idea, proponiendo que se apuntase a una escuela de Libertad o de Pontevedra: localidades con poca presencia policial y muchas calles de tierra. Las pocas calles pavimentadas podían bloquearse con unos pocos retenes fáciles de establecer. Ernesto había agregado, en la misma dirección, que eran barriadas obreras, muy populosas, en las que el impacto multiplicador de la acción armada sería aprovechado al máximo. A Gervasio el plan lo había entusiasmado mucho. Tanto que propuso llevarla a cabo en Parque San Martín, que también es en el partido de Merlo pero tiene un perfil obrero más acentuado todavía, por eso del posible impacto simbólico de la acción. Pero Ernesto y Luis no habían estado de acuerdo: el Parque es menos recóndito, hay muchas más calles de asfalto y la retirada puede complicarse. Gervasio había aceptado la objeción, y precisamente por esas actitudes Ernesto lo apreciaba tanto. Porque era el primero en aceptar una sugerencia, si lo que le proponían era mejor que su propia ocurrencia.

Ahora mismo, si le dio a Ana María la posibilidad de hablar es porque sabe que el comando en pleno está molesto por cómo terminaron dándose las cosas. Gervasio puede ser intransigente cuando hay una operación armada en marcha. Ahí sí, ni se te ocurra hacerte el díscolo. Pero en la casa operativa, en la discusión cotidiana de la célula, el tipo no tiene problema en abrir el juego todo lo que haga falta.

—Bueno, Gervasio —Luis se anima a hablar, por fin—. Tres semanas después de que subimos la idea, nos bajan la orden de participar en el copamiento de la Escuela 2 de Pontevedra. Pero eso sí: bajo la conducción del comando Ayacucho. Eso molesta un poco…

—Es como dice Luis —Ana María se envalentona a partir de la intervención de su camarada—. Fuimos los de la idea. La idea se aprueba. Y cuando va a ejecutarse resulta que tenemos que subordinarnos a otro comando. ¿O ahora resulta que no podemos conducir nosotros? ¿O acaso el oficial que nos revistó la última vez no nos felicitó por la ejecución del operativo de San Nicolás?

Gervasio se toma una pausa antes de responder. Quiere asegurarse de que a nadie le quede ninguna objeción atragantada. Ernesto piensa que él hasta ahora se ha quedado callado, y eso no está bien.

—Lo que puedo agregar es que comparto los argumentos que acaban de aportar los camaradas —eso es todo lo que dice.

Gervasio los mira a los tres, y recién empieza a hablar después de otra pausa:

—Me parece que sus objeciones son atendibles, camaradas. Pero los invito a tener en cuenta una cuestión importante de mi explicación, que temo hayan pasado por alto: la escuela que fue seleccionada, en Pontevedra, lo fue porque el Partido tiene, dentro de esa escuela, una militante que es parte precisamente del comando Ayacucho. Y no es un detalle menor.

Es cierto, piensa Ernesto. Gervasio lo dijo. Pero estaban todos más atentos a su frustración que a la lógica de la planificación de la toma.

—¿Y qué? —Ana María no parece dispuesta a dar el brazo a torcer—. Acá estamos todos clandestinos porque el Partido nos lo ordenó. No hay modo de que tengamos a alguien afuera, ni en esa escuela ni en ninguna otra.

75

—Sí, camarada —Gervasio no pierde la tranquilidad—. Pero no te olvides de que el último documento que bajó el Partido tenía que ver con la importancia de no descuidar el trabajo de base, por fuera de nuestra estructura político-militar.

—¿Pero cómo podemos trabajar en la base si estamos clandestinos, Gervasio? —es Luis el que lo pregunta.

—Me parece que nos estamos desviando —Gervasio mueve la cabeza de un lado a otro.

—¿Desviando por qué?

—Reivindicar así, con esa energía, la autoría de una idea, Ana María. Vos sabés el aprecio que te tengo. Más que aprecio. Admiración. Pero, ¿no te resulta un poco burgués, un poco individualista? La idea es mía, mía. Y no te lo señalo como tu responsable, que quede claro. Te lo señalo como tu amigo.

Cae un silencio pesado sobre los cuatro.

—Momentito, Gervasio. Momentito —Ana María no está derrotada ni mucho menos—. Yo no reivindico la autoría de la idea por un prejuicio burgués de anhelar notoriedad. Lo que me interesa es que nos den la conducción del operativo. Me importa un comino quién se lleve los laureles. ¿Después quieren publicar en *Estrella Roja* una nota celebrando el profesionalismo del comando Ayacucho? Me importa un carajo. Lo que quiero es dejar claro que somos un comando serio, dedicado, profesional. Y acabamos de demostrarlo en el ajusticiamiento de San Nicolás. Por algo nos llamaron y por algo lo hicimos. Y todos los que estamos alrededor de esta mesa queremos ir a Tucumán. Y sabemos que para ir tenemos que hacer méritos. Y no hay nada de malo en eso. Lo único que hay es celo revolucionario, camaradas. ¿O cómo ascendiste vos hasta responsable de célula? ¿Por acomodo? No, señor. Ascendiste por tus méritos.

Ana María, arrebatada, se sopla el flequillo que se le ha venido a la cara, y los mira alternativamente a los tres.

—¿Estoy muy equivocada, camaradas?

Un silencio más pesado todavía. Gervasio se rasca la cabeza y vuelve a hablar.

—No lo sé. Sinceramente, no lo sé. Pero en la práctica no creo que tenga sentido que nos opongamos. Al contrario. En una de esas, si planteo una objeción se lo toman a mal y nos dejan directamente fuera de la acción. ¿Prefieren correr ese riesgo?

Ernesto niega con la cabeza. Los otros siguen inmóviles, pero es evidente que nadie quiere correrlo.

Les propongo que nos focalicemos en hacer nuestro trabajo como corresponde. Como siempre, por otra parte. Eso se ve. Eso trasciende. Eso se sabe arriba, se los garantizo. Nadie ignora cómo trabaja el comando Ho Chi Minh. Se los garantizo.

Gervasio se pone de pie y apoya el dedo índice sobre los papeles. ¿Conduce el Ayacucho? Que conduzca. ¿Nos toca ir bajo su mando? Vamos. Seamos los mejores. Ahí se jugará nuestro mérito, Ana María. Lo demás que no nos importe. ¿Les parece?

Muchas veces Ernesto ha escuchado la expresión: "Con Fulano yo me animo a ir a la guerra", para expresar admiración por un líder. Pues bien. Ernesto ya está en la guerra, y se considera muy afortunado de estar a las órdenes de alguien como Gervasio. Y está seguro de que Ana María y Luis, pese a la calentura de hoy, piensan lo mismo.

Luis se incorpora y propone una ronda de mate antes de cenar.

16

Hoy la disposición de los miembros de la UBC, alrededor de la mesa, tiene algo de extraño: nadie ocupa la cabecera. Cuando Antonio se hizo presente —último, como de costumbre— se encontró con que todos estaban ya sentados, aunque Santiago no estaba en el extremo más próximo a la ventana, sino sobre uno de los laterales. Junto a esa cabecera, sí, pero sobre el costado. Justo enfrente se había sentado el Puma. Al lado del Puma, Claudia (ella y Santiago sostienen el —para Antonio— superfluo prurito de no usar asientos contiguos). Y enfrente de Claudia, el Mencho.

Mientras Antonio entraba en la habitación y se los encontraba sentados así, no pudo evitar, además de la sorpresa, una ocurrencia que lo divirtió en secreto: la de caminar con paso firme hasta la cabecera, apoyar las manos sobre la madera de la mesa, mirarlos "de hito en hito" (como decían los libros que leía de chico) y tomar posesión del liderazgo de la Unidad Básica de Combate con alguna frase al estilo de: "Y bien, compañeros, la Conducción Nacional cree que ha llegado la hora de que los escépticos confundidos demos un paso al frente".

Por supuesto que no hizo semejante cosa, y su fantasía se diluyó mientras tomaba asiento al lado de Claudia, farfullando una somera disculpa que incluía problemas de sincronización entre trenes del Sarmiento y servicios de la línea 216 de colectivos.

Santiago comienza la reunión haciendo un balance sobre el atentado a la Delegación Haedo del Sindicato Textil. Agradece a los miembros de la UBC su dedicación y profesionalismo, y lamenta la circunstancia de que un civil que pasaba circunstancialmente por la zona haya salido herido, aunque supone por el testimonio del compañero Antonio que —gracias a Dios— sus heridas no han sido de gravedad. El "compañero Antonio", mientras lo escucha, se pregunta si hizo bien en dejar al tipo ahí tirado, en plena calle. Y se repite, por enésima vez, que no tenía otra opción que abandonarlo.

Santiago sigue diciendo que repasó, punto por punto, el desempeño de la unidad durante el operativo, y que sigue considerando que se actuó con el máximo profesionalismo y apego a las órdenes. Y que ningún operativo, por bien planificado que esté, puede garantizar al cien por ciento la seguridad de los civiles que puedan presentarse en el frente de batalla.

Antonio se detiene en la expresión que acaba de usar su responsable. "Frente de batalla" le suena exagerado para bautizar la cuadra de la avenida Rivadavia entre Helguera y Cobarrubia, en Haedo. Pero la expresión formal y concentrada que mantienen sus compañeros le da a entender que es el único con semejante prurito. Hasta el Puma, que suele permitirse un toque despectivo y burlón cuando los demás hacen uso de vocabulario castrense, esta vez se mantiene impertérrito.

Santiago agrega que en el día de la fecha el Puma y él mantuvieron una reunión con la Secretaría Militar Regional (eso es raro, piensa Antonio. No la reunión, sino que el Puma lo haya acompañado a esa reunión). Que en la reunión, una vez brindado un informe detallado sobre el operativo en Haedo, se recibieron instrucciones específicas de la Comandancia atinentes a los lineamientos tácticos de la lucha de ahora en adelante. Santiago hace un gesto hacia el Puma, invitándolo a sumarse a la explicación. Decididamente, piensa Antonio, esta es una noche llena de sorpresas.

—El Ejército Montonero acaba de lanzar una nueva

ofensiva táctica, y todas sus unidades operativas deben concentrarse en aumentar y extremar su despliegue efectivo en el territorio, en la ejecución de acciones directas y efectivas.

—Se nos indicó específicamente —completa Santiago— que las UBC tienen que ser capaces de potenciar la lucha armada y extremar su capacidad de combate. Llegó el momento de quebrar definitivamente la capacidad de respuesta militar del enemigo, compañeros.

—¡Eso es muy bueno! —el Mencho lo dice removiéndose en el asiento, impaciente, entusiasmado.

Antonio piensa que hay algo que desafina. ¿Por qué el Mencho es el único así de entusiasmado? Sospecha que hay algo que Santiago y el Puma no están diciendo. O no están diciendo todavía. Y que tiene que ver con eso de la cabecera de la mesa vacante.

—Faltaría a la verdad —dice por fin Santiago— si no agregase que se nos indicó que la UBC Morón tiene que hacer un marcado esfuerzo en ese despliegue táctico. Y demostrar, puertas afuera y puertas adentro de la Orga, que estamos a la altura del momento histórico que enfrentamos.

El Mencho mira a Santiago, después al Puma, después a Claudia, con cierta perplejidad:

—No entiendo del todo a qué se refiere la superioridad, compañero.

—A que tenemos que ser más activos, más agresivos. Porque las otras UBC del Oeste nos están pasando el trapo y quedamos como unos pelotudos y unos timoratos.

Eso no lo dice Santiago, sino el Puma. Antonio se siente tentado de quedarse pensando en la difícil convivencia del suave calificativo "timoratos" con el brutal "pelotudos". Pero enseguida intenta enfocarse en lo importante. Lleva en la Orga el tiempo suficiente como para entender que la Secretaría Militar acaba de levantarlos en peso. Santiago y el Puma vienen de comerse una cagada a pedos de marca mayor. La pregunta sería: ¿pero por qué los dos? ¿Por qué esa reunión no se hizo a puertas cerradas con el responsable? ¿Por qué incluir a un simple soldado raso como el Puma?

La Orga no hace nada porque sí. El mensaje es claro: sobre la cabeza de Santiago pende el riesgo de la degradación. Antonio no cree que incluya, además, una promesa de ascenso para el Puma. No es para tanto. Debe haberse tratado sólo de una manera de reforzar el efecto del mensaje: ponete las pilas o vas a terminar como este energúmeno que asignamos a tu UBC. Y en espejo, y con la misma función de reforzar efectos, darle a entender al Puma que no hay mal que dure cien años, y que en una de esas vuelven a ascenderlo si hace los méritos suficientes.

—No es la muerte de nadie, compañeros —retoma la palabra Santiago—. Sólo se trata de ajustar nuestro proceder táctico a esa orientación estratégica que se nos baja desde la Conducción.

Antonio sigue prefiriendo traducir lo de "estratégico" por "largo plazo" y "táctico" por "corto plazo". Desde que empezó a militar son dos palabras que se le confunden. No lo que significan, sino las propias palabras, cuando tiene que usarlas. En fin. Lo cierto es que no le gustaría estar en los zapatos de Santiago en este momento. Hace unos meses, apenas, le bajaron la consigna de que había que edificar un frente de masas y derrotar electoralmente al aparato gubernamental del peronismo de derecha. Y Santiago se lo tomó a pecho y los tuvo para arriba y para abajo con las reuniones políticas y las iniciativas barriales y los contactos con las comisiones internas de las fábricas. Y ahora le bajan la orden de dar un volantazo de ciento ochenta grados. Como para no quedar pedaleando en el aire. Por eso la cabecera está vacía. El mensaje es "en este momento nadie merece estar al frente de la UBC, ni el aspirante obediente ni el loco de mierda degradado". ¿Se estará avecinando una etapa de "doble comando"? Antonio espera, por el bien del grupo y la salud mental y física de todos ellos, que no. No tiene nada personal ni contra el Puma ni contra Santiago, pero siente en el estómago que las cosas se van a poner más y más jodidas, en un momento en el que él está más y más confundido.

—¡Eh, Antonio! ¿Vos qué opinás?

La pregunta se la dirige Claudia, mientras al mismo tiempo mueve la palma de su mano abierta frente a los ojos de Antonio. Evidentemente la conversación ha seguido sin él, o con él colgado de una nube. Con sorna, se felicita: bien por mí, aprovechando siempre la oportunidad de quedar mal con todo el grupo.

—No sé, Claudia —contesta, mientras busca en su cabeza alguna idea que lo deje bien parado.

—Para mí hay que poner un caño en algún negocio grande de Morón —está diciendo el Mencho.

Antonio intenta sintonizar: se ve que están en la fase "tormenta de ideas" para futuras acciones.

—No estoy de acuerdo —se opone Claudia—. El problema con los caños es que son tantos que al final todo es un quilombo, nadie entiende quién lo puso, contra quién y para qué.

—Coincido —interviene el Puma—. Además, meter un caño lo mete cualquiera.

Antonio no puede menos que admirarle la modestia: siempre que ponen un caño es el Puma el que corre los riesgos mayores. Tal como hizo el otro día en Haedo. Que le reste importancia al asunto, en lugar de sacar pecho, habla bien del compañero.

—¿Y vos qué proponés?

La pregunta la hace Santiago, y Antonio piensa: quién te ha visto y quién te ve. De repente dejamos de competir por el tamaño de nuestro miembro y nos hemos vuelto sesudamente colaborativos.

—Hay que ir por algo más fuerte. Más claro. Que haga más ruido.

—Yo comparto esa idea de ser más contundentes —dice Claudia.

Que la novia de Santiago apoye al Puma entra en el terreno de la ciencia ficción, decide Antonio.

—¿Y cómo? —pregunta el Mencho.

Se hace un silencio.

—Con alguna ejecución. O por lo menos con un secuestro —todos están pensándolo, pero dejan que sea el Puma el que lo ponga en palabras.

Otro silencio, más largo que el anterior. Claudia habla por fin.

—En la facultad hay un profesor… un facho que encima aceptó un cargo de la intervención de Ottalagano. Un hijo de puta.

Estudia los rostros de los varones que la circundan.

—¿Ese que me contaste a mí? —pregunta Santiago.

Claudia asiente.

—Podría ser —concede el responsable.

El Puma se rasca la cabeza y los mira alternativamente:

—En una de esas tendríamos que ir más despacio. Una ejecución es algo groso. Se los digo por… es algo más groso.

No hace falta ser un genio para entender que la palabra que el Puma evitó es "experiencia". ¿Pero por qué ahora recula, si él mismo fue el que propuso la disyuntiva entre secuestro y ejecución? ¿Lo habrá pensado mejor, o lo habrá lanzado como un ensayo, a ver cómo reaccionaba el grupo? Antonio piensa que ahora podría levantar la mano y decir: "Mi mejor amigo, Alejandro, alias Ernesto, es bicho colorado y acaban de bajar a un policía en San Nicolás. Si quieren, le pido algunos consejos". ¿Por qué se le ocurren esos pensamientos salvajemente estúpidos? ¿Por qué no puede abortarlos antes de que le ocupen toda la cabeza?

—Vos decís de ir por el lado de un secuestro —el tono del Mencho es tentativo.

—Sí. Porque además tiene una doble ventaja. Demostrás que la UBC está madura para operaciones grandes, por un lado. Y le subís recursos económicos a la Conducción, por el otro.

Sopesan el argumento en silencio, durante otro minuto largo.

—Estoy de acuerdo —dice por fin Santiago.

—Lo que hay que conseguir —se ataja el Puma— es un blanco que de verdad valga la pena.

—¿Y si preguntamos a la Secretaría Militar? —pregunta Claudia.

—Sería mejor que lo lleváramos nosotros, todo cocinado —dice Santiago—. Si queremos que nos respeten, tenemos que demostrar iniciativa, a eso me refiero.

Antonio ve el modo en que las palabras, las ideas, las propuestas van y vienen como la pelota de un metegol, de lado a lado de la mesa. ¿Cómo es posible que él no pueda aportar nada? ¿O que lo que se le ocurre para aportar, como la referencia a Alejandro, de recién, sea una burla tan ridícula que hasta él comprende que tiene que seguir callado? Pensar en Alejandro lo conduce al último encuentro que compartieron. A lo que conversaron. A la broma que se lanzaron al despedirse. Siente el ramalazo de una ocurrencia consistente. ¿Por qué no? Levanta la mano. ¿Es sorpresa lo que ve en el rostro de sus compañeros? Que se dejen de joder. Ahí va. Santiago lo invita a hablar con un gesto.

—Tengo una idea —dice Antonio, por fin.

17

Hugo Laspada detiene el auto frente a su casa y toca bocina: dos toques cortos, con la idea de no molestar a los vecinos. Pasa un minuto largo. Toca otra vez, mientras niega con la cabeza, contrariado. Ahora prolonga un poco las dos notas, a ver si finalmente alguien de su casa se apiada de él. Nada. Sobresaltado, mira el retrovisor: se olvidó de que está en medio de la calle, bloqueándola. A esa hora Arredondo, por suerte, sigue desierta. Lo de "por suerte", igual, es relativo. Es una suerte para no molestar a otros. Pero es un riesgo. Con las cosas como están, flor de riesgo. Él detenido ahí, como un inútil, esperando que alguien se digne a abrir el portón del garaje.

Laspada toca bocina por tercera vez. Toques más largos. Y tres en lugar de dos, a ver si alguien, en su casa, termina de darse por enterado. Cuando está a punto de bajarse a tocar el timbre advierte, a través de los vidrios esmerilados de las hojas del portón, que alguien ha encendido la luz del garaje.

—Por fin… —murmura.

Es su hijo Esteban el mártir que se ha dignado bajar de sus aposentos. Lástima que le está costando manipular el portón o no le está poniendo demasiado empeño a la tarea, porque pasa otro largo minuto hasta que se abre la hoja del centro, que se pliega sobre la que le sigue a la izquierda, y esta a su vez sobre la otra. Después Esteban camina por el espacio a medio despejar y pliega sobre el otro costado las dos restantes. Laspada vuelve a pensar que tendrían que tener uno de esos que se ven en las películas de Estados Unidos, que se suben y se bajan, enteros. Sería más rápido y, por lo tanto, más seguro.

Laspada pone primera y avanza con cuidado. La Cupé Torino GS cabe en ese garaje si y sólo si uno la conduce con extrema delicadeza. Una deriva de diez centímetros a la derecha o a la izquierda terminaría en un rayón, y ese chiche le ha costado una fortuna demasiado cuantiosa como para cometer semejante chambonada. Como no podía ser de otra manera, Esteban, el dechado de la solidaridad, se ha mandado mudar de regreso a su pieza. Por lo tanto Laspada tiene que abrir con mucho cuidado la puerta del coche, deslizarse con el cuerpo de costado entre el Torino y la pared y cerrar las cinco hojas del portón de madera. De regreso vuelca medio corpachón de nuevo dentro del auto para alcanzar su maletín, que está sobre el asiento del acompañante. Antes de incorporarse se toma un minuto para aspirar esa mezcla de olores a cuero, a metal, a motor recién apagado que despiden los autos nuevos y que a Laspada lo reconcilian con las tribulaciones de la existencia.

Al pasar por la cocina le da un beso en la mejilla a su mujer. Ella le devuelve el gesto sin dejar de atender a la plancha de los churrascos y a la cacerola del puré, y le dice que llame a los chicos, que ya está la comida. Laspada deja el maletín en el comedor, pega un grito de llamada general a sus hijos, al pie de la escalera, y pasa por el toilette para lavarse las manos y la cara. Se afloja la corbata mirándose en el espejo. Le impresionan sus propias ojeras. Sale del baño y presta atención a los sonidos. En la cocina la plancha sigue cociendo la carne. Desde la planta alta se oye el sonido apagado de la música. Las músicas, debería decir.

Insultando entre dientes sube la escalera. Golpea la puerta del dormitorio de Esteban, a un lado, y la del de Diego, al otro.

—¡A comer, que se pasa la carne! —dice, mientras sigue caminando hacia el fondo del pasillo.

Al final del corredor está el baño principal. A los lados, el dormitorio matrimonial y el que ocupa Cecilia. Golpea. No recibe respuesta. A juzgar por el volumen al que se escucha la música desde ahí afuera, difícilmente oiga los golpes en la puerta. De todos modos insiste. No quiere abrir sin autorización, y ligarse una filípica sobre invasiones a la privacidad y derechos vulnerados.

—¿Qué pasa? —se escucha la voz de su hija, por detrás del batifondo.

—¡Que bajes a comer, Cecilia!

—¿Qué?

Listo. Suficiente. No va a seguir desgañitándose frente a una puerta. Abre y se encara con su hija, que está acostada con las manos detrás de la nuca, mirando el techo. Cuando lo ve se incorpora y le baja el volumen al tocadiscos.

—Que bajes a comer, que ya está lista la comida —dice, en un tono mucho más bajo.

—Ya voy —responde la chica, y de inmediato—: ¿Ahora qué pasa?

Cecilia ha visto cómo su padre se queda mirando el póster que acaba de colgar de la pared. Un rostro del Che Guevara de metro y medio de alto con una sigla al pie, dentro de una bandera. La sigla no la conoce, aunque incluye las consabidas P de pueblo, T de trabajadores, R de revolución y la U de unidad, entre otras.

—¿Pasar? No pasa nada, Cecilia —responde Laspada.

—¿Y por qué te quedás mirando el póster? ¿Te molesta?

Laspada no va a entrar en esa. Alguna vez hablaron (siempre y cuando pueda aplicarse el verbo "hablar" a una discusión a los gritos, como entre dos locos, llevada adelante por espacio de una hora y media) sobre Guevara, y Laspada no está dispuesto a reincidir.

—¿Por qué tendría que molestarme?

—Así que te parece bien…

No, señorita. No le parece bien, pero no va a permitirle protagonizar un nuevo episodio de la telenovela "La chica idealista frente al burgués desalmado". No va a darle el gusto. Hoy no. Está destruido de cansancio, harto de lidiar con los proveedores, con los clientes y con los delegados gremiales de las dos comisiones internas. Porque la buena noticia del día es esa: ahora no tiene que ponerse de acuerdo sólo con la comisión interna de la UOM, sino también con la comisión de la izquierda clasista que se odia a muerte con los de la UOM. Y Laspada tiene unas ganas de mandar todo a la mierda que le llegan hasta las cejas y ponerse a discutir con su hija acerca de la pertinencia o impertinencia del póster de Guevara en la pared de su cuarto puede ser la gota que rebalse el vaso pero no, no está dispuesto a dejarse llevar.

—Ayudá a poner la mesa.

Se gira para salir y Cecilia vuelve a hablar:

—¿Y mis hermanos qué?

Buena pregunta, concede Laspada para sus adentros. Se detiene en el umbral de su habitación, adonde se dirigía para cambiarse antes de comer. El pasillo sigue desierto. Abajo sólo se oyen los sonidos de su mujer trajinando en la cocina. Las habitaciones de Diego y de Esteban siguen cerradas. Definitivamente, cualquier día de estos estalla por el aire.

18

—¡Atención!

La voz de Gervasio suena como un trueno en el galpón vacío, y el taconeo sincronizado de los borceguíes es el último sonido que se escucha cuando el pelotón adopta posición de firmes. Ernesto siente la tentación de girar la cabeza para mirar hacia el portón, por donde acaba de ingresar la comisión que viene a pasarles revista, pero no va a cometer semejante torpeza. ¿Cuántos son? ¿Quiénes son? Recién cuando entran en su campo visual se permite mover apenas los ojos para enfocarlos, aunque sin alterar ni un ápice el ángulo recto entre el pecho y el mentón ni permitirse el mínimo giro lateral del cuello. Además de Gervasio y de Alberto —que es el responsable del comando Ayacucho— hay dos oficiales, a juzgar por sus insignias. Los uniformes de los visitantes —tienen insignias de tenientes— son impolutos. Y están perfectamente afeitados. Ernesto se promete comentar más tarde, con Luis, ese detalle. Le dieron muchas vueltas al asunto de dejarse o no crecer la barba. Ernesto concluye que esa informalidad va bien para el monte, pero no para el frente urbano.

Ahora las órdenes quedan a cargo del responsable del comando Ayacucho, quien vocifera:

—¡Presenten… armas!

Mientras ejecuta los movimientos previstos, Ernesto cree escuchar una mínima disonancia a su izquierda. Confía en que sea mínima, y que no eche por la borda el sacrificio que hicieron, practicando hasta el agotamiento.

—¡Descansen… armas!

Esta vez la sincronización es perfecta. Los oficiales pasean la mirada sobre el conjunto. Uno de los tenientes se planta frente a la formación.

—¡Buenos días, soldados!

—¡Buenos días, señor!

—Descansen.

Una nueva tanda de movimientos sincronizados y los FAL, relucientes, descansan junto a la pierna derecha de cada combatiente.

—Quiero empezar agradeciendo la hospitalidad del comando Ayacucho, que facilita sus instalaciones para esta revista conjunta —el que habla es el teniente que hasta ahora se había mantenido en silencio—. Todos conocemos a la perfección el trabajo adicional que significa sumarle, a las tareas cotidianas, una revista.

Ernesto escucha con toda su atención.

—Es cierto que, por el momento, ustedes constituyen la retaguardia del Ejército Revolucionario del Pueblo. Y lo son porque la Compañía de Monte Ramón Rosa Jiménez, nuestra vanguardia, se está jugando el pellejo en Tucumán y obligando al enemigo a replegarse en todo el frente de batalla. ¡Viva la Compañía Ramón Rosa Jiménez!

—¡Viva! —responden a coro, estentóreos.

El oficial comienza a caminar por delante de la formación, con las manos a la espalda, mirándolos a la cara, alternativamente.

—Pero no se engañen. Sus tareas de retaguardia no son menos importantes que las que llevan a cabo los combatientes del monte. Al contrario, camaradas. Sus acciones de propaganda son cruciales. Su participación en los frentes de base es crucial. Sus acciones armadas de represalia son cruciales. Y el Estado Mayor toma nota de su celo incansable, de su arrojo y de su disciplina. Acá también se juega el futuro de la Revolución. Y ese futuro está en sus manos. Por eso el Comandante Santucho, por nuestro intermedio, los invita a sostener el esfuerzo heroico que están haciendo. Y les asegura que es muy probable que en cualquier momento el Ejército Revolucionario del Pueblo les otorgue el privilegio de sumarse a esa lucha definitiva, a esa batalla final que en el foco tucumano se libra contra el imperialismo y sus sirvientes.

El teniente detiene su lento paseo y se planta de nuevo frente a la formación.

—¡Hasta la victoria siempre, camaradas!

—¡Hasta la victoria siempre!

El otro teniente le hace un gesto con la cabeza a Gervasio, que se adelanta.

—¡Rompan… filas!

Lo primero que hace Ernesto es girarse hacia Ana María, que le devuelve la misma expresión alborozada que él debe tener en la cara. Ahora sí, carajo. Ahora sí van a lograrlo.

19

Los cinco están encorvados sobre la mesa, estudiando el papel afiche que se ha ido llenando de recuadros, nombres, flechas, números y tachaduras. En la parte superior de la lámina sobreviven cinco rectángulos más prolijos, de los que se desprenden todas las flechas y anotaciones restantes. Esos rectángulos, de izquierda a derecha, dicen "Laspada", "Esposa", "Hija", "Hijo 1" e "Hijo 2". El rectángulo "Esposa" está tachado. El Puma, con un grueso marcador en la mano, sobrevuela el rectángulo "Laspada" mientras pregunta, dirigiéndose a Santiago:

—¿Lo tacho o no lo tacho?

—Tachalo.

Antonio, aunque no le pregunten, está de acuerdo. La esposa de Laspada no tiene horarios confiables: sale a hacer las compras casi todos los días, pero nunca a la misma hora. En cuanto al marido, acaban de discutirlo a fondo. A favor de tomarlo como objetivo estaban el hecho de que suele llegar de noche, sin custodia, y espera varios minutos a que le abran el garaje. Pero es un hombre corpulento, no del tipo corpulento y fofo, sino del tipo corpulento que te pone una mano encima y te sienta de culo. Juega al fútbol en el Sindicato de la Alimentación, en Villa Udaondo, todos los fines de semana, y parece estar en forma. Una objeción todavía más importante: su manejo de la fábrica es muy personalista, y en una de esas no hay ninguna otra persona autorizada, en la administración, para los trámites que serán necesarios en el cobro del

rescate, como retirar depósitos, liquidar activos, pedir préstamos o lo que vayan a necesitar.

—Repasemos a los hijos —está diciendo Claudia—. La
piba estudia en Capital. Va y viene en tren. A la ida, el padre
la lleva en auto hasta la estación. La vuelta la hace sola caminando, pero vuelve a horas muy diferentes.

—Eso sería lo de menos —interviene el Mencho—. El
día que hacemos el operativo nos apostamos en la zona temprano y esperamos el momento en que vuelva.

—¿Te parece, Mencho? ¿Toda la UBC dando vueltas por
Castelar desde mediodía, esperando a que la piba vuelva de
una vez por todas?

—Tiene razón Antonio —se mete el Puma—. Además,
con la hija no nos podemos meter.

—¿Por? —pregunta Claudia.

—Milita en una agrupación cercana al Partido Revolucionario de los Trabajadores.

—La pucha.

—¿Pero está integrada al ERP?

—¿Estás seguro?

—¿Con qué grado de cercanía?

El Puma espera que se detenga la andanada de preguntas
y después aclara:

—Es simpatizante. No milita directamente. Les compra
el *Estrella Roja*, va a algunos actos, colabora en acciones de
base, cosas así.

—Eso cambia las cosas —el tono de Santiago es, de repente, hosco—. No me parece bien que vayamos sobre familiares de militantes.

—No es militante —el tono del Puma intenta ser persua-
sivo—. Está cerca de un grupo de superficie, nada más. Y es
un espacio de los troscos. No es nuestro. Además —prosi-
gue—, no estoy diciendo que ella sea el objetivo. Acepto ese

93

límite, si eso los deja más tranquilos. Pero de ahí a que no podamos ir ni sobre la familia ni sobre sus hermanos…

—No sé, Puma —Santiago sigue con ese tono severo que no augura que consigan ponerse de acuerdo—. No me siento cómodo con eso.

—No se trata de sentirnos cómodos, aspirante.

Sonamos, piensa Antonio. Ya se fue al carajo la armonía, la cordialidad y el espíritu colaborativo. ¿Cuánto habían durado? ¿Dos, tres semanas? El tiempo que le llevó a él completar la inteligencia sobre sus vecinos de enfrente.

—La oportunidad sigue siendo perfecta —insiste el Puma—. Desde la comandancia de la Columna Oeste nos piden más operativos. Estamos perdidos, sin saber qué hacer, ni dónde, ni cómo. Antonio nos trae el dato de Laspada. A todos nos pareció factible. Nos pasamos semanas haciendo inteligencia, corroborando punto por punto lo que había traído Antonio. Cierra todo. A este tipo podemos sacarle una torta de guita.

—Que la hija sea militante de izquierda no me da para pensar que "cierra todo".

—No hay objetivos perfectos, Santiago.

—¿Vale la pena tener un quilombo con los compañeros del ERP por una expropiación?

—¿Y quién te dijo que vamos a tener un quilombo? ¿Sabés lo que va a pasar? Vamos a hacer el operativo. Y la familia, naturalmente, no va a saber qué hacer. Los vamos a llamar y los vamos a apretar. Y se van a cagar de miedo. Y van a hacer lo que les digamos sin levantar la perdiz. Vas a ver.

Explicado así, piensa Antonio, la verdad es que sería una picardía dejarlo pasar. Santiago cruza una mirada con Claudia, muy breve.

—De acuerdo —dice por fin.

—Bien —retoma el Puma—. Nos quedan dos posibilidades.

Antonio tiene un ligero sobresalto. Cuando llevó el proyecto a la UBC sabía que no siempre el objetivo de un secuestro es la cara visible del dinero y que bien puede ser que le toque a un familiar. Pero no se había imaginado que hubiesen contemplado al pibe de catorce años. ¿No es demasiado chico para algo así?

—El Hijo 1 es el que tiene los horarios más impredecibles —Claudia vuelve al centro del asunto—. Terminó el secundario el año pasado y se supone que está estudiando en la facultad, pero hace meses que no la pisa.

Antonio sabe que eso es cierto, porque él mismo fue el que notó que había abandonado la cursada. ¿Se habrá enterado su viejo de que se pasa las tardes en el billar de la estación, o en el bowling de Morón? El Puma, con el marcador grueso tapado, da golpecitos sobre el rectángulo que dice "Hijo 2".

—El otro pibe, en cambio, si bien sale del colegio a mediodía y vuelve caminando, dos veces por semana tiene gimnasia a contraturno.

—Martes y viernes.

—Exacto. Martes y viernes. Entra a las cinco de la tarde y sale a las seis. En esta época del año, que es casi de noche, vuelve en un colectivo que lo deja a dos cuadras.

En el silencio que sigue, Antonio intenta tranquilizarse. En los tiempos que corren, tener catorce años tampoco es ser un nene. ¿O él no tenía quince cuando empezó a militar en el grupo que había armado el cura Rodolfo en su colegio? Tampoco nos pongamos tan estrictos. Mientras le da vuelta a estas cosas, el Puma le ha quitado el capuchón al marcador, tacha el rectángulo "Hijo 1" y hace varios círculos alrededor del rectángulo "Hijo 2".

20

Mónica cierra la puerta a sus espaldas y avisa que acaba de llegar. Escucha que Mirta le contesta algo desde la cocina, pero no distingue lo que dice. Deja la cartera y el abrigo sobre la cómoda —sabe que su hermana odia esa desprolijidad, pero ya tendrá tiempo de corregirla después de tomarse un café, cuando pase para cambiarse en el dormitorio— y va a buscarla. La encuentra con los codos apoyados en la mesa, una expresión angustiada y un té intacto con aspecto de estar frío desde hace rato.

Le da un beso en la mejilla al pasar, que Mirta apenas retribuye. Mientras se lava las manos en la bacha, con detergente, le pregunta por qué tiene esa cara.

—¿Papá te contó lo que le pasó en la Facultad?

Mónica piensa. ¿A qué se refiere su hermana? ¿A la toma del aula que le hicieron semanas atrás? Difícil que el doctor Mendiberri le haya contado eso a su hijita del alma. Mirta es la luz de sus ojos y su papá la cuida como si fuese de porcelana. Que nada la preocupe, que nada la moleste, que nada la perturbe. Nunca jamás. Esa es la norma. Pero, ¿entonces? Mejor hacer una pregunta vaga.

—¿Lo que pasó con qué?

—Que le llenaron de pintadas el aula en la que da clase. "Mendiberri gorila", "Mendiberri facho", "Mendiberri sos boleta". Eso le pintaron.

—No sabía nada —contesta Mónica, y es la verdad—. ¿Fue hoy?

Tiene que haber sido hoy, porque los miércoles ella sale tarde del trabajo y no vuelven juntos. Mejor hablarlo lejos de Mirta.

—¿Está en su dormitorio?

Su hermana asiente sin soltar palabra. La taza de té sigue enfriándosele.

—No te pongas así, Mirta. Seguro que no va a pasar nada.

Mirta se vuelve hacia ella y le clava unos ojos angustiados.

—¿Que no va a pasar nada? ¿Vos no viste las cosas de las que son capaces esos tipos?

Mónica no contesta. Sí, todos los días se entera de lo que son capaces. Pero no le cierra que su padre pueda ser objeto de sus amenazas. ¿Se habrá ensarzado a discutir de política con algún pesado? Imposible. Ni con un pesado ni con un liviano. Su padre, simplemente, no discute de política. Más aún: su padre no discute. ¿O tendrá que ver con ese dichoso cargo de Secretario de Posgrados que les aceptó a las nuevas autoridades?

—Papá es el tipo menos amenazable del mundo, Mirta.

—¿Ah sí? ¿Y por qué?

—Porque da una materia que habla de la corteza terrestre, nena.

—Pero la da en una facultad que es un caos, Mónica.

—Aun así. Papá no tiene el menor interés en meterse en líos. ¿Vos viste alguna vez lo que son sus clases?

Su hermana alza los ojos hacia ella. Ese es un buen argumento. Mendiberri es metódico hasta la médula y aburrido hasta la extenuación. No hay fuerza humana ni divina capaz de apartarlo de sus parámetros de geólogo al que no le interesa nada más que sus estratos.

—¿Alguna vez lo escuchaste a papá hablar de política, Mirta?

—¿Acá en casa?

97

—Acá en casa o en cualquier lado.

—No.

—Ahí tenés. Papá no puede ser una amenaza para nadie. Vota porque es obligatorio. Si votar fuera optativo se quedaría en casa, y lo sabés. Es un mundo que a papá no le importa para nada.

—¿Qué mundo no me importa para nada?

La voz de Mendiberri las sorprende desde el umbral de la cocina. Ya se ha cambiado la ropa de calle por la de entrecasa, que es parecidísima a la de calle pero un poco más vieja: el pantalón recto de sarga gris, la camisa clara, el suéter de escote en V.

Es verlo en la cocina y que Mirta se incorpore con un respingo para decirle que a la cena le falta apenas un golpecito, ofrecerle algo de tomar mientras espera, indicarle que se siente en su silla de toda la vida. Cada vez que ve a su hermana mayor en acción, a Mónica le viene de inmediato la imagen de su madre. La misma devoción, los mismos ritos. ¿Mirta siempre fue así, o tomó la posta después de la muerte de su mamá? La adoración que la difunta dedicaba a su marido ahora se replica, idéntica, en Mirta. Mónica, como siempre, se siente extraña. Su padre la mueve más a la indulgencia que a la admiración, a la compasión más que al afecto.

Quiere a su padre, sí. Pero quererlo es —siempre lo ha sido— como querer a un dibujo un poco desvaído. No le genera cargo de conciencia porque está segura de que a su padre le ocurre algo parecido. Está convencida de que sí, de que su padre las quiere. Pero las quiere desde su distancia, desde su mundito metido para adentro, debajo de la corteza planetaria, lejos de todo y de todos, empezando por ellas. Un hombrecito gris que vive muy campante en su cuevita dejándose querer, dejándose mimar, dejándose atender, primero por su madre, después por su esposa, ahora por su hija. Casi un espeleólogo, más que un geólogo, pensando en eso de las cuevas. Demasiadas palabras esdrújulas para definirlo.

Eso sí, se pregunta Mónica. ¿A cuento de qué ese asunto descabellado de que lo estén amenazando?

21

Es una mañana magnífica de sol brillante, viento pampero y cielo azul profundo. A medida que avanzan por la avenida los edificios son más escasos, más bajos y más feos. No se cruzan con demasiada gente a pie. Mujeres, sobre todo, que van a hacer las compras cubriéndose del frío envueltas en abrigos holgados, pañuelos y bufandas cuyas puntas ondean al viento. Ernesto piensa en voz alta:

—La otra vez leí que el viento aumenta el frío.

—¿Cómo que aumenta el frío? —pregunta Luis, que va de acompañante.

—Claro. Hoy, suponete. ¿Qué temperatura habrá? ¿Tres, cuatro grados?

—Ponele.

—Bueno. Si hay viento, es como si fueran dos, tres grados bajo cero.

—¿Pero en el termómetro dice eso, o dice tres o cuatro grados?

—No. Decir, dice tres o cuatro. Yo te digo lo que siente el cuerpo.

Luis mira serio la avenida que tienen por delante, hasta que habla.

—No me parece. ¿De dónde lo sacaste?

—No sé... algo que leí.

Ernesto no dice la verdad. No lo leyó en ningún lado. Se lo explicó su viejo, el otro día en que pasó a verlos en secreto. Cuando lo explicó su padre lo entendió a la perfección, pero ahora que lo evoca tiene miedo de estar omitiendo argumentos esenciales. Igual, no va a decirle a Luis: "Dice mi papá que tal cosa o tal otra". No quiere quedar como un idiota con los camaradas del comando.

—Si todavía estamos en otoño y vienen estos fríos, no me quiero imaginar lo que nos espera para el invierno —comenta.

Un comentario sobre el clima siempre es útil para restaurar las serenas simetrías de lo cotidiano.

—La verdad —coincide Luis, y enseguida señala la esquina siguiente, mientras se acomoda la pistola debajo del saco—. Dejame donde puedas, nomás.

—¿Acá en el semáforo está bien?

—Perfecto.

—Suerte.

—Igualmente.

Luis se apea del auto y Ernesto sigue solo. Ensayó dos veces la ruta, de modo que el trayecto le resulta familiar. Adelante, a lo lejos, divisa los dos autos en los que van el comando Ayacucho, Ana María y Gervasio. Mantiene la distancia de seguridad convenida, de doscientos metros. No es difícil mantenerlos a la vista: ese asfalto escuálido es el único que conecta Libertad con Pontevedra y muy de tanto en tanto se cruzan con algún auto o con un camión de reparto. En la esquina determinada ve alzarse una nubecita de polvo: la vanguardia ha torcido sobre la calle de tierra y acelera para cubrir esos últimos doscientos metros. Ernesto acelera también, para alcanzarlos. Deja la avenida y toma, a los tumbos, por la misma calle sin asfaltar.

Una mujer de campera celeste manipula la cadena de eslabones gruesos que cierra el portón de alambre. Encima del portón, en un cartel de madera medio despintado, se alcanza a leer: "Escuela Secundaria Nº 12 Ignacio Álvarez Thomas". La mujer abre las dos hojas justo a tiempo para que los tres autos no tengan que detenerse. La escuela es un edificio bajo, de una sola planta en forma de ele, rodeada por un terreno ralo y cercado por el alambre que acaban de traspasar. El resto de la manzana es un descampado. Las de alrededor son una mezcla de terrenos baldíos y casas muy humildes: ranchitos de madera, prefabricadas o construcciones cuadradas de ladrillo hueco sin revocar.

De los dos primeros autos bajan seis efectivos, entre los que Ernesto distingue a Gervasio y a Ana María. Entran a la carrera al edificio por la puerta que también les traspone la mujer de campera celeste. Los conductores de los dos autos —y Ernesto hace lo mismo— maniobran los coches para dejarlos apuntando al portón, con el fin de facilitar la retirada. Después, sin apagar el motor, los tres ocupan las posiciones que tienen asignadas: los que pertenecen al Ayacucho se pierden, al trote, dentro del edificio, y Ernesto queda en esa posición, custodiando que el parque móvil no caiga en manos del enemigo. Se palpa el revólver que esconde a la altura de la cadera, a su espalda. La orden es no exhibir las armas salvo que sea imprescindible.

Casi de inmediato los alumnos empiezan a emerger del edificio. Encabezados por sus docentes y acompañados, cada dos cursos, por un soldado, empiezan a formar en la explanada vacía. Esta es la parte que puede desmadrarse, piensa Ernesto. En pocos minutos tienen que salir y formar casi doscientos pibes, ocho profesores, algún preceptor y la directora. Además, el tiempo apremia. El ERP ha dejado dos retenes, uno controlando la avenida Beltrán y el otro para el lado de la ruta 202. Se supone que el teléfono de la escuela ha sido neutralizado al inicio del procedimiento, y falta un rato largo para el cambio de turno mañana al turno tarde. Pero nunca se sabe. Siempre hay cosas que pueden salir mal.

Susy, una camarada del pelotón Ayacucho a la que Ernesto conoce poco y nada, levanta una cámara que lleva sujeta en bandolera y empieza a sacar fotos. Seguro que saldrán en *Estrella Roja* para ilustrar el copamiento en el próximo número. Rómulo Fuentes, que es el responsable del pelotón Ayacucho y del operativo conjunto, toma la palabra una vez que todos los cursos están en su sitio, formados y callados.

Rómulo es bueno para hablar. Casi tan bueno como Gervasio, piensa Ernesto, que presta la atención que puede, porque no quiere desatender la vigilancia de la periferia. En un tono tranquilo explica que la escuela ha sido tomada por el Ejército Revolucionario del Pueblo, brazo armado del Partido Revolucionario de los Trabajadores. Que el objetivo de la acción es invitar a los docentes y a los alumnos a tomar conciencia sobre la encrucijada que se abre para el pueblo argentino en la situación revolucionaria que se inicia en la Argentina. Al capitalismo imperialista se le ha caído la careta. La traición del peronismo ha demostrado que sólo los trabajadores, asumiendo el protagonismo que la Historia les reclama, podrán romper las cadenas que los sujetan a los explotadores. Y que la única manera de romper esas cadenas es tomando las armas y uniéndose a sus hermanos en lucha. Para la Argentina, para toda América Latina, ha sonado la hora de las armas y de la liberación.

El discurso de Rómulo sigue por ese camino. Ernesto se conmueve con la seriedad y el respeto con el que los alumnos y los profesores asisten a la arenga. No se escucha ni el mínimo sonido, a excepción del obturador de la cámara de fotos de Susy, que sigue tomando planos diversos de la ceremonia. Nadie más hace el menor movimiento.

Es el turno de Ana María de acercarse al mástil llevando la bandera que trajeron. Rómulo explica a la concurrencia que va a proceder a arriar la bandera tradicional y a reemplazarla por una más heroica y más hermosa, porque no está teñida con la sangre de los trabajadores explotados. Es la del Ejército de los Andes, que San Martín llevó victoriosa por toda Suda-mérica, liberando a los pueblos de todo el continente. Y que en el centro de esa bandera luce, con orgullo, el escudo del PRT-ERP.

Ernesto no puede evitar, cuando la ve desplegada y hen-chida por el viento gélido, que los ojos se le humedezcan de emoción. Sigue, no obstante, atento y vigilante a lo que suce-de más allá de la escuela. Rómulo, con voz estentórea, solicita un aplauso para la insignia patriótica y clasista que representa a la Nación y a los trabajadores. El aplauso, piensa Ernesto, podría ser más caluroso, pero tampoco está tan mal. Por últi-mo Rómulo inicia una serie de "vivas" a la patria, a los traba-jadores, al compañero Che Guevara, al PRT y al Ejército Re-volucionario del Pueblo. De nuevo Ernesto habría deseado que las respuestas del público fueran más entusiastas, pero tampoco estuvo tan mal, vuelve a decirse.

Echa un vistazo a Gervasio, que está mirando su reloj. Ernesto hace lo mismo. Mierda. Llevan casi diez minutos de demora con respecto al plan. Y todavía falta proceder a la desconcentración que, por motivos de seguridad, deberá rea-lizarse en estricto orden inverso al ingreso. Los cursos vuelven a entrar al edificio, encabezados por sus profesores y supervi-sados por los soldados. La directora es acompañada a su ofici-na. Según el plan, Rómulo debería permanecer con ella en su despacho un par de minutos, entregándole algunos documen-tos para su esclarecimiento revolucionario, mientras el resto del comando supervisa que alumnos y profesores se reintegren sin novedad a sus aulas.

Cuando los otros dos conductores salen del edificio a la carrera, Ernesto corre a su vez para abrir el portón de par en par. A partir de este momento son más vulnerables porque, de los tres accesos a la escuela, dos han quedado como puntos ciegos, sin vigilancia, a sus espaldas.

A la carrera se acercan Gervasio y Ana María, que suben al auto de Ernesto. Enseguida salen otros dos combatientes del Ayacucho, que trepan a uno de los autos restantes. Por fin salen Rómulo y Susy y suben al otro, que se pone al frente para encabezar la columna. Avanzan tan rápido como permiten las precauciones necesarias en calles así de irregulares. Llegan al asfalto y ahí se dividen: el auto de vanguardia tuerce hacia la 202, y el segundo y el tercero hacia la avenida Beltrán. Diez cuadras más allá deben encontrarse con el retén correspondiente.

Es precisamente cuando llegan a la altura del retén que el corazón de Ernesto empieza a bombear a pleno. De los cuatro soldados que componían el retén hay tres parapetados detrás del camión de gaseosas que cruzaron sobre la ruta para bloquearla. El otro yace sobre el pavimento. Luis, por fortuna, es uno de los que están ilesos, disparando. No alcanza a ver a los que intercambian fuego contra el retén, pero seguro serán policías de la comisaría de San Antonio de Padua o de Merlo, porque no suenan como armas del Ejército.

El auto que va adelante tuerce por la calle de tierra hacia la derecha, acelerando. Ernesto lo imita girando hacia la izquierda. En la siguiente esquina dobla a la derecha, avanza dos cuadras, vuelve a torcer a la derecha y regresan al asfalto. A medida que se acercan a la ruta ven cómo el otro auto del comando, envuelto en su propia nube de tierra, avanza raudo y a los tumbos, para confluir con ellos en la maniobra de pinzas.

Detenidos sobre el asfalto, un auto al lado del otro, abren las puertas y se parapetan detrás de ellas y de la carrocería. A la orden de Gervasio, abren fuego a discreción sobre los policías que, dándoles la espalda, disparan a su vez sobre el retén. Los tres policías, más que doblados en número y atacados ahora por la retaguardia, no tienen más opción que replegarse hacia los flancos, que la maniobra de pinzas les ha dejado, a propósito, libres para que retrocedan. No van a volver, por lo menos en el corto plazo.

Gervasio, a viva voz, da las órdenes. Ahora que el terreno está asegurado, sólo resta la retirada. Dos miembros del Ayacucho suben a su compañero herido y parten a gran velocidad, seguramente hacia la posta sanitaria. Ana María, Ernesto y Luis cubren con fuego de cobertura la retirada del resto. De todos modos los policías no cometen el desatino de asomar la cabeza por detrás de las tapias. Con el perímetro protegido, el comando Ho Chi Minh en pleno evacúa la zona en el auto que conduce Ernesto, que a medida que se aleja del campo de batalla maneja con más calma.

Cuando llegan cerca de la base aérea de Morón, por el lado de Barrio San Juan, Ernesto se detiene en una parada del colectivo 238. Ana María y Luis bajan ahí. Unas cuadras más allá baja Gervasio. Después de adentrarse todavía un poco más en ese barrio tranquilo, Ernesto descarta el auto del operativo. Camina hasta el baldío en el que, debajo de una piedra, dejó las llaves del auto seguro. Recoge, sin novedad, tanto las llaves como el propio coche, estacionado un par de calles más allá.

Los cuatro se reúnen sin novedad, dos horas después, en la base operativa de Ciudadela.

22

A veces Diego se pregunta si su hermano Esteban viene a verlo jugar porque le gusta, o porque no tiene nada mejor que hacer, o porque lo obligan los padres. Gustarle, no parece que le guste. Se sienta lejos, muy lejos del resto de la gente, que tampoco es mucha. La cancha en la que juegan al fútbol es, en realidad, la de básquet. Esa que tiene una grada de madera de diez escalones, todo a lo largo del lateral.

Esa tribuna se llena para los partidos de básquet de primera. Ahí sí. De hecho, hasta se zarandea un poco cuando la gente se pone a saltar. Hace un par de meses con los pibes fueron al partido con Obras Sanitarias, para ver a esos monstruos. Andrés, Cachito y él son más del fútbol que del básquet, pero no te vas a perder una oportunidad así. Obras les pegó un baile feroz y les ganó por treinta puntos.

Andrés le toca corto el balón, Diego la devuelve, Andrés se la vuelve a pasar. Diego lo mira a Cachito, que tira una diagonal y se la pone profunda. Cachito la deja picar y le pone semejante volea que se va apenas por encima del travesaño. El padre de Andrés les aplaude la jugada. Diego mira a su hermano, que sigue en babia.

Esa noche, la del partido contra Obras Sanitarias, en las tribunas no cabía un alfiler. La comisión directiva le había encargado a Moldes, el tesorero, cobrar las entradas. El tipo había metido un escritorio chiquito que sacaron de la administración en el pasillo que va al gimnasio de básquet. Era un gentío, pero Moldes se lo tomó con calma: si querías pasar, tenías que pagar. Él te cobraba primero y te daba un número de talonario de esos de rifa después. Y sus ayudantes te pedían esos numeritos de colores, unos metros más allá, para dejarte pasar. El asunto es que Moldes metió gente y más gente. Y llegó un momento en que en las gradas no cabía un alfiler pero el tipo seguía vendiendo entradas. Así que un montón de gente terminó sentada en el piso, en todo el perímetro de la cancha de básquet menos donde estaban los bancos de suplentes y la mesa de control. Los jugadores de Obras se quejaban de que era un peligro porque a la primera de cambio algún jugador iba a pisar a alguien y doblarse un tobillo o a aplastar a alguno, pero la Comisión no les dio ni pelota. Necesitaban la recaudación para reparar el techo del otro tinglado, que estaba a la miseria desde hacía tiempo, así que los de Obras tuvieron que aguantarse. Igual se vengaron ganando como por treinta puntos.

Hoy, piensa Diego, nada que ver. Los sábados a la mañana hay poca gente en el club, y viendo a las inferiores de papi-fútbol hay menos gente todavía. Algunos padres, nada más. Algunos padres y Esteban, que se sienta en un rincón, bien arriba, mirando para la calle por las claraboyas que sirven para ventilar el gimnasio, sobre todo en verano, cuando la chapa levanta temperatura y es un infierno.

Definitivamente Esteban tiene que venir porque lo obligan. Y eso a Diego le da el doble de bronca. ¿De qué tiene miedo su viejo? ¿Qué puede pasarle un sábado a la mañana? Que lo anden vigilando los días de semana cuando se hace de noche, vaya y pase. Aunque tampoco. ¿Pero un sábado a la mañana?

Desde que pasaron a sexto grado que con los pibes, al colegio, empezaron a ir y volver solos. Cuando salen al mediodía miran con una mezcla de burla y compasión a los tres o cuatro compañeros suyos, pobres tarados, a los que sus viejos siguieron mandando en el micro anaranjado. Diego sospecha que no podría bancarse semejante humillación. Catorce años y en el ómnibus escolar. Por favor.

Pero este año a su viejo le agarró la locura de llevarlo al colegio en el auto. Diego se quiso matar. No sólo porque su viejo tiene un Torino que parece una nave espacial al que todos los pibes se lo quedan mirando, sino porque además todos los días hay que esperarla a la estúpida de Cecilia que se demora en el baño hasta cualquier hora y después salen tarde y llegan tarde y a él le ponen media falta cada dos por tres. Porque pasó eso: no sólo su viejo se empeña en llevarlo a él a la escuela. A la hermana, sí o sí, la tiene que llevar hasta la estación. No le importa que sean seis cuadras. Llueva o truene, la lleva igual.

A Diego le queda el consuelo de que a mediodía no hay nadie que pueda acompañarlo. Su vieja nunca sale a esa hora, su viejo está en la fábrica y Esteban se supone que está en la facultad (aunque Diego sabe que se ratea todos los días). Así que al mediodía no pueden decirle nada, y Diego puede volver con los pibes en colectivo, si hace frío o si llueve, o caminando si hay buen tiempo.

Tendría que hacer algo, piensa Diego, decirle a su viejo que no es necesario. Además, si pasa algo... Si alguien se acerca a robarle... ¿qué puede hacer Esteban? ¿Es policía, acaso? ¿Es agente secreto? Nada que ver. Es un nabo con cara de nabo y pensamientos de nabo que lo único que hace es acompañarlo los sábados a la mañana a que él juegue al papi-fútbol. En eso anda pensando Diego cuando un grito de Cachito lo saca de su ensoñación. Le grita que se deje de papar moscas y que tome la salida del número tres, y Diego le hace caso porque Cachito es el que más entiende de esas cosas.

23

Mientras mira cómo Alejandro se liquida el vaso de cerveza en tres tragos, el Cabezón se pregunta cuántas veces más podrán hacer lo que están haciendo: sentarse en una pizzería a tomar cerveza como si fuera el más normal de los días en el más normal de los mundos.

Ernesto vuelve a servirle y a servirse. Mira la botella de litro al trasluz con cierta perplejidad, y después lo mira a él.

—No hay dos sin tres, dicen —el Cabezón habla mientras le hace un gesto al mozo de que traiga otra cerveza de litro.

—Eso dicen —concuerda Ernesto, mientras eructa sin ruido.

El mozo se acerca con una pizza en una mano y la cerveza que le pidieron en la otra. Apoya todo sobre la mesa con ademanes expertos, les sirve una porción a cada uno, destapa la botella, se guarda la chapita en el bolsillo de la casaca y se va. El Cabezón vuelve a servir los vasos hasta arriba.

—Todavía estoy esperando que vengas al pie y me pidas perdón —dice Alejandro.

—No digas. ¿Y por qué tendría que pedirte perdón, si puede saberse?

—Por todas las boludeces que hablaste de Perón, del socialismo nacional, de Montoneros como vanguardia del Movimiento Peronista…

El Cabezón mira a su amigo. Es raro que se lance tan francamente a discutir de política. Se ve que la cerveza le ha aflojado un poco la cincha.

—Ojo que hubo un momento en que con Cámpora…

El Cabezón inicia esa respuesta, pero Ernesto lo interrumpe:

—Dejate de joder, Cabeza. ¿Con Cámpora qué? El Tío les entregó unos cuantos cargos, sí. Eso sí. Para que se quedaran tranquilos y no jodieran. Porque Perón le dio la orden y el otro chupamedias le hizo caso. Pero era tan evidente, tan…

—Terminala, Ale. No jodas.

—Era tan evidente que el viejo los iba a usar a ustedes para volver y después los iba a cagar desde arriba de un puente.

El Cabezón apura su nuevo vaso de cerveza. La porción que dejó a medio comer se está enfriando, pero una de dos: o come o se pone a discutir. ¿Vale la pena ponerse a discutir?

—Mirá, Ale. Yo sé que en la Orga cometemos errores. Pero por lo menos no nos convertimos en una secta de fanáticos que leen a Mao, a Lenin, a Trotsky, a todos esos, una secta chiquitita así que, eso sí, está a salvo del "engaño" peronista. Dejate de joder.

—A ver si te entiendo: ¿el problema del PRT es que somos menos que ustedes?

—Es que no es que "son menos". Son cuatro gatos, Alejandro. Cuatro gatos. Nosotros somos cinco, qué digo, diez, veinte veces más grandes que ustedes.

—¡Decís lo mismo que mi viejo! ¿Qué los hace grandes? ¿El número? ¿Eso me estás diciendo? ¿Es una cuestión de cantidad de militantes?

—¿Te parece poco?

—Y, mirá. Pensé que había cosas más importantes que el número. La formación teórica, el compromiso revolucionario, el adiestramiento militar…, pero se ve que estaba confundido.

El Cabezón apoya con fuerza el vaso sobre la mesa disponiéndose a retrucar, pero de pronto se desinfla. No quiere discutir con su amigo. Porque lo que siente, aunque no lo diga, es que las cosas van a seguir complicándose y empeorando, y las chances de que ellos puedan escaparse, cada uno de su propio mundo, para encontrarse en una terraza de Castelar o en una pizzería de Ramos Mejía irán haciéndose más y más infrecuentes. Y si este es el último rato de que disponen… ¿para qué malgastarlo con un pase recíproco de facturas?

—¿De qué te reís? —le pregunta Alejandro. Se ve que sonrió sin darse cuenta.

—De nada. Pensaba, nomás, en qué habría pasado si te convencía de venir conmigo a ese grupo de profundización del cristianismo del padre Rodolfo.

—¿Eso qué fue, cuando estábamos en tercer año?

—Y sí, che. Calculo que sí. Yo de ahí pasé al grupo de la JP, y de ahí a la Orga.

—Mirá vos. Menos mal que no fui, entonces —lo dice en tono de chiste—. O hubiera terminado hecho un montonero chupacirios como vos.

Los dos sueltan una carcajada módica.

—En una de esas te daba por el pacifismo y la contemplación, ojo, y terminabas estudiando en el seminario. ¡El padre Alejandro! Mirá si esos troscos de tus amigos, que son más ateos que las piedras, se enterasen de tu pasado católico. Mirá qué quilombo…

—Esperá, que también pudo pasar que yo te convenciera de militar en la Juventud Guevarista. Mirá el cuadro que se perdían los montos, en ese caso.

Vuelven a reírse mientras el Cabezón vacía equitativamente lo que queda de la tercera botella de cerveza en los vasos. Se queda mirando un segundo la botella vacía. Después la levanta para enseñársela al mozo, que asiente.

—¿Qué te pasa? —le pregunta Alejandro en otro tono.

—¿Por?

112

—Te cambió la cara.

El Cabezón sospecha que tiene demasiada cerveza encima como para rastrear los senderos de su introspección. Ah, sí, ya se acuerda. Tampoco es algo que no se le haya ocurrido nunca. Pero en una de esas mejor no lo dice. ¿O sí? Ma sí, da igual.

—Pensaba que en una de esas, si me iba con ustedes, que son así tan rectos, tan derechitos, en una de esas, digo, no me agarraban las dudas que tengo.

Alejandro no habla enseguida. Bebe un largo trago de cerveza y vuelve a eructar.

—No creo, Cabezón. Mejor dicho: lo que creo es que las dudas te habrían agarrado igual. O decime, en tu UBC, a los demás… ¿los ves convencidos o los ves inseguros?

El Cabezón, con los ojos clavados en el carozo de una aceituna, hace un repaso. Santiago, el Puma, Claudia, el Mencho.

—¿Inseguros? Otra que inseguros. Están requeterecontraconvencidos de todo.

—Ahí tenés.

Se hace un silencio. El Cabezón entiende que lo que le quiere dar a entender su amigo es que el asunto no son las organizaciones ni los compañeros. El problema es uno mismo. Pero bueno, listo. Ya es suficiente autocompasión.

—Igual, así como te digo una cosa te digo la otra —arranca a hablar, en un tono mucho más ligero—. Las minas de Montoneros son mucho, muchísimo más lindas que las de ustedes.

—¡Dejate de joder!

—¿Lo dudás?

—¡Más bien! Ustedes tienen cada bicho…

—¡Ah, porque ustedes no!

Vuelven a reírse. Al Cabezón lo asalta una duda.

—¿Vos seguís con la pelirroja? ¿Cómo era que se llamaba?

—¿Con Nélida? No, cortamos.

—¿Por qué? La vez esa que me los crucé parecían dos tortolitos.

—Sí, no, pero viste cómo es la militancia, las relaciones se desgastan…

—Ah, entiendo. Te pateó.

Alejandro da un respingo.

—¿Qué? ¡No!

—Sí, viejo. Nélida te pateó, está claro.

—Nada que ver, Cabeza. Fue de común acuerdo, lo hablamos…

—Primero lo hablaron y después te pateó.

Alejandro titubea un segundo mirando a su amigo. Suspira.

—Sí, viejo. Me pateó.

Se miran otra vez y lanzan una carcajada tan estrepitosa que desde las otras mesas se dan vuelta a mirarlos. En un rapto de lucidez, el Cabezón decide que esa botella tiene que ser la última. Lo que menos necesitan es que la policía se interese por dos flacos borrachos en una pizzería de Ramos Mejía.

—¿Y vos? —Alejandro modera el tono de voz—. ¿Seguís con esa flaquita, morocha…?

—Elena.

—Sí, Elena. ¿Siguen juntos?

—Sí, sigo. Es un decir. Nos vemos muy de tanto en tanto, porque ella está clandestina y yo estoy mitad y mitad.

Alejandro enarca las cejas al oírlo y niega con la cabeza, mientras apoya el vaso en un rincón libre de la mesa.

—¿Qué? ¿Qué pasa? —pregunta el Cabezón.

—Nada, nada.

—Decime.

—Te vas a enojar.

—Más me voy a enojar si te hacés el misterioso.

—Que no está bien que tus superiores te tengan así, clandestino a medias. Mejor dicho: con acciones militares pero viviendo en lo de tu vieja.

—Ya lo hablamos, Ale.

—Ya sé que ya lo hablamos. Y por eso no te quiero llenar la cabeza. Pero vos me preguntás y te lo digo. Yo participo de un operativo y me guardo en una casa segura. Yo, y todos mis camaradas. Vos participás en algo y volvés a dormir con tu vieja y tus hermanas.

El Cabezón no dice nada, pero cree que su amigo tiene razón.

—Lo planteé, ojo. Lo planteé. Y mi responsable me dijo que había subido la requisitoria, pero sus superiores le habían contestado que la Orga sigue necesitando lazos con las bases, con el espacio popular, más allá de las fronteras de la clandestinidad.

Alejandro lo escucha vaciando su vaso y repartiendo, después, el fondo de la cuarta botella.

—Sí, puede ser. Pensado desde esa perspectiva…

El Cabezón se da cuenta de que su amigo no quiere inquietarlo. Inquietarlo más, digamos. Y le agradece la gentileza. También debe influir que los troscos como él son tan disciplinados, y tan obedientes con sus superiores, que a Alejandro debe incomodarlo bastante criticar a un oficial, aunque sea un oficial montonero.

Pagan y salen de la pizzería. Caminan juntos hasta la estación. El Cabezón va bastante mareado.

—¿En qué pensás? —suelta de repente Alejandro.

—En nada —responde el Cabezón.

Pero sí va pensando. Piensa que por un lado estuvo bien no pedirse una quinta botella. Pero al mismo tiempo se pregunta cuántas noches más podrán hacer lo que hicieron esta noche. En una de esas, ésta fue la última. Y en ese caso, habría sido mejor tomarse esa quinta botella. Y una sexta.

24

Antonio camina cincuenta metros atrás del Puma Igarzábal y por la vereda de enfrente, como señalan los protocolos de seguridad que se sabe al dedillo y ejecuta de memoria. Él no es de andar fijándose en esas cosas, pero intimida un poco la apostura de ese tipo. La estampa. Antonio no cree que lo haga a propósito. Que sea una pose. No. Debe ser algo que le sale naturalmente. Camina erguido, balancea un poco los hombros a medida que avanza y las minas jóvenes le echan vistazos prolongados cuando se lo cruzan. Lo de Antonio no es una simple constatación. También es una preocupación. Se supone que cuanto menos llamen la atención, mejor. Y, con el Puma, pasar inadvertidos parece imposible.

Cuando dejan atrás la avenida Antonio aminora un poco la marcha para que sean ochenta, y no cincuenta, los metros que los separan. De vez en cuando el Puma hace como que sigue con la cabeza la marcha de algún auto que pasa en dirección contraria para cerciorarse de que también Antonio avanza sin sobresaltos. En un momento dado Igarzábal se detiene delante de una puerta y llama. Desaparece adentro. Cuando Antonio, casi enseguida, cruza la calle y pasa por delante, todo parece normal. De todos modos cumple con la pauta de dar una vuelta manzana completa y tocar el mismo timbre cinco minutos después.

La reunión la tienen con una chica pelirroja que se presenta como Estela, un flaco que se llama Carlos y otro más

116

que nunca dice su nombre. Estela es la que lleva la voz cantante. Fuma Parisiennes, deja que el Puma hable sin interrumpirlo y los mira fijamente. Carlos ceba unos mates dulces y empalagosos que Antonio no se atreve a rechazar para no pasar por antipático. El otro sigue la conversación en actitud de estatua, apoyado contra el marco de una puerta y con los brazos cruzados.

—Supongo que el operativo cuenta con el aval de la superioridad, ¿no? —pregunta Estela cuando todas sus otras dudas parecen satisfechas.

—Por supuesto, compañera —el Puma contesta sin la menor inseguridad—. Pero nos dieron completa autonomía táctica para manejar la logística.

—Lo mismo dicen esos desviacionistas del carajo de la Columna Norte —interviene el tal Carlos, demostrando, piensa Antonio, que no sólo ceba unos mates espantosos sino que tiene una lengüita de víbora que te la debo.

El Puma lo mira y enseguida se encara de nuevo con Estela, sin decir palabra, como dándole a entender que no debate con subalternos. Antonio piensa, admirado, cuánto le queda por aprender. Si él estuviera a cargo de ese parlamento habría respondido una estupidez obvia, al estilo de: "Pero nosotros somos de la Columna Oeste", o algo así. El silencio mayestático del Puma, como réplica, es mucho mejor.

—No sé, compañero —Estela tampoco parece interesada en incorporar a Carlos a la conversación—. Activar una cárcel del pueblo es una responsabilidad enorme. Y no lo digo por los traslados. Me queda claro que eso correría por cuenta de la UBC Morón Sur. Ya entendí. Me refiero a las guardias, la limpieza, las comidas, los relevos…

—Se entiende perfectamente, compañera. Y nuestro responsable me autorizó a conversar con ustedes una compensación adecuada para todos esos trabajos adicionales.

Estela apaga el pucho del último Parisienne sobre el mate que acaba de tomar y se lo tiende a Carlos, que entiende la indirecta y se levanta a cambiar la yerba.

—Además Morón y Quilmes están lejos. Más que lejos. Y eso va a complicar la logística y las comunicaciones, por más eficientes que seamos.

—Por supuesto —concede el Puma.

Diez minutos después Antonio está esperando junto a Estela, detrás de la puerta, que se cumplan los cinco minutos para seguir al Puma, que ya salió a la calle. Carlos y el que tenía pinta de esfinge, por otra parte, han desaparecido sin despedirse en los fondos de la casa.

—Espero noticias de ustedes, compañero —está diciendo Estela, con otro Parisienne recién encendido en los labios.

—Claro —dice Antonio, y enseguida vuelve a mirar el zócalo del piso de baldosas del pasillo.

Cuando Estela le abre y le traspone la puerta, Antonio sale saludando con un gesto y escucha cómo la puerta se cierra a sus espaldas. Se sobresalta al ver que el Puma, en lugar de esperarlo ochenta metros más allá, cruzando la calle, está aguardándolo casi en la propia puerta.

—¿Te dijo algo más? —lo encara Igarzábal, apenas verlo.

—No.

—¿Pero quién carajo se cree que es esta pelotuda? ¿Setenta-treinta? ¿En serio me lo dijo? ¿Setenta-treinta? ¿Pretende quedarse con el treinta por ciento de lo que saquemos por tenerlo acá? ¿Pero quién carajo se cree que es?

El Puma camina a grandes trancos, con la vista baja y gesticulando. Como sigue hablándole a él, Antonio entiende que lo de la distancia de seguridad entre los dos militantes está momentáneamente descartado. Si se lo hace notar, teme que el otro explote, porque tiene la voz ronca del enojo y de los ojos casi que le salen chispas. Por otro lado, piensa Antonio, razón no le falta, al Puma. Quedarse con el treinta por ciento sin poner ni el objetivo, ni el procedimiento, ni la negociación, ni un carajo... ¿Quién se cree que es la tal Estela?

25

Están de pie alrededor de la mesa. Son cinco, en lugar de los cuatro de siempre. Los acompaña una chica nueva, que se estruja las manos y los mira nerviosa, uno por uno.

—Les presento a Laura —dice Gervasio—. Estos son Luis, Ana María y Ernesto. Bienvenida al comando Ho Chi Minh. Laura acaba de terminar la Escuela de Cuadros con un rendimiento sobresaliente. Es una aspirante que viene de la Juventud Guevarista. Su responsable es el sargento López, a quien ustedes conocen bien.

Se turnan para estrecharle la mano. Están a punto de sentarse cuando Gervasio los detiene con un gesto.

—Antes de comenzar la reunión de hoy me gustaría pedir un minuto de silencio por el camarada Sergio Navas, que cayó en la operación de copamiento de la Escuela 12 de Pontevedra.

Todos corrigen su posición corporal, para quedar bien firmes junto a sus sillas. Levantan la vista al frente. Permanecen así, tiesos y silenciosos. Ernesto se acuerda del retén, cuando lograron poner en fuga a los policías con la maniobra de pinzas. Sirvió para retirarse en orden, pero no consiguieron salvar la vida del camarada. La pucha.

—¡Camarada Sergio Navas! —dice solemnemente Gervasio, elevando la voz.

—¡Presente! —responden en un grito los cuatro, Laura incluida.

Ahora sí Gervasio les hace el ademán de que se sienten. Ernesto cae en la cuenta de que ahora, que son cinco integrantes, la célula podría reclamar el estatus de "escuadra", con su sargento a cargo y todo. Pero es que lo de las denominaciones siempre es un lío. Comando, pelotón, célula, escuadra. A Ernesto la que más le gusta es "comando". Se pregunta si esa debilidad por los nombres, esa necesidad de encasillamientos, será un prurito burgués del que no logra desprenderse. Tal vez sea bueno que lleve la cuestión a la próxima reunión de autocrítica.

—Tenemos que empezar haciendo un balance del operativo de copamiento de la escuela. De ustedes tres, lo único que tengo para decir es que estuvieron magníficos. Dejaron bien alto el nombre del comando Ho Chi Minh: compromiso, concentración, puntualidad, disciplina. Tanto en el copamiento como en el enfrentamiento armado posterior. Estoy muy orgulloso de ustedes.

Una corriente de satisfacción recorre la mesa. Hasta la recién llegada sonríe, como si compartiese el entusiasmo de la tarea cumplida.

—Y les aseguro que no sólo su sargento se siente orgulloso, camaradas. El propio Comité Militar Nacional me pidió que les haga llegar su felicitación.

Eso sí que son palabras mayores, se dice Ernesto. El Comité se enteró de lo que hicieron. Y si se enteró el Comité, en una de esas se enteró hasta el Comité Central, o hasta el propio Secretario General.

—Sin embargo —Gervasio se apresura a moderar esa atmósfera de alegría—, también debo llamarnos a la reflexión sobre otra circunstancia. En el operativo se cometieron errores graves. Y esos errores son los que hoy hacen lamentar una baja como la del camarada Sergio.

—Si me permite, sargento —interviene Luis—. Nunca estamos exentos de que la policía asalte un retén.

—Exentos no estamos —Ernesto se mete en la conversación porque la cuestión lo carcome desde el otro día—, pero si la acción se demora como se demoró el otro día, los riesgos crecen.

—¿Pero no entramos estrictamente puntuales? —pregunta Ana María.

—Sí —Ernesto se toma la libertad de seguir respondiendo, porque no parece que al sargento le moleste que él lleve la voz cantante—, pero salimos ocho minutos tarde. Ocho.

—¿Pero en qué se fue tanto tiempo? —pregunta Luis.

—¿Demoramos más de la cuenta en sacar a los alumnos de las aulas? —pregunta Ana María.

—Un poco. Pero el problema fundamental fue la duración de la arenga —Ernesto levanta la vista hacia Gervasio, porque no está seguro de que su superior convalide su diagnóstico.

—Creo que Ernesto tiene razón —dice el sargento, y Ernesto se alegra de que esté de acuerdo con él—. Y me hago cargo de que yo soy partícipe de ese error, como segundo jefe al mando del operativo. Debí indicarle la circunstancia de la demora al sargento Rómulo, y señalarle los riesgos que derivaban de esa demora.

—Me parece que está siendo demasiado exigente con usted mismo, sargento —interviene otra vez Ana María—. Si el sargento Rómulo estaba a cargo, ¿cómo iba a señalarle algo en pleno operativo? ¿No se lo puede interpretar como insubordinación?

—Tal vez tenga razón, camarada —concede Gervasio—. Pero me pareció importante plantearlo a la célula.

—Y la célula agradece que lo haya planteado —dice Ana María—. ¿Podemos, ahora sí, pasar a lo que sigue?

El tono de Ana María incluye un minúsculo retintín de broma. Ni Ernesto ni Luis se animan a imprimir giros así de informales a las reuniones oficiales de la célula, pero Ana María sí. Y a Gervasio no parece molestarle.

—De acuerdo. Planteado, debatido y finalizado. Pasemos a una cuestión que también es importantísima. Nuestra próxima misión, ni más ni menos.

—¿Ya nos la asignaron?

—Sí, pero tengo que ponerlos un poco en tema —Gervasio se dirige a la nueva camarada—. Excelente oportunidad de ponerse rápido manos a la obra, Laura.

La chica sonríe, asintiendo. Todavía no se le ha escuchado la voz, piensa Ernesto. ¿Habrán sido demasiado atropellados, monopolizando la palabra hasta ese momento?

—Las noticias que llegan desde Tucumán son alentadoras. Mucho. La Compañía de Monte no sólo está consolidada, sino recibiendo apoyos numerosos y crecientes por parte de la población. Pero el Comité Central quiere que los combatientes advirtamos un fenómeno todavía más importante y más generalizado, en todo el territorio. La Argentina, con Isabel Perón casi desplazada del poder y López Rega definitivamente fuera de la escena política, la Argentina digo, se adentra cada vez más en lo que el Comité define como una "situación revolucionaria". Lo que hace falta, y esta es una condición necesaria, es una fuerza revolucionaria que catalice el descontento y la capacidad de lucha del pueblo. La misión histórica del PRT-ERP es convertirse en esa fuerza.

Gervasio hace una pausa. Los miembros de la célula no pierden palabra de lo que dice.

—Como es lógico, la ultraderecha está quemando sus últimos cartuchos en una escalada de violencia sin límites contra el pueblo y su vanguardia armada. Era previsible. Nada que la evolución dialéctica del enfrentamiento de clases no contemple. Eso sí: el Comité Central considera necesario responder con firmeza a esa escalada de violencia.

Ernesto y los demás se miran, expectantes. No se atreven

a interrumpir. Pero saben que Gervasio está a punto de anunciar algo grande.

—Por eso se ha tomado la decisión de poner en marcha un nuevo plan de represalias contra las Fuerzas Armadas del Estado burgués y represor. Y la escuadra Ho Chi Minh —a Ernesto no se le pasa por alto que es la primera vez que Gervasio los define como una escuadra— ha sido elegida para ejecutar una de las misiones específicas de esa campaña de represalias.

Ernesto nota que ha estado acumulando dos cosas: tensión, a medida que Gervasio hablaba, y aire en los pulmones. Porque era incapaz de dejar de inspirar a medida que escuchaba sus palabras. Ahora suelta el aire, sonríe, se entusiasma, igual que se entusiasman sus camaradas alrededor de la mesa. Luis, de hecho, no encuentra mejor modo de expresar su alegría que pegándole un manotazo en el hombro, que Ernesto retribuye con idéntica alegría.

¿Cómo explicarle a alguien, a cualquiera de esas personas que siguen empeñadas en vivir sus vidas comunes y corrientes, que en la militancia armada se anudan, de modo indescifrable, la esperanza, la tensión, el entusiasmo, el peligro, la valentía y el compañerismo? No hay modo de explicarlo. El único modo de entenderlo es atravesar la experiencia. Y Ernesto está feliz de atravesarla.

26

—Es mucho más simple de lo que parece, Santiago.

—¿Simple? ¿Simple, Puma? ¿Pero vos te estás escuchando?

—El que parece que no escucha sos vos.

—No me parece que armar una cárcel del pueblo en la casa operativa sea "simple". Al contario. Me parece que es peligroso, imprudente, arriesgado. Pero "simple", no. "Simple", no me parece.

—¿Armaste alguna vez una cárcel del pueblo? ¿Estuviste en alguna?

—No me vengas ahora con tu experiencia, Puma.

—No vengo con nada, Santiago. ¿Vos suponés que esa UBC de Quilmes tiene tanta experiencia? No. Lo que tiene es una casa operativa para ellos y otra para la cárcel del pueblo. Yo no te niego que está bueno eso de poder separarlas. Lo que digo es que no es tan grave no poder dividirlas. Nada más.

—¿Y te parece poca ventaja esa división?

—Lo que me parece es que darles el treinta por ciento de lo que saquemos de la expropiación solamente porque tienen dos casas en lugar de una, como tenemos nosotros, me parece un despropósito. ¿Regalarles esa guita? ¿No te da bronca?

—¿Quién habla de regalar? Además, te recuerdo que la guita es para la Orga. No es ni para Quilmes ni para nosotros.

—Ya lo sé. No necesito que me lo aclares. Pero políticamente sí es clave que seamos nosotros los que la subamos a la Orga. No sólo por poner todo el toco arriba de la mesa. Sino para que quede claro que la pensó, la ejecutó, la cobró y la entregó la UBC de Morón Sur.

Pausa. Silencio.

—No sé, Puma. No la veo.

—Lo único complicado es el traslado, Santiago. Llegar con el objetivo y entrarlo. Pero se puede organizar. Lo demás es pan comido.

—¿Pan comido tener al pibe metido acá vaya uno a saber cuánto tiempo?

—Acá no. En el cuartito de allá atrás.

—Bueno. En el cuartito de atrás. ¿Y los ruidos? ¿Cómo pensás evitarlos?

—Sencillo, Santiago. Al primer grito que suelte, le ponés semejante piña que le bajás cuatro dientes. A ver si le quedan ganas de seguir gritando. ¿O cómo te pensás que funciona? ¿O vos te creés que la cárcel de los de Quilmes es a prueba de gritos?

—¿Y si grita igual, aunque lo cagues a piñas?

—¿Para qué te creés que son las guardias, Santiago? ¿Nosotros vamos a estar pintados? ¡Para nada! Nosotros cuatro vivimos acá. Antonio vive a veinte cuadras. ¿Querés relevos más fáciles que esos? Hacerlo acá es lo mejor. Sin duda.

—Y si es lo mejor, sin duda… ¿por qué arrancaste preguntando allá en Quilmes?

—¿Por qué? ¿Todavía me preguntás por qué?

—Sí, salvo que quieras hacerte el misterioso y mantenernos en las tinieblas de la ignorancia…

—No me hago el misterioso un carajo, Santiago. Había que preguntarlo para tener un panorama. Más bien que si nos piden el cinco por ciento, o el diez, ponele, lo alojamos allá. Boludo no soy, tampoco. Probé en Quilmes porque los conozco. Porque antes de que me sancionaran militaba en la Columna Sur y tengo un montón de contactos en esa zona.

—¿Y no te parece una imprudencia haberlos contactado, haberles explicado el proyecto, y que ahora toda la Columna Sur sepa lo que estamos cocinando?

—No, Santiago. Al contrario. Mejor que lo sepan. Mejor que corran la voz. Porque cuando caigamos con toda la tarasca en la Jefatura de la Columna Oeste, o mejor, en la Jefatura Regional, se van a caer de culo.

—¿Ah, sí? ¿Y cómo sabés?

—¡Porque me cansé de juntar guita para la Orga, Santiago! ¡Me cansé! Y no ahora, que comparado con antes es una joda.

—¿Este momento te parece una joda, Puma, con todos los compañeros que están cayendo?

—¡No me cambiés lo que digo! No estoy diciendo que no nos están cazando. Ya sé que nos están dando con todo. Pero si lo comparás con el '71, con el '72, ahora somos muchos más. La gente nos conoce. La cana nos tiene miedo. Somos más fuertes. Mucho más. Aunque nos estén castigando. Justamente por eso nos castigan. Porque saben que estamos a un paso de ganarles la pulseada.

Nueva pausa de silencio.

—Tenemos que seguir pensando, Puma.

—Ya pensamos bastante, Santiago. Listo de pensar.

—Eso no lo podés decidir vos.

—Ni vos tampoco.

—¿Ah, no? ¿Y para qué carajo soy el responsable de la Unidad Básica de Combate si no puedo decidirlo?

—Estamos presentes los cinco. Toda la UBC en pleno, que somos los que nos la vamos a jugar, tanto en el operativo como en el cautiverio hasta que paguen. ¿Por qué no votamos? ¿Por qué no escuchar a la tropa?

—¿Ahora resulta que en la guerra se vota? ¿Estás loco?

—¿Tenés miedo de que estén de acuerdo conmigo? ¿Es eso, Santiago?

—No. Pero estas cosas no se definen "votando" como si fuera una asamblea de la facultad.

—Bueno. Entonces decidí vos, pero decidí rápido.

Santiago mira al Mencho, mira a Antonio, mira a Claudia. Después mira al Puma. Largo y tendido lo mira.

—De acuerdo, Puma. Hacemos todo acá.

—¡Así me gusta, aspirante! ¡No se va a arrepentir!

—¿Ahora que te di la razón me llamás por mi rango y me tratás de usted?

—Bueno, compañero, no se enoje. No te enojes. Vamos a cenar, que la discusión táctica me dejó un hambre de lobo. ¿A ustedes no?

No es que tenga nada mejor que hacer un domingo por la tarde, pero a Mónica esa tertulia familiar repetida, circular, idéntica a sí misma hasta el cansancio la frustra, la asfixia, la entristece, le quita toda la energía. La deposita, exánime, en la cornisa que se abre al abismo de una nueva semana de trabajo y tensiones en la oficina, esa otra rutina repetida, circular e idéntica a sí misma hasta el cansancio.

Si recuerda sus años de universidad como los más dichosos de su vida es, entre otros motivos, porque los ritmos y las exigencias del estudio le permitieron saltarse esos ritos que en su familia tienen el peso de las sentencias. Después del almuerzo dominguero pasaba por su dormitorio, recogía algunos libros y cuadernos y salía de la casa comentando al vuelo una cita de estudio en la casa de alguna compañera. Y nadie se quejaba, aunque su madre y su hermana la mirasen torcido por semejante desapego y por tamaño abandono. A veces era cierto y se pasaba la tarde en lo de Teresa o, con menos frecuencia, en lo de Analía. Otras veces se iba al cine o a caminar por el centro, y no le importaba cargar los libros todo el trayecto. O esos encuentros breves del tiempo caótico en el que estuvo saliendo con Carlos, que le dejó un montón de angustias y rencores pero que fue lo más parecido a una aventura que puede, ahora, evocar como propia. En el peor de los casos estudiaba sola en algún café de la calle Corrientes, distrayéndose de vez en cuando viendo pasar a la gente. Cualquiera de esos programas era mejor que el té con

Mirta y con sus padres en la sala melancólica de los domingos a la tarde.

¿Qué pasó? ¿Qué salió tan mal como para que esa costumbre detestable volviera a atraparla? La respuesta es clara y evidente. Y es la misma respuesta para muchas preguntas parecidas. Lo que pasó fue la muerte de su madre. Repentina, dolorosa, arrasó como un ventarrón las vidas de Mirta y de su papá y los dejó indefensos. O así le pareció a Mónica, que sintió que debía completar los huecos que dejaba la difunta, no tanto en los quehaceres (porque Mirta es un torbellino de iniciativa cuando de llevar un hogar se trata) sino en las conversaciones y los acompañamientos.

Y por eso ahí están, preparando las dos la mesa para el té, mientras su papá emerge de su habitación desprendiéndose de las últimas perezas de la siesta, y Mirta desmolda el budín que para variar le salió perfecto, y a Mónica le toca sacar la tetera y la lecherita buenas, esas del juego que les regaló la tía Inés hace una punta de años y que se guardan en el aparador de la sala precisamente para el té de los domingos.

¿Qué habría pasado si su madre no se hubiese muerto?, piensa Mónica mientras acomoda las tazas en los platos, las cucharas, las servilletas. ¿Habría sido capaz de inventar otras excusas, una vez egresada, para seguir desapareciendo de casa los domingos? O, mejor: ¿habría sido capaz de mandarse mudar con franqueza, sin excusas? No lo sabe. Y es inútil hacerse mala sangre preguntándoselo. Las cosas son como son y punto. No hay nada que pueda hacerse al respecto.

28

Ahí te estoy escuchando entrar. Por suerte estoy en la pieza, porque de esa manera me das tiempo a recomponerme, a que no se me note la angustia, la desesperación por abrazarte, la bronca por todas las semanas en las que no tuvimos la menor noticia de dónde carajo estabas, con quién, haciendo qué.

Escucho tus anuncios habituales, esos de "Hola", "Acá estoy", "¿Por dónde andan?", y la respuesta desaforada de mamá, que mezcla sus gritos de alborozo y bienvenida con otros que me convocan para avisarme a mí que estás en casa. Como si yo no lo supiera, como si no hubiera detectado tu presencia en el primer chasquido que hizo tu llave al tantear la cerradura.

Qué cosa rara, qué cosa profundamente rara es el alma de las personas. Y si no es el alma tendrá que ser el corazón, o la cabeza. No sé dónde habitan las cosas que siento. En qué parte de mí están situadas. Apenas sé que las siento. Y que las siento todas mezcladas.

Camino por el pasillo desde el dormitorio hasta la cocina. Camino sin correr, aunque lo que me piden las piernas es que corra. Pero quiero ir despacio porque no quiero arruinarlo. No quiero que ningún desacuerdo, ninguna precipitación, ninguna palabra a destiempo, ningún comentario mío desafine y nos aleje, nos disguste, nos enfríe. Por eso avanzo tan despacio por el pasillo mientras escucho la andanada de preguntas, constataciones y sugerencias de tu madre y tus respuestas. Que si estás bien, que si tenés frío, que si estás demasiado flaco, que si querés que te haga milanesas, que si te acordaste de llamar a la tía que el otro día fue el cumpleaños, que si preferís tomar algo antes de cenar, que si te quedás a dormir, que si mejor unas papas fritas o puré de papas con mucha manteca que te gusta tanto, y que por qué no le avisaste con tiempo, que la agarrás con la heladera vacía. Por supuesto, ante semejante fuego graneado tus respuestas van inevitablemente a destiempo. Nadie puede responder a esa velocidad, porque nadie salvo tu madre puede pensar en tantas cosas sucesivas, o simultáneas. Nunca sabré, nunca sabrás, nunca sabremos, cómo puede tener un cerebro y una lengua así de rápidos, así de múltiples. Del mismo modo que nunca sabré, ni sabrás, ni sabremos cuánto sabe de tus andanzas revolucionarias. Hasta qué punto se cree tus coartadas. Hasta qué punto naturaliza mis silencios. Y tus "sí", tus "no", tus "claro", tus "no te preocupes", tus "me da igual" van —inevitablemente— dos o tres preguntas atrasadas, y es que no hay modo de que sea distinto.

Cuando abro la puerta de la cocina los dos, vos y mamá, se giran para mirarme. Sonríen, gritan otra vez. Abro los brazos, te recibo, siento la cosquilla de tu pelo en el rostro. Y sobre todo: resisto la tentación de poner en ejecución la fantasía que me asalta en estos casos. ¿Sabés en qué consiste esa fantasía? Te adelanto que es casi cinematográfica. O no, mejor dicho: de dibujito animado. Me veo a mí mismo saltando hacia vos, rodeándote los brazos, derribándote con mi peso sobre una silla y pidiéndole a mamá que me pase cualquier cosa para atarte al respaldo: una cuerda, una cuerda gruesa como esas que usan los personajes de los dibujos animados cuando atan a alguien con los brazos a los costados desde los hombros hasta la cadera y quedan visibles las manos, nada más, como dos alitas a la altura de las caderas.

Porque ese es el impulso que siento. Ahora que estás en casa, entregado a nuestro cariño y a nuestros cuidados: mi fantasía es agarrarte desprevenido y atarte. Ya sé que es imaginación pura. Pero una parte de mí no puede desear otra cosa que aferrarte y maniatarte e impedirte volver a salir por esa puerta. Quiero obligarte a que te quedes. Impedirte que dentro de dos o tres horas te vayas otra vez y tu madre y yo volvamos a pasar semanas o meses sin tener la menor noticia de dónde carajo estarás, ni con quién, ni haciendo qué.

Invierno

1

Antonio está a punto de decirle a Santiago que lo deje a él ocuparse de levantar el Renault 12, pero se arrepiente en el último momento. Desde que el Puma lo vapuleó a Santiago en la reunión de la UBC, el aspirante parece haber entrado en un frenesí de actividad y de gestos resolutivos como si quisiese, por arte de magia, borrar la mancha de la humillación o la derrota.

Antonio sabe que él mismo no tiene pasta de líder. Ninguna. Y no le interesa tenerla. Pero en los años que lleva en Montoneros ha tenido que vérselas con unos cuantos responsables. Algunos le han caído mejor que otros, y Santiago no es ni de los más admirables ni de los que más ha detestado. Pero a veces se siente tentado de llamarlo aparte y hacerle alguna sugerencia. Y la última reunión de la UBC fue un buen ejemplo. Si hubiese sido una pelea de box, al tercer round Santiago habría tenido la cara llena de trompadas y desde su rincón habrían tirado la toalla. Todo el grupo sabe que el Puma los da vuelta a todos, Santiago incluido, en experiencia de combate. No son cosas que se hablen todos los días, por la compartimentación y todo eso. Pero es evidente. ¿Acaso los demás saben preparar un caño? ¿O disparar una semiautomática? Yendo a fondo: ¿acaso alguno de ellos, piojos resucitados, recibió entrenamiento en Cuba? Eso no es para cualquiera.

Nadie, desde la Conducción, les explicó por qué al Puma lo asignaban a la UBC de Morón Sur. Esas cosas no se discuten. En realidad ninguna cosa se discute. Pero esa, menos. Y enseguida se notó que el Puma tenía mucho recorrido a sus espaldas. Demasiado. Demasiados pergaminos como para aceptar órdenes de un aspirante como Santiago. O para aceptarlas sin chistar, por lo menos. Antonio no es tonto, y ve el esfuerzo que hace el Puma por encontrar su sitio y quedarse quieto en él. Se esfuerza. Pero no lo consigue. Cuando las papas queman, se sale de la vaina por pegar cuatro gritos y ordenar a la tropa, Santiago incluido.

Una vez, para peor, en una discusión fiera que se armó por un operativo que venía mal parido de entrada y que terminó con una baja civil, el Puma le gritó a Santiago que no iba a seguir discutiendo con un aspirante cuyo acto de heroísmo más destacado había sido saltar una tapia. Esa vez casi se fueron a las manos, y después el Puma se mandó una autocrítica de padre y señor nuestro, veinte minutos rasgándose las vestiduras y blablablá, pero a todos les quedó claro que estaba al tanto del currículum de Santiago, y lo que de verdad pensaba acerca de ese currículum.

No es un misterio para nadie que Santiago ascendió a aspirante por una suma de casualidades venturosas. Resultó que conocía a alguien que su vez conocía a alguien que a su vez tenía un dato interesante: que en el Registro Civil de Ituzaingó se guardaban un montón de DNI en blanco, listos para ser usados. En ese momento él estaba más vinculado a una Unidad Básica Revolucionaria que a una de Combate, en la que apenas estaba haciendo sus primeros pininos, como casi todos los de su camada, por otra parte.

Pero el asunto fue que Santiago —y eso hay que reconocérselo y sacarse el sombrero— convocó a tres compañeros, armó la logística y una noche cualquiera se mandaron el operativo. Es cierto que el dichoso operativo, en el fondo, consistió en saltar una medianera, forzar un candado y dos puertas, revisar un poco hasta encontrar las cajas de cartón llenas de flamantes documentos nacionales de identidad y llevárselas. Pero lo que valoró la Dirección de la Columna Oeste (y Antonio piensa que hizo bien) es que la movida permitió capturar dos mil DNI para asignárselos a compañeros que necesitaran nuevas identidades. Por supuesto que esos documentos sirven por un rato, y si la cana te estudia a fondo salta que son falsos. Pero nada quita que en un montón de situaciones son buenísimos. La Dirección Militar lo felicitó con parada militar e imposición de galones, además de promoverlo a aspirante. Y Antonio tampoco tiene nada que reprochar al respecto.

Lo que sí complica un poco es que tampoco Santiago es demasiado hábil para conducir las discusiones, cuando se producen. Y la del otro día es buen ejemplo. Cuando el Puma, después de bailarlo con todos sus argumentos, propuso que toda la UBC votara si usar la casa operativa como cárcel del pueblo para la misión que tienen entre manos, hubiese sido mejor que Santiago dijera que sí. Era evidente que Luis y Antonio estaban de acuerdo, y que con sus votos y el del Puma se iba a resolver por el sí. Pero por lo menos Santiago podría escudarse en que había primado "el espíritu democrático" o alguna boludez de ese estilo. Pero no: se emperró en que la decisión tenía que ser vertical, que había determinaciones que sólo el responsable de la UBC podía tomar.

En ese momento Antonio concluyó: "Bueno, ahora se va a oponer". Pero resultó que no. Dijo que sí. Pero lo dijo de un modo que quedó como un caprichoso: "Lo hacemos acá pero porque lo decido yo". ¿O habrá evitado la votación por si Claudia votaba por el plan del Puma? Antonio odia cuando los líos de polleras se mezclan con las decisiones tácticas. Pero pasa siempre, o casi siempre.

Igual un poco de lástima le da, Santiago. Y por eso esta noche, después de caminar juntos unas cuantas cuadras por las calles menos iluminadas de Ramos Mejía, cerca de la esquina de Espora y Bolívar, Antonio cabecea para señalar un Renault 12 que en la casi oscuridad parece azul oscuro y cuando se dispone a forzarle la cerradura y meterse adentro para puentearle el arranque, escucha la frase de Santiago que le dice: "No, dejame a mí". Antonio detiene el movimiento y mira al aspirante y es en ese momento que las primeras palabras que le vienen a la boca son: "Dejame a mí, Santiago, que lo hago siempre y estoy canchero", pero se muerde los labios para no decirlas, por eso de que Santiago parece necesitar demostrarles a los demás y demostrarse a sí mismo que sí, que puede puentear un auto, del mismo modo que puede organizar un operativo, lo mismo que mantener a raya a un subalterno con más pergaminos que los propios, o dirigir una Unidad Básica de Combate.

Antonio deja que sea Santiago el que vaya del lado de la puerta del conductor y se coloca del otro, y espera mientras Santiago fuerza la cerradura y se mete adentro (con un poco más de estruendo del que sería menester, la verdad), y le abre la puerta del acompañante para que Antonio haga lo mismo. Antonio, para facilitarle la tarea, enciende la linternita que llevan para estos casos, le ilumina el cableado que sube pegado a la barra de dirección, y se mantiene en silencio aguantándose las ganas de decirle a Santiago lo que tiene que hacer. Lo deja dudar hasta que individualiza, corta y empalma los cables de la batería, y también le permite volver a dudar hasta que ubica el cable del contacto. Recién se permite intervenir cuando sigue pasando el tiempo y Santiago parece haberse embarullado demasiado con el manojo de cables al punto de no saber distinguir el del arranque, y entonces Antonio le marca con la propia linterna a cuál debe pelarle un par de centímetros para dejar visible el cobre. Porque una cosa es ayudarlo y apuntalarle un poco la autoestima y otra bien distinta terminar cayendo en cana como dos pajarones porque demoran demasiado en levantar un auto tan fácil de levantar como el Renault 12.

Por suerte el auto arranca al segundo intento y Santiago se pone al volante y avanza sin apresurarse demasiado y enciende las luces recién a las dos cuadras.

—¿Cruzo la vía por acá o seguimos hasta Haedo y cruzamos allá? —pregunta el aspirante.

—Crucemos acá y vamos por adentro. Damos la vuelta por el Hospital Posadas y caemos en Hurlingham por el otro lado.

—La dirección del garaje te la acordás de memoria, supongo...

—Crucemos por el paso a nivel de Urquiza —dice Antonio mientras asiente.

Esas pocas cuadras por la avenida Rivadavia las hacen hechos un manojo de nervios. Hay mucha luz y pueden cruzarse con algún patrullero. Por suerte a esa hora hay pocos trenes y las barreras del paso a nivel están abiertas. Cuando dejan atrás el Hospital Posadas las calles se vuelven oscuras y desoladas y ya se sienten a salvo.

Guardan el auto en el garaje que Mencho consiguió y les dejó indicado. Antonio cierra la puerta pensando que el Renault estará guardado hasta que él lo venga a retirar el día del operativo. Para entonces, habrá que tomar una decisión importante: cambiarle las chapas patentes y circular con unas falsas —arriesgándose a que la discordancia salte a la vista si los detiene un control de la policía— o andar por la calle con la documentación en regla pero en un auto con pedido de captura. De todos modos, Antonio no piensa conversarlo con Santiago. Esas cosas mejor hablarlas con el Puma.

2

El juego tiene varias etapas. La primera es muy simple y consiste en agarrar desprevenido a alguno de los otros dos, retrasarse medio metro mientras caminan, y darle un ligerísimo toque, con el pie propio, en el pie que el otro tiene en el aire, a medio dar un paso. El objetivo es que esa pierna levantada choque la parte trasera de la otra pierna y el susodicho, con el envión, se vaya de cabeza al piso. Una regla no escrita de la competencia es que el que cayó en la trampa y se despatarró en el suelo no puede levantarse indignado y empezar al trompear al que le tendió la trampa. No, señor. Debe comportarse como un ejemplo de excelso espíritu deportivo, recoger sus útiles, sacudirse la tierra del uniforme y esperar su turno de agarrar desprevenido a algún otro integrante del trío. El problema es justamente ese: una vez que el juego se ha iniciado y que alguno de los tres ha terminado despatarrado en el suelo, se vuelve muy difícil encontrar a un nuevo contrincante con la guardia baja. Las tres víctimas (que al mismo tiempo son los tres victimarios) están muy atentos a las posibles zancadillas de los demás. Por eso el juego se desliza, sin mayores anticipaciones, hacia la segunda etapa: con tus rivales atentos a lo que pasa con las piernas de cada quien, suelen estar distraídos con respecto a lo que pasa con las mitades superiores de los cuerpos. En consecuencia, si vos estás atento a que nadie te haga una zancadilla es posible que tengas el tronco más bien flojo, y que si viene uno de los energúmenos de tus amigos lanzado como si fuera un jugador de fútbol americano y te pone semejante empujón con su hombro sobre tu pecho, tu propio hombro o tu espalda, termines igual de despatarrado en el piso, por pura y simple aplicación de las leyes de la física.

Llegados a este punto los jugadores están extremadamente alerta: no sólo se cuidan de las zancadillas sino también de los empellones. Es entonces cuando el juego entra en su tercera y última etapa, en la que los contrincantes se lanzan a pegarse manotazos lisos y llanos, sin orden ni concierto y todos contra todos. Esta fase es mucho más caótica y menos estratégica, pero tiene la sana virtud de emparejar la suerte de los contendientes, porque todos surten y son surtidos de sopapos diversos con fortuna diversa y profundo espíritu deportivo.

Diego, Cachito y Andrés están enfrascados, rotundamente, en esta tercera etapa del juego. Tuvieron la prudencia de alejarse media cuadra de la escuela para que el profesor de Gimnasia no los vea ni los castigue, y ahora se están dando de lo lindo. Diego, de hecho, justo en este momento se agazapa para defenderse lo mejor que puede del mamporro que le suelta Andrés. Y como está girado hacia la calle, ve con cierta sorpresa cómo un tipo joven, que tendrá veintipico, de pelo cortito y rubio, cruza la calle al trote en la dirección en la que ellos están, separándose de otros tres que se han quedado charlando en la vereda de enfrente. Diego, que de los tres es el más tranquilo, se pregunta si estarán haciendo demasiado bochinche y por eso el flaco viene a decirles que bajen la voz. A menudo les pasa eso de que algún desconocido, alguna vecina, los mire mal y les diga que no griten y que no sean maleducados. Lo raro es que es un tipo joven. Diego piensa que no debe ser mucho más grande que su hermano Esteban. Y en general los flacos jóvenes no son de hacerse los estrictos. Pero nunca se sabe.

Ahora bien, lo que sucede a continuación, esta vez, a Die-

143

go sí le resulta completamente sorprendente. Porque lo encara directamente a él, a Diego, y levanta la mano y el dedo índice para señalarlo a la cara, muy de cerca.

—Con vos quería hablar, pendejo.

—¿Qué?

—Que con vos quería hablar.

No grita, pero su tono de voz es tan amenazante que Cachito y Andrés se quedan tiesos mirando la escena.

—¿Qué? —Diego está tan sorprendido que no atina a otra cosa que a repetir la misma pregunta.

—Que con vos quería hablar. Vos le tocaste el culo a mi hermana.

—¿Qué?

Diego no es consciente de que es la tercera vez que pregunta lo mismo. Pero es tal su sorpresa y confusión que podría volver a preguntar diez, veinte veces lo mismo.

—¡Que vos le tocaste el culo a mi hermana y esto no va a quedar así!

Diego siente algo raro en la boca del estómago. ¿Miedo? Sí. Tal vez es miedo lo que se le mezcla con la confusión y la sorpresa. ¿Con quién lo están confundiendo? Si estuviese menos asustado podría decir que es imposible, por la sencilla razón de que él no le ha tocado jamás el culo a ninguna chica.

—¡Yo no fui! ¡No sé de qué me hablás!

—¡No te hagas el pelotudo, pendejo! ¡Me dijo mi hermana que fuiste vos!

Sin darse cuenta de lo que hace, Diego empieza a caminar. Quiere irse. Alejarse de ese tipo que lo acusa de algo que no hizo. Cachito y Andrés hacen lo mismo. El tipo se pone a caminar al lado de ellos. Sigue señalando a Diego con el dedo índice en alto. Sigue enojado. Sigue gritando.

—¡Vos le tocaste el culo a mi hermana y yo te voy a cagar a trompadas!

—¡Te digo que no le toqué el culo a nadie yo!

—Ah, ¿no? ¿Vos no sos Diego Laspada?

—Sí, pero…

—¡Mi hermana me dijo que fue Diego Laspada el que le tocó el culo! ¡Y Diego Laspada sos vos!

—¡Pero yo no fui! ¡No sé ni quién es tu hermana! ¿Quién es? ¿Cómo se llama?

Cuando Diego siente que va a explotar de la tensión, el tipo detiene su marcha y como ellos siguen andando empiezan a distanciarse. El rubio todavía vuelve a gritar, amenazante:

—¡Vas a ver, Laspada! ¡Esto no va a quedar así!

Diego aprieta el paso, sin correr. Por fortuna Cachito y Andrés hacen lo mismo. Salir corriendo sería desdoroso. Hasta sería como admitirse culpable, se permite pensar Diego cuando tuercen en la esquina. Recién cuando dan la vuelta y pierden de vista al tipo rubio Andrés y Cachito lo acribillan a preguntas. Si lo conoce, si sabe de quién es el hermano, si es verdad lo que dice de la chica. Diego se convierte en una máquina de decir que no. No lo conoce, no sabe quién es, no sabe quién es su hermana, no le tocó el culo a nadie. Ven que el colectivo ya está en la parada y se apresuran para subir a tiempo. De todos modos en la estación de Castelar los colectivos suelen detenerse un rato largo y hoy no es la excepción. Por eso pagan y se sientan en el asiento quíntuple del fondo, que está vacío, y siguen especulando con la escena que acaban de vivir.

Cuando el colectivo arranca, Cachito comenta que es raro. Y cuando Diego le dice que más bien que es raro, que lo que acaba de suceder es una locura, Cachito aclara que se refiere a que es raro que los otros tres, los que estaban con el rubio, en lugar de cruzar la calle se quedaron en la vereda de enfrente. Y Diego no puede menos que darle la razón. Si Andrés o Cachito tuvieran un quilombo en puerta con alguien, y su amigo se cruza para encarar a quien sea, seguro que ellos dos lo habrían acompañado. Andrés, que en general es el más tranquilo del trío, dice que capaz que se confundieron, y Cachito dice que sí, que puede ser, que ojalá, y Diego piensa que sí, que ojalá que el rubio se haya confundido.

Cuando se levanta para bajar del colectivo lanza un manotazo para intentar arrebatarle las llaves a Cachito, que como siempre viene jugueteando con su llavero. Las veces que Diego ha conseguido capturarlas ha tenido dos opciones: apiadarse de él y devolvérselas a último momento, antes de bajar, o no apiadarse y obligarlo a bajar en la parada de Diego, recuperarlas y caminar cuatro cuadras de más hasta su propia casa, porque ni loco va a esperar el siguiente colectivo. Pero esta vez Cachito intuye el ataque y cierra el puño sobre el llavero, con lo que la zarpa de Diego se cierra en el aire. Mala suerte, piensa Diego mientras le pide al chofer que se detenga en la esquina, y cruza un par de insultos postreros y cariñosos con sus amigos. Otra vez será.

3

—Atentos, que ahí pasó el colectivo.

Antonio lo dice porque acaba de ver el ómnibus rojo a través del espejo retrovisor, cruzando la calle sobre la que ellos están estacionados.

—Dos minutos a partir de ahora —agrega el Puma, sentado justo detrás de él.

A Antonio le preocupa un poco que el lugar que eligió el Puma para que detuvieran el Renault 12 esté prácticamente enfrente de su propia casa. Es verdad que con ese frío la calle es un desierto, pero por primera vez se pregunta si hizo bien en proponer un objetivo que vive a veinte metros cruzando la calle en diagonal desde su casa. Y es que hasta ahora Antonio estuvo metido en un vértigo de sensaciones positivas. Santiago y el Puma lo convocaron a reuniones específicas, los tres a solas, como los verdaderos cerebros del operativo. Y en esas reuniones lo escucharon. Lo escucharon de verdad, valorando sus propuestas y sopesando sus consideraciones. Pero lo mejor no fue eso. Antonio tampoco es tan pedante como para necesitar esa inyección de autoestima. Lo mejor fue el entusiasmo. El suyo. El propio. El dormirse pensando en los detalles irresueltos y el despertarse dispuesto a despejar los nudos de la logística. Un entusiasmo que lo llenó de vigor y le acalló las dudas, esas dudas que lo venían carcomiendo desde hace un montón de tiempo. Demasiadas cosas positivas, todas juntas, como para desatenderlas por el simple imperativo de la prudencia.

Pero ahora Antonio se mira por primera vez desde afuera y lo que ve lo preocupa. El hecho objetivo es este: están a punto de iniciar un operativo de secuestro, y el punto de partida de ese operativo queda a escasos quince metros de la puerta de su casa. Intentando mitigar esa inquietud se dice que es casi de noche, que hace un frío espantoso, que no hay un solo transeúnte a doscientos metros a la redonda, que está al volante de un auto desconocido y que, en principio, su función es manejar hasta la casa operativa, nada más. Nadie tiene por qué verlo ni reconocerlo. Detecta un error en su razonamiento: sí debe haber un transeúnte en doscientos metros a la redonda. Tiene que haberlo o ellos habrán fracasado. Santiago, desde el asiento del acompañante, con el cuerpo vuelto hacia atrás, dice las palabras que todos están esperando:

—Acaba de doblar en la esquina. Solo.

—Perfecto —dice el Puma—. Listos.

El Mencho apaga el enésimo cigarrillo de la espera. Antonio siente cómo el corazón le galopa en la garganta. Y, gracias a Dios, el motivo de que se le desboque el corazón no es el miedo a que lo descubran a quince metros de su casa. Es el entusiasmo. Es la sensación de que cualquier cantidad de tipos matarían por ocupar el sitio que ellos ocupan en ese momento.

Cuando el objetivo está a diez metros de alcanzar el sitio en el que están estacionados, Santiago y el Mencho abren las puertas del Renault 12. Las que dan a la vereda. Bajan al unísono.

—¡Ahí lo tenés al pelotudo que le tocó el culo a mi hermana! —el Mencho usa un tono enérgico pero tiene la precaución de no gritar—. ¡Te dije que esto no iba a quedar así, pendejo de mierda!

Antonio intenta escudriñar la escena desde su lugar, pero las ventanillas laterales del Renault 12 son más bien chicas, decidieron agazaparse en el lugar más oscuro de la cuadra y no la tiene para nada fácil, pero lo que ve, lejos de tranquilizarlo, lo inquieta mucho. El objetivo ha detenido la marcha y ha retrocedido unos pasos, sin darles la espalda a los compañeros. Pero cuando Santiago y el Mencho se le han echado encima para inmovilizarlo, lejos de apichonarse, el chico les ha lanzado tres o cuatro piñas enérgicas y bien dirigidas. La primera lo alcanza a Santiago debajo de la nariz. La tercera y la cuarta impactan en el tórax del Mencho. Los compañeros superan rápido la perplejidad de que el objetivo les haya soltado esa andanada y retoman la iniciativa, se lanzan al unísono y consiguen inmovilizarlo en un doble abrazo que parece suficiente para terminar con su resistencia. Pero Antonio se equivoca: el objetivo gira el tronco, apoya ambos pies sobre el tapial contra el que lo han arrinconado y flexiona las piernas. El bloque informe que componen los tres cuerpos que se atenazan se aproxima al tapial, pero es una maniobra del objetivo para tomar impulso. Como un nadador que se impulsa con una patada contra el borde de una pileta para iniciar un nuevo largo, el pibe golpea el tapial y empuja su cuerpo —y con él los de Santiago y el Mencho— en la dirección contraria. La masa de seis brazos y tres troncos y seis piernas sale impulsada hacia la calle y los compañeros pierden pie y caen en una maraña de cuerpos a medio trenzar que se destrenzan, de la que el objetivo parece a punto de desembarazarse. De hecho consigue ponerse en cuatro patas y da toda la sensación de que saldrá corriendo de un momento a otro. Por suerte, alcanza a pensar Antonio, el pendejo no se ha puesto a gritar como un marrano reclamando socorro sino que parece concentrado en resolver por sí mismo el sorpresivo entuerto en el que se ha visto envuelto, y es en ese momento cuando el Puma abre de un manotazo la puerta trasera del Renault 12, baja corriendo, rodea en dos zancadas el auto por detrás, saca de la cintura su pistola Browning, revisa en un santiamén que tenga el seguro puesto, la aferra por el caño, alza el brazo y descarga sobre la cabeza del pibe un culatazo feroz que lo derrumba como un muñeco de trapo. De inmediato lo levanta por la ropa y con gestos perentorios le indica al Mencho que lo ayude a tirarlo en el piso del asiento trasero. Santiago se incorpora como puede y los ayuda, alzando las piernas del objetivo y doblándolas una vez adentro para que puedan cerrar la puerta.

Antonio enciende el motor mientras cada cual ocupa su sitio. En cuanto escucha que se han cerrado las tres puertas que estaban abiertas pone primera y arranca sin apresurarse demasiado. Santiago, que tiene la cabeza echada hacia atrás en un intento por disminuir la hemorragia de su nariz, pregunta si habrá que administrarle cloroformo. Y el Puma, en cuya voz no se sabe si predominan la indignación o el desprecio, dice que con el mamporro que tuvo que pegarle no se va a despertar ni en pedo, y que mejor recen porque no se les haya muerto.

4

Diego tiene la sensación de que es el mismo sueño el que se repite diez, quince, treinta veces. Gabriela Bermúdez está sentada en el bufet del club con sus amigas (es el bufet del club, eso Diego lo sabe por las mesas y por los ventanales enormes que dan a la pileta), y ellos pasan caminando con Cachito por el pasillo. Con ansiedad, con culpa (¿pero con culpa de qué si él no hizo nada?), y sin detenerse delante de ellas, Diego le grita a Gabriela que no diga mentiras, que no lo ande ensuciando por ahí, que él no le tocó el culo a nadie. En ese momento Cachito, que ya no es Cachito sino Andrés, y a veces no es Andrés sino Guillermo, le pregunta qué le pasa y Diego le explica que vinieron unos tipos a decirle de todo porque Gabriela les dijo que él le tocó el culo, y en ese momento Cachito, que a veces es Andrés y a veces es Guillermo, le pregunta algo que Diego no escucha y a esa altura del sueño es como si Diego emergiera casi casi hasta la superficie porque piensa que eso ya lo vio y lo pensó y lo vivió hace medio minuto y como las cosas en la realidad no se repiten así entonces significa que es un sueño y entonces lo mejor es despertarse, pero algo lo sumerge otra vez porque la cosa vuelve a empezar. Es como cuando uno deja alto el soporte del tocadiscos para que el brazo de la púa, al final del longplay, en lugar de posarse al costado, hacer un clic y apagarse, vuelva al principio y arranque otra vez la misma música.

Recién después de la vez quince, o veinte, o treinta, Diego consigue emerger lo suficiente como para evitar otra vuelta de la misma calesita. Se corta el sueño de Gabriela Bermúdez en el bufet del club y en cambio le vienen un montón de sensaciones corporales que de todos modos no entiende. Por empezar los ojos, que no los puede abrir porque tiene los párpados sujetos del lado de afuera con algo que se los aprieta mucho. Pero enseguida su propio cuerpo le dice que tiene todo igual de aprisionado, no sólo los ojos. Las manos a la espalda, los pies sujetos por los tobillos, y en la panza siente también algo que lo aprieta y lo sujeta acostado así como está, de lado en una cosa que supone que es una cama porque es blanda como un colchón de cama y cruje cuando se sacude como si fuera una cama, pero Diego no puede verlo y quiere gritar porque no entiende pero tampoco puede porque tiene algo en la boca, un trapo se lo impide, y Diego empieza a sacudirse más fuerte pero no hay manera de soltar ni los pies ni las manos ni mucho menos los ojos, y encima ese dolor que le crece y le crece en la cabeza, arriba de la cabeza, que le late como un bombo y le duele muchísimo.

5

Claudia sale de la habitación del fondo con el estetoscopio en la mano y cierra la puerta de chapa. Se lo cuelga del cuello para dejar ambas manos libres, pasa la cadena por las argollas de hierro que el Mencho soldó hace unos días y cierra el candado. Antonio la ve desde el umbral de la cocina. La interroga con la mirada y la compañera hace un gesto ligeramente tranquilizador. Antonio se hace a un lado para que pase.

—Me parece que se va a recuperar sin problema —dice Claudia.

Antes de que pueda agregar otras consideraciones, se escucha el golpe en la puerta de la calle según el código que tienen establecido. Antonio va a abrirle al Mencho, que fue comisionado para deshacerse del Renault 12 en el descampado gigantesco que hay sobre la ruta 1001 camino a González Catán.

—¿Todo en orden? —le pregunta casi por fórmula, mientras avanzan por el pasillo hacia la casa.

El Mencho enciende un cigarrillo y le ofrece otro a Antonio, que acepta.

—Sí, supongo. Lo que pasa es que tuve que dar un rodeo de la concha de la lora para volver, te imaginás.

Ahora que la UBC está completa sí toman asiento alrededor de la mesa. Nadie parece tener apuro por romper ese silencio espeso y cargado de presagios. Santiago se aclara la garganta antes de hablar.

153

—Supongo que lo primero es hacer un balance del operativo. ¿Quién quiere hablar?

Antonio espera. Claudia quedó a cargo de la casa y no tiene nada que decir sobre el operativo, lógicamente. Él no piensa decir una palabra. Calcula que el Mencho tampoco. La única incógnita, entonces, es si el aspirante se lanza a justificarse o el Puma a defenestrarlo.

—Yo quiero tomar la palabra —dice el Puma, y la incógnita se despeja—. El operativo que realizamos esta noche es una de las acciones más torpes, más pésimamente ejecutadas, más… chapuceras que pueden haber existido en la historia del Ejército Montonero. Y si sa…

—Yo creo, compañero —lo interrumpe Santiago— que lo qu…

—¡Si pedí la palabra le ruego, aspirante, que me deje terminar!

El Puma se pone de pie y apoya los puños en la mesa.

—¡Un mes entero! ¡Un mes entero nos dedicamos a preparar el operativo! ¿Y a nadie se le ocurrió verificar qué tan difícil iba a ser neutralizar al objetivo? ¡Un pendejo de catorce años! ¡Catorce años! ¡Sesenta kilos pesa! ¿Y dos soldados, no uno, sino dos, se muestran incapaces de someterlo? ¿Y un tercer soldado que vive enfrente del sujeto, enfrente, no puede poner sobre aviso a la unidad sobre la peligrosidad del mismo?

Antonio se muerde la lengua. No, si no hay caso. A la corta o a la larga tenían que agarrársela con él. ¿Qué pretendían? ¿Qué les informase de las medidas de cuello, sisa y cintura, la puta madre? Le da la razón al Puma con lo de dos soldados que no pueden contener las patadas y los mamporros desesperados de un chico, pero ¿a qué viene esto de echarle la culpa a él? Pero el Puma todavía tiene acusaciones para repartir.

—¡Y una compañera que en lugar de estar detrás de la puerta, lista para abrir cuando el auto se detenga en la calle, está vaya uno a saber dónde, y hay que golpear la puerta! ¡Golpear la puerta y esperar que venga a abrir! ¿Pero en qué mundo estamos, compañeros? ¡Carajo!

El Puma está más y más enardecido a medida que habla. Claudia tiene los ojos fijos en la mesa. Es verdad, ahora que Antonio lo piensa, eso de que tardó en abrir la puerta cuando llegaron. Pero nadie tuvo el tiempo o la presencia de ánimo como para indagar por qué cuernos tardó tanto. La mano de Claudia, la que sostiene el cigarrillo, tiembla ligeramente. Pero no responde una palabra, y Antonio piensa que tácitamente se está haciendo cargo de su metedura de pata.

—¡Mejor que levantemos la puntería, compañeros! ¡Mejor que mejoremos el accionar de esta Unidad Básica de Combate o esta operación termina como el culo!

El Puma camina de punta a punta de la cocina, nervioso, exaltado. El único que sigue su derrotero es el Mencho. Los demás aguantan la reprimenda enfurruñados pero conscientes de que se merecen cada palabra que dice el antiguo oficial. Hasta Antonio empieza a pensar que tal vez debió indagar un poco más en las costumbres y pasatiempos de Diego Laspada. ¿Practicará karate o alguna otra arte marcial? La pucha, se le pasó, evidentemente.

El Puma se detiene junto a la cocina y enciende una hornalla para calentar el agua de la pava. El silencio resulta una especie de tregua, de cese del fuego. Claudia levanta la mirada hacia Santiago, que parece reaccionar. Se pone de pie. Por lo menos ahora, piensa Santiago, los dos están a la misma altura. Hasta recién parecía que el Puma fuera el responsable de la UBC. Una sensación que Antonio ha tenido tantas veces que ya perdió la cuenta. Santiago habla en un tono que intenta ser tranquilo.

—Más allá de que sigamos con esta reunión de análisis y balance hay cosas que no pueden esperar. Tenemos que establecer el primer contacto con la familia.

Ese fue uno de los puntos muy discutidos en la previa, recuerda Antonio. Santiago era partidario de hacer contacto de inmediato con la familia. El Puma, no. Aceptaba que lo malo de esperar para contactarse aceleraría el contacto de la familia con la policía, pero sostenía que lo más importante era generarles la sensación de angustia, de carecer completamente del control de la cosa. Lo otro tenía arreglo.

—Calculo que el chico se despertará mañana a la mañana.

—Eso si no lo maté del culatazo —el tono del Puma, vuelto de espaldas, vigilando que no hierva el agua de la pava, sigue cargado de rencor.

—No lo mataste, ya te lo dije cincuenta veces —Claudia no usa un tono de enojo ni de fastidio, sino uno tranquilizador. Como una maestra sosegando a sus alumnos—. Vas a ver que mañana se despierta como si nada.

—Les pido que nos concentremos en los próximos pasos —seco, Santiago intenta recuperar autoridad. Se dirige a Antonio—. ¿No tendrías que estar saliendo?

La primera respuesta que le viene a la cabeza es: "No sé, porque hasta hace dos minutos esta era una reunión de análisis y balance en la que teníamos que estar los cinco. Se ve que ya analizamos y balanceamos todo lo que había que analizar y balancear". Por supuesto no dice nada semejante. Se pone de pie, palpa el bolsillo del vaquero para asegurarse de tener los documentos y la plata y se encamina hacia la puerta. El Mencho lo sigue para cerrar detrás de él.

—Acordate de que la clave telefónica es dos timbrazos —oye decir a Santiago, a sus espaldas.

Antonio hace una mueca mientras niega con la cabeza y sigue por el pasillo, con el Mencho detrás. Hacerse el jefe recordándole una obviedad, eso sí a Santiago le sale sin dificultad. Neutralizar a un pendejo asustado, junto con el otro inútil del Mencho, eso no. Eso no le sale. Se le cruza la imagen de qué hubiese pasado si el Puma no se baja y lo duerme al pibe de un culatazo. El pendejo de Laspada corriendo por toda la cuadra a los gritos. Los vecinos saliendo a la calle. Cuatro pelotudos con pinta de guerrilleros escapándose en un Renault 12, con el detalle pintoresco de que el boludo que maneja es el Cabezón, el hijo varón de la de Linares, la viuda del del almacén, esos de mitad de cuadra. Sí, ese, qué raro, la juventud de ahora anda en cosas turbias.

Camina las dos cuadras hasta la avenida con las manos hundidas en los bolsillos porque hace un frío que pela. Por suerte apenas llega a Pierrastegui se trepa a un 236 que a esa hora de la noche, y en dirección a la estación de Morón viene, naturalmente, casi vacío.

6

Los cuatro están sentados en el living. La madre fuma sin parar y tiembla sin poder contenerse. Esteban y Cecilia comparten el sillón grande, con los ojos fijos en ningún lado. Laspada mira el reloj por décima vez en tres minutos.

—¿Y si llamás a la casa de Andrés? —la madre hace la pregunta súbitamente, como si acabara de ocurrírsele.

Aunque dirige la pregunta a su marido es su hija la que contesta:

—Ya llamamos, mamá. A lo de Andrés y a lo de Cachito. No está en lo de ninguno de los dos. Y quedaron en que si se enteran de algo, nos avisan.

—¡Pero si lo vieron bajar del colectivo en la parada de Lincoln significa que le pasó algo! ¡Si son dos cuadras! —la voz de la madre parece a punto de quebrarse en gritos o en sollozos.

—Esperemos, mamá —dice Esteban, pero mirando a su padre, que le devuelve una mirada igual de consternada.

—¡A la policía, entonces! ¡Hay que llamar a la policía!

—Ya llamé, Alicia —contesta Laspada, y se anticipa a la pregunta que sigue, porque su mujer está haciendo las mismas preguntas en círculo desde hace tres horas, desde que se sentaron los cuatro ahí a esperar, aunque no sepan todavía qué es lo que tienen que esperar—: Y me dijeron que tenemos que esperar hasta mañana. Que todavía son pocas horas. Que en una de esas vuelve solo en cualquier momento.

—¿Pero a dónde se puede haber metido? ¿Estaba enojado? ¿A ustedes les dijo algo?

Esa pregunta también repite otras similares que la madre de Diego viene formulando desde que se sentaron en el living. Ella fue la primera en alarmarse, cuando eran las siete de la noche y Diego llevaba casi una hora de retraso. Cuando entró Cecilia, que se había quedado estudiando en el centro, le preguntó si sabía dónde estaba su hermano. Fue Cecilia la que subió a la habitación de Esteban a preguntar lo mismo. Y a Esteban le tocó llamar a la fábrica para avisarle a su padre, a las siete y media, que Diego seguía sin venir y que sus amigos de la escuela no sabían nada. Laspada dejó la oficina tan rápido como pudo y antes de las ocho estaba en la casa. Hablaron un minuto los cuatro y Laspada llamó a la policía. Desde entonces están sentados en el living. Son casi las once y Laspada sabe que no puede haber pasado nada bueno. Diego no puede haber ido a ningún lado, en plena noche, con ese frío, vestido con el uniforme de gimnasia y con dos pesos en el bolsillo. No puede haber ido a ningún lado por voluntad propia, claro. Y eso de "voluntad propia" le hace correr un frío por la espalda. Es en ese momento que suena el teléfono. Laspada se pone de pie de un brinco y cruza en dos zancadas hasta la mesita.

—Hola.

Intenta procesar lo que le dicen, pero no lo consigue.

—¿Quién habla?

Es imposible. No puede admitir que les esté pasando esto. Que le estén diciendo esto.

—¡Quién habla, dije!

Se concentra en escuchar. Su mujer y Cecilia se han puesto de pie y se le han aproximado. Esteban, en cambio, se ha hecho un ovillo sobre el sillón, alzando las piernas, rodeándoselas con las manos, y hundiendo la cabeza entre los muslos. Laspada resopla varias veces. El silencio de la habitación es tan absoluto que se escucha el soniquete metálico de la voz que suena en el auricular del teléfono, aunque no se distingue lo que dice.

—No. Repítame la dirección.

De nuevo el sonido que sale del minúsculo parlante. La expresión de Laspada se crispa.

—Escúcheme bien, si…

Laspada interrumpe la frase. Aleja el teléfono de su cara.

—Cortaron. Los hijos de puta cortaron… —murmura.

Su mujer lo aferra del brazo.

—¿Quién era? ¿Qué te dijeron? ¿Era por Diego? ¡Decime por Dios qué te dijeron!

—Esperá, Alicia.

—¡Decime qué te dijeron!

—¡Es un secuestro, Alicia! ¡Lo secuestraron! —Laspada vocifera.

Su esposa se desvanece. Cecilia se agacha para abrazarla e intentar que no se golpee. Esteban se hace más ovillo, aferrándose más fuerte las piernas, hundiendo más todavía la cabeza. Laspada cuelga el teléfono. Intenta razonar. De inmediato disca un número.

—Buenas noches —dice cuando, casi de inmediato, lo atienden.

Su mujer suspende sus lamentos y junto con Cecilia levantan la vista hacia él.

—Era para avisar que mi hijo ya volvió. Sí. Diego Laspada. Yo llamé ahí a la comisaría hace un par de horas. Se había ido a estudiar a lo de un compañero que no tiene teléfono. Sí. Exacto. Sí, cosas de pibes. Sí. Muchas gracias.

Del otro lado parece haber un comentario, una breve explicación.

—Sí, tenían razón. Sí. Le pido disculpas. Para la próxima ya lo sé. Sí. Perdón. Buenas noches.

Vuelve a colgar. Cecilia ayuda a su madre a sentarse de nuevo en el sillón. Las preguntas de Alicia reaparecen casi de inmediato, hasta que Laspada le hace un gesto de que por favor se detenga. Necesita pensar. O pensar en orden, más bien, en las cosas que le dijo esa mujer en el teléfono. Y decidir qué tiene que decir en su casa y qué no decir. Son demasiadas cosas. No va a poder. Las palabras de la mujer le repican en la cabeza. Pero en desorden, como ráfagas que vienen de distintos puntos. Laspada no puede pensar. Está sintiendo demasiadas cosas juntas y distintas. Miedo. Esa es la más fuerte. La que lo ahoga. Miedo de que maten a Diego. Eso es todo. Su cabeza se queda con eso. Con el miedo. Para contener el miedo tiene que hacer algo. Hacer lo que le dijeron. Hacer lo que le dijeron es lo que va a alejar a Diego del hecho de que lo maten.

—Tengo que salir —informa a su familia, pero sobre todo se lo informa a sí mismo. Lo tranquiliza darse esa instrucción en voz alta—. Tengo que ir al Mocambo.

Su mujer alza la vista, extrañada.

—¿Al Mocambo? ¿Pero vos te volviste loco?

—Me lo dijo la mujer que llamó, Alicia —y de inmediato se vuelve hacia Esteban, que sigue ovillado en el sillón—. Necesito que me abras rápido el portón.

Esteban se incorpora. Laspada se palpa el bolsillo del pantalón. Ahí siguen las llaves de la cupé.

—¿Pero para qué te citan en un bar?

Laspada intenta pensar qué decir y qué callar. "Lo vamos a llamar a ese bar. En veinte minutos. Mejor que atienda o ejecutamos al rehén." La voz de la mujer era un témpano. Hija de puta. Rehén. Ni siquiera dijo "su hijo". Dijo "rehén".

—No sé, Alicia. No sé nada. Me lo dijo y punto. Dejame ir porque no quiero llegar tarde.

Las palabras de la mujer del teléfono siguen golpeándolo, recurrentes, caóticas, punzantes. Laspada cruza la cocina y el pasillo hacia el garaje. Escucha los pasos de Cecilia que lo sigue. Adelante oye cómo Esteban está abriendo las hojas del portón.

—¿Y yo qué hago mientras tanto, papá?

Laspada sigue avanzando. Intenta pensar en qué responderle a su hija cuando sus pensamientos se encadenan de improviso y la furia le sube desde el estómago como un volcán. Se da vuelta hacia ella. La observa furioso.

—¿Sabés quiénes secuestraron a tu hermano, Cecilia? ¡Esos zurdos hijos de puta de tus amigos! ¿Sabías? ¡Esos guerrilleros de mierda a los que vos te la pasás defendiendo!

Su hija lo mira, perpleja.

—¿Qué? ¿Por qué me decís eso?

Laspada la deja con la palabra en la boca, entra al garaje y sube a la cupé Torino escurriéndose como puede por el angosto espacio que tiene al costado. Ni siquiera repara en que al abrir la puerta del conductor la hace golpear contra la pared. Enciende el motor. Acelera. Se asegura por el retrovisor de que Esteban no esté detrás, en la vereda. Retrocede con una maniobra brusca. Esteban es una mancha de color fugaz a un costado del portón. La calle está oscura y desierta. Pone primera y suelta el embrague mientras acelera a fondo. Los neumáticos chirrían sobre el asfalto. Otra figura fugaz, el vecino de enfrente, el hijo de la de Linares, que justo cuelga la bolsa de basura en el palo de la luz. Pero Laspada apenas lo divisa mientras recorre la cuadra a una velocidad casi desquiciada. En la esquina frena en seco. Intenta recapacitar. No puede darse el lujo de chocar y no llegar a tiempo al Mocambo. ¿Estará metida la gente del bar en ese quilombo? El reloj del tablero le indica que le quedan cinco minutos. Intenta ordenarse. Está a diez cuadras exactas de la estación de trenes. El Mocambo queda exactamente enfrente, al otro lado de las vías. Tiene tiempo de sobra.

7

Antonio ve alejarse, como una exhalación, la cupé Torino de Laspada. El color rojo de los faros traseros aumenta de intensidad en la esquina. ¿Qué hace Laspada frenando en seco? ¿Se habrá arrepentido de acudir a la cita telefónica que le indicó Claudia en el Mocambo? Si es así, están en problemas. Antonio se queda ahí, de pie, al lado del árbol de la calle, con la bolsa de basura en la mano, esperando. Los rectángulos rojos bajan de intensidad. Se ve que el tipo decidió por fin dejar de apretar el pedal del freno. El Torino, por fin, avanza y cruza la calle.

Antonio decide esperar un minuto, por si Laspada regresa a la casa dando un rodeo. No. No vuelve. Debe haber recapacitado y ha decidido seguir viaje hacia el nuevo contacto con los secuestradores pero, eso sí, evitando la velocidad endemoniada con la que salió de la casa. Mejor. No conviene negociar con un tipo desaforado. Mejor que se enfríe y que piense. Y que desde ahora empiece a seguir las instrucciones que le vayan dando ellos. Otra buena noticia: ni rastro de la policía.

Una vez que está seguro de que todo marcha como debiera, Antonio deja la bolsa de basura en el porche y vuelve adentro. Ni su madre ni sus hermanas están a la vista. Mejor. No tiene ganas de que le pregunten qué hace usando el teléfono a esa hora. Bueno, eso de que "le pregunten" es un decir. Hace tiempo que nadie le pregunta nada. Por suerte.

Otra suerte es que la casa operativa de la UBC tenga teléfono. No lo usan casi nunca, pero ahora será muy útil que lo tenga. Antonio deja sonar dos timbrazos y cuelga. Vuelve a la vereda. A juzgar por las luces de la casa de enfrente, el resto de los Laspada espera en el living el regreso del empresario.

Antonio tiene muchas ganas de fumar, pero se contiene. No tiene sentido delatar su posición en la oscuridad. Le viene a la memoria la infinidad de veces en las que el Puma se lo tiene dicho. Se acuerda de que la última vez que estuvo pensando en estas cosas fue cuando pusieron el caño en el sindicato en Haedo. Ojalá que ahora las cosas no se tuerzan como ese día.

Le suena un poco ridículo eso de pensarlo en términos "delatar su posición", viéndose ahí: recostado contra el tapial de su casa, con una bolsa de basura en la mano, dispuesto a esperar el regreso del vecino. Una expresión demasiado marcial. Pero no se le ocurre otra. Se le va a hacer largo, sospecha. Paciencia. Pero no, realmente sería un peligro matar la espera encendiendo un cigarrillo.

8

No existe el tiempo. Es rarísimo pensar en algo así, pero no existe el tiempo. Si no podés ver nada, ni escuchar casi nada, ni moverte, y te duele la cabeza como si te la hubieran roto, no tenés manera de saber cómo pasa el tiempo. Y si no podés saber cómo pasa, es lo mismo que si no existiera. No ves la luz, no ves relojes, no ves un televisor que a veces ponen la hora en la pantalla y ahí te enterás de qué hora es.

Y lo que pensás ocupa todo ese agujero que antes era el tiempo y ahora no sabés cómo se llama. Una vez que Diego entiende que tiene una venda en los ojos, y las manos atadas a la espalda, y los pies atados juntos, y un trapo en la boca, se acuerda de que lo último que sucedió, antes de ese sueño que tuvo con Gabriela Bermúdez en el bufet del club, era que llegando a su casa lo habían agarrado unos tipos que se bajaron de un auto y lo empezaron a trompear. Y la angustia es una cosa que crece y te desborda: estos tipos lo agarraron porque piensan que le tocó el culo a la hermana de uno de ellos, a ese rubio de pelo cortito que lo encaró de mala manera. Y Diego se quiere morir porque no le creyeron cuando él le dijo que no, y le dijo la verdad, le dijo que no le había tocado el culo a nadie.

¿Quiénes son estos tipos, por Dios, carajo? ¿En serio se creen que le faltó el respeto a una chica? Diego quiere gritar, aunque no pueda por el trapo en la boca, y quiere llorar, aunque no puede por la venda en los ojos, porque si lo tienen ahí encerrado es seguro que lo van a matar. Y lo peor de lo peor es que lo van a terminar matando por una estupidez, mejor dicho, no es una estupidez tocarle el culo a una chica pero es una estupidez y una mentira que se crean que él lo hizo, y con ese trapo en la boca no puede defenderse, no puede explicarles que no, que a él las chicas le gustan pero que jamás, nunca en la vida, le tocó el culo a ninguna ni lo haría nunca y Diego se da cuenta de que tiene tanto miedo que aunque no le salga ningún sonido, por el trapo en la boca, igual está pegando unos alaridos bárbaros y aunque no pueda abrir los ojos, por culpa de la venda, igual tiene los ojos llorando.

9

A esa hora de la noche en Castelar hay tan pocos autos en la calle que Laspada puede estacionar exactamente en la puerta del Mocambo. A medias bodegón, a medias bar, ocupa ese local frente a la estación de Castelar desde hace décadas y Laspada, que se crió en el barrio, lo recuerda como de toda la vida.

Hay poca gente adentro. Unos viejos, al fondo, juegan al truco pica-pica. Dos parejas jóvenes ocupan un par de mesas contra la pared lateral. Un gordo descomunal cena opíparamente, a solas, cerca de la barra. Laspada se da cuenta de que no sabe cómo proceder. ¿Qué hace? ¿Se acerca al dueño, en la caja, y le dice que unos tipos quedaron en llamarlo, sí o sí, al teléfono del Mocambo? ¿Se sienta a una mesa y espera a ver qué pasa?

Laspada no es habitué del bodegón. Con el dueño se conocen de vista. Castelar sigue siendo un pueblo, y antes o después, y cada tanto, uno se cruza con todo el mundo. De hecho, el dueño lo está mirando desde su lugar detrás de la barra, seguramente calculando quién es, de dónde lo conoce. Laspada saluda con una inclinación de cabeza y se sienta a la mesa que tiene más a mano. El único mozo, que viene de atender a los viejos del fondo, modifica su itinerario para tomarle el pedido. Laspada pide un café negro en pocillo. En su reloj de pulsera ve que son exactamente las once y media. Suena el teléfono sobre la barra. Laspada mira al propietario, que se encamina a atender. A juzgar por su expresión no es

167

nada del otro mundo que alguien llame al Mocambo a las once y media de la noche. A Laspada lo asalta el temor de que sea otra la persona que llama. ¿Cómo procederán en ese caso los captores, si el teléfono les da tono de ocupado? ¿Insistirán unos minutos después o darán por abortada la comunicación? No lo sabe, y de repente la angustia de ignorarlo hace que se incorpore de un brinco y corra hasta la barra. El dueño, medio vuelto de espaldas, está levantando el auricular. Laspada no oye qué contesta, pero se le planta adelante mientras el otro escucha lo que le dicen. El dueño aleja el tubo de la oreja y le pregunta:

—¿Usted es Laspada?

Laspada ni responde ni asiente. Se limita a extender el brazo para que el otro le pase el teléfono. Al recibirlo se gira en ese ademán automático de quien intenta encontrar un mínimo de privacidad.

—Hola.

—¿Me escucha, Laspada?

Esta vez no es la mujer de la primera comunicación, sino un hombre. Un hombre joven.

—Lo escucho.

—Atienda lo que voy a decir sin interrumpir. Si me interrumpe, corto la comunicación. ¿Estamos?

El tono es una mezcla de firmeza y serenidad. Alguien acostumbrado a mandar sin estridencias. O eso le parece a Laspada.

—Estamos.

—Bien. No voy a entretenerlo mucho tiempo. En la primera comunicación ya se le informó que su hijo Diego fue detenido por una unidad de combate del Ejército Montonero. La profesionalidad del operativo permitió llevarlo a cabo sin provocarle el menor daño físico. Ahora está alojado en una cárcel del pueblo con todas las medidas de cuidado necesarias, y así seguirá hasta que se disponga su liberación.

Escuchar que su hijo está en una cárcel lo pone al borde de perder los estribos. Siente subir la indignación desde las tripas, pero se dice que enojarse no va a servirle de nada. Traga saliva. Sigue escuchando.

—La Organización Montoneros ha evaluado concienzudamente su comportamiento, Laspada, y ha detectado numerosas violaciones a los derechos del pueblo. Su fábrica es un ejemplo del daño que el imperialismo yanqui y sus aliados cipayos provocan a los derechos de los trabajadores. Por lo tanto la Organización ha dispuesto que usted deberá pagar la suma de tres millones de pesos como indemnización al pueblo. La Organización Montoneros se compromete a utilizar ese dinero de manera justa y responsable, para reparar en la medida de lo posible las injusticias cometidas por usted y por otros explotadores como usted que se han cebado contra los trabajadores.

La indignación de Laspada venía creciendo desde lo de las violaciones a los derechos del pueblo y lo de los cipayos. Nada que no haya escuchado antes. Nada que no haya visto escrito veinte veces en el paredón de la fábrica. Pero esta vez esas acusaciones vienen asociadas al nombre de su hijo. La misma voz que lo califica de enemigo del pueblo es el que dijo "Diego" y dijo "cárcel". Además, cuando escucha la cifra que le piden de rescate no puede evitar que se le ericen los pelos de la nuca. No tiene esa guita. No tiene ni en pedo esa guita. Están locos los hijos de puta. Están absolutamente locos. De nuevo aguanta sin decir una palabra. De nuevo traga saliva.

—En futuras comunicaciones se le informará acerca de la fecha y el procedimiento que deberá cumplir para llevar a cabo el pago de la multa establecida por la Organización. Si y sólo si usted ejecuta nuestras órdenes al pie de la letra, nuestra unidad procederá a poner en libertad a su hijo, que permanecerá hasta entonces en calidad de rehén en las instalaciones ya citadas.

"Rehén". Otra palabra para sumarle al horror que lo desborda. Diego es un rehén en una cárcel.

—De más está decir que si usted pone en conocimiento de las fuerzas represivas del Estado el operativo en marcha, su hijo será ejecutado de inmediato como represalia. Si usted no cumple con el monto establecido en los plazos que se le indiquen, su hijo será ejecutado como represalia. Si usted realiza cualquier movimiento tendiente a entorpecer o neutralizar nuestras acciones, su hijo será ejecutado como represalia.

—Tocale un pelo a mi hijo y te juro que te mato, hijo de puta. A vos y a...

—Le dije al principio de esta conversación que no me interrumpiera. Y le advertí que si me interrumpía cortaba la comunicación.

Laspada oye un chasquido.

—¿Hola? ¡Hola! ¡Hola!

Tiene que haber gritado como un desaforado porque los viejos del pica-pica interrumpen su juego y lo miran desde la mesa del fondo. Laspada no se atreve a mirar a los otros parroquianos, pero deben estar haciendo lo mismo. Piensa en el aspecto que debe tener. Un tipo alto y corpulento, de traje azul y corbata chillona, casi enredado en el cable del teléfono, pegado a la barra del Mocambo. Gira para desenredarse. Con el rostro demudado extiende el auricular para que el propietario, que lo observa preocupado, pueda colgar. Laspada empieza a preguntarse cómo carajo va a proceder ahora. Le rebotan las últimas palabras del secuestrador. Usó el verbo ejecutar dos o tres veces seguidas. Y él fue tan pelotudo de hacerlo enojar después de que el malparido hablase de matar a su hijo.

Siente las tripas a punto de aflojársele. En ese momento suena otra vez el teléfono. El dueño levanta el tubo.

—Mocambo.

Vuelve a extendérselo y Laspada casi se lo arrebata.

—¡Hola!

—Sólo por esta vez vamos a concederle una nueva oportunidad, aunque haya desobedecido nuestras órdenes. Pero la próxima vez no habrá lugar para correcciones o arrepentimientos. ¿Le queda claro?

—Sí —murmura Laspada, y se obliga a agregar—: Gracias.

—Toda comunicación entre usted y el Ejército Montonero se llevará a cabo a través de mi persona, el capitán Igarzábal. La teniente García tuvo a su cargo la primera comunicación por razones operativas. De ahora en adelante, usted sólo se comunicará con el capitán Igarzábal. No aceptaremos ningún otro interlocutor. No aceptaremos demoras de ningún tipo. No aceptaremos negativas a citas que se le asignen. De aquí en adelante, cuando la Organización decida comunicarse con usted, procederá como se hizo en la fecha: se llamará por teléfono a su domicilio y se le indicará un lugar público al que deberá concurrir para continuar con el contacto. ¿Está claro?

—Sí —responde Laspada.

—Si usted se comunica con la policía, su hijo será inmediatamente ejecutado. Si usted se niega a responder un llamado del Ejército Montonero, su hijo será inmediatamente ejecutado. Si intenta, por el medio que sea, sabotear la marcha de esta operación, su hijo será inmediatamente ejecutado. ¿Está claro?

—Sí, per…

Un nuevo chasquido le demuestra que la comunicación ha terminado. La palabra "ejecutado", repetida por esa voz monocorde, segura de sí, ampulosa, pone a Laspada al borde del derrumbe. Le tiende otra vez el teléfono al dueño del Mocambo, que se lo recibe con una expresión indescifrable. Laspada camina mecánicamente hacia la puerta. Al pasar junto a la mesa que ocupó por un par de minutos ve el café servido, enfriándose. Mientras él hablaba con los secuestradores de su hijo, el mundo había seguido moviéndose. El mozo había ido con su pedido hasta la cocina. El encargado le había preparado el café. El mozo se lo había dejado sobre la mesa con un vasito de agua y dos terrones de azúcar. Laspada se detiene y deja un billete bajo el platito.

—Deje. No hace falta.

Se da vuelta. Es el propietario el que le ha hablado. Sin entender por qué, Laspada vuelve sobre sus pasos. Se rasca la cabeza. Repara en las dos parejitas jóvenes que ocupan las mesas del costado. No lo miran. Conversan entre ellos, pero ¿y si son parte del asunto? Por primera vez Laspada piensa que tienen que haber estado siguiéndolo. ¿A él o a su familia? ¿A todos? ¿Desde cuándo? Pensarlo lo indigna. Pero de inmediato, por encima de la furia, lo que siente es angustia. Reprime como puede un sollozo. Está a punto de ponerse a llorar de pie frente a la barra del Mocambo, un martes a las doce menos cuarto de la noche. El dueño se lo ha quedado mirando. Laspada consigue dominarse, si por dominarse uno entiende no soltar el sollozo. Lo que no consigue evitar son las lágrimas que bajan silenciosas.

—Lo lamento —dice el hombre, y por cómo lo dice, y por cómo lo mira mientras lo dice, Laspada cree entender lo que está pensando.

—No soy el primero, ¿no?

El hombre sacude negativamente la cabeza.

—Estos hijos de puta me han usado más de una vez de mensajería —dice, y mecánicamente pasa un trapo rejilla sobre una barra que ya estaba limpia.

Laspada lo ve borroso, a través de las lágrimas.

—Gracias —es todo cuanto puede pronunciar.

—Que tengan suerte —dice el dueño.

Laspada saluda con un gesto y sale. Su cupé Torino GS reluce bajo la luz de mercurio, en la calle desierta.

10

No me voy a morir. No me voy a morir. No me voy a morir. Diego se lo repite una vez, y otra vez, y otra más, y cuanto más se lo repite más tranquilo se siente. Primero se lo repitió moviendo los labios, pero el hombre le preguntó qué estaba haciendo y se lo preguntó de un modo como si fuera algo malo y Diego contestó que no estaba haciendo nada, y la mujer dijo: "Me parece que está rezando" y también lo dijo muy seria y Diego repitió que no estaba haciendo nada. Por eso desde ese momento cerró la boca y así con los labios pegados puede decirlo en silencio, moviendo la lengua, nada más, y seguro que no se nota nada. Diego está seguro de eso y otra cosa de la que está seguro es de que es bueno haciendo eso de hablar sin que se note. Una vez en la escuela se pusieron a jugar a eso: a ver quién podía hablar sin mover los labios, porque la noche anterior en la tele había estado ese ventrílocuo famoso con el muñeco, que ahora no se acuerda cómo se llaman, y Cachito dijo que era fácil y entonces empezaron a jugar a que cada uno tenía que decir algo sin mover los labios, y quedaron en que si movías los labios los otros te podían pegar un bife pero con la mano abierta, o sea sopapo, y jugaron con Andrés y con Guillermo y a Diego no le pegaron hasta la última ronda, que el que le pegó fue Cachito, pero le pegó porque estaba caliente de que a Diego le salía bárbaro hablar así y en cambio a Cachito, que había dicho que era fácil, lo sopapearon en todas las vueltas porque era malísimo, pobre.

No me van a matar. No me van a matar. No me van a

174

matar. Eso también se lo dice con la lengua rebotando dentro de la boca. Ahora que le sacaron el trapo de la boca puede hacer así con la lengua. Antes no. Pero hace poco entraron el hombre y la mujer y le dijeron quedate quieto que te vamos a desatar las manos, y se las desataron, y le dijeron si te portás bien te soltamos los pies, y se los soltaron, y le dijeron si prometés que no gritás te sacamos la mordaza y se la sacaron, y deben haber visto que tenía toda la cara mojada de llorar porque el hombre dijo que se quedara tranquilo, que no le iban a hacer nada. Diego sabe que son un hombre y una mujer por las voces, porque la venda de los ojos se la dejaron puesta.

Y Diego apenas pudo les dijo que él no le había tocado el culo a nadie, que lo juraba por Dios que no le había tocado el culo a nadie, y la mujer le dijo que se callara, que le iban a explicar las razones de su detención, y Diego escuchó eso de detención y repitió que él no había hecho nada, que no tenía por qué ir a la cárcel por tocarle el culo a nadie porque él no lo había hecho y entonces fue el hombre el que habló, y dijo que ya sabían que no le había tocado el culo a nadie, que decirle eso a Diego había sido una maniobra táctica de identificación/diversión y Diego se quedó pensando en qué podían verle de divertido a decir algo semejante y preguntó que si sabían que era mentira que por qué lo tenían así y la mujer le dijo que estaba detenido en una cárcel del pueblo del Ejército Montonero y siguió diciendo otras cosas pero Diego se quedó tan asombrado y tan asustado con eso de estar en una cárcel que se distrajo pensando en eso y estuvo a punto de ponerse a gritar pero se avivó a tiempo de que si gritaba esos dos se iban a enojar y era mejor que no se enojaran y Diego siente que estuvo bien porque su cabeza prefirió ponerse a pensar en eso de que no lo iban a matar y de que no se iba a morir, aunque tenga que hacerlo con los labios pegados para que no le pregunten qué hace con esa voz seria, como si fuera una amenaza.

11

Laspada no puede evitar la ironía: hizo falta que Montoneros secuestrara a un miembro de la familia para que Esteban se tome en serio lo de abrir rápido el portón del garaje, porque no pasan diez segundos desde el bocinazo de Laspada y ya se ve a su hijo trajinando con las trabas de las hojas del portón para plegarlo sobre los costados. Mientras espera ve que en la vereda de enfrente la bolsa de basura que sacó el hijo de las del almacén sigue colgada del clavo del árbol. Una tontería de su parte. Los basureros pasaron hace rato, y la bolsa va a quedar ahí hasta mañana a la noche.

Una vez adentro Laspada se pasa las palmas de la mano por la cara para borrar el rastro de las lágrimas. No sólo no pudo evitarlas en el Mocambo. Tampoco en el viaje de vuelta, que hizo avanzando muy lentamente por las calles vacías de la medianoche. Recién después de refregarse mucho deja de sentir la humedad. Entonces abre la puerta y avanza de costado entre el auto y la pared, y luego por el pasillo y la cocina. En el living sólo espera sentada Cecilia.

—¿Y mamá? —pregunta Laspada.

—Se tomó un Valium y se recostó. Le dije que le avisábamos cuando volvieras.

—Yo le digo —avisa Esteban, que empieza a trepar la escalera.

Laspada y Cecilia se miran en silencio. Es evidente que la chica estuvo llorando. Al parecer no está tan preocupada como su padre en disimular las lágrimas.

—¿Lo que dijiste al salir lo dijiste en serio, papá? ¿De verdad lo pensás? ¿En serio pensás que yo pude tener algo que ver con esto?

Laspada se toma un segundo para responder. Desde hace tiempo siente que su relación con Cecilia ha explotado por el aire. Primero lo atribuyó al dichoso asunto de la adolescencia. Eso es lo que dice siempre Alicia. Que hay que dejarla, que ya se le va a pasar, que es la rebeldía propia de la edad, que se acuerde de cómo era él cuando tenía veinte años. Laspada ha intentado muchas veces hacer ese ejercicio. Pero lo que se acuerda de sus veinte años no tiene nada que ver con lo que ve en la vida de su hija. Laspada a los veinte trabajaba como un esclavo en la administración de una metalúrgica mientras estudiaba en la facultad a la noche. No vivía en un chalet que rajaba las piedras ni militaba en la Juventud Guevarista. De todos modos ése no es el problema con Cecilia. En el fondo, estaría dispuesto a aguantar su militancia, aunque no le guste. Lo que no tolera es el desprecio con el que lo mira, el sonsonete de burla con el que le discute, el fastidio que la inunda cuando él intenta defenderse. Sabe que lo que le gritó a su hija hace un rato, mientras salía hacia el Mocambo, es una barbaridad y no es cierto. ¿Pero acaso no han discutido mil veces sobre la guerrilla? Le dan ganas de decirle: "Ahí los tenés, hija. Ahí tenés a tus combatientes revolucionarios. Rezale al póster del Che para que te devuelvan a tu hermano". Le dan ganas pero no va a hacerlo. No puede darse el lujo de enojarse. Ni con ella ni con Esteban ni con Alicia. Los necesita como nunca jamás los ha necesitado antes.

Laspada se aproxima a su hija. Se sienta a su lado en el sillón. Le toma la mano.

—No, hija. No lo pienso. Te pido perdón por lo que te dije. Fue una barbaridad. Yo estaba… —se detiene. No quiere mitigar su responsabilidad justificándose en su ansiedad y su miedo—. Te pido perdón. Jamás voy a decirte de nuevo una cosa así.

Cecilia no responde. Sigue llorando sin ruido con los ojos fijos en la ventana que da a la calle. Pero pone la mano libre sobre la de su padre, que acerca también su mano restante. Laspada siente que otra vez se le llenan los ojos de lágrimas.

12

Antonio decide que ya está harto de las precauciones y enciende un cigarrillo. O ahora resulta que uno no puede fumarse un pucho en la vereda de su propia casa, después de colgar la bolsa de basura en el clavo del tronco del árbol.

Hace un rato que Laspada regresó de la cita telefónica del Mocambo y guardó el auto. Ya apagaron las luces de la planta baja. Ahora sólo quedan iluminadas un par de ventanas de la planta alta. Antonio descuenta que son los dormitorios. Nunca entró a lo de Laspada, pero seguro que esa es la distribución del caserón. Abajo el living, el comedor, la cocina, algún escritorio. Arriba las piezas. La casa más linda de la cuadra, por lejos. Casi que se te viene encima cuando la mirás desde la vereda, con su frente revestido de piedra Mar del Plata, su balcón con baranda de madera, sus techos de tejas y cenefas de madera. Comparada con los chalecitos de alrededor, la casa de Laspada parece Gulliver en el país de los enanos.

Pasa todavía una media hora larga hasta que se extingue la última luz, en el dormitorio del balcón. Debe ser Laspada que acaba de apagar su velador. Antonio supone que no debe ser fácil conciliar el sueño para esa gente, en una noche como esa. Antonio se dice también que ese no es su problema. Pisa la colilla del tercer cigarrillo y entra en su casa. Levanta el tubo del teléfono y disca el número de la casa operativa. Un timbrazo y cuelga. Vuelve a discar. Esta vez espera que los timbrazos sean tres antes de dejar el tubo sobre la horquilla. Se levanta y se despereza.

Va a la cocina. Hay un tarro de dulce de leche empezado. Come dos, tres, cuatro cucharadas directamente del pote antes de devolverlo a la heladera. Mira el reloj de la pared. Una y media de la mañana y no tiene nada de sueño. También, con todo lo que pasó ese día, como para dormirse pronto.

13

Hoy no. Hoy no puedo. Esta noche soy incapaz de to-
marme con calma el sonido de tu llave tentando la cerradura.
Además no estoy en mi dormitorio, ni en la cocina con tu
madre. Estoy en el living, sentado ahí, sin hacer nada, cuando
de repente escucho el tintineo de las llaves de tu llavero y alzo
la cabeza y veo tu figura borrosa a través del visillo de la puerta de calle. No te doy tiempo de terminar de abrir. Me levan-
to y de un zarpazo abro la hoja de la puerta y te abrazo en el
porche y a vos te sorprende mi arrebato porque ni siquiera me
devolvés mínimamente el gesto. Después, cuando nos sente-
mos, cuando también mamá te haya saludado, cuando te
obligue a sentarte en uno de los sillones pidiéndote, rogándo-
te, exigiéndote que me digas cómo estás, mejor dicho, que me
jures que estás bien, que no te pasó nada, pero nada de nada,
iré comprendiendo que mi reacción te ha sorprendido. De
dónde semejante desesperación, semejante arranque de sen-
timentalismo.

Tardaré en darme cuenta de que vos, con tu vida secreta,
tu existencia clandestina, tu itinerario subrepticio, tal vez ig-
nores que hace varios días que los diarios y los noticieros de la
tele no hacen otra cosa que hablar de las rotundas victorias
que las Fuerzas Armadas de la Nación están logrando en su
lucha contra las "organizaciones armadas ilegales". Sospecho
que eso tampoco debés saberlo. Lo de los nombres que han
decidido darles a ustedes, desde ahora. Ustedes ya no son el
ERP. Y los otros ya no son los Montoneros. A los unos y a los

otros ahora, en la televisión, y en la radio, y en los diarios, los llaman así: organizaciones armadas ilegales. Supongo que no va causarte nada de gracia cuando te enteres. Sé que te gusta eso de Ejército Revolucionario del Pueblo. A mí no, pero a vos sí. Ese también ha sido uno de nuestros temas de discusión frecuente.

Pero si hoy me abalancé a abrazarte en el porche no fue por una simple cuestión de nombres, sino porque desde hace días los noticieros no hacen otra cosa que comentar sobre los serios reveses y las numerosas bajas que se están produciendo en las filas de los delincuentes subversivos, y yo me he pasado todos estos días poniendo indefectiblemente tu rostro entre esos muertos. ¿Habrás entendido las razones de mi arranque? Siempre fuiste bueno para entender sin que te explicasen demasiado y no creo que hayas perdido esa cualidad, aunque tal vez tu mundo extraño, tu mundo del revés, tu mundo a contramano del mundo te haya adormecido esos reflejos de la intuición.

Hoy no me molesta el torbellino en el que se convierte tu madre, danzando a tu alrededor y acribillándote a preguntas. Necesito que el alma me vuelva lentamente al cuerpo mientras ella te sugiere menús y te invita a tomar algo mientras tanto. Que me vuelva el alma y se me disipe la rabia, porque es eso lo que siento ahora. Mucha rabia. Como si mi cuerpo tuviese un sistema de vasos comunicantes entre dos depósitos, uno para la incertidumbre y uno para la furia, y el depósito de la incertidumbre hubiese estado lleno, pero lleno a reventar, hasta el instante anterior al de tu llave abriendo la puerta. Lleno hasta decir basta. Lleno hasta atragantarme de angustia. Y ahora que te veo, ahora que te veo vivo y palpitando, a salvo de todas las muertes que te atribuí, o a salvo de todas las formas de esa única muerte que me obsesiona y es la de mi único hijo, ahora que estás ahí sonriendo cándido ante las preguntas de mamá, todo el contenido de ese tanque abismal de incertidumbre se vacía y el que se llena es el de la rabia, porque no puede ser que me tortures de esta manera, que mi angustia y mi miedo te importen tan poco, tan nada. Vos viviendo tu revolución y yo derrumbándome de pena y de terror, y digo "yo" porque tu madre sigue tan campante, y me pregunto si sigue creyéndote haciendo trabajo solidario en el barrio Mattera y repartiendo panfletos a la salida de las fábricas, y cursando en la facultad y de novio con esa compañera a la que yo sé que no ves desde hace un año y medio. Pero si dejó de creerte, y sabe la verdad, no dice una palabra. De modo que yo tampoco se la digo a ella. Y el resultado es que cuando en la tele dicen que "el Ejército no sólo ha recuperado prácticamente por completo el control de las zonas de monte tucumano que la subversión apátrida había intentado disputarle, sino que en las zonas urbanas el repliegue definitivo de los elementos disolventes es a todas luces irreversible", o en el diario veo las fotografías de una camioneta o un coche calcinados o unos cuerpos en el piso, resulta que no tengo con quién compartir que me quedo sin aire pensando, temiendo, suponiendo y sospechando que tu cuerpo bien puede ser uno de esos cadáveres que se adivinan en el piso, y que de todos modos no se aprecian en detalle por el granulado de la foto.

Y mientras los observo acá en el living, exaltada ella y beatífico vos, verborrágica ella y sonriente vos, me pregunto qué pasa si te confronto, si les digo a los dos que mejor hablemos a calzón quitado, y te invito a que nos hables de cómo te fue la semana pasada, qué tal anduvieron tus últimos ajusticiamientos o los más recientes atentados con explosivos. A ver cómo te cae su sorpresa, su incredulidad, su angustia consiguientes. A ver si sos tan gallito de explicarnos con aire profesoral lo de la guerra popular prolongada y el frente rural y el frente urbano, a ver si te vas de regreso a tu casa operativa tan

183

pancho como siempre después de discutir francamente con estos dos ancianos que no van a poder pegar un ojo mientras esto siga.

Sabés que no voy a hacerlo. Sabés que no soy capaz. Pero cuánta falta me hace por lo menos darme el permiso de pensarlo, de fantasear con que lo hago, cosa de que la bronca que tengo salga hacia algún lado, drene hacia algún sitio, encuentre algún cauce como para fluir sin explotarme adentro, emponzoñándome las próximas dos horas porque encima eso, encima tengo que encontrar un modo en que no se me note el tamaño de mi rabia porque claro, encima corro el riesgo de que se me note y te levantes y digas que tenés que irte y yo además de todo me sienta culpable por no haber sido capaz de disimular mi bronca y mi dolor y esta ridícula conversión de mi alivio en furia, así que lo mejor será que sea yo, esta noche, el que le diga a mamá dejá, dejá, quedate con él que yo me encargo de armar la cena, sabiendo que ella no va a dejarme pero al menos habré abierto un canal de negociación que terminará en un acuerdo por el cual yo serviré una cerveza para vos y un cinzano para mí y otro muy liviano para mamá mientras ustedes se ponen al día sentados en el living, y mientras preparo eso en la cocina intentaré respirar profundo sin ponerme a insultar ni a llorar a los gritos, porque si se arruina este encuentro mañana a la mañana voy a sentirme peor todavía, y no quiero, no puedo, no creo que lo resista.

14

—Deberías estar contento, che —dice el Cabezón.

—¿Eh? Sí, contento estoy —responde Alejandro.

—Decíselo a tu cara.

Fuman un rato en silencio. Por suerte esta noche el Cabezón se avivó de subir un par de frazadas, porque hace un frío bárbaro.

—Que tus superiores bajen una evaluación así… No sé. Yo estaría contentísimo.

—Lo que me preocupa un poco es ese cambio de estrategia, te digo la verdad.

—¿Cambio de estrategia por qué?

—Porque se suponía que íbamos al monte tucumano. Y ahora nos pasan al plan de represalias urbano.

Se hace un silencio. El Cabezón asiente varias veces.

—Bueno. Pero pensá que por algo son la conducción, Ale. Quiero decir: ellos tienen un panorama mucho más completo de lo que vemos los combatientes comunes y corrientes como vos y como yo.

—Sí —Alejandro da una última pitada al cigarrillo y lo apaga contra el piso de la terraza—. Es como decís vos.

—¿Es lo único que te tiene así? ¿O te pasa algo más? —vuelve a la carga el Cabezón.

—No, nada. Mi viejo, ¿viste? Por más que trato de que no peleemos…

—¿Pero te peleaste?

—En realidad no fue que peleé.

—¿Y entonces?

—Es que lo conozco. Estaba tenso, cuando me vio. Alterado. No sé qué carajo le pasaba. Cuando es así intenta disimular, se hace el boludo. Se ofreció a cocinar en lugar de mi vieja, con eso te digo todo.

—¿Y después te dijo qué le pasaba?

—No. No me dijo. Se hizo el boludo, el que no pasaba nada. Y se lo pregunté y me dijo que no, que nada.

—¿Y no te habrá parecido?

—No, Cabeza. Lo tengo recontrajunado.

El Cabezón niega, en silencio, mientras sacude la ceniza de su cigarrillo.

—¿Qué? —ahora es Alejandro el que indaga.

—¿Qué de qué?

—¿Qué pensás, que hacés así, negando con la carita…?

El Cabezón sabe perfectamente qué piensa. Él se moriría porque en su casa se interesaran así, se preocuparan así, lo cuidaran así, lo quisieran así. Pero ni loco se lo confesaría a su amigo.

—Nada. Te pareció.

—No sé para qué vengo. Pido permisos, quedo mal, como que me falta compromiso revolucionario. En las sesiones de autocrítica el tema sale a relucir. Siento que borro con el codo lo que escribo con la mano. Eso, cuando no me borro directamente sin decir la verdad, como hoy. Y mi viejo parece que no se diera cuenta, loco. Llega a pasar algo y yo estoy sin órdenes y sin permiso, dando vueltas por ahí. Y en lugar de valorarlo, de agradecerlo…

—No sé, Ale. Se ve que se preocupa demasiado. No sé, pensalo así. Así capaz que te da menos bronca.

Alejandro enciende otro cigarrillo.

—Avisame a las diez y media que me tengo que ir. Si no, se me arma con la célula.

—¿No te conviene esperar a la madrugada?

—Como convenirme, me conviene. Pero no tengo excusa para ausentarme de la casa hasta mañana. ¿Ves? Corro riesgos, Cabezón. Corro riesgos para venir, y mi viejo, en lugar de alegrarse de que vengo a verlos, de que pongo todo patas arriba para no borrarme… Pero bueno. No nos deprimamos, que hay un montón de motivos para estar felices. Y hablando de eso: ¿te das cuenta del poroto que te anotaste en la UBC, loco?

—¿Te parece?

—¿Cómo si "me parece"? Acaban de mandarse un operativo de la gran puta. Vas a ver cómo te resitúa esto en tu querida Orga. Y fijate que no digo en tu UBC. En la Orga. Vas a terminar con una promoción. El "miliciano Antonio" es historia. Ahora van a tener que hablar con el "aspirante Antonio". Vas a ver. Otra que semiclandestino. Acordate de lo que te digo.

El Cabezón se permite una sonrisa desganada. Hay algo de todo lo que está pasando que lo inquieta. Que lo incomoda. Decide soltarlo. Si no lo habla con Ale, ¿con quién lo podría hablar?

—¿Sabés qué pensaba estos días?

—¿Qué?

—En la casualidad… el azar, no sé cómo llamarlo. Te puede cambiar la vida. Entera. Te la puede dar vuelta por completo. Y es pura cuestión de suerte.

—Pará, Cabeza. Lo que hacemos nosotros no es cuestión de suerte. Estudiamos, entrenamos, planificamos. Lo que hacemos es producto de la voluntad, de la decisión, de un proyecto, no de la suerte.

—No pensaba en nosotros, Ale. Ni en ustedes ni en

nosotros. Me refiero a… ponele los Laspada. ¿Por qué les toca?

—Dejate de joder, Cabezón. ¿Ahora los vas a compadecer?

—No hablo de eso. Escuchame un poco. ¿Son más ricos que el resto de los que tienen guita? ¿Son más enemigos de clase? ¿Son más algo? No son más nada que otro montón de gente a la que no le va a pasar nada, ¿entendés? Les está pasando a ellos porque yo me avivé de subir el dato. Porque los conozco y sumé dos más dos. Y eso es todo. Y capaz que acá a la vuelta hay otra familia, mucho más jodida, mucho más hija de puta, y a esa no le pasa nada.

—No le pasa nada ahora, Cabezón. Después le va a pasar. Después todo se va a acomodar. No se puede hacer todo junto. Todo parejo. Todo ordenado. Pero después sí. En el futuro le va a tocar a cada uno lo que le corresponde. De bienes y de castigos.

—El futuro es nuestro.

—Lo decís como si no lo creyeras. ¿Todos los montos son así de escépticos?

—No soy escéptico, flaco. Tengo dudas, nada más. Y soy yo, no el resto de los montoneros.

—Ese es tu problema. No se puede dudar en el medio de una guerra popular, Cabezón.

—A vencer o morir, como dicen ustedes.

—¡Más bien que a vencer o morir!

—¿Y no pensaste qué pasa si no vencemos? ¿Estás seguro de que preferís morir?

—¡No, porque vamos a vencer!

—¿Y si no?

—¡Si no, nada, porque vamos a vencer, te digo!

Cómo se dio vuelta la tortilla, piensa el Cabezón. Hace cinco minutos el melancólico era Alejandro, y el que le daba ánimos era él. Ahora el otro, de repente, parece la reencarnación del Che Guevara. En fin. Cosas que pasan. De repente recuerda el pedido que le hizo su amigo. Gira la muñeca para que el cuadrante fosforescente de su Seiko capte un poco de la luz de mercurio de la calle.

—Che, Ale. Son casi diez y media. Me pediste que te avisara.

15

Escucha los dos golpes y repite los gestos que le dijeron que tenía que hacer, en el orden exacto en el que le dijeron que tenía que hacerlos. Agarra el sombrero negro que le dejaron en la mesa de luz y se lo pone en la cabeza. Como el sombrero es enorme le cae hasta el tabique de la nariz y tapa completamente los ojos. Se sienta en la cama mirando al rincón más alejado de la puerta y dice: "Ya está". A sus espaldas escucha el ruido a chapas que ya aprendió a reconocer de cuando abren y cierran las cadenas y los candados y después el chirrido que hace la puerta cuando la mueven. Esta vez la que entra es la mujer.

Le dice que se quede quieto y que cierre los ojos porque le va a levantar el sombrero porque le tiene que mirar cómo tiene la herida de la cabeza. Diego deja las manos en el regazo, mientras se pregunta quién puede tener la cabeza tan grande como para que le vaya bien un sombrero como ese. Tiene olor a viejo y a moho, pero Diego no se queja porque prefiere ponerse así el sombrero y no tener que vendarse los ojos. Es evidente que no tiene que ver a ninguno de los que lo tienen encarcelado y el sombrero es para eso, para que no los reconozca, y Diego no tiene ninguna gana de mirarlos ni de reconocerlos, pero claro, hay un momento en que cuando entran a la pieza, hasta que se acercan a la cama, en que si él no estuviera de espaldas y con el sombrero puesto podría mirarlos, cosa que no va a hacer ni loco porque seguro que se enojarían y andá a saber qué le harían, y seguro que aunque no le hagan nada malo (malo a nivel de pegarle o de matarlo), seguro que si lo ven espiándolos le ponen una venda en los ojos como al principio y eso Diego no quiere por nada del mundo. Ni eso ni el trapo en la boca. Por eso se queda callado y no dice nunca nada salvo que le pregunten. Cuando le preguntan, contesta. Por eso mismo de no hacerlos enojar.

El primer día, o el primer día que Diego puede contar como primer día, porque los puede contar desde que le sacaron la venda de los ojos y pudo ver por una ventanita que está muy alta y no tiene para abrir, mejor dicho, tiene para abrir como un ventiluz pero tiene unas chapitas soldadas justamente para que no se pueda abrir ni nada, y el vidrio es de esos que no se acuerda el nombre pero que se ve todo borroso lo que hay al otro lado, pasa la luz pero no se ve nada más que la luz y Diego está seguro de que sabe cómo se llaman pero ahora no se acuerda. El primer día las preguntas las hizo otro hombre, no el hombre que entró la primera vez con la mujer y le dijeron que no le iba a pasar nada y que sabían que Diego no le había tocado el culo a ninguna chica. Ese hombre, el primero, el que entró con la mujer, es el que viene y habla mucho, con palabras muy difíciles, pero a Diego lo tranquiliza porque habla tranquilo, como si fuera un profesor de la escuela, aunque tiene la voz de un tipo joven, como de la edad de su hermana Cecilia o algo así, no como los profesores de su escuela, que son más viejos. Ese hombre habla mucho de las razones de por qué Diego está ahí detenido. Le aclara que no es por él sino por su papá, aunque no le dice "papá" sino "padre", le dice que es una paradoja pero le toca a él, a Diego, hacerse cargo de los delitos de su padre, pero que va a ser por un tiempo, nada más, y que después va a poder volver a su casa y seguir con su vida de siempre. La mujer, la que entró la primera vez con ese hombre y que dijo algunas cosas, esa vez, ahora cuando entra no habla nunca, mejor dicho, entra a curarle la herida de la cabeza que por suerte le duele bastante menos, a veces le da unos medicamentos que a Diego le parece que son aspirinas pero le da miedo preguntar pero seguro son aspirinas, y le dice que se quede bien quieto mientras le mira la herida. Una vez le dijo que lo tuvieron que coser pero que no se preocupara, porque ella sabía hacer los puntos perfectamente y que no le iba a quedar ningún problema, que sí le iba a quedar una cicatriz muy chiquita pero que el pelo después se la iba a tapar y nadie se iba a dar cuenta, pero que era importante que no se tocara la herida porque si se tocaba se podía hacer saltar los puntos y eso sí era un inconveniente, y Diego no preguntó nada de por qué podía ser un problema pero hizo caso. No preguntó nada porque la voz de la mujer le da bastante miedo, e hizo caso porque no quiere que se le salten los puntos, y ahora la mujer le dice que se vuelva a poner el sombrero hasta que ella salga y escuche que ya trabó la puerta, pero que se quede tranquilo que la herida está cicatrizando muy bien y que mañana en una de esas ya le saca los puntos.

Si Diego tuviera que ordenar a las personas que entran en la pieza esa en la que lo tienen, según a quién prefiere, primero prefiere al Hombre 1, que lo llama así porque fue el primero al que escuchó la vez esa que entraron con la mujer. A la mujer no necesita ponerle número porque es la única. Los demás son hombres. El Hombre 2 es el que le da un poco de miedo, porque nunca le pegó ni lo amenazó ni nada pero tiene la voz muy seria, más seria todavía que la de la mujer. Ése, el Hombre 2, es el que le hizo un montón de preguntas el primer día, un rato después de que le soltaran las ataduras y le dieran las instrucciones del sombrero y todo eso. Le preguntó un montón de cosas que pudo responder y un montón de cosas que no pudo. Las fáciles eran de la familia en sí, los nombres, las edades, qué hacía cada uno, a qué hora salían o entraban de casa, si la empleada doméstica se llama Josefa. Ésas además parecía que el Hombre 2 ya las sabía, porque a veces las preguntas arrancaban por ejemplo con un: "¿Puede ser que tu hermana, cuando sale de la facultad, haga yo qué sé que sé cuánto?" y así. Pero eran preguntas medio con trampa, porque algunas eran para que Diego contestara que sí, y punto, y otras eran unas preguntas que nada que ver, como si el Hombre 2 lo estuviera poniendo a prueba para ver si pisaba el palito y le mentía a propósito, así que Diego le dijo, en todas, la verdad.

El problema fue cuando empezó con preguntas de la fábrica, porque de esas Diego no tenía ni idea. Eran preguntas de cantidad de empleados, y de plata, y Diego no tiene ni idea porque su papá nunca cuenta mucho de la fábrica. A veces, nomás, cuando viene muy enojado porque los del gremio se pusieron pesados, o los de la comisión interna se pelearon con los del gremio y entonces dicen que lo que arregló su papá con el gremio no sirve y también hacen paro, pero un paro distinto de los del gremio. Diego no explicó demasiado sobre esas cosas que dice su papá, porque aunque no estaba seguro se dio cuenta de que su papá les cae muy mal a esos que lo tienen encerrado, y mejor no decir nada o mejor dicho decir: "No sé" cuando le preguntaron algo que no sabía, que fue casi todas las veces en las que el Hombre 2 fue por ese lado de la fábrica de su papá.

En realidad el mejor, el mejor de todos, es el Hombre 3, porque no dice nada. Se ve que debe fumar mucho el Hombre 3, porque cada vez que viene a traerle la comida —es para lo único que viene— le deja toda la habitación llena de humo. Todas las veces. Bueno, no es exacto eso de que el Hombre 3 no diga nada. Cuando se está por ir le dice: "Buen provecho". A Diego la primera vez le llamó la atención porque en su casa su mamá le dijo que es de mala educación decir "Buen provecho". Tanto decir eso como "Salud" cuando uno estornuda. Según su mamá las dos cosas son de mala educación. Igual es raro, porque Josefa siempre lo dice. Las dos cosas, buen provecho y salud. Y Josefa es macanuda y es educada, porque siempre pregunta las cosas bien y dice gracias y pide por favor y permiso. Una vez Diego se lo dijo eso, a su mamá, que cómo podía ser que Josefa fuera mal educada, y su mamá le dijo que sí, que Josefa era un amor de persona, pero que en el campo se usa decir eso de provecho y de salud pero que en la ciudad no se usa, queda mal, y por eso no lo tiene que hacer, pero a Diego le gusta cuando el Hombre 3 le dice provecho antes de irse, y no le parece mala educación, ni en el Hombre 3 ni en Josefa. En Josefa menos que menos.

16

—Pase —le responde el jefe desde su despacho.

—Buenas tardes, comisario —saluda Ludueña y se queda de pie frente al escritorio.

—Siéntese, Ludueña.

El suboficial obedece.

—¿Cómo anda con las nuevas funciones?

Linda manera de llamarlas, piensa Ludueña. ¿Qué pretende que le conteste? ¿Bien? ¿Mal? ¿Aburrido como una ostra? ¿Tranquilo como no sé qué?

—Bien. Gracias.

El comisario se lo queda mirando como si esperase mayores precisiones.

—¿Extraña la calle, Ludueña?

Se ve que es la tarde de las preguntas difíciles. ¿Qué le tiene que contestar? Si le está preguntando si extraña sentir que hace un trabajo útil, sí, lo extraña. Si la pregunta es si extraña volver tardísimo a su casa, no, no lo extraña. Si va por el lado de si está aburrido de quedarse en la comisaría todo su turno, sí, está aburrido. Si en cambio le está consultando si quiere volver a su trabajo anterior, no. No quiere. No tiene sentido. ¿Qué sacó de hacerse el detective y acompañar a Segovia a reventar esos dos garitos? Que la mitad de sus compañeros lo hayan empezado a mirar torcido. Que lo hayan citado cinco veces del juzgado a ampliar su declaración. Que cada dos por tres cuando entra a una oficina de la repartición se silencien las conversaciones a la espera de que se vaya.

—No. No sé, comisario.

—Le tengo que proponer algo. O mejor dicho, tengo que responder a mis superiores un requerimiento que me hicieron, y pensé que a usted le podía interesar, pero no quiero decir que sí sin consultarlo. Si me dice que no, acá no pasó nada y busco a otra persona.

—Lo escucho, señor.

—Me piden desde la Comandancia que designe custodios para algunos militares que viven en la jurisdicción. Por el asunto de la guerrilla, por supuesto. Parece que se está poniendo muy espeso el tema de los atentados a oficiales militares.

Ludueña empieza a entender.

—Es un trabajo de calle, pero con algunas condiciones que lo pueden volver interesante.

—¿Interesante por hacer de custodia, comisario? —no pretende sonar irónico. Simplemente a Ludueña le parece que debe haber pocos trabajos más aburridos que ese.

—Por lo fácil de hacer, Ludueña. Usted no tiene que acompañar al militar en sus traslados. Eso es cuestión de la propia gente de su Fuerza. Usted vigila su casa, nada más. Como no hay garita, se deja un móvil de calle en el lugar. El horario es fijo, ocho horas diarias, con dos francos semanales. Y como no es en comisaría, se le reconoce movilidad y extras.

Ludueña saca cuentas rápidas. Por un lado, la incomodidad de estar en la calle. Por el otro, la ventaja de estar tranquilito en un auto escuchando la radio y haciendo crucigramas, o estudiando el Prode del fin de semana, si se le da la gana. Y evitarse el disgusto de cruzarse en la comisaría con todos esos zánganos que lo miran feo porque con Segovia les removieron el avispero. Y el horario sigue siendo tan previsible como el de las últimas semanas. Estar en casa para cenar todos los días… Lo asalta una duda:

—¿El turno de guardia es rotativo, señor?

—Para nada. Usted elige el turno y los demás se acomodarán a eso.

Ludueña intenta no transparentar su sorpresa. Es una propuesta más que atractiva, la verdad.

—¿O sea que puedo pedir, pongamos por caso, el turno de dos de la tarde a ocho de la noche, y conservarlo el tiempo que yo quiera?

—Por supuesto, Ludueña. Usted es mi primer candidato, de manera que tiene prioridad para elegir. Es lo menos que le debo.

El suboficial carraspea. Un modo como cualquier otro de ganar tiempo. El comisario le está proponiendo… ¿Cómo se llama cuando te ofrecen algo para que te tomes el piróscafo? Tiene un nombre, pero se le escapa. Le están ofreciendo… ¿Cuna de oro? No, nada que ver. No se llama así. ¿Qué relación tendría una cuna de oro con lo que está pasando? Ninguna. Pero era algo así, de oro, de cristal…

Más allá de cómo se llame, es claro que el comisario quiere aislarlo en un puesto en el que no moleste. A Segovia ya se lo sacaron de encima con el traslado a Madariaga. A Madariaga, nada menos. Pero eso Segovia lo sabía. Lo tenía armado, de hecho. Es más, pensó Ludueña después de los operativos: habría que saber si Segovia no los hizo justo antes de que lo trasladaran sabiendo cómo iba a terminar todo aquello. Pateó el hormiguero y se mandó mudar. Se dio el gusto y se fue. Pero Ludueña no tuvo ese margen. ¿Le habría dicho que sí a Segovia sabiendo el tole tole que se iba a armar después? Posiblemente sí. Pero tampoco es seguro. Esto de no poder hacer su vida normal, en la Brigada de calle, no es algo que disfrute. Imaginarse poniendo sellitos en un escritorio el resto de su vida no lo entusiasma, la verdad.

En una de esas no está mal aceptar esa comisión. Buen horario, buenos viáticos, la posibilidad de llegar a casa a cenar puntual todas las noches, la tranquilidad de no verle la jeta a ninguno de los otarios que se hacen los malos en la comisaría. Y dentro de un tiempo, Dios dirá.

—La verdad, me interesa, señor. Le agradezco la oportunidad.

—Faltaba más, Ludueña. Es lo menos que puedo hacer por usted.

Se pone de pie para estrecharle la mano. Pide permiso con un gesto para salir y su jefe asiente. Ludueña camina hacia la puerta. "Puente de plata". Así se llama cuando te ofrecen algo bueno para que salgas del medio y dejes de estorbarles. Por fin se acordó. Lo estaba volviendo loco tenerlo en la punta de la lengua.

17

Laspada cruza el living a grandes trancos mirando la hora y temiendo que se haga demasiado tarde. Escucha un ruido en el piso de arriba y gira la cabeza. Al tope de la escalera, encorvado sobre una valija enorme y sin saber cómo bajarla, está Esteban.

—¿Necesitás que te ayude?

—No —responde el hijo, resoplando—. Pero me cuesta porque tiene suelta la manija.

Mientras sube los escalones, Laspada piensa que eligieron mal la valija. Esa de cuero marrón es enorme, es muy pesada, y tiene la manija rota. Cuando llega arriba, levanta de uno de los extremos y le hace al hijo un gesto para que haga otro tanto.

—Agarrala de allá.

Bajan la escalera, Laspada de espaldas y Esteban agachado e incómodo. Al llegar al living la dejan en el piso. Laspada se rasca la cabeza.

—Estoy pensando: ¿cómo vas a hacer cuando lleguen? Al bajar del micro, me refiero. Porque ahora tenemos el auto y estamos los dos para cargarla, pero allá…

Esteban pestañea mirando la valija. Se ve que no lo había tenido en cuenta.

—Me la cargo al hombro, papá. Igual a la casa iremos en taxi.

—Supongo que tenés razón —acuerda Laspada, pensando que ojalá en La Falda, cuando lleguen, haya taxis. Tiene que haber, se dice—. ¿Mamá ya está lista?

—Estaba armando el bolso de mano con Cecilia. Ahí me fijo.

El hijo vuelve a subir la escalera. Laspada está a punto de decirle que espere, que tiene que preguntarle algo, pero se arrepiente. No tiene sentido complicar más las cosas. ¿Hizo bien en despachar a Esteban con Alicia? ¿O debió decirle que se quedara y mandar a Cecilia en su lugar? Laspada siente que lleva tres días decidiendo cosas que no sabe decidir y decidiéndolas todas mal.

Su mujer baja con el bolso, seguida por sus hijos. Los que todavía siguen en la casa, piensa Laspada, y se muerde los labios. Está tan superado por la situación que recién cuando ve a Cecilia abrazando a su madre, en el porche, se percata de que está a punto de dejar a su hija sola en la casa hasta su regreso desde la terminal de ómnibus.

—Esperá, Cecilia —dice abruptamente—. Vení con nosotros.

Esteban, que está llevando a los trompicones la valija hasta el baúl, lo escucha y se da vuelta.

—Dejá que se quede, papá —dice el chico.

—Me da miedo que se quede sola. Mejor que venga —insiste Laspada.

—¿Y si llaman mientras no estamos?

Laspada cae en la cuenta de dos cosas. La primera, que Esteban tiene razón. La segunda, que de ahora en adelante habrá un montón de momentos en los que Cecilia va a quedarse sola en la casa, mientras él sigue corriendo como un loco intentando juntar la plata que le falta. Y vuelve a preguntarse si no debería haber hecho al revés. Cuando tomó la decisión había hecho un cálculo simple y rápido. Mejor alejar a la mitad de la familia de esa casa de Castelar y ponerla a salvo en Córdoba. Alicia se resistió como gato entre la leña. Pero terminó por rendirse a su argumento. ¿Qué pasaba si esos tipos,

200

al ver que se demoraba el pago del rescate, subían la apuesta secuestrando a otro miembro de la familia? ¿Qué podrían hacer ellos en ese caso? A la hora de pensar a qué hijo enviar en su compañía, sumó otro cálculo simple y rápido: dos mujeres para ser cuidadas en dos casas distintas, un hombre para cuidar a cada una. Y Esteban tampoco le planteó mayores objeciones. Pero ese es el problema de los cálculos simples y rápidos: que ahora se percata de que va a dejar sola a su hija, en esa casa que ya está en la mira de esos tipos, en un montón de momentos. Porque la tiene que dejar. Porque Esteban tiene razón en lo que acaba de decir. La chica deberá quedarse de guardia junto al teléfono en todo momento.

—Papá...

La voz de Esteban lo trae de regreso a la realidad. En esa realidad los cuatro están en la vereda de su casa, junto a la cupé Torino GS que refulge con el último rayo de sol del atardecer, y Laspada no sabe qué hacer. Cecilia ya parece haber decidido por él, porque lo esquiva para acercarse a Esteban y estrecharlo en un abrazo interminable. Laspada hace lo mismo con Alicia.

Hay viajes y viajes, piensa Laspada, recordando las muchas veces en las que salió de su casa enojado con su mujer y con sus hijos porque llevaban una cantidad inaudita de valijas, bolsos y bolsitos que convertían su auto en un carromato de gitanos. Hoy también se trata de un viaje a Córdoba. Pero al auto no suben cinco sino tres, porque hay uno secuestrado y una que se quedará en la casa por si llaman sus captores. Y no va a lanzar su Torino a ciento setenta por la ruta porque sólo va hasta la terminal de ómnibus de Liniers. Y en el baúl no hay multitud de valijas, bolsos y bolsitos sino una única valija marrón pesada y enorme que tiene la manija rota.

Rodea el auto. En la vereda de enfrente el vecino, el pibe de Linares, lija los listones de madera de la verja. Es un chico más o menos de la edad de Esteban. Laspada siente una envidia atroz, mientras avanza por la cuadra, pensando en todos los vecinos de todas las casas, de la vereda de números pares y de la vereda de números impares, que tendrán una noche de cena y conversación familiar y cama caliente y rutinas previsibles mientras ellos, Cecilia y él, velarán hasta cualquier hora junto a la mesita del teléfono. Por asociación recuerda una recomendación que le quedaba pendiente y mira por el retrovisor a Esteban, al que parece quedarle enorme ese asiento trasero en el que faltan su hermana y su hermano.

—No te olvides de avisarme cuando lleguen, hijo.

—No, papi. Quedate tranquilo. Abrimos la casa, conecto los tapones de la luz y el bombeador de agua y me cruzo al almacén de Ada para avisarte.

Laspada asiente. En el fondo, lo tranquiliza pensar que Alicia va a contar con Esteban mientras estén tan lejos.

18

Son cuatro, son jóvenes, y los tres varones parecen vestidos, piensa Mendiberri, por un sastre que hubiese aprendido su oficio en un cotolengo. Pantalones pata de elefante, camisas de colores chillones y solapas anchas, camperas entalladas con bolsillos enormes y botones metálicos. Y acicalados por un peluquero educado en la misma institución: las mechas larguísimas, algunas barbas, bigotes desmesurados. La chica es muy bonita a pesar del esfuerzo que hace —supone el profesor— por ocultarlo.

Están de pie alrededor de su escritorio en el aula vacía. La chica toma la palabra y se presenta como "no sé qué" Paterson, pero Mendiberri no retiene el nombre de pila porque se queda pensando si el apellido será inglés, irlandés o escocés.

—Disculpe. Su apellido es… ¿escocés?

—La muchacha lo mira extrañada.

—Eh… sí.

—¡Yo sabía! —Mendiberri cierra el puño en un gesto de festejo. Le encanta acertar una genealogía—. Perdón, pero no retuve su cargo.

—Secretaria Adjunta del Centro de Estudiantes.

—Gracias. Usted dirá en qué les puedo ser útil. Los invitaría a sentarse a los cuatro, pero sólo dispongo de un asiento. Estaba a punto de comenzar a tomar exámenes.

—Es por eso que estamos acá, Mendiberri.

Paterson se sienta en la silla frente al escritorio. Dos de los varones permanecen de pie, a sus lados. El restante camina hasta la puerta del aula y la cierra del lado de afuera.

—Usted dirá, Paterson. La llamaría "señora secretaria", pero como usted me privó del "profesor" o "doctor" que —entiendo— hubiese merecido, voy a permitirme retribuirle esa seca familiaridad llamándola "Paterson".

—No vinimos a tratar estupideces de protocolo, Mendiberri. Venimos a notificarlo de dos cosas. La primer cosa: su mesa de examen está cancelada. La segunda: sus clases en la facultad quedan suspendidas hasta nuevo aviso.

Mendiberri fija los ojos en la muchacha que tiene sentada frente a sí, al otro lado del escritorio.

—¿Y se puede saber por qué?

—Claro que sí. Porque usted es un fiel representante de la universidad oligárquica y represiva que es enemiga del pueblo y una fuerza contrarrevolucionaria que no vamos a permitir que siga existiendo en la Argentina.

Mendiberri estira la mano hasta los cigarrillos mientras intenta que no se le note el temblor de los dedos en el trayecto. Siente que su reserva de sangre fría y de mordacidad acaba de agotársele.

—Le hago una consulta —carraspea para que su voz pierda la especie de soplido titubeante con la que arrancó la frase—: ¿no tendrían que seguir los canales administrativos y académicos establecidos por los estatutos de la universidad? Lo digo porque de lo contrario…

—No. No tendríamos. Si la universidad se ha convertido en un aguantadero de fachos, en un nido de gorilas, es porque las fuerzas de la derecha se amparan en la letra muerta de la ley para impedir la renovación de las estructuras. No le voy a explicar a usted lo fácil que es ensuciar a una institución como la Universidad de Buenos Aires dándoles cargos importantes a personas que no los merecen.

Mendiberri inspira profundamente. Otra vez con la cantinela esa, piensa.

—Pero… ¿cómo hago yo para defenderme de sus acusaciones? ¿Qué garantías tengo de un debido proceso? Si no, cualquier alumno a quien yo no le caiga en gracia puede destruirme la carrera.

—No es "un alumno", Mendiberri. Son todos.

—¿Todos? ¿Por qué no me da los nombres, a ver si son todos?

—¿Nombres? ¿Pero quién se ha creído? ¿Usted piensa que tiene derecho a hacer una lista negra?

—¿Lista negra? No sé de qué me habla. Quiero saber quién me acusa.

—¡El pueblo lo acusa!

—¿Qué pueblo? Pensé que eran mis alumnos.

—El pueblo son sus alumnos. ¡Y usted es el antipueblo y es hora de que se vaya enterando!

Paterson se pone de pie cuando lo dice, y señala con el índice a la cara de su contrincante.

—¡Y hay una tercer cosa, para que se entere!

—La que se tiene que enterar de algo es usted, señora, señorita, lo que sea… "Tercer" es un adjetivo que acaba de usar para calificar "cosa", que es femenino, así que no es "tercer cosa" sino "tercera". Hace un rato le pasé por alto que hizo lo mismo hablando de una "primer cosa" pero ya me colmó la paciencia, qué quiere que le diga.

Mendiberri sabe ser indulgente con un montón de defectos, pero las barbaridades gramaticales no se cuentan entre ellos.

19

—Esa cifra la tiramos a propósito, sabiendo que no hay manera de que llegue a juntar ese dinero —aclara el Puma.

No obstante, los otros mantienen la cara de asombro.

—Por supuesto que tres millones de pesos es una cifra enorme para vos, para mí, para ella, para cualquiera —abunda el Puma—. Pero estos tipos manejan números astronómicos.

—Está bien, pero de todos modos... —duda Antonio—. Debe ser dos veces lo que vale el caserón ese que tienen.

—En principio manejamos esa cifra —Santiago apunta-la la posición del Puma—. Total, para bajar tenemos tiempo.

Antonio no insiste. Tiene bastante experiencia en el incipiente "doble comando" de la UBC como para saber que, si no hay fisuras entre el aspirante y el Puma, es inútil ensayar cualquier oposición.

—Hablando de tiempo —el Puma se encara con Claudia—. ¿El chico como sigue?

—Yo lo veo bastante tranquilo —contesta ella, y se dirige al Mencho—. No sé cómo lo ves vos.

—Lo mismo. Se acomodó bastante bien, me parece. Siendo que mucho para hacer no tiene…

—Yo lo visito día por medio y converso bastante —interviene Santiago—. Por supuesto que intento esclarecerlo políticamente un poco, sacarle esas anteojeras de niño rico que tienen todos los de su ambiente.

Antonio no puede evitar un mínimo respingo. Que Santiago hable de "niños ricos" le resulta un poco paradójico. Se supone que nadie tiene que indagar en el pasado de nadie, pero Antonio lleva bastante tiempo en la Orga como para sacarle el *pedigree* a casi todos. Ventajas de la veteranía, podría decirse. El único de los que están ahí que podría reivindicar un origen más o menos humilde es el Puma. Y hasta por ahí nomás. Ni Claudia, ni el Mencho, ni él mismo vienen de familias obreras. ¿Pero que venga Santiago a hablar de riqueza, con su casa en San Isidro, su apellido paquete y su hermano ilustre en el Movimiento?

Intenta detener el flujo torrentoso de sus pensamientos. Ya está otra vez juzgando, criticando, tomando distancia. ¿Quién es él, con su casa de barrio lindo en Castelar, con sus estudios en colegio de curas, para echarle en cara a Santiago la prosapia de su cuna? Si Santiago es un marciano en el mundo en el que pretende aterrizar, los demás son igual de extraterrestres. Empezando por el propio Antonio. Intenta recordar aquellas viejas reuniones en las que José Alfredo, su primer responsable, machacaba con los conceptos de vanguardia, de esclarecimiento, de proletarización y de ejemplo revolucionario para las masas oprimidas. ¿Qué cambió desde entonces? ¿Por qué hace unos años esas palabras significaban tanto y ahora significan tan poco?

Antonio nota que el grupo está en silencio. Está en silencio y mirándolo a él. Está en silencio, mirándolo a él y esperando una respuesta. Está en silencio, mirándolo a él y esperando una respuesta a una pregunta que no escuchó. Mierda. ¿Qué hacer? ¿Preguntar o esperar que se lo repitan?

—Si estos días en la casa viste movimientos extraños…

Antonio prefiere no reparar en que el Puma se lo pregunta como si estuviese dirigiéndose a un infradotado. O no reparar demasiado.

—Ninguno —informa—. Desde que se fueron la esposa y el hijo de Laspada, en la casa quedan la hija y él, nadie más.

—¿Seguís pintando el cerquito de madera?

"Pintando el cerquito" es un modo de decir, piensa Antonio. Se pasa haciendo la puesta en escena de estar lijando los listones de madera. No quiere apurarse porque nadie tiene idea de cuánto van a demorar en concluir la operación y no se le ocurre ninguna otra excusa para pasarse las horas en la puerta de calle.

—Sí —mejor abreviar la respuesta—. Sigo con eso.

—¿No dijiste que también estaba la empleada doméstica?

—Sí, pero se va todos los días a mediodía.

—¿Acaso la empleada doméstica es "nadie", que no la contás? —la pregunta insidiosa viene de Claudia.

—Me refería a que "quedan" todo el día, o pernoctando.

Usa a propósito el "pernoctando" y espera que Claudia detecte el sarcasmo. ¿Desde cuándo la piba esta lo tomó de punto? Sospecha que viene juntando bronca desde hace tiempo porque cada vez que se suscitan chispazos entre Santiago y el Puma, Antonio suele tomar partido por este último. No lo hace porque tenga nada personal contra Santiago. Sencillamente el Puma parece más sólido en sus ideas y en sus acciones. Punto. Pero se ve que a Claudia la cosa le molesta. Antonio retoma su explicación:

—Eso sí, las rutinas las tienen totalmente alteradas. La hija casi no sale de la casa. Supongo que se queda pegada al lado del teléfono, esperando instrucciones, que es lo que vos le indicaste —ahora Antonio se dirige al Puma—. Y Laspada sale con el auto. A veces durante un rato largo. Pero nunca eso de volver tarde de la fábrica, como antes. Ningún día lo vi llegar después de las siete de la tarde.

—Bien —aprueba Santiago.

—De todos modos mi información es incompleta —se ataja Antonio—. Cada vez que vengo, quedan sin vigilancia, por supuesto.

—Bueno, pero son ratos aislados —de nuevo habla Santiago.

—Sí, eso sí.

—¿Y no habría que poner otro soldado para que se turne con él? —pregunta Claudia, y Antonio no puede evitar la sensación de que tiene ganas de buscar camorra, con ese "él" impersonal y casi despectivo—. De lo contrario perdemos supervisión de lo que pasa en esa casa.

Santiago y el Puma se aprestan a responderle, pero Antonio le gana de mano:

—En todo momento dijimos que esta acción era nuestra, Claudia. Nuestra, de la UBC Morón Sur. Y si tenemos que perder algunas horas de vigilancia para mantener el operativo blindado en nuestro grupo supongo que es un precio que tenemos que pagar.

Los otros tres, el Puma, Santiago y el Mencho, asienten.

—Sí, eso no se discute —convalida el Puma.

Ahí tenés, piensa Antonio, tomá para vos. Pero tendrá que cuidarse de alimentar la animosidad de la compañera. Esas cosas nunca sirven para nada. Momento. ¿Es sólo de su compañera o de todo el grupo, y él es tan caído del catre que no se ha dado cuenta todavía?

—En otro orden de cosas: ¿cómo venimos con el asunto del televisor? —inquiere Santiago.

—Ya casi lo tengo —informa el Mencho—. Me lo entregan esta tarde, mañana a más tardar.

—Nos va a venir bien —dice Santiago—, porque al chico le va a servir para entretenerse y matar el tiempo.

A Antonio se le cruza la tentación de hacer un chiste sobre las anteojeras de los niños ricos y el consumo de programas televisivos pero se detiene justo a tiempo. El horno, definitivamente, no está para bollos.

20

—Vos me decís eso, pero cada dos por tres una ve en la tele que pusieron una bomba o reventaron a tiros a alguien. Y siempre a los primeros que matan son los custodios.

—No es lo mismo, Gladys.

—Ah, ¿no? ¿Y qué tiene de distinto? ¡Contame! ¿A ver?

—Yo no voy a ser "custodio" de un militar. Voy a hacer mi servicio diario enfrente de su casa. No es lo mismo.

—Se ve que te casaste con una estúpida, porque no entiendo la diferencia.

Ludueña sopesa las alternativas. Si insiste, corre el riesgo de que el enojo de su mujer siga en aumento. Si lo deja para otro día, por otro lado, tampoco significa que su mujer se va a olvidar del asunto. Va a seguir dándose manija, en silencio. Y seguro que lo que se termina imaginando es mucho peor que la realidad. Gladys es así. No tiene vuelta. Un intento más. Eso es lo que va a hacer. Y si fracasa, fracasa. Deja los platos sucios en la pileta y se sienta otra vez, pero en la silla más próxima a la de su mujer. Le toma la mano, aunque ella hace una mueca de que no se la va a poner nada fácil.

—Oíme. Los custodios, los que vos decís, van de choferes o de copilotos de los choferes llevando gente importante de acá para allá.

—¿Pero no me dijiste que a vos te toca un coronel?

—Sí.

—¿Y no es importante un coronel?

—Sí, Gladys. Lo que te digo es que yo no voy a hacerle de

chofer. Yo voy a estar en la puerta de su casa. Nada más. Le vigilo la casa. Durante el día, el coronel se moverá con su propia custodia del Ejército. Asunto de ellos. Yo no voy con él a ningún lado. Me quedo en la puerta de su casa, esté o no esté.

—¿Nada más?

—Nada más. Somos tres. Tres turnos por día. Si justo sale o entra, o la familia, suponete, sale o entra mientras yo estoy de guardia, sí. En ese caso, más bien, miro que entren tranquilos y que no les pase nada. Pero eso es todo.

—¿Y si justo lo atacan cuando vos estás de guardia?

—Bueno, ahí sí tengo que intervenir.

—¡Ahí tenés!

—¡Pero esperá, mujer! Yo no estoy ahí, regalado en la puerta. Estoy en un móvil blindado que destinó la Fuerza.

—¿Blindado?

—Blindado —confirma Ludueña, pensando que una mentirita blanca no le hace daño a nadie, a fin de cuentas—. Además, ¿cuántas posibilidades hay de que al tipo lo intenten atacar justo, justo en el momento en que está entrando a la casa? Es ridículo.

—¿Y si es ridículo por qué le ponen una guardia?

—Por precaución, lo hacen. Por si a los guerrilleros se les ocurre justo atacar a ese, y cuando van a investigar se encuentran con que tiene custodia en la casa las veinticuatro horas, van y eligen a otro. O bueno, si lo tienen entre ceja y ceja capaz que se la dan igual, pero se van a cuidar de dársela en otro lado.

Por el modo en que Gladys ladea la cabeza mientras lo escucha, Ludueña calcula que poco a poco la está convenciendo.

—Además, otra cosa. Horario fijo de lunes a viernes. En Ituzaingó, o sea, acá nomás.

—Bueno, tampoco acá nomás.

—Sí, mujer. Ya hice la prueba. El milico vive a cinco cuadras de la estación. Me tomo el tren hasta Morón, que son dos estaciones. Ahí agarro el 242 vacío, que sale de las plazoletas que están bajando del andén. Y ese me deja acá en Camino de Cintura, acá nomás de casa. Ocho y media, nueve menos veinte a más tardar estoy en casa, veo a los chicos, miramos la tele, cenamos todos juntos. ¿En serio me vas a decir que mejor lo rechazo?

—Yo no te dije que lo rechaces…

Ya la tiene, piensa Ludueña.

—Y tengo las mañanas libres, además. Almuerzo temprano acá y después me voy lo más pancho para la guardia. Y con las mañanas libres le sigo metiendo pata a la obra.

Ese es el as de espadas. Por eso lo guardó para el final. En los últimos meses, cuando estuvo con Segovia con eso del juego clandestino, tuvo unas jornadas del demonio y llegaba a cualquier hora, y encima con un humor de perros y nada de ganas de trabajar en la casa. Ludueña se da mucha idea con la construcción, salvo con los techos. Para el techo del dormitorio nuevo van a tener que llamar a un techista. Pero todo lo demás lo puede hacer él. Empezó, de hecho. Pero quedaron hechos los encadenados y nada más. Con todas las mañanas libres levanta las paredes en dos patadas. Y el baño nuevo lo mismo. Hasta la plomería puede hacerla. Se da maña.

—¿Sabés lo que nos ahorramos de mano de obra, gorda? ¿Y sabés lo contentos que van a estar los chicos si pueden tener las dos piezas?

La tiene. La tiene casi lista. Una de las primeras cosas que le contó Gladys cuando empezaron a salir fue que cuando era chica dormían con todos los hermanos y los padres en la misma pieza. Ludueña no lo dice, y ella tampoco, pero cada cosa que hacen en su casa le produce una alegría profunda y silenciosa. Comprar el lote, edificar la primera pieza, el baño y la cocina y recién ahí mudarse fue, para su mujer, una especie de garantía. De que estaban haciendo las cosas bien. De que había elegido al tipo correcto. Y Ludueña se aseguró de construir el comedor y la otra pieza antes de que naciera el hijo más grande. Después es cierto que se le complicó un poco lo de seguir ampliando. No es lo mismo alimentar dos bocas que tres. Ni tres que cuatro. Ni cuatro que cinco. Ludueña sabe que no está en falta porque los hijos tienen una pieza y ellos tienen otra. Pero están los tres juntos. Y desde hace un tiempo su mujer anda con eso de que Lili está por cumplir los doce y en cualquier momento es señorita y qué lindo sería que tuviera su pieza propia.

Perfecto. Ludueña acaba de servirle a Gladys la estrategia perfecta. Casi puede ver los engranajes del cerebro de su mujer mientras repasa las mismas cosas que él viene hilvanando.

—Oíme bien —Gladys lo mira directo al fondo de los ojos—. Si vos me decís que hay que hacerlo, yo te obedezco.

"Obedezco", piensa Ludueña, y casi suelta la risa. A la única que obedece Gladys es a Gladys. Y eso según el pie con el que se levante. Pero en fin. Si quiere jugar a la esposa sumisa, que juegue.

—Pero que no me entere de que es peligroso eso de la custodia del milico. Que no me entere. Te llega a pasar algo mientras estás ahí, te llegan a hacer algo y te mato. ¿Estamos?

—Estamos, gordita. Estamos.

21

Ahí acabás de llegar a lo del Cabezón y puedo quedarme tranquilo. Sería para reírse, si no fuese para llorar. Me deja tranquilo algo tan simple como que mi hijo de veintitrés años caminó sin romperse la crisma por encima de algunas paredes medianeras hasta lo de su amigo de acá a la vuelta. El mismo hijo que acaba de llegar sano y salvo hasta lo del Cabezón es integrante de una célula de combate de un ejército revolucionario que planea tomar el poder para llevar adelante una revolución socialista y, para eso, tomaron las armas y desarrollan una "guerra popular y prolongada" contra las fuerzas armadas del Estado capitalista. Esas fueron tus palabras cuando me lo explicaste. Te pusiste muy serio, muy formal, cuando me lo dijiste.

De todos modos te agradecí que me lo dijeras. Soy bastante viejo y bastante estúpido, pero sé que tus superiores no deben estar de acuerdo con el hecho de que hables de estas cosas conmigo. Conociéndote, te debe haber costado bastante romper las reglas de tu gente para contármelo. Pienso "tu gente" y me da un poco de envidia, del mismo modo que me da un poco de alivio que me lo hayas contado. Porque eso significa que tu padre sigue siendo, a su manera, aunque sea un poco, tu gente. Tu otra gente, por lo menos.

Y acá estoy yo, tu "otra gente", en la cocina a oscuras, mirando por la ventana hacia los fondos de las casas, hasta que veo tu silueta haciendo equilibrio entre lo de Molina y lo de Balbuena y encaramándose después en la baranda de la escalera de lo del Cabezón. De ahí en adelante ya no te veo, pero sé que estás a salvo. Sé también que el Cabezón te estará esperando en su terraza y que se quedarán ahí, hablando y fumando hasta las tantas. Ahora ya puedo ir a acostarme, porque no te rompiste la crisma en los fondos de ningún vecino.

No te lo conté, pero el otro día me trepé yo mismo a la medianera y fui haciendo equilibrio como pude hasta lo de Balbuena serrucho en mano, para cortarle unas ramas a la higuera. Me fui a la hora de la siesta, mientras mamá dormía. A vos no te parecerá ninguna aventura, pero te aseguro que para mis setenta abriles es más o menos como haber ido al Polo Norte. Y otra cosa: ¿te imaginás si trastabillo y me voy en banda? ¿Cómo le explico a la viuda de Balbuena qué estaba haciendo encaramado en su medianera y cortando ramas?

"Disculpe, doña. Ocurre que mi nene, desde la noche de los tiempos, se pasa por los fondos hasta la casa de su amigo, el Cabezón, y a mí me gusta quedarme tranquilo de que llegó bien y lo vicho desde la ventana de la cocina. Y las ramas de la higuera estaban muy crecidas y me tapaban la última parte de su recorrido, por eso me tomé la libertad de podarlas un poco."

¿Y a tu madre? ¿Cómo le explico que voy a pasarme los próximos dos meses postrado en cama mientras suelda mi fractura de cadera y que ella vea cómo se las ingenia con la semillería? Esa opción no la pensé, pero en una de esas es una buena opción. Me hace acordar a esos chistes con los que te matabas de la risa de chiquito. Esos de primer acto, segundo acto, tercer acto y cómo se llama la obra. Primer acto, un francés tira un balde de yeso al mar. Segundo acto, un francés tira un balde de yeso al mar. Tercer acto, un francés tira un balde de yeso al mar. ¿Cómo se llama la obra? "La marsellesa".

En el caso nuestro, sería más o menos así: Primer acto, yo me precipito desde la medianera y me fracturo la cadera. Segundo acto, mamá no da abasto con la semillería y te pide que la ayudes. Tercer acto, vos tenés que avisarles a tus superiores que necesitás una licencia para atender la semillería que tus viejos tienen en Castelar porque de lo contrario se mueren de hambre. ¿Cómo se llama la obra? "Mi hijo se salva de morir como un estúpido". No creo que te guste mi chiste. Mejor no te lo cuento.

22

Un solo día, uno solo, Diego se duerme a la noche sintiéndose valiente. En general prefiere no pensar en términos de valiente o de cobarde, porque le da mucho miedo ser un cobarde. Qué boludo soy, piensa. Si me da miedo ser cobarde ya soy cobarde, porque tengo miedo. A veces se enrosca en esos juegos de palabras. No lo puede evitar, aunque sabe que le hace daño.

Entre el día cuatro y el día ocho se la pasó pensando en escaparse. Antes estaba demasiado boleado por el golpe en la cabeza, por el miedo, por la angustia que tenía. Por suerte se acordó de hacer una muesca con la uña en un lugar al costado de la cama donde el revoque está todo blando por la humedad, y así es como cuenta los días. Van trece. Pero entre el día cuatro y el día ocho estuvo meta y meta pensando en escaparse por la ventanita. Los pasos, las etapas del plan, las tuvo claritas casi enseguida. Los numeró. Los memorizó: Uno, dar vuelta el balde para hacer pie y alcanzar la ventanita. Dos, romper el vidrio. Tres, encaramarse y pasar al otro lado. Y cuatro, correr todo lo rápido que te den las patas y pedir ayuda.

Pero como estúpido no es, Diego le dedicó mucho tiempo también a repasar los obstáculos que podrían hacer fracasar la fuga. Y los tiene igual de numerados: Uno, el balde tiene agua para que la caca y el pis huelan menos. Habría que tirar el contenido ahí en la pieza, y le da asco nomás de pensarlo. Dos, no hay con qué romper el vidrio. Lo único sería usar la tele que le pusieron, pero es demasiado pesada. Ya hizo la prueba. La puede levantar, haciendo mucha fuerza, pero ni loco puede encaramarse arriba del balde dado vuelta y pegarle con una esquina de la tele al vidrio (tendría que ser con una esquina porque la tele es más grande que el vidrio). Tres, al no haber con qué romper el vidrio hay que hacerlo con las manos, y el riesgo de cortarse es grande. No sólo hay que romperlo. Hay que sacar los pedazos que queden adheridos al marco, porque apenas cabe el cuerpo por el agujero y si no saca bien los filos que queden adheridos a la masilla capaz que se corta todo y se muere desangrado como un pelotudo. Pero las manos también se le pueden llenar de cortes profundos y que termine desangrándose. Podría sacarse la chomba de gimnasia, cortarla en jirones y vendarse las manos. Pero ahí viene otro problema, el número cuatro: tendría que salir en cueros en pleno invierno y capaz que se muere de frío. Además puede hacer mal los vendajes y cortarse todo igual. Y ahí se muere medio por desangrado y medio de pulmonía por salir en cueros. Cinco, este es gravísimo: no tiene la menor idea de a dónde da la ventanita, por eso de que el vidrio es opaco. "Esmerilados", se llaman esos vidrios. El otro día se acordó de cómo se llamaba ese tipo de vidrio y no se olvidó más. El vidrio esmerilado no te permite ver del otro lado. ¿Y si hay otra pieza sin salida a ningún lado? ¿Y si da a un precipicio? ¿Y si da a donde están los que lo tienen prisionero? Y seis, el más grave de todos: si fracasa (y, según parece, la posibilidad de que fracase es muy pero muy grande, porque por algo tiene tantos problemas numerados) los soldados del ejército montonero se van a enojar terriblemente con él. Sobre todo el Hombre 2 y la Mujer. Bah, se van a enojar todos, pero a los que más miedo les tiene Diego es al Hombre 2 y a la Mujer, porque sus voces siempre son serias, duras. El Hombre 1 tiene una voz más tranquila. A veces se pone pesado cuando se empeña en explicarle los motivos de que lo tengan ahí, y todo eso.

Para el caso, da lo mismo porque seguro que se enojan todos. La Mujer, el Hombre 1, el Hombre 2 y el Hombre 3. Y en una de esas lo vuelven a atar y a amordazar y chau tele, seguro. Más si la usa para romper el vidrio. Y seguro que se enojarían si vuelca el balde para hacerse caballito. No le perdonarían el enchastre, y en una de esas lo obligan a hacer caca y pis sin agua en el balde y el olor termina siendo más asqueroso todavía. O sin balde, directamente. Y como el Hombre 3 también se enojaría, si trata de escaparse, cuando le traiga la comida (que habría que ver si le siguen trayendo, después de semejante enojo) en una de esas no le dice más: "Buen provecho". Y a Diego le gusta que se lo diga.

Por todos esos cálculos y motivos Diego descartó la posibilidad de escaparse por la ventanita. De tratar de escaparse, en realidad. Desde el día nueve no lo piensa más. Y si se pone a pensarlo sin darse cuenta, enseguida se fuerza a pensar en otra cosa, porque pensarlo lo pone mal. Porque se siente cobarde por pensarlo pero no animarse.

Pero el día doce, ese día solo, se va a dormir sintiéndose valiente. Porque un rato antes de dormirse entró el Hombre 2 y le dijo:

—Vengo a ponerlo al tanto de cómo van las negociaciones con su padre.

—Dígame —contestó Diego.

Lo dijo tratando de que la voz le saliera igual de fría que al Hombre 2, aunque no está seguro de cómo le salió. Además, con ese sombrero que le llega casi hasta la boca se escucha a sí mismo rarísimo, como si hablara entre algodones, y no sabe cómo le salió la voz. Eso sí, lo trató de usted como hace el Hombre 2 con él.

—Confiamos en que mañana o pasado su padre haga entrega del dinero que se le exige para que usted sea liberado.

Si es así, le damos nuestra palabra de que al día siguiente usted será puesto en libertad.

—No le creo —dijo Diego en ese momento, y apenas lo dijo se asustó de haberlo dicho, pero siguió—. Y no le creo porque ustedes mintieron cuando me agarraron. Dijeron que yo le había tocado el culo a una chica y era mentira. Así que si mintieron esa vez, ¿por qué no pueden seguir mintiendo?

Diego tuvo mucho miedo, cuando terminó de hablar, de que el Hombre 2 se pusiera a gritar, o le pegara de vuelta como le había pegado cuando lo agarraron, porque está seguro de que el que le abrió la cabeza de un golpe, que después la Mujer tuvo que coserle y ponerle cuatro puntos, fue el Hombre 2. Pero ahora no pasó nada. El Hombre 2 hizo una respiración larga, como resoplada, salió, dio un portazo y puso la traba. Y Diego se sacó el sombrero y apagó la luz y se acurrucó en la cama.

Y ahora siente que por fin le está viniendo el sueño, y que estuvo bien decirle eso. Porque fue arriesgado pero es la verdad. Y fue valiente decir la verdad, y ni más ni menos que al Hombre 2.

23

—¿Dónde está el teléfono público? —pregunta Claudia.

El Puma señala el pasillo que conduce a los baños.

—Está bien escondido —el tono de Claudia parece aprobatorio. Extrañamente aprobatorio, viniendo de ella y dirigido nada menos que a él, piensa el Puma.

—No elegí este bar porque me guste la decoración ni el ambiente.

El Puma reconoce que su tono podría haber sido bastante más cordial, aunque "cordial" no es la palabra. Componedor. Más componedor. O menos beligerante. Eso. Habría podido ser menos beligerante. Pero en el fondo no tiene ganas de ser cordial, ni componedor, ni menos beligerante. Siente que la presencia de Claudia en ese bar es el modo que encontró Santiago de supervisarlo, y justamente esa es la cuestión: quién carajo es ese burócrata mediocre y previsible para supervisarlo a él, después de todo.

—Es la hora —dice el Puma, poniéndose de pie, encaminándose al pasillo y desentendiéndose de Claudia.

Cuando descuelga el auricular y busca las monedas percibe que la chica acaba de alcanzarlo.

—¿No es sospechoso que te vengas hasta acá? —le pregunta.

—Al revés —contesta Claudia—. Somos una pareja muy enamorada. Tan enamorada que no puedo esperarte sola en el bar y prefiero ver cómo usás el teléfono. La típica boluda, ¿viste?

El tono de Claudia ha virado hacia la previsible hostilidad que tiene siempre. Mejor así, se dice el Puma. Mete varias monedas y deja unas cuantas más sobre el teléfono, para agregarlas después. Disca de memoria el teléfono de Laspada.

—Buenas noches —dice cuando escucha la voz del empresario.

Mientras atiende a lo que el otro tiene para decirle, el Puma piensa que tal vez no haya sido tan malo que Claudia lo haya acompañado. No puede oír lo que dice Laspada, pero al menos podrá dar testimonio de sus intervenciones.

—Momento —corta el Puma—. Ya se le informó que la cifra no es negociable. Esto no es un remate a ver quién da más. Si no tiene claro ese punto, es inútil que tengamos esta conversación.

Vuelve a escuchar lo que Laspada le dice. Ni en sus momentos de mayor optimismo se les ocurrió que Laspada pueda reunir tres millones de pesos. Pero eso Laspada no tiene por qué saberlo.

—No me hable de seriedad, Laspada. Se lo pido por favor. Nuestra organización se ha movido con la máxima seriedad. Y tiene la intención de seguir haciéndolo. Pero no pretenda engañarnos.

Un nuevo torrente de palabras del empresario. El Puma obedece un impulso repentino: se aleja el tubo del teléfono de su oído y se lo apoya en la oreja a Claudia por el puro gusto de sorprenderla. La chica parpadea, un poco sobresaltada, pero se recompone enseguida. Sabe que no tiene que hablar. Las instrucciones de Santiago son claras al respecto. El negociador, el único negociador, es el Puma. Brusco, le quita el tubo de la oreja y lo aproxima a la suya. Laspada está hablando de sus problemas económicos.

—No me venga con eso, le pido por favor. Si un empresario rico tiene dificultades económicas, qué queda para el común de los mortales, Laspada.

El tono del empresario sube un poco más. Eso es bueno. Que se tense. Que se indigne. Pero que al mismo tiempo luche por controlarse. Que no se olvide de que ellos son los que mandan.

—Lamento que de esta conversación no podamos sacar nada en limpio. Le advierto que a su hijo se le comunica pormenorizadamente acerca del avance de nuestras negociaciones. O bueno: sobre su falta de avance.

Esta es la primera vez que Laspada no responde de inmediato. Se produce un largo silencio y el Puma teme haber sido demasiado contundente. No es la primera vez que encabeza una negociación de este tipo. Ni la segunda, ni la quinta. Pero sí es la primera vez que lo hace dentro de esta UBC a la que lo han degradado. No sería bueno que esto terminara mal.

—Necesito que responda a nuestro profesionalismo con el suyo, Laspada. Que extreme sus recursos. De nuestra parte…

Esta vez el empresario arremete con una nueva andanada, esta vez de preguntas. El Puma coloca de una vez todas las monedas que le quedan. Va siendo hora de cortar.

—Por supuesto que cuenta con esa garantía. La mía personal, es decir la del capitán Igarzábal, y la de todo el Ejército Montonero. No somos salteadores de caminos, Laspada. Esto es una operación acotada y definitiva. Nunca más vamos a involucrarnos con usted.

Claudia le ofrece otro puñado de monedas. El Puma niega con la cabeza.

—Mientras usted siga las indicaciones, nuestras garantías son absolutas. Se le dijo que no diera intervención a la policía y usted lo cumplió, Laspada. Eso lo sabemos perfectamente. Por eso ahora lo estoy llamando a su casa, porque descuento que su teléfono no está intervenido. Y del mismo modo se le garantiza la seguridad de su familia. No era necesario despachar a su mujer y a su hijo de viaje. En el fondo es asunto suyo, pero se lo comunico para que vea nuestro profesionalismo.

El Puma escucha el sonido que hace el teléfono cuando cae la última moneda. Le quedan unos pocos segundos.

—Volveré a comunicarme en breve, Laspada. Espero que nuestra próxima conversación sea más provechosa. Buenas noches.

Cuando cuelga el tubo todavía se escucha el sonido de la voz del empresario. Claudia lo mira, seria, pero sin hostilidad. El Puma le hace el gesto de cederle el paso por el pasillo y la sigue de regreso al bar.

—Deberíamos sentarnos otros quince minutos —dice Claudia.

El Puma se dirige hacia la mesa que habían ocupado antes y le hace una seña al mozo para que vuelva a atenderlos.

—Que sean diez —responde el Puma, cortante por el puro deseo de serlo—. Los minutos, digo. Supongo que tanto usted como yo preferimos que nuestros encuentros sean lo más breves posibles, compañera.

24

Esta vez son dos los que entran. Diego no necesita verlos y, últimamente, ni siquiera escucharlos. Hace poco descubrió un juego para jugar contra sí mismo: adivinar quién entra según el olor, antes de que digan nada. La Mujer es la que mejor huele. Siempre tiene un perfume rico. Se lo conoció de entrada, cuando le hacía las curaciones en el bocho, y desde entonces lo percibe apenas ella traspone el umbral. El otro que es réquetefacil de identificar por el olor es el Hombre 3, por el humo del cigarrillo. A Diego no le gusta el olor a pucho, pero menos le gusta el olor a chivo que tiene siempre el Hombre 2. El Hombre 1, en cambio, no huele a nada. Por eso se da cuenta de que los que entraron, esta vez, son la Mujer y el Hombre 1. A veces fantasea con saludarlos, así de espaldas como está, para demostrarles que no es ningún idiota, más allá del sombrerito y toda esa patraña. Pero es una fantasía, nomás. Tiene la impresión de que lo mejor es que sigan pensando que es un idiota, un chiquilín cagado de miedo. Bueno, en esto último no están para nada equivocados.

La Mujer le dice: "Buen día" y Diego responde: "Buen día". Por los ruidos se nota que está llevándose el balde de porquerías para limpiarlo. El Hombre 1 —sí señores, Diego ganó otra vez su juego de los olores, eran ellos dos los que entraron— le dice que quiere conversar un rato con él. Por el crujido que escucha, por el leve zarandeo del catre, se da cuenta de que el Hombre 1 acaba de sentarse en el rincón de la cama. Diego contesta que está bien. ¿Qué otra cosa podría contestar? ¿"Gracias, pero no quiero"?

Odia cuando el Hombre 1 le viene a dar charla. Casi prefiere que venga el Hombre 2, porque aunque es seco y duro, lo que. viene a decir a Diego le interesa. Cuando dice que están estancados en la negociación Diego se angustia, pero por lo menos le sirve para entender la razón de que lleve como dos semanas ahí encerrado. Cuando en cambio dice que se están acercando a un acuerdo Diego se entusiasma y siente que ese entusiasmo es legítimo porque no se imagina al Hombre 2 diciéndole nada simplemente para levantarle el ánimo. Y eso es porque está completamente seguro de que al Hombre 2 él, Diego, y su ánimo, le importan un carajo. Pero le agradece que no finja lo contrario. Viene, informa, se va. Tiene algo bueno para decir, lo dice. Tiene algo malo para decir, lo dice también.

En cambio el Hombre 1 viene cada tanto y hace esto: se sienta en un rincón de la cama y se le pone a explicar los motivos por los cuales él, Diego, está prisionero, aunque no dice prisionero: dice "privado de su libertad". Y se pone a hablar de expropiación, y de legítima no sé qué, y de la revolución social y la guerra popular en la que el padre de Diego es un enemigo al que hay que derrotar, y que Diego tiene que aprovechar ese tiempo que está hospedado con ellos para aprender y conocer la realidad del pueblo y de los desposeídos, por ejemplo eso de que seguro que a él, a Diego, debe darle tanto asco hacer caca y pis en un balde, cuando hay un montón de chicos como él que lo hacen todos los días porque nacieron pobres y que eso se tiene que acabar, y que el Ejército Montonero existe justamente para eso, para la guerra de liberación que suprima todas las injusticias y a esa altura Diego lo único que quiere es que se calle y se deje de hablar y sobre todo que no siga diciendo esas cosas horribles que dice sobre su papá.

Por eso apenas el Hombre 1 empieza a hablar Diego se concentra y juega a las figuritas imaginarias. Ese es otro juego que aprendió a desarrollar en estos días. Lo juega cuando tiene que apagar la luz e intentar que le venga el sueño. Y también lo juega cuando el Hombre 1 le viene a dar esos discursos.

A principios de año casi ninguno de los chicos de la escuela compró el álbum de figuritas de *Fútbol Argentino 1975*, porque decían que era cosa de pendejos. Pero bastó que Filomeni lo llevase un día al colegio —no sólo el álbum sino un toco de figuritas repetidas de las que regaló unas cuantas—, para que a la semana siguiente estuvieran todos como locos coleccionando y jugándoselas en el recreo. A Diego las que más le gustan son las redondas que traen la foto de los jugadores como si fueran fotos carnet, pero le gustan sobre todo porque son las que se usan para jugar al punto. Al punto se puede jugar de a dos o de a varios, poniéndose a un par de metros de una pared, de rodillas o en cuclillas, cada uno con una figurita. Cada uno la lanza intentando que su figu quede lo más pegada posible al zócalo de la pared, y el que más cerca queda, gana y se queda con todas las figuritas que participaron. Y para tirar, uno mete la figu en los pliegues del dedo índice bien doblado, y le tiene que dar con la uña del pulgar plegado debajo, accionado como una palanca, y la figu sale como un plato volador, y el arte consiste en no darle demasiado despacio para que no vuele demasiado poco, ni demasiado fuerte para que no rebote en la pared y también se aleje, y por suerte la tarde que lo agarraron Diego tenía un toco grande de figuritas redondas en el bolsillo del pantalón del gimnasia, y por suerte no se le cayeron ni cuando lo agarraron ni cuando lo llevaron, porque al segundo día se palpó el costado y las sacó y le encantó ver a los jugadores, que estaban ahí, como si fuera un milagro.

Eso sí, tuvo miedo de que se las sacaran si lo veían jugar,

227

entonces aprovechó una vez que vino el Hombre 2 a darle "el parte de las negociaciones", como él mismo anuncia cada vez que entra, y tratándolo de usted Diego le dijo que tenía que pedirle autorización para jugar a las figuritas, y el Hombre 2 pareció pensarlo un momento y después dijo: "Autorización concedida" y se mandó mudar, y Diego se grabó esas palabras por si la Mujer, el Hombre 1 o el Hombre 3 se querían hacer los locos y quitárselas, porque en ese caso iba a decirles que el Hombre 2 había dicho: "Autorización concedida". Diego no sabe quién manda en el grupo de soldados montoneros, pero le da toda la sensación de que es el Hombre 2. Hasta piensa que, de haberlo sabido con tiempo, tendría que haber bautizado a ese como Hombre 1, pero cuando le puso los números a cada cual todavía no lo sabía. Paciencia.

Desde entonces pudo jugar tranquilo. Eso sí, como a la noche le apagan la luz y tarda bastante en dormirse, sigue jugando con la imaginación. A veces gana alguna de las difíciles. A veces arriesga a propósito y Andrés o Cachito consiguen quedarse con una de sus preferidas. Lo lógico. Ganar a veces. Perder a veces. Diego siente que tiene que jugarlo como si fuera de verdad.

25

No es algo que a Mónica le guste hacer, pero hay ocasiones en las que le parece lícito arruinar el manso clima familiar en el que suelen cenar.

—Che, papi, estuve pensando en ese boicot que te hicieron los del Centro de Estudiantes.

Su padre levanta la vista desde el plato hasta ella.

—Sí. ¿Qué pasa?

—Que si el problema es ese cargo que aceptaste, el que te ofreció el interventor, ¿por qué no renunciás y listo? Y seguís dando tu materia, tan tranquilo.

—Pero, Mónica, ¿en qué puede afectar al Centro de Estudiantes que yo acepte el cargo de Secretario de Posgrados?

A veces su padre parece un marciano que visita la Tierra con perspectiva de turista.

—Papá, a vos te nombró el interventor, ese que el nombre se me escapa…

—Domínguez. ¿Y qué?

—Domínguez. A vos te nombró el interventor Domínguez, que es de lo más rancio del nacionalismo de derecha. Lo pusieron ahí para dejar tranquilos a los de la Concentración Nacional Universitaria. ¿Digo bien?

Su padre frunce la cara como si le estuvieran ofreciendo comida en mal estado.

—Yo qué sé, Mónica. Vos me preguntás a mí y yo no tengo ni idea.

—Ese es el problema —Mónica lo señala a su papá pero

la mira a su hermana—. Que papá no tiene ni idea, ni le interesa tenerla, y no son tiempos como para andar por ahí como si diera todo lo mismo, porque no da lo mismo.

—No entiendo, papi —interviene Mirta, que empieza a inquietarse.

—Te lo explico yo, Mirta —retoma Mónica—. El año pasado cambiaron las autoridades en la universidad. Echaron al rector que estaba y la intervinieron.

—Esas cosas pasan todo el tiempo —su padre hace un ademán de espantar moscas.

—Dejame terminar, o Mirta no va a entender nada. El que estaba antes les caía bien a los estudiantes…

—A los estudiantes del Centro —la corrige su padre—. Porque en ese momento, hace dos años, el rector era de izquierda y entonces los que estaban como locos eran los estudiantes de derecha. Lo que pasa ahora…

—Dejame terminar, te pido por Dios, papá —Mónica se encara con Mirta—. El Centro de Estudiantes, en la facultad de papá, lo maneja la izquierda. Cuando intervinieron el rectorado de la universidad, y el decanato de la facultad, rajaron a un montón de profesores.

—¿Y a mí qué me importa, Mónica?

—¡Esperá, te digo! Ese cargo que le ofrecieron a papá es importante no sólo por el cargo en sí, sino porque permite, cuando sesiona el Consejo Directivo…

—¡Pero de qué sesiones hablás, Mónica, si está todo suspendido eso!

Mónica le hace un gesto a su padre, señalando a su hermana.

—¿Me dejás terminar, así no la enloquecemos? En la facultad de papá hay un conflicto muy fuerte. Un enfrentamiento feroz entre dos grupos, Mirta. Unos de derecha y otros de izquierda. Eso lo entendés.

Mirta asiente.

—Ahora los de derecha son los que tienen los cargos, y los apoya un grupo de estudiantes que son los de la Concentración Nacional Universitaria. Pero la mayoría de los estudiantes…

—Eso es lo que dicen ellos, Mónica —su padre intenta volver a intervenir.

—¡Bueno, como quieras! Pero el Centro de Estudiantes lo maneja la izquierda. Ahí tenés a la JUP, al PST, al PS.

—Son más nombres que gente, Mónica.

—¡Que me dejes terminar, papá! Los del Centro no quieren saber nada con los nombramientos que hizo el interventor. Como el interventor es su enemigo declarado, toda la gente nombrada por el interventor también son sus enemigos.

—¡Qué enemigos ni enemigos! A mí qué me importa el Consejo Directivo, el claustro y la mar en coche.

—¡A vos no te importa, pero a ellos sí les importa! ¡Por eso te están saboteando las clases y no te van a dejar en paz, papá!

—Que me saboteen todo lo que quieran. Tampoco será para tanto.

—¿Ah, no? ¿No es para tanto? ¿Acaso a Sosa no lo reventaron a patadas?

—¿Quién es Sosa? —pregunta Mirta, horrorizada.

—¿Y Rosemberg no se las vio negras, también, con esos tipos?

—¡No me vas a comparar, Mónica! A ellos dos sí les interesa la política. Siempre se metieron en esos tejes y manejes.

—¿Pero no te das cuenta de que a los que te están haciendo quilombo no les importa si vos hacés o dejás de hacer? ¿Que lo que importa es… el símbolo, el gesto?

Mónica se siente cada vez más perdida. La parsimonia de su padre es un bloque de concreto.

—Ay, hija… Además, bastó con que los de la Concentración Nacional Universitaria que vos decías se enterasen de que los del Centro vinieron a molestarme, para que estos otros vinieran a solidarizarse conmigo. Ahora me custodian el aula mientras doy clase, ¿lo podés creer?

Mendiberri suelta una risita. Mónica estalla.

—¡Pero eso es un peligro, papá!

—¿Por qué es un peligro?

—¡Porque si te cuidan los de la derecha, más se van a calentar los de izquierda pensando que efectivamente estás con los de la derecha!

—Derecha, izquierda, me tienen sin cuidado, la verdad…

—Me siento hablando con una pared.

—No soy una pared, Mónica, pero tampoco nací ayer…

—Nadie dijo que hayas nacido ayer, papá.

—Me refiero a que llevo un montón de años dando clases en la universidad, y esas cosas pasaron siempre. Entré en la época de Perón, y vos sabés que yo con Perón ni los buenos días. ¿No es cierto?

—Sí, papá, pero…

—Tan es así que cuando vino la Libertadora y pasaron una escoba así de grande —su papá acompaña las palabras con un gesto que pretende significar la magnitud de la escoba— conmigo ni se metieron. Ni se metieron, te lo juro. Y después vino Frondizi, y tampoco. Y después vino Onganía y se mandó ese estropicio de la Noche de los Bastones Largos, cuando vos ya estabas estudiando, ¿no es así?

—Sí.

—Y tampoco me tocaron. Y después vino Cámpora, y toda la milonga de la izquierda, y las tomas de facultades, y rajaron a todos los que habían puesto antes y volvieron a poner a los que estaban antes y que los habían rajado. Y conmigo no se metieron tampoco cuando Cámpora. ¿Entendés lo que quiero decirte?

—Sí, papá, pero…

—Pero nada, Mónica. Y ahora volvieron los que estaban con Onganía, y que rajaron con Cámpora, y que van a volver cuando rajen a los que están ahora.

—Pero ahora es distinto, papá.

—¿Por qué?

—¡Porque ahora hacen todo a los tiros, papá! ¡Por eso! No es "te echo y te vas a tu casa", es "te avisamos que te vamos a liquidar y después te liquidamos".

—¡No exageres, Mónica!

—¡No exagero, papá!

Mónica deja de hablar porque acaba de percatarse de que Mirta está llorando a moco tendido, cubriéndose la cara con su servilleta. Cruza un vistazo con su padre, que también se ha quedado con los ojos muy abiertos al ver la reacción de la mayor de sus hijas. Mónica extiende la mano hasta el brazo de su hermana, que al sentir el contacto se abandona en una nueva oleada de hipos y sollozos.

—¿Es cierto, papá? —pregunta Mirta, entre los sobresaltos de su llanto.

—¿Qué cosa? —pregunta el padre, y Mónica no puede menos que admirar la capacidad que su padre demuestra para hacerse el idiota hasta las últimas consecuencias.

—¡El peligro en el que estás! —grita Mirta.

Su padre está a punto de responder pero se encuentra con la mirada incandescente de Mónica, como una amenaza que pende sobre las palabras ligeras y conciliadoras que estaba a punto de repetir y que le quedan atragantadas.

—Hagamos una cosa —propone su padre—. Si vuelvo a tener un problema, un problema cualquiera, renuncio al cargo y me quedo con las horas de clase. Nada más.

—Sigo sin entender para qué querés ese cargo. Si ni siquiera te cambia el sueldo.

—¿Y si lo quiero porque me lo merezco? ¿Porque llevo más de veinte años dejándome las pestañas en esa universidad mezquina, soportando a legiones de estudiantes ingratos que no valoran lo que se les enseña? ¿Porque me gusta tener un sello que dice "Arturo Mendiberri, Secretario de Posgrados"? ¿Porque estoy podrido de ser un cero a la izquierda a cargo de una materia que todo el mundo rinde al final de la carrera porque la odian y la desprecian?

Mónica no consigue sostener la mirada flamígera de su padre. Listo. Se rinde. Su padre es un bloque de granito imposible de perforar. Un extraterrestre al que no le importa nada, absolutamente nada, más que sus costumbres de toda la vida aderezadas ahora por el barniz de vanidad de sentirse importante, incapaz de ver que esa vanidad lo ha metido en un laberinto del que no hay modo de que salga ileso.

26

Estos últimos días Cecilia viene seguido a la fábrica, porque Laspada se va agotando a ojos vistas, como un juguete a punto de quedarse sin pilas. Al principio es para intentar que la empresa siga funcionando con la mayor normalidad posible mientras su padre busca el modo de reunir la enormidad de dinero que le exigen. Pero cada vez más Laspada la hace partícipe de sus temores evidentes: no hay manera de que junte tres millones de pesos. Ninguna, y menos con el cronómetro contando minuto a minuto el tiempo que Diego pasa encerrado por esos hijos de puta.

Ponen en venta el departamento de Caballito y la casa de La Falda, sí, perfecto, pero ¿qué posibilidad hay de venderlos en medio del caos económico del país? Ese Celestino Rodrigo puso todo patas arriba. Si nadie sabe cuánto vale un kilo de bifes, ¿cómo ponerle precio a un departamento o a una casa de veraneo?

Cecilia hace una sugerencia extrema pero posible: ¿qué pasa si retienen todos los sueldos de la fábrica y todos los pagos a los proveedores y los usan en el rescate? En la misma línea de extremar la liquidez, Laspada sugiere que podrían apretar a los clientes para que paguen ya mismo lo que habitualmente tienen en consignación o liquidan a los premios. También se puede pedir plata en el banco. Son buenos clientes. Son clientes de años. El banco no tiene por qué saber que no van a devolver el préstamo que les hagan.

Porque van a la quiebra, eso es inevitable. Pueden capturar dinero de acá, de allá y de más allá, pero no hay manera de que puedan sostener la empresa en pie. Los empleados van a reclamar los sueldos, los proveedores las deudas y el banco el crédito. Y será un asunto concluido. En menos de un mes todo habrá terminado. Pero mientras el secuestro de Diego sea lo primero que termine en ese "todo", Laspada está dispuesto a aceptar el resto de los "todos" que vendrán a continuación. El problema es que ni siquiera así llegan a los tres millones que les han pedido. Arañan la mitad y gracias.

—Tendrás que avisarle al capitán ese que te llama, papi. Y que sea lo que Dios quiera.

Laspada parpadea. Cecilia se da cuenta de que no fue una feliz elección de palabras la que hizo. Porque bien puede pasar que Dios quiera lo que ellos dos no quieren. Están sentados en el comedor vacío de la fábrica. Al otro lado de un mostrador abierto en la pared más lejana se escucha el trajín de la cocina. Dentro de nada empezarán a servir el almuerzo. Terminaron ahí después de recorrer el depósito viendo qué insumos podían vender, aunque fuera a la competencia, para ganar un poco más de liquidez.

—No hay otra, ¿no?

La pregunta de su padre, más que una pregunta, es una rendición. Cecilia está a punto de sugerirle a su padre que vuelvan a las oficinas cuando desde el corredor que da al depósito aparece un operario alto y panzón que viene con el mameluco gris a medio abrochar y el vello del pecho al aire, pese al frío de julio.

—A usted lo andaba buscando, don Hugo.

Laspada le hace un gesto para que se siente a la mesa que ocupan. Una larga mesa de casi veinte puestos. El obrero se acomoda del lado de Cecilia, dejando un lugar vacío entre ambos, y la saluda con un gesto.

236

—Habrá visto, don Hugo, lo que está pasando con el gobierno.

Laspada se restriega el rostro con las dos manos. Cecilia teme que esté a punto de estallar o de desintegrarse.

—No, Barrios. Tuve unos días medio complicados. Igual yo no los voté. Vos sí.

Barrios se ríe sin demasiadas ganas.

—Se lo digo en serio, don Hugo. Ese Rodrigo aumentó todo. La nafta, la luz, todo.

—Ajá.

—Y nos vamos a quedar recontraatrasados con los sueldos, don Hugo.

Su padre se aplica una nueva sesión de frenético masaje facial.

—Vamos a necesitar una actualización. Lo hablamos en la comisión interna, ya se imaginará. No queremos hacerle paro.

—Menos mal. Ya me hicieron en marzo, en mayo, en junio…

—¡Pero qué quiere, don Hugo! No podemos desoír lo que necesitan los compañeros. Las bases…

—Sí, sí, lo entiendo, Barrios —lo corta su padre. Si hace un rato tenía mal semblante ahora lo tiene peor—. Le propongo que hagamos una cosa. Después lo hablamos bien en la oficina, de todos modos. Pero para que lo vaya pensando.

—Lo escucho —Barrios se retrepa en su asiento.

—La semana que viene yo tengo un tema financiero complicado. Muy complicado. Necesitaría tener todos los flancos de la fábrica lo más tranquilos posibles. Además tengo que pagar las quincenas el viernes de la semana que viene, ¿no es cierto?

—Efectivamente, don Hugo.

—Bueno. Mi propuesta es que nos reunamos no la semana que viene, sino la otra.

—¿La del lunes diez, dice usted?

—La del lunes diez, exacto.

Es el turno de Barrios de ganar tiempo rascándose la cara.

—No sé, don Hugo. Hay mucha urgencia, la verdad.

—Pero si yo puedo acomodar lo de la semana que viene —y hay muchas chances de que lo consiga, le digo la verdad—, la fábrica va a estar en una posición inmejorable. Se lo garantizo, Barrios. No debería estar diciéndole esto, tal vez. ¡Me van a agarrar demasiado dulce!

Su padre lanza una risotada tan falsa como un billete de trescientos pesos. Barrios también se ríe.

—¿En serio, don Laspada?

—No me hagas hablar, que lo quemamos.

—¡Entonces no digo nada!

—Eso. No digamos nada. Pero lo retomamos a partir del lunes diez. ¿Estamos?

Cecilia ve a los dos hombres ponerse de pie y estrecharse la mano. No sabe dónde ponerse, ni qué expresión adoptar, ni si debe decir algo. ¿Será habitual que se sellen acuerdos con la patronal en un comedor vacío con la hija del dueño como testigo? Estos son días raros por un montón de cosas. Horribles por el miedo y la tensión de no saber qué pasa y qué pasará con Diego. Difíciles por intentar que su mamá no se derrumbe en pedazos, en ese extraño exilio cordobés que sólo comparte con Esteban. Pero también son otra cosa a la que no sabe qué calificativo ponerle. Estos días solos con su papá, despiertos hasta cualquier hora por si llaman los hijos de puta de los secuestradores, dándole vuelta a la cuestión de la guita, apagando incendios enormes o minúsculos en el día a día de la fábrica.

Barrios se aleja con aire ufano y se pierde por el corredor

por el que vino. Laspada se cruza de brazos sobre la mesa y la mira. Cecilia le devuelve la mirada.

—¿Volvemos a la oficina, "posición inmejorable"? —pregunta Cecilia.

—Seguro que vamos a quedar en una posición inmejorable. Inmejorable porque no habrá manera de mejorarla. Vamos a estar muertos y enterrados, o sea, ni Dios podrá mejorarnos.

Su padre habla con naturalidad mientras se incorpora. Ella hace lo mismo. No van hacia el depósito, sino en el otro sentido, hacia el pasillo de las oficinas. No han avanzado veinte pasos cuando Laspada se derrumba como un saco de papas y choca contra el piso.

27

Creo que tenías cinco años la primera vez que leímos, a la hora de dormir, un cuento que te conmovió de tal modo que lo tuvimos que repetir decenas y decenas de noches. Ya no me acuerdo del autor, ni del libro en el que figuraba la historia. Sí me acuerdo que trataba de un barco en altamar, en medio de una noche de tormenta. Un marinero caía por encima de la borda y otro marinero (ya no me acuerdo si era su hermano, o su mejor amigo) se lanzaba detrás, con un salvavidas, para rescatarlo. Conseguía dar con el náufrago en medio de las aguas embravecidas y los dos se aferraban al salvavidas, pero su problema recién empezaba: en el vaivén de las olas, advertían que el resto de la tripulación parecía ignorar que ellos faltaban a bordo, y el barco se alejaba en medio de las olas altísimas. Los amigos gritaban, intentando hacerse oír por encima del fragor de la lluvia y del viento y, sin embargo, parecía un empeño inútil. Las luces del barco iban empequeñeciéndose a medida que el barco se alejaba.

En esa parte del relato siempre, indefectiblemente, te incorporabas en la cama, como si la tensión que padecías te impidiese permanecer acostado. Con los ojos fijos en un rincón de tu dormitorio, absorto en el relato, alargabas un brazo hasta el mío y me aferrabas la manga. Nunca supe si el gesto era un modo de compartir conmigo tu angustia, o la necesidad de sentirte a salvo de esa soledad oceánica, o una manera de consolarme de mi propia turbación, ya que era mi voz la que tenía que ocuparse de leer para los dos y me suponías tan conmovido como estabas vos con las peripecias de esos dos marineros.

Así seguías pendiente de las mínimas inflexiones de mi voz hasta el final del relato, la parte esa en la que, cuando los amigos están a punto de perder toda esperanza, alcanzan a divisar, en la negrura, que las luces del barco hacen un amplio giro para regresar. El cuento tenía un final abierto. Uno de los marineros se preguntaba cómo iban a hacer sus compañeros para encontrarlos en esa oscuridad. Pero el otro, confiado, le aseguraba que estaba a punto de hacerse de día y que estaba seguro de que saldrían con vida de esa aventura.

Para entonces tu angustia era reemplazada por tu indignación: no aceptabas que el autor dejase el final así, inconcluso. Y yo te decía que no te enojases, que estaba bien, que eso nos dejaba a nosotros la libertad de decidir el final que mejor nos pareciera. Mientras te arropaba, te daba un beso y apagaba la luz de tu velador, decidíamos que se hacía de día justo a tiempo, que la tempestad amainaba, que los marineros se salvaban. Así una noche, y otra más, y otras doscientas.

Ay, hijo mío. No te das una idea de la de veces que —desde que tu vida es lo que es— me he acordado de esa historia, y de nosotros dos leyendo esa historia, y de tu brazo aferrando el mío, abismados los dos en la tormenta.

28

—Como fácil, es más fácil lo de Hurlingham —concluye Gervasio, y suelta la lapicera sobre la mesa.

—O lo de Merlo… —agrega Ana María.

—O lo de Merlo —convalida el responsable de la célula.

—Si tuviéramos que ordenarlos… —interviene Laura—. De mayor a menor. En cuanto a la dificultad, me refiero. Del más complicado al más simple… ¿entienden lo que digo?

Todos asienten. Luis se estira sobre la mesa y alcanza un papel y un lápiz. Anota en columna.

—¿Desde el más complicado? Ramos Mejía 1, vamos a llamarle, porque en Ramos son dos. Ituzaingó. Hurlingham. Ramos Mejía 2, que sería el otro de esa estación. Y Merlo, el más fácil de todos.

Luis deja la lista en el centro de la mesa. Desde donde está, Ernesto la lee perfectamente.

RAMOS MEJÍA I

ITUZAINGÓ

RAMOS MEJÍA 2

HURLINGHAM

MERLO

El grupo permanece unos minutos sin hablar, mirando la lista.

—¿Y si lo ordenamos por importancia del objetivo de la represalia? —sugiere Ana María.

—Te va a dar lo mismo… —Ernesto piensa en voz alta.

—Claro, qué boluda.

De todos modos Luis recupera el papel y agrega una columna, al lado de la de las localidades, mientras recita lo que va escribiendo.

RAMOS MEJÍA 1	GENERAL
ITUZAINGÓ	CORONEL
RAMOS MEJÍA 2	SARGENTO AYUDANTE
HURLINGHAM	TENIENTE DE CORBETA
MERLO	PRIMER TENIENTE

A Ernesto se le ocurre una manera de completar la lista y agrega una columna extra.

RAMOS MEJÍA 1	GENERAL	EJÉRCITO
ITUZAINGÓ	CORONEL	EJÉRCITO
RAMOS MEJÍA 2	SARGENTO AYUDANTE	EJÉRCITO
HURLINGHAM	TENIENTE DE CORBETA	ARMADA
MERLO	PRIMER TENIENTE	FUERZA AÉREA

El papel vuelve a pasar de mano en mano.

—Tampoco es descubrir la pólvora, ojo —dice Luis—. Cuanta más alta graduación, más difíciles son. Para empezar, les ponen custodia en la casa.

—Pero ahí está —objeta Ernesto, aunque ni siquiera está seguro de qué es lo que objeta—, tampoco podemos conformarnos con el objetivo más fácil precisamente porque lo sea.

Gervasio se rasca la cabeza.

—Esta es la primera vez que se nos autoriza a seleccionar el objetivo. De una acción de represalia, me refiero. Porque una cosa es expropiar armas y otra muy distinta ejecutar a un objetivo. Por algo Inteligencia nos pasó esta nómina. Porque confían en nuestro criterio. Nos dieron cinco opciones. Para ellos, cualquiera que elijamos está bien.

—Por supuesto —convalida Luis.

—Y la tentación de ir a lo seguro también me parece atendible. Yo mismo, como responsable de la escuadra, me siento tentado de ir a lo seguro. Sin embargo, me parece que estamos en condiciones de apuntar más alto. Bah, propongo que lo debatamos como unidad.

Gervasio gira el papel para que quede apuntando hacia su lado.

—¿Qué pasa si hacemos como recomendaba Aristóteles con la virtud y buscamos el justo medio entre dos extremos? Ni osados ni cobardes. Ni con la soberbia de meternos en algo que no podemos manejar, ni como pusilánimes. Yo creo que tenemos que buscar un equilibrio. ¿Qué fuerza armada es nuestra verdadera enemiga? El Ejército. Eso es claro. ¿O acaso nosotros no somos, también, un Ejército?

—Bueno, pero con ese sentido…

—Acompañame en el razonamiento, Ana María. Vos acompañame. Si tomamos eso en cuenta, descartamos al primer teniente que vive en Merlo y es de la Fuerza Aérea, y eliminamos también al teniente de corbeta.

Traza una tachadura imaginaria con el dedo índice, sobre la lista. Ernesto sabe que Gervasio jamás los tacharía con la lapicera sin lograr antes el consenso de la célula.

—El de Hurlingham —completa Laura.

—El de Hurlingham —convalida el responsable, y sigue—. Nos quedan los tres del Ejército: el general, el coronel y el sargento ayudante. Y vuelvo a pensar en Aristóteles y el justo medio.

Los mira alternativamente.

—Inteligencia nos dice que el general que vive en Ramos Mejía tiene un auto de custodia permanente con cuatro efectivos, que lo escolta en sus traslados y queda estacionado en la puerta de su casa.

—Además de que la casa es un búnker —apunta Ernesto.

—El sargento, que también vive en Ramos Mejía, es mucho más fácil como blanco. Pero ahí es donde me da urticaria que vayamos contra ese objetivo precisamente por lo sencillo. Y en el medio de los dos…

—El coronel —concluye Luis.

—El coronel. El de Ituzaingó —refrenda Gervasio. Es un objetivo del Ejército. Es un objetivo de rango importante.

—Según Inteligencia —lee Laura desde el informe que antes les leyó Gervasio— tiene custodia de la Policía.

—Sí —aporta Ernesto—. Tres turnos de ocho horas en la puerta de la casa. Policía de la Provincia, no la Federal.

—Y franqueros que cubren los sábados y domingos.

Gervasio vuelve a rascarse. Va enumerando con los dedos de la mano derecha:

—Es del Ejército. Es un coronel. Tiene custodia y seguramente anda armado.

Muestra los cuatro dedos alzados al resto de la célula. Los mira a los ojos y ellos le devuelven la mirada.

—Si me preguntan a mí, nada que la escuadra Ho Chi Minh no pueda enfrentar. ¿No les parece?

—De acuerdo —dice Luis.

—Momento —Gervasio parece corregirse—. Quiero que lo hagamos bien. Como una unidad. Una vez que lo aprobemos, las jerarquías están para obedecerse. Pero esto es una asamblea deliberando. Votemos. Los que estén a favor de designar, en el marco de la Campaña de Represalia ordenada por el Comité Central del PRT-ERP, al coronel Miguel Tomás Cattáneo como objetivo prioritario de las acciones del comando Ho Chi Minh, por favor levanten la mano.

Cinco manos derechas se levantan al unísono. Gervasio los mira uno por uno, con una mueca en la que Ernesto ve tanto la satisfacción como el orgullo. Por fin se dirige a él con una orden concisa.

—Camarada Ernesto, le pido que redacte una minuta de lo debatido y lo decidido por la escuadra para elevar a la superioridad.

29

—Acá la compañera tiene un reclamo para hacer.

Santiago le da el pie y Claudia expulsa el humo del tabaco negro hacia el techo, como hace siempre que está tensa. Apoya las dos manos sobre la madera. Entre los dedos de la izquierda sostiene el cigarrillo. El humo sube vertical hacia la lámpara que cuelga sobre la mesa.

—Efectivamente, compañeros —arranca Claudia—. Necesito que el grupo revise los turnos de guardia, porque se me está complicando muchísimo la cursada en la facultad y me voy a quedar libre por faltas.

—¿Pero a quién se le ocurre tomar asistencia en la facultad? —pregunta el Puma.

—Al imbécil de Período Cuaternario. Ese facho del que les hablé la otra vez. Mendiberri.

—Ah, ese —apunta el Mencho—. Yo pensé que después del boicot que le metieron desde el Centro de Estudiantes se habría calmado.

—Nada que ver —niega Claudia con amargura—. Está más envalentonado que nunca porque los de la Concentración Universitaria ahora le custodian las clases.

—Qué macana.

—¿Y qué podemos hacer? —pregunta Santiago.

A Antonio a veces le causan un poco de gracia esas formalidades. Viven juntos. Comparten cama. Y sin embargo el aspirante la interroga como si recién se estuviese enterando de la inquietud de su pareja, tan ajeno a lo que trae entre manos como todos los demás.

—Los jueves necesito tener libre la tarde-noche, para llegar con tiempo. Me queda una falta, y estoy segura de que si falto de nuevo me deja libre.

—Parece una solicitud atendible —dice Santiago, en el mismo tono de "me estoy enterando en este momento y me pongo a pensar en la mejor solución posible".

Antonio se enfurece. No le pasa nunca. Pero hoy, de puro cansancio, o de puro aburrimiento, o de puro porque sí, siente que esa impostura lo llena de rabia. Levanta la mano. Santiago le otorga la palabra con un gesto.

—Sí, bien. Yo no estoy en el centro del debate que propone la compañera porque, tengo entendido, yo tengo que pasar el mayor tiempo posible en mi casa para seguir los movimientos de la familia del objetivo. De manera que creo que el pedido de la compañera no me interpela a mí directamente, sino al resto de la UBC.

—Supongo que sí, compañero… —convalida Santiago, aunque su tono es dubitativo.

—Bien. Aclarado eso: ¿no es un planteo un poco… individualista, anteponer un logro personal, un objetivo individual, como progresar en la carrera universitaria…?

—No se trata de "progresar", Antonio —Claudia echa chispas por los ojos—. Se trata de recibirme a fin de año.

—Con más razón, compañera —Antonio se está divirtiendo, y hacía mucho que no se divertía—. "Recibirse". "Tener el título". "Destacarse" con un diploma en la mano. ¿Soy el único que ve un prurito pequeñoburgués muy marcado en ese accionar de la compañera?

Antonio mira a cada integrante de la UBC. Deja para el final a la propia Claudia, solazándose anticipadamente en la expresión de furia que debe tener la chica. Sí. Lo mira con expresión de querer achurarlo y arrojar sus restos a una jauría de perros hambrientos. Subamos un peldaño más, se dice Antonio.

—Si hablamos de estudios, todos hemos postergado nuestros logros académicos.

"Logros académicos". Ja. Eso estuvo bien. Antonio jamás en la vida ha utilizado la expresión "logros académicos". Pero lleva muchas reuniones de grupo como para no haber aprendido algunas inflexiones de la jerga.

—El Mencho, de hecho, tiene muy abandonados sus estudios de Historia, en la misma facultad que Claudia…

—¡Pero si el Mencho…!

Claudia se detiene en seco y Antonio se dice que tiene una contrincante de cuidado. No hay caso. No es fácil hacerla pisar el palito. Claudia estuvo a punto de decir que el Mencho es un vago que hace cuatro o cinco años vegeta en los claustros universitarios mientras recursa y vuelve a recursar dos o tres materias introductorias. Pero no lo dijo. Se frenó a tiempo. Piola, la piba. Antonio decide cambiar de táctica de ataque. Total, se dice, la noche es joven. Se dirige al veterano degradado.

—Vos, Puma, no sé qué estudiabas…

—Física, pero tuve que dejar cuando viajé a Cuba. Después…

—Claro —completa Antonio, feliz—. Después ya no tenía sentido.

—Te imaginás —convalida el Puma.

Antonio, que admira mucho a los mecánicos, se siente como si acabase de desempastar el carburador de un auto ladino para el arranque y después, mientras limpia las herramientas, se deleitase escuchando el ronroneo del motor. Andaba con ganas de armar quilombo y lo consiguió con creces. Alrededor de la mesa la tensión es evidente. El Mencho está mosqueado porque aunque Claudia no terminó la frase dijo lo suficiente como para afrentarlo. Aunque Claudia tenga toda la razón del mundo, claro. El Puma pudo mencionar, por centésima vez, que es el único de todos ellos con verdadero entrenamiento militar cubano. Y aunque no está dicho es como si lo estuviera: recibe órdenes del único graduado universitario de la mesa, porque Santiago se recibió de abogado a los veintiuno, metiendo media carrera en condición de alumno libre. El sueño de progreso socioeducativo acelerado de la pequeña burguesía porteña.

—¿De qué te reís? —la pregunta de Claudia, dirigida a Antonio, lo sobresalta.

—No me río.

Por lo menos responde rápido, pero —qué picardía— se ve que se le asomó la sonrisa mientras pensaba. Y bueno, hasta al mejor mecánico se le descuajeringa una bujía.

—Yo creo que el pedido de la compañera es más que atendible —Santiago interviene en un intento por reencauzar la conversación.

—Como dije cuando pedí intervención en el debate, compañeros, tal vez soy el menos indicado para opinar porque, como saben, mis órdenes son vigilar a la familia del objetivo desde mi propia casa —Antonio consulta su reloj—. Y de hecho debería ir sa...

—¡Decidite, entonces! Si no te corresponde opinar, no opines y listo.

Antonio se toma un segundo para pensar si sube otro peldaño en su enfrentamiento con Claudia y solicita al aspirante que le requiera a su vez, a la compañera, que evite tutearlo en una reunión formal, pero decide que no hace falta. Ya fue suficiente.

—Le pido disculpas si la molesté, compañera. Me pareció importante expresarme con franqueza —y dirigiéndose a Santiago—. Pido autorización para retirarme. Me gustaría estar en mi domicilio para cuando Laspada...

—Sí, correcto. Retírese nomás —asiente Santiago.

Antonio saluda con una inclinación de cabeza, palpa sus bolsillos para asegurarse de que tiene lo necesario y se encamina a la puerta. El Mencho lo sigue para cerrarle detrás y, mientras se alejan por el largo pasillo, habla en voz baja. Nunca está de más esa precaución, en ese pasillo que corre entre las casas lindantes.

—A veces, la verdad, no te entiendo.

—¿Qué? —eso sí que Antonio no se lo esperaba.

—Dale, no te hagas el boludo.

—No sé de qué me hablás, Mencho.

—La escenita que acabás de hacer, por el puro gusto de joder, de ponerlos incómodos.

Toda una sorpresa, piensa Antonio, que el Mencho haya salido tan perspicaz. Pero tampoco tiene sentido mostrar el juego. Mejor dicho: Antonio se tienta de seguir el juego un poco más, a su costa.

—¿Y no puede ser que mis preguntas sean en serio?

—No.

Antonio se queda pensando en lo rotundo de la respuesta, mientras el otro abre las tres cerraduras y le traspone la puerta.

—¿Y por qué no?

—Porque vos no sos como los demás, Antonio. No sos como nosotros. Capaz que lo fuiste. No te conozco desde hace tanto tiempo yo, tampoco. Pero me parece que cuando te conocí todavía eras más parecido.

Antonio sale. Sabe que no es seguro quedarse conversando en la puerta de la casa operativa, pero no puede evitar insistir.

—Sigo sin entenderte, Mencho.

—Allá adentro, Antonio. Te hacías el que estabas preocupado, el que te lo tomabas en serio. Y vos nos mirás como de afuera. Vos no creés en nada. Decís que creés.

—Si tenés alguna queja de mi comportamiento deberías

plantearla en el grupo —Antonio es todo lo cortante que le sale.

—¿De qué me voy a quejar? Vos las cosas las hacés. Las hacés mucho mejor que yo, de hecho. Pero no creés. No creés en nada. Se te nota.

En la pausa que sigue, se miran en silencio. El Mencho se activa:

—Te cierro, que es peligroso quedarse hablando acá.

Sin esperar respuesta, cierra la puerta. Antonio camina hacia la parada del 236. Por suerte va bien de tiempo como para encontrarse con Alejandro en la terraza de su casa. Eso sí, se van a morir de frío. Les ha tocado un invierno de novela.

30

—¡No, Cabezón, de ninguna manera! No. Y mejor que te lo vayas metiendo en la cabeza. No sé en qué carajo está pensando tu responsable. Si sigue midiéndose la pija con el otro, ese que nunca me sale cómo le dicen, el que les destinaron castigado...

—El Puma.

—Ese. Si siguen jodiendo entre el Puma y tu responsable, o si lo único que le importa es la novia o qué carajo, el que se jode sos vos.

—No exageres, Ale.

El Cabezón piensa que discutir así, en voz baja, te genera una sensación como si te rasparan la garganta. Pero Alejandro no parece dispuesto a claudicar:

—¡No exageres las pelotas! ¡Así estás recontra expuesto!

—En todo caso me jodo yo.

—Ya sé que te jodés vos. ¿O por qué te pensás que te lo digo? Pero ojo, que también sos un peligro para tu unidad.

—Ah, ahora me tengo que disculpar.

El Cabezón termina de decirlo y sabe que no es cierto. Que no es ahí donde apunta su amigo. Parece mentira. Se pregunta qué carajo le pasa esta noche. Primero se empeñó en discutir en la UBC. Ahora, al poner al día a su amigo sobre la marcha de sus cosas, vuelve a salir el tema y el Cabezón adopta el mismo talante pendenciero que antes. Qué boludo soy, piensa. Qué manera de complicarme la noche al pedo. Ale sigue argumentando. Ahora levanta los dedos de la mano izquierda a medida que enumera:

—No digas boludeces, Cabeza. Esto no es joda. Esto es una guerra popular, prolongada y revolucionaria. Y enfrente tenemos a un enemigo muy pesado. Y si vos vas a andar con esas dudas…

—¿Ahora resulta que no se puede dudar?

Hasta ese momento hablaban con la espalda apoyada en el muro de la terraza. Ahora Alejandro se vuelve hacia él.

—Más bien que no, pelotudo. El tiempo de dudar ya pasó. Ya quedó atrás. ¿O vos te pensás que si te levantan por la calle la yuta se pone a dudar? ¿O si te los topás en medio de un enfrentamiento van a dudar?

—Mejor para ellos.

—No me contestés esa pelotudez. No es "mejor para ellos". Es peor para vos. Peor para nosotros.

Ahora es el Cabezón el que se gira hacia su amigo.

—Ah, ahora resulta que hay un "nosotros"…

—¿Y cómo no? ¿O acaso no compartimos el campo popular y revolucionario, Cabezón?

—¿No me digas? ¿Lo compartimos? Porque hablando con vos, cien veces, mil veces, como un pelotudo, me enteré de que los montoneros somos unos ingenuos, unos idiotas que le creyeron a Perón, unos chupacirios que no entienden nada, que no tienen disciplina ni formación teórica, ni…

—Tampoco es para tanto.

—¿Ah, no? ¡Fijate que pensé que sí! Porque ustedes eran una especie de modelo de pureza revolucionaria grande como la concha de la lora, y se las saben todas, leyeron todo, saben todo, no se les escapa una, ¡y todo así!

—¿Qué tiene que ver esto con lo que estábamos hablando?

Buena pregunta, piensa el Cabezón. ¿Qué tiene que ver con lo que venían hablando? No lo sabe.

—Tiene que ver con que tengo las pelotas secas, Alejandro, las pelotas secas de que todo el mundo me mire torcido porque no doy la talla, porque tengo remordimientos de clase media y prejuicios de burgués y la puta que los parió, así que dejame de joder con mis dudas o mis no dudas. Me paso el día, el día entero teniendo que acomodarme a mis compañeros que saben todo, creen en todo y no dudan de nada. Así que te pido el favor de que la puta vez que nos vemos no te pongas en la fila para cagarme a pedos por los defectos de mi conciencia de cuadro revolucionario. ¿Puede ser, o es demasiado pedir?

Alejandro le da una última pitada a su cigarrillo y tira el pucho hacia la pared del otro lado de la terraza. En la oscuridad se ven unas chispitas que suelta la brasa al chocar contra el muro. La colilla cae entre todas las otras. Los dos se quedan un buen rato en silencio, mirando cómo el punto anaranjado de la brasa languidece hasta desaparecer.

31

Esta vez le toca establecer contacto desde una pizzería de Flores y está solo. Mejor, piensa el Puma, porque el otro día bancársela a Claudia de chaperona lo incomodó bastante. La piba es inteligente. Y es intrépida. Está, de hecho, mucho más capacitada que su novio para dirigir la Unidad Básica de Combate. Pero, seguro, ni se le pasa por la cabeza esa posibilidad. Demasiada disciplina. Demasiada verticalidad. Es lo que pasa con alguna gente joven. ¿Será cosa de minas? Primero piensa que sí, pero después piensa que no. El Puma también conoce un montón de flacos que actúan como Claudia. Más que de sexos es una cuestión de generaciones. Entraron a la Orga desde la Unión de Estudiantes Secundarios, y desde el principio fueron felices así: encuadraditos, obedientes, disciplinados. Se sumaron a un proyecto que crecía y que no paraba de crecer. Ni se imaginan cómo es estar en desventaja, correr la coneja, ser cuatro gatos que viven escapándose.

El Puma sí que lo sabe. Porque él arrancó bien al principio y ni siquiera empezó en Montoneros sino en las Fuerzas Armadas Revolucionarias. El Puma se sigue sintiendo parte de las FAR, y a mucha honra. Los Montoneros hacen mucho esto de llenarse la boca con la fusión de acá, y la fusión de allá y los compañeros somos todos iguales pero se lo hacen sentir, los muy putos. Esos encuentros de coordinación de los primeros tiempos de la fusión. Hola, pasá, ¿lo conocen al Puma, "farol" de la primera hora? Cosas así. ¿"Farol"? Sí. Y a mucha honra. Pelándose el culo desde que la mayoría de esos pendejos que ahora tiene alrededor todavía tomaban la teta. ¿O en qué andaban esos bebés cuando en el '71 todo venía como el culo y la cana los cazaba como conejos? Parece mentira. Son cuatro años y parecen cuatro décadas. A veces el Puma se pregunta si todas las vidas se moverán así de rápido, como la suya, y sospecha que no.

Apura el porrón de cerveza para evitar que se entibie y se pone de pie. Son las diez y le gusta ser puntual con los llamados. La puntualidad es una forma de orden, y el orden una forma de respeto. Hacia sí mismo y hacia el enemigo. El teléfono público está a un costado de la barra y hay bastante ruido alrededor. En ese sentido el lugar dista de ser el mejor. Pero la pizza es aceptable y la birra la sirven helada. Responden al segundo timbrazo.

—Hola.

Es la voz de la hija de Laspada.

—Buenas noches. Habla el capitán Igarzábal —le gusta cómo sigue sonando. Una pena poder usarlo sólo en ocasiones como esa—. Le pido que me pase con su padre.

—Hoy será imposible.

El Puma hace una pausa para asegurarse de que su voz no trasunte el enojo. No sirve de nada que se note.

—Entonces deberé colgar.

—¡Espere, por favor! Papá está internado.

El Puma piensa rápido. ¿No se supone que Antonio está en su casa vigilando a los Laspada? ¿Cómo sucedió algo así y él no lo sabe? Un problema de comunicación, concluye. Hoy el Puma salió de la casa operativa antes de mediodía y no tuvo contacto con nadie de la UBC desde entonces. Tal vez Antonio los puso sobre aviso de la novedad. Espera, por su bien, que lo haya hecho, o va a comerse flor de levantada en peso.

—Yo puedo hablar en su nombre.

La voz de la chica suena segura. ¿Cómo era que se llamaba? Alicia, cree recordar el Puma. ¿O Alicia era la esposa? Debería tenerlo claro —se reconviene—. Otro error. Y este es todo suyo.

—Estoy al tanto de cada detalle de la negociación con ustedes. Y me paso el día en la fábrica revisando la parte financiera. Así que da lo mismo que hable con él o que hable conmigo.

El Puma piensa que tal vez tenga razón la chica.

—¿Cómo está su padre?

Hay un largo silencio al otro lado.

—Parece que un infarto no fue. Una lipotimia severa, o un pico de presión, o una arritmia. No están seguros. Tal vez mañana o pasado le dan el alta.

—Lo lamento.

—No me sirve de nada que lo lamente. ¿Cómo está mi hermano?

La voz de la chica es urgente y dura. El Puma sólo la vio en las fotos de inteligencia, las que sacó Antonio y compartió con el grupo. ¿Así que la piba había estado cerca de la Juventud Guevarista? Al menos como simpatizante, cree recordar el Puma. Se la escucha sólida. Habría sido un cuadro interesante.

—Su hermano se encuentra perfectamente. Esperando, como todos, que ustedes se atengan a las condiciones para su liberación.

De nuevo hay un silencio. Cuando habla, la voz de la chica es mucho menos segura que antes:

—De eso tenemos que hablar, justamente.

—La escucho.

—No tenemos manera de reunir el dinero que nos piden.

—Entonces no tiene sentido que sigamos conversando.

—Yo creo que sí que tiene sentido. Y si en lugar de hacerse el milico ofendido…

258

La chica se detiene en seco, como dándose cuenta de que se excedió. El Puma, que no tiene entre sus defectos el ofenderse fácil, permanece de todos modos en silencio. En una de esas el remordimiento le suaviza los modales a esa pendeja.

—Hace días que estamos intentando reunir el dinero. Y justamente antes de que se lo llevaran a la clínica, en la fábrica, hicimos los números con mi padre. Los números a los que podemos llegar. Los números finales.

—¿Y cuáles son esos números?

—Cuando digo finales le aclaro algo: incluyen liquidar todo. Vamos a la quiebra. A la quiebra sin remedio.

—¿Me lo dice para que nos compadezcamos?

—Se lo digo para que entienda que no hay manera de mejorar nuestra oferta. Se lo digo para que no suponga que después del número que voy a pasarle hay todavía un margen para subirlo.

El Puma vuelve a pensar que la piba suena como un elemento valioso. En una de esas les habría convenido secuestrarla a ella. Les habría dado batalla en el operativo, eso seguro. Pero lo habrían privado a Laspada de una lugarteniente peligrosa.

—¿Y cuál es esa oferta?

—Un millón de pesos.

El Puma deja transcurrir un largo silencio. Esa cifra es la que hablaron en la UBC como expectativa de máxima. Lo de los tres millones se le ocurrió a él, como número completamente inflado y ridículo, para empezar el tira y afloja. Pero un millón de pesos es una torta de guita. Se imagina la cara que pondrán los responsables de la Columna cuando les caigan con esa montaña de dinero.

—Es mucho menos de lo que acordamos con su padre.

—Con mi padre no "acordaron" nada. Es lo que le "pidieron" a mi padre. Y llevamos diez días intentando juntar todo el dinero posible. Este es el techo. Y le repito: llegamos a un millón liquidando todo. Absolutamente todo.

—¿Incluso esa mansión en la que viven?

—No me tome de estúpida. ¿Cómo supone que podemos vender una casa de ese tamaño en una semana?

Esta vez, nota el Puma, ni siquiera la sofrena la prudencia. El Puma siente crecer su respeto por su contrincante. Pero mejor concluir cuanto antes.

—No le puedo dar una respuesta. Tengo que subir su propuesta a mis responsables.

—¿Y mientras tanto mi hermano sigue secuestrado? ¿Me lo dice en serio?

—Las cosas van a seguir como están todo el tiempo que sea necesario —el Puma no olvida que está hablando en un lugar público lleno de gente.

—Y otra cosa —la chica parece haber recordado algo—. Quiero que…

El Puma corta abruptamente. Pero qué carajo se ha creído esa pendeja. Vuelve a la mesa y pide por señas un café para el estribo.

32

Si él tuviese semejante casa, piensa Ludueña, ni loco la tapa toda con ese murallón. Al revés: le construye un cerco bajito, de esos de lajas superpuestas, medio irregulares, apenas más alto que el jardín. Así cualquier vecino que pasa, o gente que ande paseando por Ituzaingó —un domingo a la tarde, pongamos por caso— puede ver lo linda que es.

Desde que empezó con las guardias, Ludueña, nomás de ver la altura del muro, la solidez de las piedras y las enredaderas que se asoman, estuvo seguro de que era un palacio. Bueno, no un palacio, porque no es una casa lujosa. Pero sí una casa lindísima de esas que te quedás con los ojos como el dos de oro cuando la ves.

Pero hoy, además de estar seguro, pudo corroborarlo. Hace casi dos semanas que empezó en ese puesto, y hasta ahora habló con el coronel Cattáneo una sola vez, el primer día. Ese primer día el militar llegó en un Falcon color celeste y cuando el chofer se alejó el coronel se acercó al auto de la custodia policial. Ludueña se apresuró a bajarse para saludar como corresponde, y ahí le entró la duda de si tenía que hacerle la venia o estrecharle la mano. Entre policías está claro que a alguien con semejante rango lo saludás, la primera vez, sí o sí poniéndote firme y haciendo la venia. ¿Pero qué corresponde en este caso? Por suerte Cattáneo adelantó la diestra y Ludueña no tuvo más que estrechársela mientras se presentaba. Cambiaron un par de frases, nomás. Ludueña le explicó que su turno era de doce del mediodía a ocho de la noche, de lunes a viernes y algún fin de semana de tanto en tanto. El coronel le explicó que él no tenía un horario fijo de llegada, pero que lo que más le importaba era que supervisara las entradas y salidas de sus hijos, que tampoco los tenían. Ludueña pensó que el tipo no le estaba diciendo la verdad, porque en esos diez días había comprobado que en esa familia parecían suizos (Ludueña había escuchado que los suizos son gente puntual, tal vez por los relojes, pero no puede aseverarlo porque no conoce a ningún suizo de carne y hueso). La chica llegaba de la escuela un poco antes de la una y el chico a la una y media. Debía volver de la facultad porque no usaba uniforme de colegio, aunque tenía una cara de nene que se la pateaba. Y la señora salía a hacer alguna compra a las cinco y volvía siempre antes de media hora. Y el propio coronel volvía entre las seis y media y siete de la tarde.

¿Por qué no le diría la verdad? Ludueña supuso que por desconfianza. No necesariamente hacia él, hacia Ludueña. Pero al fin y al cabo no lo conoce. No sabe si es capaz de mantener silencio con respecto a su trabajo o no. ¿Y si Ludueña va por ahí diciendo que hace la custodia de un militar, que se llama de tal manera, y que su familia es así y así y se mueven así y asá? Es un peligro en estos tiempos. De manera que a Ludueña no le molestaron esas vaguedades que soltó el coronel.

Después no hablaron más hasta hoy. Apenas un saludo de cabeza, al bajar del Falcon celeste. Y Ludueña lo mismo, sin salir del Falcon negro de la custodia. Falcon negro que es más una garita con ruedas que un coche, porque no anda. Ludueña intentó encenderlo y la batería está muerta. Ya le avisó al comisario, que quedó en hacer algo al respecto. Difícil que se ocupen.

La cosa es que esta tarde el coronel llega más temprano, a eso de las cinco. Y si bien de entrada hace lo de siempre, saludar con la mano a su chofer de la Fuerza y hacer un ademán de saludo hacia el lado de Ludueña, tiene un momento como de duda y después se acerca a la ventanilla del Falcon negro. El policía duda entre bajar del auto o abrir la ventanilla, pero si intenta abrir le dará un topetazo al coronel en los muslos, porque ya está parado al lado. Así que aunque parezca una falta de respeto Ludueña baja la ventanilla.

—Buenas tardes, coronel.

—Cómo le va, Ludueña. Hoy que llegué un poco temprano, me gustaría invitarlo a un café. No sé si tiene tiempo.

Parece una broma el "si tiene tiempo". Pero lo dice sin asomo de burla, el milico.

—Sí, coronel, pero no quiero que se moleste.

—No, no es molestia. Pase nomás.

El coronel habla ya con las llaves en la mano. Abre la cerradura de la puerta metálica que se abre en el paredón que tiene dos metros de altura y que ciega la casa a las miradas de los transeúntes. Ludueña se da cuenta de que por fin va a poder comprobar si la casa de Cattáneo es tan hermosa como viene suponiendo. Y sí, efectivamente. La pucha que es hermosa. Avanzan por un caminito de lajas que divide a la mitad el jardín delantero. La casa tiene dos pisos. La planta baja está rodeada por una galería a la que dan dos ventanales enormes, uno a cada lado de la puerta principal. En la galería hay una mesita baja con sillones. La planta alta tiene tres ventanas grandes que miran también al jardín. Ludueña supone que debe haber también un jardín trasero, porque la galería se continúa en un pasillo por el costado. El lote debe tener quince de ancho por cincuenta de largo. Claro, como para no hacer semejante caserón, con ese lote. Pero es como piensa seguido, cuando anda por su propio barrio: el asunto no es tanto el lote como lo que le ponés arriba.

—¿Prefiere que vayamos adentro o afuera?

La pregunta del coronel lo trae de regreso a la realidad.

—Afuera, por mí, coronel. La verdad es que está linda la tarde. No parece invierno. Digo yo, bah.

—Tome asiento, por favor. Ya estoy con usted.

Menos mal que le preguntó si adentro o afuera, piensa Ludueña. Ya se siente cohibido así, en el jardín. Adentro de la casa lo pasaría definitivamente mal, con la ropa que lleva, los zapatos. No, mejor así. Además es verdad eso de que la tarde está lindísima. Aunque le dijo que se pusiera cómodo Ludueña no se anima a esperarlo sentado, como si la casa fuera suya, o como si fueran amigos, o como si no sé qué. Recién cuando Cattáneo vuelve a salir, a los cinco minutos y cambiado de la cintura para arriba, y ante la insistencia del militar en su ofrecimiento, accede a sentarse. Como no es tonto, tampoco, aprovecha a ocupar uno de los silloncitos que miran hacia el frente, así no se pierde la vista del jardín.

—Ahora mi señora nos trae el café, Ludueña. No lo había invitado hasta ahora porque siempre llego tardísimo. Pero hoy, con esto de que vine temprano…

—No hacía falta, coronel.

En ese momento se abre la puerta de la casa y sale la esposa de Cattáneo con una bandejita y las cosas del café. Ludueña se pone de pie como si tuviese resortes en las piernas. Se atora en la duda de si tiene que extender la mano para saludar a la mujer o tiene que esperar a que ella deje las cosas sobre la mesa y claro, eso es lo que tiene que hacer.

—Encantado, señora —dice cuando la mujer se ha desembarazado de las cosas y le tiende la mano a su vez.

—Un placer. Cualquier cosita me avisan —dice ella volviéndose para adentro.

El coronel agarra uno de los pocillos y Ludueña lo imita. Después el dueño de casa hace un gesto hacia un platito con galletas, que Ludueña prefiere no aceptar porque le parece mala educación quedar como un muerto de hambre.

—No sé si hacía falta —el coronel retoma la conversación como si nada la hubiese interrumpido—. Yo creo que sí. A fin de cuentas ustedes están cuidando a mi familia todos los días, y es lo menos que puedo hacer.

Ludueña deduce que el coronel habrá tenido la misma gentileza, o planea tenerla, con los otros custodios. Le parece bien.

—¡Qué hermoso jardín, coronel!

No se anima a decirle "qué hermosa casa". Le suena a un comedimiento excesivo, andar elogiándole la casa. Además, sólo conoce la fachada. Pero nomás de ver esa fachada queda claro que tiene que ser hermosísima.

—Gracias, cabo. Es lindo, sí.

A esa respuesta la sigue un silencio embarazoso. Claro, ¿de qué van a hablar?

—Desde afuera no se nota lo lindo que es. Lo grande… ¿no?

—Cierto —concede Cattáneo—. La casa esta era de mis padres. Nosotros la ampliamos. Lo del muro adelante fue idea mía, la verdad. A mi mujer no le gusta.

Y la razón que tiene su mujer, piensa Ludueña, pero no dice una palabra. Le da otro sorbo a su café.

—Lo que yo le digo es que así lo disfrutamos. El jardín, me refiero.

Ludueña le devuelve un gesto interrogativo. El militar se acomoda en su sillón y aclara:

—Antes desde afuera se veía todo. Uno estaba como en la vidriera de un local. ¿Me explico? Con el paredón nos evitamos eso. Es más privado y lo podemos aprovechar más.

A Ludueña le parece un argumento, si no definitivo, al menos interesante. ¿Qué haría él en esa situación? ¿Mostrarle al barrio esa casa hermosa o cerrarla para disfrutarla mejor? Al policía se le ocurre otro argumento para agregar a la preferencia del coronel.

—Además, en estos tiempos, mejor pecar de precavido, me parece.

—Sí —coincide el militar—. La verdad que sí.

Mientras contempla los canteros prolijos, las flores, el limonero y el naranjo que crecen a un costado, Ludueña sorbe el último trago de su café antes de que se enfríe.

33

Laspada sabe que ponerse a pensar en ciertas cosas le hace mal y lo empeora todo, pero no consigue evitarlo. A veces son cosas que lo horrorizan, o cosas que lo enojan, o cosas que lo avergüenzan. Y cuanto más las piensa, peor es. Porque mayores son el horror, el enojo o la vergüenza. Y lo único que logra es obsesionarse pensándolo.

Esta mañana, sin ir más lejos, se despertó a las tres de la madrugada después de un sueño pesado al que lo habían conducido el Valium y el whisky. Fue al baño a oscuras y volvió a acostarse tratando de no pensar en nada, con la ilusión de enganchar otra vez el sueño y tener una noche de cinco o seis horas de algo parecido al descanso.

Pero no pudo. Lo atravesó la certeza de que cuando fuera de día iba a ir a Morón a verlo a Bulacio. Entraría a la galería de la calle Brown, caminaría hasta el fondo y subiría la escalera hasta el segundo piso. Golpearía la única puerta y se dejaría inspeccionar larga y pormenorizadamente por la mirilla. Cuando le transpusieran el paso se dejaría cachear por el gorila de turno y aguardaría su turno sentado en esa especie de sala de espera tercermundista que Bulacio tenía dispuesta para sus clientes, reales o potenciales.

Pensar en eso, imaginarse en cada uno de esos pasos, decirse una vez y otra vez que iba a verlo a Bulacio, nada menos que a Bulacio, lo despabiló por completo.

Y ahora aquí está. Frente al dichoso Bulacio. Ya entró a la galería, ya caminó hasta el fondo, ya subió, ya golpeó, ya se dejó cachear por el gorila y ya aguardó su turno en la sala de espera tercermundista. Ya le dio la mano al usurero, ya se sentó, ya dijo: "No, gracias" al café que le ofreció con su sonrisa Kolinos y ya le expuso que necesita una torta de guita para pasado mañana, a más tardar.

Laspada tiene cincuenta y cinco años. Lleva cincuenta y cuatro viviendo en Castelar, cuarenta trabajando en la zona y treinta escuchando hablar de Bulacio. Es uno de esos apellidos que se dicen a veces con respeto, a veces con rencor, a veces con miedo.

En Castelar, en el Oeste en general, se conoce todo el mundo, y los empresarios y los comerciantes prósperos no son la excepción. Se cruzan en los clubes, en las inauguraciones, en algún acto protocolar. Hay amigos, conocidos, enemigos. Lo de siempre. Andar en ciertos autos, vivir en ciertas casas es un mensaje que se escribe cifrado para que los colegas lo lean. Para cuando hay que elegir autoridades en el Club de Leones o en el Rotary. Para cuando se renueven las autoridades de la Cámara local. Para cuando uno necesita crédito. En esos itinerarios se escribe la biografía de cada cual. En esos derroteros pueden inscribirse sucesos venturosos, sorpresivos, preocupantes o inesperados. Visitar a Bulacio no es ninguna de esas cosas. Si algún colega te ve entrando a esa galería, subiendo esas escaleras, golpeando esa puerta, no te espera la murmuración, la comidilla o el sarcasmo. Es algo peor. Visitar a Bulacio es tener un pie en la tumba o peor. Visitar a Bulacio significa que uno ha descendido a los infiernos.

La clientela habitual de Bulacio son los jugadores empedernidos, los insolventes crónicos, los aventureros desgraciados. Gente de poca monta, en general. Chichipíos sin gracia y sin suerte. Esa fauna, por un lado, y los caídos en desgracia por el otro. Gente que supo estar arriba, gente que pensó que siempre iba a estar bien, y de buenas a primeras queda en medio de una explosión atómica y cuando se disipa el polvo ve que no tiene a quién acudir, a quién manguear, a quién convencer, y termina yendo a ver a Bulacio.

Ir a ver a Bulacio, por supuesto, no arregla nada. Los intereses que cobra son tan desmesurados que no hay manera de devolver sus préstamos. Uno va a ver a Bulacio para comprar un poco de tiempo, nada más. A cambio de ese tiempo se compra también un problema. Deberle plata a un banco puede terminar en un remate. Deberle plata a Bulacio termina con una visita de sus gorilas. O dos visitas. O tres.

Y aquí estamos, piensa Laspada. Después de una vida entera trabajando como una mula y progresando como un bendito, aquí estamos, en la oficina de Bulacio.

—Nunca pensé que fuera a tener el placer de recibir una visita suya, don Laspada —dice Bulacio—. Le digo la verdad.

Yo tampoco, piensa Laspada. Antes, muerto, piensa Laspada.

—Cosas que pasan, qué se le va a hacer.

Mejor responder ambigüedades, lugares comunes que le permitan entrar en materia cuanto antes. Entrar en materia y salir. Salir de esa oficina y perderse por las calles de Morón lo más rápido posible. Debería controlarse la presión, además. Cecilia lo tiene amenazado. Quiso venir ella, de hecho, pero él se negó de plano. Tragos como este, jamás. Ninguno de sus hijos.

—Usted dirá —lo invita Bulacio.

Laspada sigue bastante al pie de la letra el guion que se llevó armado. Habla del Rodrigazo, de la rotura de la cadena de pagos, de los reclamos gremiales, de la inflación, de lo poco que se está vendiendo. El lloriqueo típico al que Laspada está acostumbrado, a veces como emisor y a veces como receptor del mensaje apocalíptico. Lo difícil es soltar la cifra, cuando llega el momento.

—Trescientos mil pesos.

Se asusta de escucharse, nomás. De a ratos Laspada es capaz de sustraerse, de hacerse a un lado de sí mismo y contemplarse. Y no puede creer lo que ve. Hace dos semanas era un tipo corriente, con una vida próspera, una familia normal y una fábrica en marcha. Ahora está en la oficina de un usurero al que le está pidiendo trescientos mil pesos que no le podrá pagar, para sumar a los setecientos mil que va a obtener a cambio de hacer mierda la empresa que lleva treinta años construyendo. Menos de dos semanas. Trece días. Los mismos trece días que Diego lleva encerrado quién sabe dónde, tratado quién sabe cómo. El deseo de romper todo vuelve a subirle desde las tripas. Sospecha que la presión está yéndosele de nuevo a las nubes.

—Es una fortuna —dice Bulacio, sin aspavientos, y se lo queda mirando en silencio.

¿Está burlándose? ¿Está disfrutando el momento de verlo venir al pie a pedir la escupidera? ¿Está dudando sobre si será seguro prestarle semejante fortuna? Ojalá esté burlándose o disfrutando, piensa Laspada. Porque si decide no prestarle, están perdidos.

—Mientras usted esperaba estuve haciendo algunas llamadas. Se imaginará.

No, Laspada no se imagina. Mejor dicho, ahora se lo imagina. Ahora que Bulacio se lo dice. Se ve que el gorila tiene más luces de las que él le atribuyó. Se ve que es capaz de avisarle a su patrón si cae algún espécimen infrecuente, como para que pueda prepararse mejor para la entrevista.

—Me imagino —dice Laspada, por decir algo.

—Todo el mundo me dice que es un buen pagador. Que las cosas le van bien. Que la gente que labura con usted está conforme.

—¿Todo eso averiguó?

Bulacio hace un gesto de "Es mi trabajo" que no pretende ser ni soberbio ni falsamente modesto. La constatación de una evidencia, nada más.

—Supongo que es algo bueno, entonces. Que haya averiguado eso, me refiero —intenta aclarar Laspada, aunque no tiene claro si efectivamente ha aclarado algo.

—Sí, claro que es algo bueno. Y creo que podemos hacer el préstamo sin problema, don Laspada.

Laspada siente una oleada de alivio. Si esos hijos de puta llaman y dicen que se conforman con el millón, lo tiene resuelto. Rascando el fondo de la lata, mejor dicho, destrozando la lata, pero lo tiene. Alarmado, advierte que debe hacer una pregunta adicional. Si no la hace, delata que la suya es la acción de un kamikaze. Que lo sea no significa que deba notarse.

—Tendríamos que hablar entonces de los intereses… —desliza.

Menos mal que se acordó. Sería muy sospechoso no preguntarlo. Sería casi como pintarse en la frente un cartel que diga: "No pienso pagarte". En realidad, sí piensa pagarle. Pero no como Bulacio supone.

—¿Cuándo piensa que estará en condiciones de devolverlo?

—En un mes, creo. Dos a lo sumo.

Eso es cierto. Ya habló con dos martilleros para tasar su casa. Si la ofrece por debajo del precio de mercado, tarde o temprano alguien querrá comprarla. Mientras tanto, como quien le tira un hueso a un lobo, le entregará a Bulacio la cupé Torino. Para calmarlo. Después le explicará en detalle lo de la venta de la casa. Hay un peligro. Un peligro grande: que la venta de la casa quede enmarañada en el juicio de la quiebra, y que otros acreedores quieran ejecutar el mismo bien. Ya verá cómo hace para poner a Bulacio al principio de la lista. No todos los acreedores disponen de los convincentes cobradores de los que sí dispone el prestamista. Pero hay que ir por partes.

No tiene sentido hundirse en la desesperación ahora. No en esa desesperación, por lo menos, habiendo otras desesperaciones más urgentes.

Bulacio lo está mirando, muy serio.

—¿Dos meses?

—Dos meses.

Bulacio se rasca la pera. Abre un cajón. Vuelve a cerrarlo. Lo mira de nuevo.

—Entonces el préstamo es a tasa cero.

Laspada no entiende.

—¿Cómo?

—Lo que le dije, Laspada. Si me lo devuelve en dos meses no me paga intereses.

Laspada sigue sin entender. Acaba de pedirle una fortuna. Bulacio vive de prestar dinero a tasas de usura. ¿Y le dice que se lo presta gratis?

—Perdone, pero no lo entiendo —tal vez la sinceridad no sea lo más conveniente, pero a Laspada no se le ocurre otra cosa.

—Se lo voy a poner en estos términos —ahora es Bulacio el que parece no encontrar las palabras—. En mi negocio uno… digamos que me jacto de conocer a la gente. Me paso todo el día viendo gente. Y no sólo viendo gente. Hablando con gente. Con la que viene acá y con otro montón de gente. No creo que sea un misterio. Acá yo no muevo sólo dinero mío. Muevo también dinero ajeno, se imaginará.

Laspada se siente un ingenuo porque no, no se imaginaba. Siempre supuso que todo el dinero que movía Bulacio era propio. Magistral, entonces. No sólo va a deberle a Bulacio, sino sabe Dios a qué extraña mafia de la Zona Oeste.

—Y uno va armando una especie… una especie de mapa acá —Bulacio se toca la sien—. ¿Me entiende? Con las personas, con cómo les va a las personas, con cómo les puede ir a las personas… Y si usted está acá, Laspada, no es porque se le haya cortado la cadena de pagos, ni por la inflación, ni por el Rodrigazo. Estoy seguro de que usted es muy capaz de pilotear cualquiera de esas cosas.

Laspada traga saliva. No entiende a dónde quiere llegar.

—Usted no se metió solo en este quilombo. Lo metieron. Y lo metieron de un saque. Lo metieron de repente.

Laspada tiene pánico de que Bulacio siga hablando. Hace un ademán breve con la mano, como intentando que Bulacio se detenga. Pero el otro sigue hablando:

—Yo le voy a preguntar algo —el usurero lo mira directo a los ojos—. Y quiero que me diga la verdad. Necesito —remarca— que me diga la verdad.

Laspada traga saliva otra vez. No es una amenaza. No es una advertencia. Es una condición. Bulacio le está poniendo una condición.

—Está bien —claudica Laspada—, pero no sé qué necesita que le diga.

Bulacio le pregunta sin quitarle los ojos de los suyos:

—El quilombo suyo… ¿es con el ERP, con Montoneros, o con delincuentes comunes?

La remilputa que lo remil parió, piensa Laspada. ¿Tiene un cartel de pelotudo en la frente? ¿Cómo puede haberse dado cuenta? De pronto Laspada tiene miedo. Tiene miedo de que en sus averiguaciones Bulacio no sólo haya preguntado sino explicado por qué preguntaba. ¿Y si compartió sus especulaciones? ¿Y si alguna de las personas con las que habló habla, a su vez, con otras? ¿Y si los Montoneros que tienen a Diego se enteran de que él anduvo hablando? ¡Pero él no dijo nada! Se siente morir. Se quiere morir. Hunde la cabeza en las manos crispadas.

—¡Oiga! —Bulacio lo trae de regreso. Laspada baja las manos. Se miran—. Yo no le dije nada a nadie.

¿Pero qué es, mentalista, el hijo de puta? ¿No sólo sabe por qué vino a verlo, sino que sabe lo que está pensando?

—Pero necesito saberlo —insiste Bulacio.

¿Por qué lo necesita? Laspada lo ignora. No tiene esas capacidades de psíquico del conurbano que tiene el prestamista. Pero intuye que la única manera de que esa reunión termine bien —y termina bien si y sólo si Bulacio le presta esa guita— es decirle la verdad.

—Es con Montoneros —dice, y cada una de esas tres palabras le cuesta como si se las hubiesen arrancado del diafragma, con una pinza, a través de la garganta.

Bulacio asiente en silencio, un par de veces, y baja la vista a su escritorio. Pasa un minuto largo con los dos hombres en silencio.

—Qué hijos de puta —dice el usurero—. Qué hijos de mil puta.

Laspada sale de la oficina tres minutos después. Atraviesa la sala de espera donde hay más gente que cuando entró. Se ve que su entrevista fue más larga de lo habitual. El gorila de la puerta le abre y lo saluda con una mínima inclinación de cabeza. Bulacio le ofreció, por seguridad, llevarle el dinero directamente a la fábrica. Laspada estuvo de acuerdo. Lo único que le falta es que le peguen un palo en la cabeza y le afanen esa torta de guita mientras camina por avenida Rivadavia. No.

Eso no lo es lo único que le falta, o lo peor que podría pasarle. Pero en lo peor que podría pasarle sigue negándose a pensar. Siente cómo le sube la congoja por la garganta. La puta madre. Cuando llega a la calle respira hondo. El centro de Morón es el pandemónium habitual de cualquier martes cerca del mediodía.

34

¿Habrá un futuro en el que este presente cobre algún significado? ¿Llegará un día en el que podamos hablar sobre cómo atravesamos, vos y yo, esta tormenta desquiciada? ¿Tendremos la oportunidad de contarle al otro, como se le relata a un recién llegado, qué fue de nuestra vida durante su ausencia?

No lo sé, hijo. No lo sé. Quiero pensar que sí. Que hay delante de nosotros alguna clase de futuro. Que esta visita tuya no es la última. Que así como ahora nos acordamos de nuestras prolongadas conversaciones desde el techo del galponcito, dentro de un tiempo, no importa cuánto, pero dentro de un tiempo, nos acordaremos de esos años en los que vos eras miembro del ERP y andabas por ahí con tu guerra revolucionaria, y yo me pasaba los días rogándole a un Dios en el que no creo que nadie te mate mientras tanto. Estos días me estuve acordando mucho de una novela de la que hablamos no hace tanto tiempo. Charlamos sobre ella en una sobremesa, en el frío del patio de atrás, cuando mamá ya se había acostado y antes de que te fueras a encontrar con el Cabezón atravesando medianeras.

El desierto de los tártaros era la novela. La de Buzzati. Fue uno de esos libros que leíste hace años porque yo lo mencioné como un buen libro. Era esa época en la que me escuchabas como a un oráculo, y para mí era una mezcla de orgullo, de cautela y de preocupación. Orgullo porque me tuvieras en tan alta estima. Cautela por el riesgo de aconsejarte mal, de que alguna palabra mía te pesase como una piedra. Y preocupación por el temor de que esa admiración te cortase las alas, te volviese menos autónomo, menos independiente. Casi me da ganas de reírme. Mirá cómo se dieron las cosas al final: hoy en día mataría porque mi opinión te pesase como una piedra y mis prohibiciones fuesen, para vos, leyes invencibles. ¿Te imaginás? Yo me planto delante tuyo, alzo el dedo, admonitorio, y te digo: "No quiero que tengas nada más que ver con la lucha armada". Y vos agachás la cabeza, musitás un: "Como digas, papá", y obedecés. O te digo: "Nunca estuve de acuerdo con esas chambonadas", y vos me respondés: "Si no estás de acuerdo quedate tranquilo, papá, te prometo que desde hoy lo dejo atrás".

Jamás te confesaría en voz alta estas fantasías mías. ¿Todas las fantasías tienen la pueril inocencia de las mías? ¿La misma evidente imposibilidad? Bueno. Lo pienso y me respondo de inmediato que tus fantasías sobre el paraíso socialista que nos aguarda a la vuelta de la esquina no parecen mucho más sólidas que las mías. Pero no voy a decírtelo. No tiene sentido. Ya no. Hace mucho tiempo que no.

Pero sigo dándole vueltas a *El desierto de los tártaros*, con el deseo inconfesable de que te pase lo mismo que al teniente Drogo. ¿Te acordás de cómo era el argumento? El teniente se pasa un montón de años preparándose para ese enfrentamiento único y definitivo. Y cuando finalmente la batalla se produce (después de un montón de años en los que Drogo sacrificó *todo* para seguir esperando esa batalla) resulta que Drogo está muy enfermo, agonizando en otro sitio, muy lejos de la fortaleza Bastiani, y se la pierde. ¿Está mal que mi amor de padre me dicte este deseo? ¿Tengo derecho a desear el fracaso de tu sueño?

No creo que consigan conquistar el paraíso con el que vos y tus amigos sueñan. Peor aún: no creo que eso sea, de verdad, un paraíso. Lo único que quiero es que salgas indemne de tu peripecia. Que podamos sentarnos un día a recordar esos años lejanos y difíciles en los que no podíamos conversar diez minutos sin discutir, ni quince sin pelear.

Y esa es la duda más grande que me atormenta. Si existe un futuro donde podamos, nomás, sentarnos a recordar este presente. O si en cambio estamos al final de la película, sin nada, o casi nada, que nos separe del agujero negro de tu muerte.

35

Los dos golpes en la puerta sobresaltan a Diego, que de inmediato rodea la cama tan rápido como puede, evitando que se le enrosque la cuerda con la que lo mantienen atado de la cintura. Se agacha bajo el catre, recupera el sombrero, se lo hunde sobre la cabeza y se sienta orientado a la pared opuesta, tal como le indicaron.

—Buenas tardes, Diego —la voz es la del Hombre 1—. ¿No estabas mirando televisión?

Diego piensa mucho su respuesta. Tiene miedo de reconocer que estaba practicando con las figuritas. Podría argumentar, llegado el caso, que el Hombre 2 lo autorizó a tenerlas, pero ¿qué sentido tiene arriesgarse a que se arme un quilombo? Sobre todo porque el Hombre 1 siempre está con que tal cosa es de oligarcas, y tal otra cosa es de burgueses, y la de más allá es de explotadores. Y en una de esas las figuritas le parecen un lujo de ricos, quién sabe.

—Sí… No… lo que pasa es que hoy se veía con mucha lluvia.

—Ah.

Es una buena excusa. En realidad no es una excusa, sino una verdad. La tele tiene una antena de porquería, un alambre más o menos grueso, con varios dobleces, que uno tiene que andar moviendo para un lado y para el otro buscando la mejor sintonía. Para peor, cuando uno lo tiene a medio acomodar parece que mejora, pero apenas suelta la antena y se aleja del aparato, la pantalla vuelve a llenarse de lluvia. "Lo que pasa es que el cuerpo humano hace masa", le explicó el Hombre 3 cuando le contó el problema. Fue raro, porque es la única vez que hablaron. Las otras veces había sido nomás eso de "Buen provecho" y "Gracias". Hasta ahora no lo había pensado, pero en una de esas al Hombre 3 podría decirle la verdad, alguna vez, sobre las figuritas. Está seguro de que no se enojaría y, sobre todo, de que no se las quitaría, que ese sería el verdadero problema. Pero con la Mujer y el Hombre 1, mejor no correr riesgos.

—¿Qué estabas viendo?

Diego hace memoria de qué programas hay a esa hora de la tarde.

—Dibujitos —contesta.

—A ver.

Por los ruidos, Diego se da cuenta de que el Hombre 1 enciende la tele y se pone a manipular el alambre.

—Sí, se ve mal. Es verdad.

Siempre se ve mal, piensa Diego, pero se cuida de decirlo. Por lo que oye, Hombre 1 está encontrando una posición bastante buena, porque el ruido de fritura disminuye hasta casi desaparecer, y crece el sonido de los dibujitos animados. Tom y Jerry, supone Diego, por la música de fondo.

—¿Siempre ves estos dibujos, Diego?

El Hombre 1 se lo pregunta mientras se sienta en el rincón opuesto de la cama. Evidentemente planea conversar.

—A veces.

—Te voy a prestar unos textos, para que leas. Unos textos que analizan la ideología que tienen detrás estos dibujos. ¿Leíste las revistas que te dejé el otro día?

Diego señala, a ciegas como está bajo el sombrero, el rincón bajo la ventanita. Ahí están los números de *El Descamisado* que el Hombre 1 le mandó leer.

—Hubo cosas que no entendí. Tiene muchas palabras difíciles.

—Son difíciles porque en tu casa se ve que no las usaron jamás, Diego. Pero muchos chicos de tu edad las conocen y las entienden. En cualquier Centro de Estudiantes de cualquier escuela tenés…

El Hombre 1 se detiene. Cuando vuelve a hablar elige un tono mucho más amable.

—Cuando quieras te explico lo que no entiendas. No me cuesta nada. Al contrario, será un placer.

Por el zarandeo del catre, Diego se da cuenta de que acaba de incorporarse. Se va. Parece que se va.

—Y te repito algo que ya te dije. Yo entiendo que esto que está pasando para vos es… incómodo. Lo entiendo y lo lamento. Lo lamentamos. Todos nosotros. Pero tenés que entender cuál es la razón, el objetivo. Tu padre es un explotador, aliado del imperialismo yanqui. Vos no tenés la culpa. Eso quiero que lo tengas claro. Pero necesitamos retenerte hasta que él acepte devolver una parte de la plusvalía que le arrebató al pueblo. Una parte. Ni siquiera pretendemos que lo devuelva todo. No ahora, por lo menos.

¿Qué caras tendrán todos ellos? ¿Se parecerán a las voces que tienen? El Hombre 2 debe tener una cara calmada y fría. La Mujer, lo mismo. El Hombre 3 debe tener cara de simpático. Al Hombre 1 le cuesta más ponerle cara, porque es el más imprevisible. Tiene muchas maneras de hablar. A veces es como un profesor, a veces se enoja, a veces es simpático.

—Si me pasa esos libros que me dijo, los leo —se le ocurre decir—. Y si no entiendo algo, le pregunto.

—¿Qué? Ah, sí. No son libros. Son unos textos sueltos. Pero son muy buenos, vas a ver.

—Muchas gracias.

Escucha los pasos del Hombre 1 que se dirigen a la puerta. El chirrido de todas las veces.

—Ahora en un rato te traemos la cena.
—Muchas gracias.
—Buenas noches.
—Buenas noches.

36

Cuando suena el teléfono Cecilia le hace un gesto enérgico a su padre para que no se levante, para que no se acerque, para que la deje a ella. Es cierto que lo hablaron veinte veces entre ayer y hoy, y que su hija le dio un montón de argumentos de por qué era mejor dejarla a ella y Laspada había terminado por claudicar. Y sin embargo, al primer timbrazo, que suena puntual a las diez de la noche, se incorpora como movido por un resorte con toda la intención de ser él quien hable con esa gente. Pero su hija lo fulmina con una expresión de "ni se te ocurra". Laspada obedece.

—Hola —dice Cecilia.

Pero no puede estarse quieto. Deja su asiento y camina de lado a lado del living. Cecilia deja de mirarlo y fija los ojos en el suelo. Laspada lo interpreta como un intento de evitar que sus andares de orangután la distraigan, e intenta contener su paseo inútil.

—La situación es la misma que hablé con usted hace dos noches. Sí. Ya está conmigo.

Cecilia hace una pausa mientras escucha. ¿Con quién estará hablando? ¿Con el flaco con tono de milico o con la chica?

—Está mejor, sí.

Laspada comprende que acaban de preguntarle a Cecilia por la salud de él. Nuevo silencio de su hija, hasta que por fin vuelve a hablar.

—Sí, tengo novedades. Ya hicimos la última gestión que

nos faltaba para asegurar el monto que les prometimos. Ese monto —breve pausa—. Sí. El monto lo tengo asegurado.

Cecilia alza los ojos hacia su padre. Laspada se aproxima, se sienta a su lado, le tiende la mano. Cecilia suelta un suspiro mientras estruja los dedos de su padre.

—Lo escucho, capitán Igarzábal.

Así que está hablando con el tal "capitán". La puta madre que te parió, Igarzábal, piensa Laspada. La remil puta que te parió. De repente Cecilia se incorpora en el asiento y su voz se crispa:

—No, espere. ¿Por qué recién mañana a esa hora? ¡Le estoy diciendo que lo tengo resuelto! Quedamos…

Cecilia deja la frase por la mitad, como si la hubieran interrumpido. Laspada siente la tentación de arrancarle el teléfono de la mano y encararse con los secuestradores.

—¡No! ¡Por supuesto que no estoy de acuerdo, pero supongo que importa muy poco que no lo esté!

Cuelga el tubo del teléfono con un golpe. Laspada suelta un grito. ¿Qué significa que la conversación haya terminado así?

—¡Cecilia! ¿Qué pasó, por Dios bendito?

Cecilia lo mira con los ojos muy abiertos, como si estuviese haciendo esfuerzos por enfocar la realidad, por salir de un trance.

—Tranquilo, papi. No te asustes.

—¿Cómo que no me asuste?

Cecilia tiende los brazos hacia él. Se abrazan. Laspada se afloja en el abrazo. Cecilia también.

—Corté enojada porque los hijos de puta lo van a tener hasta mañana.

—¿Cómo hasta mañana? ¿Pero no les dijiste que tenemos la plata?

—Sí, papá. Se lo dije. Pero dicen que recién mañana a la

noche. Por las necesidades del procedimiento y no sé qué carajo más, porque estaba tan furiosa que no le entendí.

Laspada siente una oleada de alivio. Por supuesto que es horrible que a Diego lo mantengan un día más en cautiverio. Pero durante ese minuto terrible le pasaron por la cabeza varias posibilidades mucho más horribles que esa. Tan horribles que ahora Laspada cierra fuerte los ojos como una manera de alejar esas imágenes de su cabeza. Intenta sintonizar con las implicancias prácticas de lo que tienen por delante.

—¿Te dijeron dónde, cómo…?

—Sí, pa. Me dijeron todo. Quedate tranquilo.

Cecilia aferra la mano de su padre y vuelven a abrazarse.

—Hay que llamar a mamá —dice Cecilia, al final de su abrazo.

—¡No! —su reacción es más categórica de lo que hubiese deseado—. Esperemos a que Diego esté en casa.

—No los podemos tener así, en ascuas…

—¿Vos te imaginás cómo van a estar mañana a la noche mientras pagamos, volvemos y esperamos? Acá va a ser una pesadilla. ¿Te imaginás como van a ponerse mamá y Esteban en La Falda?

Transcurren varios minutos en silencio, sentados uno al lado del otro, con los ojos clavados en el vacío. Laspada se gira por fin hacia Cecilia para pedirle precisiones sobre el lugar, la hora y la forma de entrega del rescate, pero se sorprende al ver que su hija llora en silencio, y que sus lágrimas son un torrente.

—¿Qué te pasa?

Termina de decirlo y se da cuenta de que acaba de formular la pregunta más pelotuda de su vida. Cecilia habla mirando la pared de enfrente.

—Hace días que me siento mal, papá. Todo lo que discutimos vos y yo.

—No importa, Cecilia. Ahora…

—Sí importa, papá. Ahora pienso en las cosas que te dije, lo que te reclamé…

—Basta, hija. De verdad. ¿Sabés lo único que pienso todos los días, a todas horas?

Cecilia se da vuelta, por fin, para mirarlo.

—¿En qué?

—En que no sé qué hubiese hecho sin vos, con todo esto. Soy yo el que se tiene que sentir mal con vos.

—¿Vos? No seas tarado.

Vuelven a abrazarse. Cecilia vuelve a llorar, mientras Laspada hace fuerza por no hacer lo mismo. Lo educaron así y no puede evitarlo. Cuando lo suelten a Diego, cuando esté a salvo en casa, cuando Alicia y Esteban estén de regreso, va a sentarse a solas en el living, se va a servir un whisky y va a llorar todo lo que tenga que llorar. Pero a solas, y después de que las cosas hayan terminado. Lo educaron así y ya está demasiado viejo como para cambiarlo.

37

Al final de la avenida Pierrastegui se acaba el alumbrado público y la noche se cierra sobre ellos como una boca de lobo. Cecilia no puede evitar pensarlo así, "boca de lobo". Nunca ha visto la boca de un lobo, pero desde chica la impresiona esa expresión rotunda. La impresiona y la atemoriza, por la oscuridad y por el lobo. Se concentra en el esfuerzo de dotar a su voz de una naturalidad que está muy lejos de sentir:

—¿Vos te ubicás, papá?

—Sí, hija.

El Torino disminuye la velocidad al llegar a una rotonda.

—Para allá —su padre señala a la derecha, en un gesto vago— sale la ruta 1003, que te saca a Pontevedra, al fondo de Merlo, toda esa zona… Nosotros seguimos para adelante, por la 1001, que termina en González Catán.

Para Cecilia todos esos nombres no significan nada. Mejor dicho, son sólo nombres que encajan con las indicaciones que le dio Igarzábal la última vez que hablaron, ayer por la noche. Pero son eso, nombres. No son lugares que Cecilia conozca. La tranquiliza que su padre sí los ubique. O la tranquiliza todo lo que la puede tranquilizar, porque el corazón le galopa en el pecho mientras avanzan lentamente por un ruta estrecha y llena de pozos. Estrecha, llena de pozos y, por añadidura, negra como una boca de lobo.

—¿A qué distancia de la rotonda te dijo lo de la luz de mercurio?

—Tres kilómetros, me dijo —Cecilia está segura. No necesitó anotar ninguna de las indicaciones que le dio el supuesto capitán.

El padre sigue maniobrando entre los baches, pasando de segunda a tercera en los escasos tramos en los que el pavimento se conserva más o menos liso, y volviendo a segunda cuando la ruta, a la luz de los potentes faros del Torino, vuelve a parecer la superficie lunar.

—Allá adelante veo algo —dice su papá, y Cecilia sigue la trayectoria que le marca su padre, un poco a la derecha, pero casi al frente.

—Sí. Parece que hubiese una luz —corrobora.

Les lleva un rato alcanzar ese lugar de la ruta en el que, en la soledad más absoluta, se levanta un poste de madera coronado por una lámpara que ilumina malamente unos cuantos metros alrededor. Su papá sale del camino y estaciona cerca del poste. Es un descampado en el que aparecen, a la luz mortecina, aquí y allá, montículos de ramas o desperdicios, algún árbol escuálido, la carrocería de un auto quemado. Bajan del Torino. Antes de cerrar la puerta, su papá se estira hacia el asiento trasero y saca el bolso del dinero. Recién en ese momento parece notar que ella está de pie, al costado del auto.

—¿Qué hacés ahí, Cecilia? Subite al auto, haceme el favor —indica su padre, perentorio.

—Voy con vos, papá.

—Ni se te ocurra.

—Te digo que sí.

—¡Y yo te digo que no!

Su padre, con el bolso en la mano, rodea el auto para encararse con ella.

—Si me pasa algo con estos tipos quiero que te mandes

287

mudar. Que vuelvas a casa y llames a Córdoba para que vuelvan Esteban y mamá. Y punto.

—¿Cómo "si te pasa algo"?

Su padre le devuelve una mirada incrédula.

—Cecilia, atendeme. Tengo que caminar doscientos metros para aquel lado con un bolso lleno de guita, para entregárselo a unos guerrilleros en medio de un basural.

Ahora, puesto así en palabras por su padre, todo el procedimiento que le indicó Igarzábal en su último llamado telefónico le suena demencial. Sin darse cuenta, aferra los antebrazos de su padre.

—Tranquila, Cecilia. Vamos a suponer que han dicho la verdad. Que se llevan el bolso y que lo devuelven a Diego. Pero si no…

El padre sacude la cabeza, como si no quisiese decir más. Cecilia completa en su cabeza lo que calla su papá y siente que las piernas están a punto de fallarle.

—Quiero que me esperes con el auto en marcha —sigue diciendo él—. En marcha y apuntando para allá.

Le indica, en la semioscuridad, la dirección en la que vinieron.

—Con las luces apagadas, pero con el motor en marcha.

—¿Por qué con las luces apagadas?

—Por si pasa alguien por la ruta, Cecilia. No quiero que nadie te vea sola, en el coche, en medio de este descampado.

Y como si acabase de recordar algo, su papá deja el bolso a sus pies, abre de par en par la puerta del acompañante y abre también la guantera. Saca una pistola, se la muestra, le muestra también cómo le quita el seguro y la apoya sobre el asiento del copiloto.

—Esto lo dejás acá. Y no lo tocás salvo que sea necesario. ¿Estamos?

Cecilia tiene un nudo en la garganta. Obedece. Sube al

Torino por el lado del conductor y lo pone en marcha. A su lado ve la pistola, sobre el cuero del asiento. Cuando mira a su padre lo ve de espaldas, alejándose con el bolso en la mano, perdiéndose poco a poco en la oscuridad.

38

—Ahí viene —dice Santiago, aunque es evidente.

Llevan varios minutos con los ojos fijos en el Torino estacionado que así, a lo lejos, parece una calesita llena de luces, un parque de diversiones minúsculo en medio de la negrura.

—No vino solo —concluye el Puma, viendo cómo Laspada empieza a caminar hacia ellos mientras el auto hace un par de maniobras cortas para quedar apuntando hacia Morón, y no hacia González Catán, antes de apagar los focos.

—¿Será la hija?

—Seguro.

Se escucha el sonido metálico que suelta la Glock de Santiago cuando la amartilla. El Puma lo alumbra con su linterna a la altura de la cadera.

—¿Qué hacés? ¿Estás loco?

—¿Por qué? La tengo apuntando al suelo.

—Porque es muy sensible, boludo. Se te escapa un tiro y me lo das en el pie. O a vos mismo. Dejate de joder.

Una lucecita minúscula deriva lentamente hacia la derecha de su posición. El Puma levanta la linterna sobre su cabeza, apuntada en esa dirección. Laspada —que de él tiene que tratarse— corrige el rumbo y se dirige hacia ellos. El Puma supone que le faltan cien metros. Un nuevo clic le indica que el aspirante acaba de desamartillar la pistola. Pelotudo, piensa el Puma. Improvisado.

—¿Pensaste en lo que te dije? —pregunta Santiago.

—Ni se te ocurra.

—¿Por qué?

—Porque ni se te ocurra.

El Puma, por primera vez, se pregunta si este operativo que viene planeando y ejecutando desde hace dos meses puede terminar mal. Así de mal. Así de francamente mal.

—Apague la linterna —dice el Puma, después de hacer lo propio, y cuando Laspada está a unos veinte metros.

El empresario obedece y se detiene. Hay una luna menguante que, pese a todo, algo ilumina. Lo justo para dibujar las siluetas de los tres, unos arbustos, una zona abierta sin vegetación ni basura un poco más a la derecha.

—Acérquese diez metros y deje el bolso en el suelo —dice Santiago.

El Puma reprime una mueca de disgusto. ¿Qué necesidad, a ver? ¿Qué necesidad hay de montar las instrucciones de uno sobre las del otro? ¿No hay modo de que este flaco deje de competir todo el tiempo a ver quién la tiene más grande? Por suerte, Laspada obedece. Por el ruido que hace al caer, es un bolso muy pesado.

—Aléjese otra vez —dice el Puma, y espera que su compañero se llame a silencio de una vez por todas.

Laspada vuelve a obedecer, pero se detiene a mitad de camino y se gira hacia ellos.

—¿Cuándo van a soltar a mi hijo? —pregunta.

—Apenas termine esta operación, Laspada —se apresura a responder el Puma, por si el aspirante se tienta de volver a intervenir—. Llevará unas horas todavía. Debería ir yéndose.

—Otra cosa —insiste el tipo, sin moverse de su sitio.

—¿Qué?

—¿Cómo sé que no van a volver a meterse con mi familia?

El Puma presiente que el aspirante va a contestar y se apresura a tocarle el hombro. Milagrosamente el otro permanece callado.

291

—Acá termina la operación con usted, Laspada. Se lo juzgó. Se lo condenó a una expropiación. Ahora está pagando. Es asunto terminado.

—¿Y cómo puedo estar seguro?

—Tiene la palabra del Ejército Montonero —y el Puma no puede contenerse—. Y la del capitán Igarzábal.

¿Lo dice con una solemnidad excesiva? Puede ser. ¿En un tono innecesariamente alto, a juzgar por el silencio del descampado? Es posible. Pero no se lo está diciendo a Laspada. Se lo está diciendo, sobre todo, al imberbe pelotudo que tiene parado a su derecha.

—Mejor que mi hijo…

Hay rabia en esa voz que les llega desde una figura sin rostro. Como si hecho todo, y dicho todo, pudiese por fin abrirse paso la rabia y la impotencia. De nuevo el Puma toca el brazo de Santiago para que siga callado. De nuevo le hace caso. El Puma piensa que es lo menos que pueden concederle a ese enemigo. Que drene un poco la furia. No es para tanto, al fin y al cabo.

—En cuanto se retire damos inicio al proceso de liberación del rehén —dice el Puma.

¿Se puede escuchar un largo suspiro de alguien que está a diez metros de uno? Si es posible, es lo que se escucha. De inmediato Laspada enciende su linterna apuntando al suelo, se da media vuelta y empieza a alejarse. El Puma no vuelve a tocar el brazo de su superior. Ya lo hizo dos veces. Pero si vuelve a amartillar la Glock, o si se atreve a dar cinco pasos en dirección al empresario, el Puma no tiene el menor problema en sacar la Browning y pegarle dos tiros. Pegárselos y reportarse de inmediato a sus superiores de la Secretaría Militar de la Columna Oeste y explicar lo sucedido. "Sí, señor, terminado el operativo y recibido el dinero, el aspirante Santiago consideró oportuno ejecutar al empresario, como medida ejemplificadora". Y agregar que "el declarante, en carácter de responsable militar de la operación, y habida cuenta de que esa ejecución no había sido autorizada por la superioridad ni discutida democráticamente en el seno de la UBC Morón, de la que tanto el aspirante Santiago como el declarante forman parte, lo consideró un acto inaceptable, máxime cuando se había establecido que el empresario Laspada sería expropiado pero no ejecutado, y que en esa orden la superioridad había sido taxativa."

El haz de luz de la linterna ya está lejos, a cien o ciento veinte metros. Ahora va más rápido, como si hubiese conseguido orientarse mejor en la oscuridad. Yo te voy a dar, pendejo creído, sigue diciéndose el Puma. Si querés un ajusticiamiento revolucionario, armalo desde el principio. Elegí un blanco. Hacé la inteligencia. Defendelo con los superiores. Armá la logística. Y recién entonces llevalo adelante. No te quieras hacer el macho tergiversando una operación que es otra cosa. La buena noticia es que el empresario está demasiado lejos como para que el aspirante intente pegarle un tiro a esa distancia y con esa oscuridad. Asunto terminado.

—Vamos —dice Santiago, que parece haber llegado a la misma conclusión.

El Puma obedece y se pone en movimiento. Gira la cabeza hacia el lugar por el que se alejó Laspada a tiempo para ver cómo el Torino enciende las luces y retoma la ruta de regreso. Ellos tienen que salir al camino unos doscientos metros más allá, más cerca de González Catán, adonde Laspada y su hija no llegaron. Ahí debe recogerlos el Mencho.

39

Apenas cruzan palabra en todo el camino de regreso. Al subir al auto Laspada estuvo a punto de decirle que lo dejara manejar a él, pero se abstuvo. En esas semanas cambiaron un montón de cosas y Laspada sospecha que hay otro montón que seguirán cambiando. Que el Torino GS le importe mucho menos que hasta el mes pasado puede que sea una de ellas. Quiere evitarlo, pero no consigue salir de su laberinto mental: una vez y otra vez sigue dándole vueltas a todo lo que, todavía, puede salir mal.

Cuando llegan a su cuadra le hace un ademán a Cecilia para que se detenga unos veinte metros antes de la casa.

—Siempre me gusta echar un vistazo alrededor, por si acaso.

—Si nos asaltan les decimos que nuestro último peso se lo acabamos de dar a Montoneros —comenta Cecilia, en un chiste melancólico.

Laspada se la queda mirando un segundo y vuelve a pensar lo importante que fue para él contar con ella todos esos días.

—Tendrías que avisarles a esos zurditos que son amigos tuyos. No sea que se les ocurra copiarse de sus primos. Este hijo de puta de Igarzábal me prometió que los Montoneros no van a jodernos más. Pero habría que ver si tus amigos trotskistas no nos embocan una promoción de dos por uno.

Termina de decirlo y teme haberla ofendido. ¿Por qué no le dijo eso otro que estaba pensando, sobre lo importante que le ha sido contar con ella? ¿Por qué le cuesta tanto decir cosas lindas? Por suerte Cecilia se le ríe del chiste malo. Laspada otea por el parabrisas y la luneta trasera. Toda la cuadra está desierta. Se baja para abrir el portón. Cecilia sube con cuidado y pasa sin problema por la estrecha abertura. Laspada traba las cuatro hojas del portón de madera pero se queda del lado de afuera. Se les ha hecho costumbre en estos días de los dos solos en la casa, a la vuelta de la fábrica: mientras Cecilia pone la mesa y prepara algo rápido para la cena, Laspada se queda fumando un cigarrillo en la vereda, sin importar el frío que haga. Hoy no piensan cenar. No pueden pensar en comer, mientras esperan el regreso de Diego. Pero el rito del cigarrillo lo cumple de todos modos.

Apoyado en el cerco bajo recubierto de piedra Mar del Plata, lo mismo que buena parte del frente de la casa, mira las casas cercanas, sobre todo las de la vereda de enfrente. La verdad es que la suya es enorme, pero en general es una cuadra de casas lindas. La de Lamónica, ahí enfrente, lindo chalet, por cierto. La de más allá es la del viejito ese que vive solo, don Aurelio, que, pobre, la tiene medio descuidada, pero qué puede hacer el viejo. No es fácil mantener una casa. Cuando no se te llueve un techo se te empiezan a pudrir los detalles de madera, o se te tapa una canaleta o, cuando te querés acordar, la casa te pide a gritos una mano de pintura.

Se pregunta cuánto le faltará al pibe de Linares para terminar de pintar el cerquito de madera. A este paso termina para el próximo Mundial del Fútbol, la pucha. Si hubiese que pagarle un jornal sería el pintor más caro del mundo, piensa Laspada. Lo compara con Esteban, no porque suponga que su hijo sería un pintor mucho más dedicado, pero calcula que por puro aburrimiento Esteban lo habría hecho en la mitad del tiempo, o menos. Es lento, el pibe de enfrente. Demasiado. Laspada es de fijarse en cómo trabaja la gente. Lo hace siempre en la fábrica. Vive de eso, a fin de cuentas. Ese chico es de una lentitud pavorosa. O será que no se le da bien lo de la pintura, porque ¿cuánto hace que está con eso? Y por lo que se ve, todavía anda pasando la lija. ¿Cuándo fue? La tarde esa que llevó a Alicia y a Esteban a la terminal de micros. Esa tarde ya estaba meta y meta con la lija, ahí en la vereda.

—¡Papá! ¡Entrá que hace frío y te va a hacer mal! —lo llama Cecilia.

Laspada le da una última pitada al cigarrillo y tira la colilla hasta el pavimento de la calle. Después entra enseguida porque su hija tiene razón con eso del frío que hace.

40

Esperan a que Claudia vuelva desde el cuartito del fondo y reporte que el chico sigue sin novedad para reunirse alrededor de la mesa grande de la cocina. Santiago vuelca teatralmente el contenido del bolso. Caen fajos de billetes. Antonio piensa que parece una película. Falta que empiecen a hacerlos volar como los papelitos de la cancha. Por supuesto que no sucede nada parecido.

—Hay que contarlo —dice Claudia.

Cada uno separa parte de los fajos y se pone a la tarea de contar el dinero. De tanto en tanto le tienen que llamar la atención al Mencho porque, como le cuesta llevar el número, cuenta en voz alta y confunde a los demás. A medida que terminan le pasan los parciales a Claudia, que anota y suma.

—Un millón diez mil pesos —dice al terminar.

—¿Habremos contado mal? —pregunta Antonio.

—Es lo mismo —dice el Puma.

—Se ve que en el apuro se les fue un fajo de más —especula Claudia.

—¿Habría que devolverlo? —pregunta el Mencho.

—¿Pero vos estás en pedo? —lo increpa Claudia.

—Que se jodan —zanja Santiago—. Hay que preparar al chico —se dirige a Antonio—. No vendría mal que vos fueras a tu casa, por cualquier cosa.

Antonio se palpa los bolsillos con los movimientos mécanicos de siempre, para asegurarse de que tiene la plata y las llaves.

—Perfecto.

El Puma señala, chistoso, la mesa en la que los fajos se apilan como la maqueta de una ciudad de rascacielos.

—¿Necesitás para el boleto?

—Je je, ya tengo. Me voy porque si no, no llego. El último colectivo pasa en diez minutos, calculo.

Santiago lo mira extrañado.

—¿Cómo "el último"?

—Sí, aspirante. Después cortan el servicio hasta casi las cinco de la mañana.

El Mencho se levanta también, llavero en mano, para cerrarle cuando salga. A mitad del pasillo exterior, y mientras enciende un nuevo cigarrillo, comenta en voz baja:

—Este Santiago parece que no se toma un colectivo hace bastante.

—Más que bastante, parece que en su puta vida se hubiese subido a un bondi. Igual, gracias a Dios te tiene a vos de chofer para que lo lleves a todos lados.

Antonio lo dice en chiste y el Mencho se lo toma en ese sentido.

—Sos boludo, ¿eh? —el Mencho lo despide sonriendo.

Antonio encara hacia la avenida Pierrastegui. Son más de las once. Apura el paso. Cuando pasa bajo una luz de mercurio ve el vaporcito que suelta su respiración. Piensa que debe ser una de las noches más frías del año.

41

Qué cosa rara que es el tiempo, piensa Diego, mientras siente cómo el traqueteo del auto le retumba en el pecho, en la panza y en las piernas, porque lo llevan acostado sobre el piso de la parte de atrás. Se pregunta si el día que lo secuestraron lo habrán llevado igual. Del viaje de ida no se acuerda nada. Bueno, tampoco tanto como nada: lo de la chica y lo de tocarle el culo, las piñas, uno que se bajó y le pegó con algo durísimo, eso sí se lo acuerda. Diego está seguro de que el del golpe que le dejó el bocho a la miseria tiene que haber sido el Hombre 2. Por su culpa la Mujer le tuvo que dar cuatro puntos. Ahora ya no le duele. Estos últimos días se tocaba con las yemas de los dedos en el lugar y ya no le dolía nada. Pero claro, pasaron un montón de días. Dieciocho, pasaron. Los contó con esas muescas que hizo en el rincón de la pared, al lado de la cama, donde el revoque estaba blando y húmedo. En realidad son dieciocho o más. Porque como de entrada estuvo desmayado, capaz que pasaron varios días antes de empezar a contarlos. Como en esas películas donde el protagonista se la pasa en coma en el hospital, y pasa un montón de tiempo y no se entera de nada. Igual a Diego le parece que no, porque cuando estás en coma te ponen en unas camas llenas de enchufes y aparatos, y a él lo tuvieron en esa piecita de porquería, así que seguro que se despertó enseguida. Así que deben haber sido dieciocho, los días. O diecinueve, como mucho.

Pero es raro lo del tiempo, porque al principio los días se

le hacían larguísimos. De goma, se le hacían. Y después empezaron a pasársele más rápido. Un rato dibujando, un rato de tele, un rato de figuritas. Las comidas, que comía lento porque así ocupaba más tiempo comiendo. Al final resulta que terminó haciéndole caso a lo que su mamá le dice siempre, con eso de las comidas: "Comé lento, Diego. No te atores que te hace mal comer así. Comé despacio". De la nada se le viene un sollozo a la garganta. Es por pensar en su mamá. Por eso le dieron ganas de llorar. Mejor seguir pensando en lo del tiempo.

En una de esas, el tiempo pasa lento cuando las cosas son nuevas. Cuando son desconocidas. Y después cuando uno conoce las cosas que van a pasar, el tiempo pasa más rápido.

Ahora mismo, por ejemplo. No tiene ni idea de cuánto llevan andando. Hace un rato (pero ahí está: ¿cuánto rato?) le golpearon la puerta de la piecita y él se levantó de un salto y se puso el sombrero y se sentó de cara contra la pared. Entró el Hombre 1 y le dijo que la operación estaba completada y que se iba para su casa, porque el Ejército Montonero no tenía ya motivos para retenerlo. Dijo algo más de que esperaba que se acordase de las conversaciones que habían tenido, y que entendía que no era el mejor contexto para esclarecer la conciencia de nadie ese de estar encerrado, pero que confiaba en que con el tiempo lo que le había enseñado en esas conversaciones le sirviese para entender la realidad de un modo diferente de como la había entendido hasta ahora. Dijo más cosas, pero Diego ya no le prestó atención porque de repente le dieron muchas ganas de gritar y de reírse, pero muchas más ganas de ponerse a llorar pensando en su mamá. En sus hermanos y su papá también, pero sobre todo en su mamá. Y el Hombre 1 le dijo que se quedara así como estaba que enseguida lo iban a sacar y Diego se acordó de que las figuritas las tenía en el bolsillo, de casualidad, porque había decidido practicar un poco más después de cenar, porque cuando se va a dormir las deja al lado de la pata de la cama pero del lado de adentro para que no se vean por si se las quieren sacar, que no habría razón para eso pero tampoco puede estar seguro, con esos tipos. Pero justo las tenía en el bolsillo así que obedeció sin chistar y se quedó quieto mientras escuchaba el trajín del resto de la casa. Sabe que la piecita está lejos del resto de la casa, porque se oyen los pasos cuando vienen desde la cocina o se van de regreso. Por eso Diego calcula que debe haber un patio entre la piecita y la casa. Aunque tampoco está seguro, claro.

Pasó un tiempo que a Diego le pareció un montón (pero ahí está, porque capaz que le pareció un montón porque estaba sucediendo algo nuevo, y encima algo que esperaba y que venía deseando desde hacía muchos días, todos los días que llevaba en esa piecita, fueran dieciocho, o veinte, o más si efectivamente estuvo en coma) y entró el Hombre 2 y le dijo que se pusiera de pie, que ya se iban. Sintió cómo le desataban esa especie de lazo con el que lo tuvieron todo el tiempo atado de la cintura y lo llevaron del brazo. De los dos brazos, seguro que el Hombre 1 de un lado y el Hombre 2 del otro lado. Apenas salieron de la piecita sintió que hacía un frío bárbaro. El sombrero, como siempre, le tapaba tanto que no veía nada. Le hubiera gustado mirar, antes de irse, la piecita del lado de afuera, y fijarse para qué lado miraba la ventanita que no se animó a romper para escaparse. Enseguida pasó por un lugar que debía ser la parte de adentro de la casa porque no hacía frío y había olor a comida, a comida y a muchos cigarrillos, así que el Hombre 3 debía andar por ahí con frecuencia. Y después de nuevo lo llevaron por un lugar en el que hacía frío pero que tampoco debía ser la calle porque los pasos del Hombre 1 o del Hombre 2 retumbaban bastante, y después sintió una puerta que chirrió como si fuese de chapa cuando la movieron, y ahí de repente sintió cómo lo levantaban entre los dos como para apurarse y le dijeron que se dejara caer en el fondo y que ni se le ocurriera levantar la cabeza. "Flojo, dejate flojo", le dijeron y se lo dijeron apurados y nerviosos y a Diego por un momento le dio miedo de que le hicieran algo malo porque por primera vez en todos esos días los volvía a escuchar nerviosos como el primer día y se acordó de repente de todo el asunto de los golpes y los agarrones y esa mierda del asunto de tocarle el culo a la hermana de no sé quién, y sobre todo le vino a la memoria que todo ese asunto terminó con el golpazo en la cabeza y los cuatro puntos que tuvo que darle la Mujer en la piecita.

Enseguida se dio cuenta, por los ruidos, de que lo estaban haciendo acostar en el piso de un auto y le dijeron que no se levantase y que no mirara para arriba y claro, se lo dijeron porque en el apurón se le cayó el sombrero, ahí en el piso del auto, pero Diego estaba acostado boca abajo y no pensaba levantarse ni nada. Se dio cuenta de que en el asiento de atrás se sentaban dos, que cuando los escuchó hablar resultaron ser el Hombre 1 y el Hombre 2, pero por suerte se fijaron de no pisarlo, poniendo las piernas un poco de costado para dejarle sitio, y adelante subieron el Hombre 3 y la Mujer, porque también les reconoció las voces. Apenas arrancaron el Hombre 2 dijo algo de evitar la avenida y que vaya por adentro y el Hombre 3 dijo que sí y después casi no hablaron.

Y por eso todo el camino Diego fue sintiendo en las manos, y en la panza, y en las piernas, si la calle por la que iban tenía el asfalto lisito o medio poceado o si directamente estaban pasando por una de adoquines porque pasó eso dos o tres veces y Diego sintió como si lo estuvieran sacudiendo todo, y mientras seguían y seguían andando fue que se puso a pensar en eso del tiempo y de que el tiempo es una cosa rara.

Y de pronto el auto frena y el Hombre 2 le dice que se levante con cuidado y que no deje de mirar hacia la puerta, y mientras tanto la abre para que tenga para dónde estirarse, y le dice que se quede quieto y que no se le ocurra desobedecer porque le va a dar plata para que se pueda tomar un taxi y llegar rápido a su casa pero que no se le ocurra darse vuelta. Y Diego obedece y se queda parado en la vereda, muy firme, como en los actos de la escuela cuando viene la parte del Himno Nacional, la verdad, porque la voz del Hombre 2 es una voz que a uno le da mucho miedo desobedecer. Diego podría echarse a correr porque por primera vez en dieciocho días, o en veinte o en quién sabe cuántos está suelto, totalmente suelto, sin sombrero en la cabeza y viendo adelante, viendo una hilera de casas a oscuras porque es de noche, y no tiene ninguna cuerda que lo mantenga atado de la cintura, pero se da cuenta de que no tiene sentido desobedecer ahora después de haber obedecido tantas veces y entonces siente que el Hombre 2 le apoya una mano en el hombro y le dice que en la esquina doble a la derecha y que camine una cuadra y que ahí verá una parada de taxis, mientras le mete un bollo de papeles en el bolsillo y le dice que esa es la plata para que pueda pagar el taxi, y le dice que no se dé vuelta, eso sí, que no se le ocurra darse vuelta antes de llegar a la esquina.

En ese momento el Hombre 2 le suelta el hombro y Diego tiene una última duda y le pregunta si se puede ir corriendo y el Hombre 2 le dice que sí, siempre y cuando no se dé vuelta, y Diego lo escucha y se lanza como una flecha y corre y corre hasta la esquina y gira a la derecha y sigue corriendo hasta que llega a la parada de taxis donde hay dos, uno detrás del otro, y los choferes están conversando en el primero, y cuando lo ven acercarse el chofer del segundo taxi se baja y le abre la puerta trasera para que suba y Diego se deja caer en el asiento y de repente le viene un pensamiento que lo asusta porque en una de esas corriendo tanto como corrió resulta que se le cayeron, pero se palpa el bolsillo —no el bolsillo donde el Hombre 2 le puso la plata sino el otro—, el de las figuritas y no, menos mal, por suerte, el toco de figuritas sigue ahí.

42

La cabeza de Laspada funciona, según su dueño, como un estante sobre el que hay un montón de objetos apoyados que sólo se pueden sacar de a uno, y si Laspada quiere echar mano de uno que está sobre el estante primero debe devolver el anterior a la repisa. En alguna discusión con Alicia terminó de darle forma a esa teoría del estante, en un intento por justificar su incapacidad para ocuparse de varias cosas al mismo tiempo. No tanto ocupaciones como ideas y, sobre todo, sentimientos. Cuidado: Laspada no le ha dado forma a esa "teoría de la repisa" como una mentira, como un simple argumento para defenderse durante una discusión. Le sirve para pensarse a sí mismo. O para tomar decisiones en el trabajo. Se imagina a sí mismo, cuando decide acometer un asunto, haciendo eso de aproximarse al estante, estirar el brazo y alcanzar el objeto. No siente que sea ni una virtud ni un defecto. Es un modo. Un modo como tantos.

Ahora mismo, mientras están sentados, los cinco, alrededor de la mesa, cenando en un quinteto que durante casi tres semanas Laspada temió que nunca más fuese a reunirse, Laspada es consciente de que su cabeza está haciendo eso de la repisa. No puede decirse que la conversación fluya con normalidad. Nada de eso. Nada es normal estos días. El cautiverio de Diego sigue cernido sobre ellos como un buitre al que no terminó de saciársele el hambre y sigue rondándolos. Aunque hagan de cuenta de que no, de que las cosas son como siempre, no es cierto. Los temas de conversación languidecen rápido. Nadie se anima ni a la discusión ni a la broma. Los ojos de Alicia, de la nada y de repente, se anegan de lágrimas mientras clava los ojos en ellos o en el plato en el que se enfría la comida.

En eso, en lo raros que están todos ellos está pensando Laspada, cuando se le activa ese proceso de la repisa (no porque quiera, no porque se lo proponga, sino sencillamente porque se le va la cabeza hacia ese sitio) y su cabeza cambia de cajita (porque así, como cajitas de madera separadas, sencillas, bastas, cada cual con una idea adentro, es como Laspada se representa su cerebro, su estante y sus pensamientos).

Esta cajita que abre ahora, mientras Esteban pincha otra milanesa de la fuente y la hace planear por encima del mantel hasta que aterriza en su plato, hace días que no la abre. Es una cajita a la que le dio muchas vueltas durante las casi tres semanas del cautiverio de Diego, en medio de las noches en blanco en la cama medio vacía de su dormitorio. La cajita del "por qué". El "por qué" de lo que estaba pasando con ellos.

En realidad tal vez no se tratase tanto del "por qué", sino del "cómo". El por qué no era tan misterioso, a fin de cuentas. Tienen plata. Bastante plata o mucha plata, según se mire. Según quién mire y juzgue. Sí. Bien mirado, esa cajita en la repisa del cerebro de Laspada debería llamarse, más que la del por qué, la del cómo. Cómo los eligieron. Cómo los vieron. Cómo los dintinguieron a ellos entre todas las familias de Castelar a cuyos hijos secuestrar a cambio de un rescate. Cómo los separaron del montón, como los identificaron como trigo en medio de la paja.

Cada noche de desvelo en la que Laspada acudió al estante a retirar esa cajita se dijo que no era bueno distraerse con eso. Que daba lo mismo. Que lo hecho, hecho estaba, y que lo importante era recuperar a su hijo. Pero justamente, ponerse a pensar en su hijo solo, en su hijo solo y en cautiverio o peor, en su hijo tal vez muerto y ocultado, era todavía más angustiante. Y en una de esas era preferible seguir un rato con esa cajita especulativa de cómo nos eligieron, quién nos vendió. Una cajita menos atroz que la otra. Por eso le dio tantas vueltas. Y ahora que Diego está de regreso, sano y salvo, la cajita sigue ahí, y Laspada acude a abrirla de vez en cuando.

¿Quién? ¿De dónde? ¿Algún obrero de la fábrica? Difícil, aunque no imposible. Casi todos son peronistas, pero el delegado Barrios los tiene muy alineados con la CGT y aunque terminaron por pelearse con López Rega tampoco se llevan bien con los Montoneros. Al contrario. Se odian con ellos. También hay un grupito de operarios que son troscos. Laspada los conoce. Pero justamente: son troscos, y a Diego lo secuestraron los Montos y no el ERP, así que tampoco puede venir por ese lado.

¿Algún policía? A veces pasan esas cosas. Laspada lleva años intentando mantener a la cana lejos de la fábrica. Ha preferido resolver las dos tomas que le hicieron los operarios hablando, por las buenas, en lugar de acudir a la policía. Si no, no te los sacás más de encima. Terminan ofreciéndote —imponiéndote más bien— custodias pagas, guardaespaldas, choferes. Termina siendo peor el remedio que la enfermedad. La vez que se agarraron en la puerta de la fábrica los de la CGT contra los troscos, ahí no pudo evitar que se metiera la policía. Pero el comisario que intervino le pareció buena gente. No hizo nada de lo que Laspada temía que hiciera. Actuó, habló con él, le recomendó un par de cosas, se fue y no jodió nunca más. ¿Cómo se llamaba? López… No. López no era. ¿Méndez? No, tampoco.

Igual, ni se le pasó por la cabeza llamarlo durante el secuestro. Ni a él ni a ningún otro policía. Para preguntarle qué, además. ¿Che, tiene idea de si me vendió algún colega suyo? Ridículo. Inútil.

Además los tipos que secuestraron a Diego demostraron ser profesionales desde el principio. Deben ser Montoneros, nomás. Su hijo habló poco y nada sobre cómo fueron esos días. Pero habló de tres hombres y una mujer. A los hombres les puso número. Y lo que dijo de uno de ellos a Laspada le hizo acordar al dichoso capitán Igarzábal que hablaba con él por teléfono. Igarzábal y la puta que te parió.

Hablar con ese tipo a Laspada le generó siempre una sensación contradictoria. ¿Pueden convivir el odio y la gratitud? ¿El desprecio y el respeto? Demasiadas cajitas juntas, se dice Laspada. Pero así era. Hablar con Igarzábal, regatear como si se tratase de una orden de compra grande para la fábrica, sentir que cada llamado empantanado significaba más días de cautiverio para Diego, lo llenaba de furia. Y al mismo tiempo escuchar su tono de voz calmado, seguro, sus frases concretas, le daba… ¿seguridad? Sí. Estúpidamente le había dado seguridad. Como aquella vez que le dijo que le daba su palabra de que su familia no corría peligro, que no hacía falta que los despachara de viaje. Ridículamente a Laspada, desde entonces, le había dado menos miedo pensar en los ratos en los que Cecilia quedaba sola en la casa. Y vuelta al principio. ¿Por qué su familia? ¿Quién dijo "Laspada tiene plata"? ¿Quién supo "el hijo vuelve de la clase de gimnasia a tal hora y se baja en tal lugar"?

43

A veces fantaseo con tener una máquina como esa que tienen en la serie *El túnel del tiempo*. Quién sabe si te acordarás de la serie esa. Ahora no me acuerdo del canal en el que la pasaban. Trataba de dos científicos a los que enviaban al pasado, desde un laboratorio secreto en el desierto de Arizona. La veíamos mucho porque te encantaba. Más de una vez, cuando charlábamos en el techo del galponcito, jugábamos a elegir a qué año de la historia querríamos que nos mandasen.

Bueno, ahora, a veces, se me da por fantasear con disponer de esa máquina y viajar al pasado, pero no al pasado remoto de las cruzadas o las pirámides, sino a uno mucho más cercano. El problema es que no estoy del todo seguro de a qué momento exacto debería viajar para ponerte a salvo. Porque ese es el objetivo de mi viaje fantástico. ¿A cuando empezaste el secundario y te hiciste tan amigo del chico de acá a la vuelta? ¿A cuando vino ese muchacho más grande que vos y se presentó como tu responsable en la Juventud Guevarista, para ponerse a nuestra disposición por cualquier duda o consulta que le quisiéramos hacer como padres? ¿A cuando llegabas a casa y nos contabas, entusiasmado, sobre esa profesora de Historia de Tercero que era bárbara porque, a diferencia de todos los demás, "les enseñaba a pensar"? Sí, les enseñaba a pensar, pero a pensar como ella, me decía yo mientras te escuchaba. Pero no te lo decía. Sentía que tenía que dejarte. Que ya entenderías. Que ya se te pasaría ese entusiasmo.

Por eso fantaseo con viajar al pasado, al pasado exacto, al

pasado preciso en el que pueda hacerte entrar en razón y que no te subas a este tren desbocado en el que vas, fervoroso y convencido hacia… lo que sea. Estaba pensando "hacia la muerte", pero me detuve en seco. No quiero. No puedo pensar tu muerte. Prefiero quedarme con la idea de que es un tren que te lleva hacia lugares peligrosos y distantes en los que no puedo cuidarte.

Pero sigo sin saber a qué momento del pasado debo hacerme conducir por el túnel del tiempo de la serie. ¿O tengo que irme más atrás todavía? A tu niñez, a los tiempos en los que no sólo te festejaba los sueños desbordados y las fantasías monumentales sino que intentaba agigantártelos sugiriéndote más libros, disfrutando que te los devorases a la velocidad de un león hambriento.

Es tan difícil encontrar el momento preciso al que debería viajar para convencerte, para sustraerte al destino que ahora estás transitando, que a veces me digo que no, que en lugar del pasado sería mejor poder viajar al futuro. Tampoco a un futuro demasiado distante. Cinco, diez años hacia adelante. Para asegurarme de que estás bien. De que no te pasó nada. No me interesa averiguar, en ese futuro, ni a qué te dedicás, ni si formaste una familia, ni si seguís convencido de que la revolución socialista está a la vuelta de la esquina. Ni siquiera me interesa saber si mamá o yo seguimos vivos en ese futuro. Sólo quiero ir y saber que estás a salvo. Nada más que quedarme tranquilo de que no terminaste hecho un ovillo de ropa y de sangre en una calle o en un descampado o en la puta selva a la que soñás que te manden.

En eso nos parecemos, hijo. En tener unos sueños que no se van a cumplir. La diferencia es que yo ya lo entendí.

Primavera

1

—Si esto me lo dejaran armar a mí, no sabés cómo te lo acomodo en dos minutos —dice Ludueña mientras se sirve dos dedos más de vino. Nada más que dos dedos. Es martes y no piensa excederse.

—Eso déjelo para cuando sea comisario general, cabo —dice Lili, y su hermano y su madre sueltan la carcajada. El hijo más chiquito los mira sin entender.

Ludueña clava los ojos en los de su hija, redondos y expectantes. La chica ha cometido la temeridad de lanzarle una cargada. A su padre, nada menos. Hasta ahora la única que se ha permitido hacerle ese chiste es su mujer. ¿Resulta que ahora sus hijos también van a tomarse esa libertad? Por otro lado sabe que la Lili es muy tímida, que le cuesta soltarse. Si la mira con severidad, si le responde enojado, su hija se va a sentir mal vaya uno a saber hasta cuándo.

—Ah, veo que en esta casa me toman para el churrete —dice, en tono jovial, y guiñándole el ojo a su hija mayor que ahora sí, sintiéndose autorizada, se ríe también.

—Yo no sé cómo todavía no pusieron la policía de la provincia de Buenos Aires en tus manos —su mujer aporta su cuota de ironía.

Ludueña le hace una mueca burlona.

—Bueno, así les va —confirma él—. Ya van a venir con el caballo cansado.

—Lo que yo digo, señor policía, es que no tiene por qué quedarse más allá de su turno esperando el relevo.

Tiene razón su mujer, de hecho. Si Ludueña es puntual como un reloj suizo (y dale con los suizos, ¿por qué no se le ocurre otro ejemplo de puntualidad, nunca en la vida?) y está siempre a las doce para relevar al muchacho del turno matutino, ¿por qué tiene que quedarse más allá de las ocho a esperarlo a Ibarra, que con los horarios hace lo que se le canta? No es justo. Para nada. Además Ibarra es el único de los tres que viene en su propio auto. Tiene un Fiat 128 que es una joyita. ¿Cómo hace un cabo de la Bonaerense, con el sueldo de hambre que les pagan, para tener un auto así? Asunto suyo, se responde Ludueña cuando lo asalta la duda. Pero encima de que viene en auto, y por lo tanto no depende ni de colectivos ni de trenes, ¿por qué no llega puntual a las ocho de la noche a relevarlo? Tampoco es que llegue siempre tarde. Pero una o dos veces por semana, sí que llega tarde. Y a Ludueña lo asalta la duda: ¿debe hablarlo con el comisario? ¿Debe comentárselo al coronel, para que se queje con el comisario? A Ludueña no le gusta ser buchón. No va con su modo de ser. Pero tampoco quiere hacer el papel de tarado. Lo lógico sería que sus superiores se ocupasen de verificar el cumplimiento de las guardias. Para algo son sus superiores, al fin y al cabo. Pero entonces ¿qué? ¿Tiene él que quedarse como la otra vez, hasta las nueve de la noche, porque al otro se le pinchó una cubierta a la altura de Liniers, viniendo para Ituzaingó? Suponiendo que fuera cierto lo de la pinchadura, además.

No. De ninguna manera.

Porque, además, si se va puntual a las ocho tiene un tren que pasa ocho y siete por la estación de Ituzaingó. En esos siete minutos hace las cinco cuadras sin apuro, disfrutando la caminata. Se sube 8.07 y se baja 8.15 en Morón. Como mucho 8.16. Hace la fila para pasajeros sentados del 242 y seguro que en el segundo coche que sale, que lo despachan 20.30, se sienta sin falta. Nueve menos diez se baja en el Camino de Cintura, y a las nueve está en su **casa para cenar con** la familia.

Está decidido. La próxima vez que Ibarra llegue tarde, Ludueña hablará del tema con su superior. Que una cosa es ser bueno y otra cosa es ser buenudo. Él ya cumplió con su cuota de hacer las cosas por la patria, con el asunto de Segovia y los allanamientos a los garitos clandestinos. Y así le fue.

2

Es raro que el Puma le diga que se detengan ahí, a media cuadra de la avenida Rivadavia, muy lejos del sitio al que se dirigen. Antonio, de todos modos, obedece. Si se pusiera a hilar fino podría negarse. En sentido estricto el Puma es un soldado tan raso como él. Su pasado de oficial montonero es eso: pasado. Pero el tipo conserva algo. Un imán. Algo. Por eso cuando le dice que estacione, Antonio lo hace. La copa de un árbol frondoso tapa la luz de mercurio y quedan en la penumbra. ¿No se supone que, de acuerdo a sus protocolos de seguridad, deberían por lo menos bajar del auto? Pocas cosas tan sospechosas como ese auto detenido ahí, en la oscuridad, con dos tipos jóvenes adentro.

—Hay una cosa que quería hablar con vos, Antonio. Y me gustaría que quede entre nosotros.

Antonio no tiene ni idea de con qué le va a salir. Una mujer que camina con una bolsa en cada mano tuerce la esquina en la dirección en la que ellos están. Va con la vista clavada en las baldosas y el paso ligero.

—No nos conocemos tanto, pero ya hace un tiempo que trabajamos juntos, ¿no es cierto?

—Sí, es así.

—En la UBC no se hace mucha discusión teórica. Eso se ve a la legua.

¿Discusión teórica? ¿A qué viene la discusión teórica, o la falta de ella? Antonio sigue con la mirada a la mujer que les pasa muy cerca sin verlos y se pierde a sus espaldas.

—Sí, no sé, puede ser.

—Te lo digo yo, Antonio, que vengo de una organización que le daba mucha más relevancia a la formación de los cuadros.

Ahí lo tenés, piensa Antonio. ¿Por qué será que todos los que vienen de las FAR se hacen los expertos en filosofía política, pensamiento revolucionario y doctrina socialista? Antonio, que siempre militó en Montoneros, está un poco podrido de ese lustre que los "faroles" intentan sacar a colación a la primera oportunidad que tienen. De todos modos, le llama la atención viniendo del Puma. El tipo siempre hace gala de ser un "hombre de acción", y se queja de las vueltas que da Santiago para tomar decisiones. ¿Y ahora le viene con lo de la discusión teórica? ¿A dónde quiere llegar?

—El otro día vos comentaste, en la charla grupal, o preguntaste, sobre si no había otra manera de manejar la acción.

Antonio por fin cree entender por dónde viene la mano. La reunión trató sobre el documento que bajó la Conducción Nacional, sobre movimientismo y alternativismo y sobre la importancia de la acción directa.

—Lo que dije fue que me parecía… me parecía recordar distintos documentos de la Conducción donde se pedía a los compañeros que prestaran atención a los riesgos de un militarismo excesivo, Puma.

—Bueno, sí, está bien…

¿Es impresión suya, o el Puma no parece demasiado dispuesto a escuchar sus aclaraciones? El Puma, sin pedirle permiso a él, que es el que viene manejando, toma el espejo retrovisor y lo gira para enfocar la vereda a sus espaldas, como quien quiere vigilar la retaguardia.

—A veces me parece importante tener claros algunos conceptos, compañero. Y esto de que en una de esas ustedes no le han dado tanto lugar a la formación teórica, a la lectura de los clásicos, puede terminar siendo un problema.

317

—No te entiendo, Puma. Disculpame pero no te entiendo.

Antonio repara en ese "ustedes" que quiere ser despectivo. El Puma presta atención a lo que mira por el espejo, y lo acomoda un poco más para ver mejor. En la dirección contraria a la que llevaba la mujer anterior, un peatón se acerca caminando hacia la avenida.

—El poder, por ejemplo. Las vías de acceso al poder. Las vías de conservación del poder. Me parece que es importante leer a los clásicos. Mejor dicho: *era* importante. Cuando nos estábamos organizando. Cuando estábamos creciendo. Ahora… ahora yo te diría que es el momento de tener las cosas claras. Tener las cosas claras y darle para adelante. Pero no es sólo lo que uno lee. Mejor dicho: lo que uno lee se comprueba después en la realidad. En los hechos. No tenés que dudar de eso.

Al peatón le faltan veinte metros para llegar a su altura.

—Yo no dije que tuviera dudas…

Antonio se interrumpe porque, de pronto, el Puma abre su puerta, baja de un salto y se encara con el desconocido.

—Disculpe, jefe, ¿tiene fuego?

El otro se sobresalta. No debe ser demasiado cómodo que a uno lo aborde un fulano que de repente baja de un auto en una calle oscura.

—Sí, cómo no —dice, mientras palpa el bolsillo interior de su saco y extrae un encendedor plateado.

El Puma se coloca un cigarrillo en la boca y acepta el encendedor. Acciona la llama, aspira y mientras suelta la primera bocanada lo devuelve. Antonio observa y escucha a través de la ventanilla abierta.

—Muchas gracias.

—De nada —dice el tipo, pero antes de que se ponga en marcha el Puma lo detiene con un gesto.

—Una cosa: ¿le puedo pedir cien pesos?

Aun en la oscuridad de la noche, Antonio advierte la sorpresa y el desagrado en la cara del desconocido.

—¿Qué? No. No tengo.

—No me diga eso, jefe. Seguro que tiene.

—¡No tengo!

—No me joda.

—¡Te digo que no! —y empieza a alejarse.

El Puma lo alcanza en dos zancadas, lo aferra con la mano izquierda de la pechera de la camisa y lo empuja contra la pared de una casa, mientras con la derecha extrae el revólver que suele llevar escondido en la cintura y se lo apoya en la frente. El tipo cierra los ojos y gime, mientras balbucea un pedido o una disculpa. Antonio, demudado, baja de un salto a su vez. ¿Qué está haciendo ese loco de mierda? ¿Quiere que los maten? ¿Qué se ha creído? El Puma le está gritando al desconocido, sin soltarlo y sin dejar de apoyarle el revólver un poco por encima de las cejas:

—¡La concha de tu hermana, dame cien pesos!

El tipo intenta torcer la cabeza para alejarla del cañón del revólver, pero el Puma se lo impide.

—¡Meté la manito con cuidado y sacá la billetera, y dame cien pesos!

El tipo mete con desesperación la mano en un bolsillo interno del saco, extrae una billetera y la tira al piso.

—¡No me maten, por favor! ¡Tengo hijos! ¡Llévense todo! ¡No hay mucho pero llévenselo! ¡El reloj, el reloj es bueno!

—¡Soldado! —el Puma gira la cabeza hacia Antonio—. Recoja la billetera y saque cien pesos.

Se vuelve otra vez hacia el desconocido para increparlo:

—¡Nadie le dijo que nos diera todo! ¡Nadie le dijo que nos diera el reloj! ¡Cien pesos, se le pidieron! ¿Los tenía o no los tenía? ¡Cien pesos! ¿Eh? ¿Los tenía o no los tenía?

El tipo gime, llora y asiente, pero no pronuncia palabra.

Antonio saca un billete de cien y le tiende la billetera al Puma, que le hace un gesto para que se la alargue al tipo.

—¡Agárrela, carajo! ¡Y mándese mudar! ¡Y no se dé vuelta! ¡Para allá, mierda! ¡Para ese lado!

A los tumbos el tipo obedece las indicaciones del Puma y se aleja por donde vino. El Puma le hace un gesto a Antonio para que vuelvan al auto. Este no necesita que se lo repitan. Acaban de asaltar a un tipo a media cuadra de la avenida Rivadavia. Este fulano Igarzábal es un loco de mierda. Enciende el motor y sale apurado, aunque sin exagerar. El Puma le da una larga pitada al cigarrillo que —ahora Antonio se percata— conserva desde que le pidió fuego al desconocido. Después se encara con él:

—Es simple, Antonio. Si pedís las cosas bien no te las van a dar. O te van a tratar de contentar con una pelotudez. Con algo que no les duela. Con algo que, en el fondo, no les cuesta nada entregarte. Pero si querés que te den lo que sí sirve, lo que sí importa, lo tenés que hacer con un chumbo en la mano. El poder es eso. Que me des lo que yo necesito, porque te lo estoy exigiendo, no pidiendo, y porque me tenés un miedo padre. Punto. El poder es eso. Es eso y nada más.

3

Sigue siendo raro lo que sucede con el tiempo, porque desde que está otra vez en su casa empezó a transcurrir lento otra vez. Seguro que tiene que ver con eso de que si te pasan muchas cosas extraordinarias el tiempo pasa muy despacio. Y estos dos días estuvieron llenos de cosas extraordinarias. Recontraextraordinarias. Y tantas que Diego no sabe en qué orden enumerarlas. ¿Su viejo llorando en la vereda sin que le importe que Chechu y él lo vean? ¿Su mamá llegando desde Córdoba a media tarde, a los gritos por la casa, buscándolo y levantándolo por el aire como si fuera de plumas, pese a que Diego ya creció tanto que le lleva como dos cabezas y unos cuantos kilos? ¿Esteban también llorando como loco? ¡Esteban! ¿O —de nuevo la madrugada cuando llegó— Chechu que lo mandó a bañar porque le dijo que tenía una baranda espantosa, pero que le pidió por favor que corriera bien la cortina para no verlo pero se sentó en el inodoro mientras él se enjabonaba porque necesitaba tenerlo cerca? ¿O su papá ofreciéndole dormir esa noche hasta que llegara su mamá en la cama grande, con él, como si fuera chiquito? ¿Y Chechu que al rato vino también al dormitorio de sus papás y se acurrucó del otro lado?

Esa primera noche (primera o segunda, pero ahí está la cosa, porque ese día en el que volvió no sabe cómo contarlo, porque cayó en su casa de madrugada y estaban Chechu y su papá, y durmieron un rato todos en la cama matrimonial y a la tarde llegaron su mamá y Esteban) su mamá le dijo que iban a comer lo que él quisiera, que elegía él como si fuera el cumpleaños, y su mamá se rió cuando dijo que quería milanesas con papas fritas y huevos fritos porque ya sabía que iba a pedir eso, estaba segura y por eso había ido a comprar papas y en realidad hizo un montón de compras porque la heladera estaba vacía y la despensa también y esos dos locos —por Chechu y por su papá— no habían sido capaces de tener la cocina más o menos provista y seguro que se la pasaron comiendo cualquier porquería.

Y a la tarde —y Diego ya no se acuerda si antes o después de que llegaran su mamá y Esteban desde Córdoba, y tiene una ensalada bárbara en la cabeza— cayeron Andrés y Cachito que menos mal que no se les ocurrió abrazarlo ni cosas así medio de mujeres, le dieron la mano y alguna palmada en la espalda, nomás, y se metieron en su pieza y Cachito empezó a preguntarle de todo como si fuera una metralleta de preguntas y Diego no tenía ganas de hablar del secuestro ni de la piecita ni del sombrero ni de los que lo habían secuestrado, y Cachito insistía con que les contara si eran guerrilleros nomás y Diego empezó a sentirse cada vez con menos ganas de hablar y Cachito insistía y menos mal que ahí se metió Andrés y le dijo dejate de joder, Cachito, no le rompas más las bolas, no ves que no quiere hablar, no te das cuenta de que no quiere que lo jodas y menos mal que Cachito entendió porque no dijo más nada y se pusieron a hablar de la escuela y le contaron que la de Geografía les había devuelto una prueba que los había hecho mierda, pero mierda mierda, a todos, no sólo a ellos, que había puesto aplazos a casi todos porque les había tomado los ríos de África y todo el mundo había estudiado el Nilo y cuatro o cinco ríos más porque nadie se imaginó que iba a tomarles todos los putos ríos de África pero se los tomó, la guacha se los tomó y los hizo mierda.

Y el sábado fue otro día rarísimo porque se levantó y se

fue al lavadero a buscar los botines y la ropa de fútbol y menos mal que estaba lavada y se la puso y Esteban le preguntó que qué estaba haciendo y Diego le dijo que tenía partido en el club y que se iba a jugar el torneo y Esteban le dijo por qué mejor no te quedás en casa hoy y Diego le dijo que ni en pedo y Esteban le dijo entonces te acompaño y fueron hasta el club, pero las cosas no salieron como quería Diego, porque Diego quería que fueran como siempre y no que fueran raras, y "como siempre" quiere decir que Esteban se sentara en el rincón de la grada sin prestarle atención ni nada, pero en lugar de eso se sentó con los demás familiares y se puso a alentar, ¡a alentar Esteban, si a él siempre le da todo lo mismo!, y encima Diego empezó a jugar como si nada pero en un momento se dio cuenta de que los demás le pasaban la pelota, bueno, eso es normal, porque siempre le pasan la pelota porque él juega arriba y es como el goleador y por eso es normal que le pasen la pelota, pero se dio cuenta de que se la pasaban demasiado, se la pasaban cuando convenía que se la pasaran, pero cuando no convenía se la pasaban también, y Diego empezó a sentirse raro porque lo que Diego necesita es que los días vuelvan a ser normales, comunes, Diego quiere que pasen rápido como hacen siempre los días normales, pero nada es normal porque lo miran, la puta madre, lo miran los de afuera y lo miran los compañeros y le parece a Diego que hasta el árbitro lo mira, y se pone cada vez más nervioso y peor, se da cuenta de que no tiene más ganas de jugar, y si no pide salir es porque le da miedo de que si hace eso lo miren más todavía y no quiere por nada del mundo que lo sigan mirando, pero termina el partido y todos los compañeros se acercan a saludarlo y los padres también y le empiezan a decir, y le empiezan a preguntar y Diego no los conoce tanto como para decirles que no quiere decir nada de esos días que estuvo secuestrado, y encima hoy no vino Andrés, que a lo mejor si estaba hacía como hizo en su casa con Cachito y les decía que lo dejen, que no lo jodan no ven que no quiere hablar no se dan cuenta de que no quiere que le rompan más las pelotas.

4

Inician el despliegue de la inteligencia para la operación de represalia un lunes bien temprano por la mañana, porque es lo esperable de un grupo de albañiles que se disponen a comenzar un trabajo de varias semanas, y hacerlo así es todo un golpe de fortuna porque —aunque lo sabrán después— el custodio matutino es el más negligente de los tres que hacen los turnos principales. Es un policía joven con cara de nene que, o tiene muy poca disciplina o hace demasiadas horas extras, pero es bastante habitual que se quede dormido dentro del auto que usan para la custodia. Ese auto es un Falcon negro y destartalado que muy probablemente no funcione. Dice Luis —que entiende bastante de mecánica— que ese auto estacionado a la intemperie desde vaya uno a saber cuándo debe tener la batería agotada. En realidad los custodios lo usan de garita, para protegerse de la lluvia y del frío nocturno.

La casa que alquiló el comando es un chalet de una sola planta, en la vereda de enfrente a unos veinte metros en diagonal de la casa del coronel Cattáneo. El trabajo que se mandaron Ana María y Laura fue excelente: se presentaron como hermanas en cinco inmobiliarias distintas de Ituzaingó diciendo que necesitaban alquilar una casa cerca de la estación. Que eran enfermeras, una en el Hospital de Morón y otra en el Hospital Posadas, que no tenían mayores requisitos salvo que fuera cerca de la estación, del lado norte. Con excusas diversas fueron descartando las que les mostraban hasta que les ofrecieron la que ellas estaban esperando: esa casita desvencijada que lleva abandonada cinco años, desde que murió el matrimonio de viejos que eran los dueños. Los hijos viven en Capital, no quieren hacer todavía la sucesión, la casa lleva tanto tiempo ofrecida en el mercado que el cartel de alquiler está lleno de óxido y las aceptan como inquilinas sin demasiados miramientos.

Cuando firman el contrato informan a los herederos que, antes de mudarse, las hermanas quieren adecentar un poco la casa, que en tantos años de abandono se vino muy abajo. Los albañiles estarán tres o cuatro semanas, aunque nunca se sabe: las reformas y los arreglos terminan convirtiéndose en verdaderas pesadillas de imprevistos y de demoras. La casa no está del todo habitable pero en fin, son dos chicas jóvenes que se las sabrán arreglar.

Y es por eso que el lunes siguiente, bien temprano por la mañana, la escuadra se despliega en el teatro de operaciones. Llegan en un Rastrojero convertido en camioncito fletero y descargan dos escaleras, un trompito a motor para mezclar el material, varias palas, unas bolsas de cal y de cemento, dos tachos enormes de pintura. Se hacen entregar un metro cúbico de arena que el camión del corralón vuelca sobre la entrada de autos. Ernesto sugiere, y los demás consideran muy atinado, dejar en el porche delantero, junto con la pintura, varias cajas de azulejos, para dar a entender que los trabajos de albañilería son eminentemente internos.

La primera mañana se les va en los preparativos de la cobertura y el custodio no sólo no se inmuta, sino que en toda la mañana ni siquiera se baja del Falcon. Los puntos de observación y vigilancia sobre la casa de enfrente serán dos. El primero, un compartimiento oculto en la cúpula de madera del Rastrojero. El dispositivo es una maravilla. Sobre el techo de la cabina hay un espacio en el que cabe una persona acostada que puede vigilar a través de varias mirillas que desde afuera pasan inadvertidas. De los tres "albañiles" (Gervasio, Luis y Ernesto) siempre hay uno oculto en ese escondrijo.

Y para las horas en las que hay que llevarse el Rastrojero —porque sería sospechoso que los albañiles se quedasen trabajando más allá de las cinco de la tarde— la casa les ofrece una opción estupenda: el tanque de agua.

Fue Ernesto el que tuvo la idea de que ese fuese el segundo puesto de vigilancia, y lo detectó enseguida, la primera vez que caminó por la cuadra. En la siguiente reunión de planificación lo explica con todo detalle. En el Gran Buenos Aires de las décadas de 1930 y 1940 la pujante clase media intentaba dotar a sus casas de toques de elegancia, de distinción. Rasgos que denotaran la prosperidad de sus moradores. Porches, frentes de piedra Mar del Plata, techos a dos aguas eran todas herramientas que buscaban acentuar esa pretendida distinción. Existía, sin embargo, un grave escollo para esa armonía de las formas: los tanques de agua. Esos adefesios cilíndricos de quinientos litros eran la pesadilla de arquitectos, ingenieros civiles, maestros mayores de obras y propietarios audaces que se animaban a diseñar sus propias fachadas. ¿Cómo disimularlos? ¿En algún desnivel del techo a dos aguas? ¿Ocultándolo detrás de un muro bajo? ¿Relegándolos al contrafrente, aunque eso signifique gastar algunos metros más de cañería? Un error fatal y frecuente fue colocarlos a la menor altura posible, para evitar que sobresalgan. Verdadera catástrofe hidráulica: si el tanque está muy bajo la presión del agua en las canillas es miserable. De vez en cuando algunos vecinos optaron por una solución intrépida, de corte vanguardista: en lugar de disimular el tanque de agua, exacerbemos su exhibición. Llevémoslo bien alto, a un lugar bien visible. De paso, tendremos una presión de agua exquisita que será la envidia de la cuadra. Una alta columna de hormigón y, sobre la columna, una base bien sólida. Sobre la base, el tanque. Y alrededor del tanque de agua, la osadía, el verdadero acto estético: una escultura de mampostería que imite cualquier objeto: un nido de hornero, la torre almenada de un castillo medieval, un cisne con las alas desplegadas, un plato volador, una gigantesca taza de té. Los viejos propietarios de la casa que acaba de alquilar la célula pertenecieron, por suerte, a ese clan de constructores imaginativos, y disimularon el tanque de agua dentro de una estructura de mampostería que imita un barco de vela, con el tanque oculto bajo el casco y una vela triangular de material. Ernesto sospecha que debe haberles costado una ponchada de pesos, porque es un artefacto enorme que sobresale por encima de la cumbrera del techo del chalet.

Y aquí culmina la explicación de Ernesto: la escultura es hueca y el tanque de agua es un cilindro convencional, por una cuestión de costos. Y entre los dos tiene que haber un espacio donde quepa una persona. Y el mamarracho sobresale tanto por encima de la altura de las casas que sirve como mangrullo para vigilar no sólo la cuadra sino los jardines delanteros de las casas de la vereda opuesta, como la del coronel.

Ese primer día, cuando los tres varones de la escuadra se despliegan en el terreno en el rol de "albañiles", Luis sube hasta el velero y hace dos cosas: comprueba que la hipótesis de Ernesto era exacta y practica varios agujeros en el casco del velero con una inclinación tal que permite ver, a través de esas mirillas improvisadas, la vereda, el coche de la custodia, el jardín delantero del coronel (que desde la vereda queda oculto por una pared bastante alta) y el frente de la casa, de dos plantas, que está retirado como diez o quince metros. Eso sí, la escalerita de acceso al tanque de agua es visible desde todas partes. Por eso el vigía que la ocupe tendrá que subir recién cuando haya caído la noche y bajar antes del amanecer. En principio serán más "las" vigías que "los" vigías nocturnos.

328

Los tres hombres de la célula se reparten los turnos entre el sobretecho del Rastrojero y fingiendo que trabajan en la remodelación de la casa. Y serán Laura y Ana María las encargadas de trepar al velero.

En la reunión de balance que realizan esa misma tarde, en la casa alquilada, Gervasio felicita a la escuadra en general y a Ernesto en particular: ese puesto de vigilancia en altura será clave para completar la inteligencia. Los demás se suman a la felicitación y Laura comenta que es una suerte tener en la célula a alguien que sabe tanto de arquitectura suburbana. Ernesto recibe las felicitaciones en silencio, no sólo por modestia sino porque eso de los tanques de agua es una de las tantas cosas que aprendió con su papá, de tanto hablar de bueyes perdidos caminando por el barrio, o desde su propia atalaya de observación del techo de chapas del galponcito del fondo. Y no le parece bien aludir a ese mundo tan personal y tan íntimo. Ernesto no tiene claras las razones últimas, pero está seguro de que su realidad actual de militante revolucionario desafina con ese pasado de hijo único y largamente deseado. De que hay una tensión profunda e insalvable entre este presente de lucha y ese pasado de niño burgués, amado y protegido, mecido en las pacientes explicaciones de su padre. Y de que no tiene con quién hablar del asunto. De modo que mejor dejarlo a un lado.

5

—Y eso es todo, creo yo. Salvo que el compañero Puma tenga algo para agregar.

"Compañero Puma" suena rarísimo, piensa Antonio, como cada vez que lo escucha. ¿Será que lo eligió como nombre de guerra o es un sobrenombre que le viene de más lejos y no tuvo más remedio que adoptarlo? Nunca se lo han preguntado. Desde que llegó a la UBC rodeado por su aura romántica de renegado, de díscolo, de guerrero indomable e insubordinado ha sido "el Puma Igarzábal". Antonio, por su parte, nunca comenta por qué eligió el suyo.

Una sola vez, hace mucho tiempo, reconoció en una jornada de estudio que había elegido "Antonio" en honor a Machado, el poeta español. Mejor se lo hubiera callado. Le cayeron con dureza, Santiago sobre todo: que ese Machado había sido un socialista tibio, sentimental, un pusilánime enamorado de la lírica fácil de la clase media bien pensante y reformista. Resentido con sus compañeros de la UBC, comentó el suceso con Alejandro, en una de esas tertulias de terraza que celebraban de vez en cuando. Y Alejandro puso una expresión dubitativa que Antonio entendió perfectamente: su amigo pensaba lo mismo que sus compañeros, pero le daba pena defenestrarlo como habían hecho ellos. Compartirlo con él lo hizo sentir peor todavía. Alejandro había elegido Ernesto nada menos que por el Che Guevara. Eso sí que es tenerse una fe ciega a la hora de optar por un nombre de guerra. Desde entonces Antonio tiene buen cuidado de no volver a conversar con nadie sobre los motivos del suyo.

—Creo que no, compañero Santiago. Me resta repetir, únicamente, que la Dirección de la Columna envía una felicitación calurosa a la unidad, y el responsable de prensa comentó que es muy posible que en el próximo número de *Evita Montonera* se haga una mención elogiosa, muy elogiosa, de nuestro operativo.

—Siendo muy cuidadosos con las cuestiones de la seguridad, por supuesto —aclara Santiago.

—Por supuesto —concede el Puma.

Ninguno de los cinco puede evitar sonreír, cruzar miradas llenas de algarabía y orgullo. Todo, absolutamente todo, salió perfecto. Se comportaron como una unidad de un profesionalismo exquisito. El Secretario Militar de la Columna lo dijo en esos términos, de hecho, como les citó Santiago hace dos minutos.

—¡Bueno, bueno! —interviene el Mencho, mientras apaga su enésimo cigarrillo—. ¡La gran cuestión ahora es cómo seguimos!

—A eso vamos, compañero. A eso vamos —lo calma Santiago.

Lo mira al Puma, como cediéndole la palabra. Es curioso cómo en los últimos días el éxito de la operación de Laspada los ha llenado de entusiasmo y los ha dotado de una armonía nueva. Es como si la vieja rivalidad entre el Puma y Santiago hubiese sido reemplazada por una colaboración que potencia los mejores rasgos de los dos. El Puma se inclina hacia adelante, los codos en la mesa, las manos grandes que bailan acompañando sus palabras, como si establecieran un conjuro.

—La operación Laspada ha servido para colocarnos en el mapa de la Organización de una manera que no es fácil traducir en palabras, compañeros. Que en medio de la lucha, y en medio de tantas dificultades como enfrenta el Ejército Montonero cada día, una UBC sola, sin necesitar apoyo externo, sin cometer un error, sin tener que lamentar ni una sola baja, ponga sobre la mesa un millón de pesos para aportar a la causa es algo… ¿cómo les digo? Esto no nos hace visibles dentro de la Columna Oeste nada más. Esto va a llegar a oídos de la Conducción Nacional. Denlo por hecho.

El Puma hace una pausa. Nuevos gestos de asentimiento y entusiasmo se cruzan de lado a lado de la mesa.

—Ahora bien, si queremos consolidarnos como unidad de combate, tenemos que demostrar que también somos capaces de enfrentar al enemigo con la fuerza de las armas. En la operación anterior hicimos gala de organización, estructura, planificación, ejecución. Y entregamos a la Organización un aporte financiero espectacular.

—Ahora —lo interrumpe Santiago, pero no con el ánimo de enmendarle la plana, sino llevado por el mismo entusiasmo—, ahora es el turno de las balas.

—Exacto —refrenda el Puma—. No nos tenemos que olvidar que somos una Unidad Básica de Combate. Lo que hicimos con Laspada fue excelente. Necesario. Bien ejecutado. Útil. Pero también tenemos que demostrar que somos capaces de jugarnos el pellejo cuando se trata de echar mano a los fierros.

El clima de la reunión se vuelve más solemne. Es cierto. Tienen razón. Hasta Antonio, que lleva mucho tiempo hecho un mar de dudas, piensa que están en lo cierto.

—De lo que se trata ahora —toma la posta Santiago— es de definir un objetivo para esa acción armada.

—¿Desde la Dirección de la Columna no bajaron instrucciones? —pregunta Claudia.

—No, no todavía —responde Santiago.

—Y sería genial si nos adelantamos —el Puma no puede

en sí del entusiasmo, aunque se modera de inmediato—. No por el gusto de adelantarnos, nada más. Sino porque seguiríamos mostrando a la Dirección que somos una unidad con iniciativa.

—Exacto —coincide Santiago—. Una unidad con iniciativa, con capacidad de gestión autónoma, que lo que sube no son dudas ni preguntas, sino soluciones.

—Si me permiten —el Puma echa mano a un plano del Oeste del Gran Buenos Aires que han usado otras veces. Tiene, por supuesto, la precaución de señalar con el dedo, sin dejar ninguna marca sobre el papel—, estuve haciendo un poco de inteligencia. Nada serio. Algo superficial, nomás, para ir pensando. Hay un puesto caminero, sobre Camino de Cintura, en Pablo Podestá. Facilísimo para coparlo y llevarnos el armamento. Algo más complicado… interesante pero más complicado, es la comisaría de Villa Udaondo. No tiene garita en la calle. Está en una zona de quintas. La única macana es que hay una sola calle de pavimento que te lleva y te saca.

—Las demás son todas de tierra —comenta el Mencho, que conoce bastante la zona.

—Exacto.

—Sospecho que ahí la posibilidad de una respuesta de fuego es mayor que en Pablo Podestá —aventura Santiago.

—Sí, sin duda. Mucho mayor.

Se produce un silencio durante el cual cada quien sopesa los riesgos y las promesas de cada acción posible.

—Yo tengo una duda, Puma —habla Santiago como si estuviese pensando en voz alta—. Vamos a hablar a calzón quitado. Repasemos cuánta experiencia de combate tiene nuestra UBC hasta el momento. De combate frente a frente, me refiero.

Nadie dice nada, pero Antonio sabe la respuesta. Ninguna. Porque, para lo que está preguntando Santiago, ni haber puesto unos cuantos caños, ni haber ido con los fierros a unas cuantas manifestaciones y ni siquiera haber pegado unos cuantos cadenazos cuenta como "experiencia de combate". Eso es otra cosa. Fierros en mano y, sobre todo, fierros en mano frente a otros tipos que también disponen de fierros en mano, el único que puede golpearse el pecho y hacer tintinear sus medallas es el Puma. Los demás están pintados. Empezando por Antonio y terminando por el propio Santiago.

—Creo que el único soy yo —reconoce el Puma, y tanto ha cambiado el clima de la unidad que el tono en el que lo dice no es engrupido, ni desafiante, sino de una franqueza rayana con la humildad.

—Ese es el punto que veo complicado —dice Santiago—. Me preocupa, compañeros. Me preocupa mucho que nos saltemos etapas en nuestro crecimiento como unidad de combate. Y que, por saltárnoslas, cometamos errores. Errores inenmendables.

Ahora sí Antonio está un poco desconcertado. No lo está porque le parezcan descabellados los argumentos que escucha. Le parecen razonables. ¿Pero entonces?

—En ese caso —el Puma parece haber escuchado el rumiar de sus pensamientos— tal vez lo más aconsejable, como próximo operativo para la UBC, sea un ajusticiamiento.

Se produce un silencio. Antonio se da cuenta de que ha llegado el momento de proponer los posibles blancos de esa acción. Es pensarlo y que su entusiasmo previo se disuelva. ¿No es hipócrita de su parte hacerse ahora el estrecho? ¿No fue hace apenas unos meses que propuso a los Laspada para el secuestro extorsivo y se enorgulleció de su ocurriencia, y el grupo lo felicitó mil veces, y Antonio se sintió feliz con eso? Sí. Seguro que sí. Y sin embargo ahora lo evoca como si se hubiese tratado de un espejismo. No puede. Antes sí. Antes podía. Ahora no. Sugerir quién puede morir, quién debe morir, es algo que lo excede.

—Yo no tengo nada pensado —se apresura a decir.

—No te preocupes, compañero —dice el Puma—. Ya metiste un golazo de media cancha con el objetivo del secuestro, Antonio.

Antonio suspira. Dijo lo que dijo para eso. Para que le contestaran algo así. Que elijan ellos. Que marquen ellos. Él acompañará. Acompañará hasta el final. Pero haciendo eso: acompañando. Punto.

Claudia levanta la mano para intervenir por primera vez desde hace rato.

—En ese caso, compañeros, les recuerdo que tiempo atrás, en la sesión en la que se tomó la decisión del operativo de secuestro de Laspada, yo había puesto a la consideración de la unidad el ajusticiamiento de un fascista miserable que es profesor en la facultad. No sé si se acuerdan.

Cuatro cabezas —Antonio incluido— se giran hacia ella, para escuchar sus razones.

6

La vez pasada hablamos de los sueños. Discutimos, más bien. Se ve que esa noche no tomamos las precauciones suficientes. No nos detuvimos al borde del campo minado, por exceso de confianza o de impulsividad, o de rabia. Y nos lanzamos a pelear.

No estoy seguro, hijo, de quién de nosotros sacó el tema. Pero sí me acuerdo de tu risa, tu risa desganada, hablando de que mi sueño fallido era que vos heredaras la semillería. "Así que, según vos, mis sueños son una mierda", me acuerdo que te dije. Te lo dije ofendido. Indignado, te lo dije. En tu sarcasmo me vi en el negocio, rodeado de bolsas de semillas, de jaulas para pájaros, de herramientas de jardinería, de todos los chirimbolos que tu madre incorpora —y menos mal, porque si la cosa dependiese de mí habríamos quebrado hace rato— como para que las ventas no terminen de desplomarse. Me vi chiquito, me vi viejo, me vi idiota. Y te vi, te vi mirándome y viéndome así. Y me dolió. Y para peor vos ni siquiera me contradijiste y entonces entendí que sí, que efectivamente mi sueño de dejarte el negocio funcionando te parecía una reverenda pavada. Sueño que no había llegado a comentarte nunca, sueño que antes no había compartido con vos porque para cuando hubieras podido empezar a trabajar conmigo ya estabas metido hasta las trancas con la militancia y la Juventud Guevarista y el PRT y el ingreso a la facultad. ¿Qué podía representar para vos, qué podía representar de interesante, que yo te ofreciera "vení de lunes a viernes y los sábados a la mañana para que vayas aprendiendo los secretos de cómo manejar una semillería" si vos tenías secretos mucho más interesantes que conocer y profundizar, desde cómo militar en un partido clandestino como el PRT hasta cómo iniciarte en tu puta guerra revolucionaria? Sí. Mi sueño, para vos, era una mierda.

Y tanto me dolió que me dijeras eso, y que me lo dijeras así, o que más que decirlo confirmaras lo que yo iba diciendo, que terminé diciéndote que sí, que efectivamente mis sueños eran una mierda, pero eran una mierda que no le hacía daño a nadie, y que en cambio los tuyos, tus sueños, tus grandes sueños, tuyos y de los cuatro gatos locos que son vos y tus amigos —porque son cuatro gatos aunque se llamen a sí mismos "el pueblo"—, esos sueños sí eran sueños que podían hacer daño y, de hecho, sí iban a hacer daño, empezando por ustedes mismos.

Y vos te enojaste, y yo me alegré de que te enojaras porque eso significaba que mis palabras te habían dolido, y yo quería que te dolieran, necesitaba que te dolieran tanto como me habían dolido a mí las tuyas, y me dijiste que los únicos sueños que valían la pena eran los sueños grandes y los sueños colectivos, los sueños que tenían como destinatario al pueblo, y no a un pequeño burgués de Castelar al que lo único que le importa es su prosperidad individual, su prosperidad de tener su casita y su autito y su negocito y su familita, y supongo que vos mismo temiste haberte pasado de la raya porque te detuviste a esa altura de los diminutivos, y yo te contesté ya sin enojo, o con más melancolía que enojo, no lo sé, pero te contesté que estabas equivocado, equivocado no en la pequeñez de mis sueños ni en la grandeza de los tuyos, sino equivocado en toda esa seguridad que te salía por cada poro del cuerpo, esa seguridad de que la revolución es inminente y la revolución es victoriosa y la revolución es una decisión de los revolucionarios. Y te dije que yo tenía miedo, mucho miedo de que no tuvieras tiempo, porque si la vida te daba el tiempo suficiente no iba a haber problema, si te daba el tiempo suficiente como para darte contra la pared, y caerte, y levantarte, y mirar alrededor y ver que no, que la revolución no era inminente, que la revolución no era victoriosa, que la revolución no era una decisión de los revolucionarios y listo, ibas a estar bien, ibas a estar a salvo, pero que lo que a mí me angustiaba era si no pasaba eso, porque puede pasar que no hagas a tiempo, que no hagas a tiempo porque te maten antes, antes de que te des cuenta de que no, o después de que te des cuenta, pero antes de que te puedas bajar de la noria a la que te subiste, y en ese caso la vida para mí no va a tener sentido, sí, fijate qué cosa, esa vidita de burguesito con casita y negocito y autito y familita no va a tener sentido porque vas a estar muerto, vos y tu sueño desmesurado, vos y tu sueño inconcluso, y lo más triste y lo más desolador de todo es que de tu fracaso y el fracaso de tu sueño vos no te vas a enterar, pero yo sí, yo voy a estar acá con todo lo que me quede de vida para llorar tu sueño y tu ausencia y tu muerte y mis sueñitos que sin vos no sirven para nada, porque sin vos para qué van a servir.

7

El juego, antediluviano, consiste en hacer rebotar la pelota, primero, cerca de la pared opuesta y después en la propia pared, para que le llegue al contrincante, que esta sentado en el piso a nuestro lado. El oponente debe sujetarla con una sola mano y lanzarla del mismo modo hacia nosotros. El jugador que falla en la recepción pierde. El jugador que lanza demasiado lejos, fuera del alcance del rival, pierde también.

—Pará, flaco —dice Alejandro—. Dejemos de dar vueltas. Lo que tenés que hacer es concentrarte. Enfocarte en lo que estás haciendo. No hay nada más importante, nada más útil, nada más necesario. ¿Está difícil? Sí. ¿Está complicado? Mucho. Pero vas a ver, cuando ganemos, cuando los aplastemos, cuando terminemos de una buena vez con estos tipos, todos los sacrificios que venimos haciendo, todas las luchas, todas las dudas, todo, vas a ver que va a tener sentido.

El Cabezón mueve ligeramente la muñeca antes de soltar la pelota, para que tome efecto, pero Ale la atrapa sin problemas y le devuelve un tiro franco, rápido, que le va casi al mentón. Tampoco para él esa devolución es un problema y la atrapa sin dificultad.

—Ojalá pudiera verlo como vos, Ale.

—¡Tenés que verlo así porque es así, macho!

—¿Así cómo?

—Una vez que ganemos, vas a ver que se arregla todo. Suena mucho, pero es así. Vas a ver que cuando ganemos se arregla el mundo.

De más chicos jugaban con una Pulpo de goma que hacía un ruido tremendo. Más de una vez la madre del Cabezón les había gritado, desde abajo, que se dejaran de romper con la pelotita. Hace un tiempo Alejandro cayó con la que usan ahora. Es de goma, pero de un material medio raro, mucho más silencioso. El Cabezón desconoce de dónde la sacó.

—¿Y qué pasa si no? —pregunta después de un silencio largo.

—¿Qué pasa si no se arregla, decís?

Prueba otra táctica. Lanza suave, para que pique muy cerca de la pared pero la pelota tenga poco retroceso. Tampoco sirve: Alejandro se estira un poco y recibe antes de que pique. Devuelve bien alto, a la izquierda del Cabezón, a sabiendas de que es diestro.

—No, Ale —responde—. Me refiero a qué pasa si no ganamos.

8

A Ludueña le gusta caminar esas cuadras entre la estación de Ituzaingó y la casa del coronel Cattáneo. Y más en esas horas del mediodía, con el sol de la primavera entibiándolo todo. El viaje en tren son dos estaciones desde Morón, nada más, pero parece una excursión a un país distinto. Chalets con jardín, arbolitos en las veredas. ¿Qué es lo que hace que los lugares con más plata sean más lindos? Ludueña no consigue determinarlo. Porque no es simplemente que los que viven ahí tengan cosas más caras. Las tienen, pero no puede ser el único motivo. Es cierto que las casas están levantadas en unos lotes regios, de diez metros de frente y cuarenta o cincuenta de fondo. Pero donde vive él los lotes también son grandes. Bueno, el pavimento ayuda. Eso seguro. Las calles que ve desde el tren no están tapadas de barro los días de lluvia y de polvo los días secos.

Las veredas son más altas y los cordones simétricos y elevados les dan un toque prolijo. En su barrio las veredas están a la misma altura de las calles, y cuando caen dos gotas se pone todo a la miseria. Pero no puede ser nada más que el asfalto. ¿Serán los techos de tejas, a dos aguas, que son más vistosos que las losas de hormigón de las casas americanas? ¿Que hay más puertas y ventanas de madera? ¿Qué carajo es? ¿Es todo eso junto, o todo eso ausente, lo que marca la diferencia? ¿O será que en Ituzaingó, o en Castelar, que desde el tren se ve parecidísimo a Ituzaingó, los dueños de las casas contratan a albañiles como la gente para que se las construyan, en lugar de que cada cual chambonee como pueda? Debe ser eso. O que la hacen toda de un saque, y no por pedazos, como en el barrio en el que vive Ludueña. Ahí, cuando se puede, se levanta una pared, se pone una abertura, se coloca un contrapiso. Y plata para revocar, al final, difícil que se tenga. ¿Vas a ponerte a gastar en revoques cuando la misma plata la podés usar para hacer la pieza que te falta, o para instalar el agua en el baño? Tendrías que ser tarado.

Pero claro, después mirás todas las casas terminadas, y pega golpe. Queda lindo. O queda horrible, según se trate de un barrio o de otro. Eso es cierto. Pero también es cierto que acá, en lo que está viendo, se esmeran. Cortan el pasto. En verano riegan todos los días, aunque pongan a parir los bombeadores de agua y se les puedan quemar cada dos por tres. Pero claro, si tenés una casa con ese frente, con ese jardín, lo vas a querer lucir. A lo mejor es eso, piensa Ludueña. Como un círculo vicioso, pero al revés. Tenés una casa linda y te rompés el lomo para que siga siendo linda. Y si en cambio vivís en un barrio que es un asco de feo no te gastás. Te preocupás porque la casa funcione y los techos no se lluevan y listo. A otra cosa. El disfrute de Ludueña se extiende a las cinco cuadras que camina al bajar del tren en la estación de Ituzaingó. Juncal, Zufriategui, Camacuá, Mansilla y doblando al final por Paulino Rojas. Y pensar en esas cosas, aunque no consiga dar con una respuesta definitiva, también le gusta.

Mientras se acerca al Ford Falcon que usan como garita y golpea la ventanilla del acompañante, para no sobresaltar demasiado a su colega matutino, ve que en la vereda de enfrente hay movimiento, frente a una casa bastante desvencijada que queda en diagonal.

—Buen día, pibe. ¿Cómo anduvo todo?

—Todo tranquilo, Ludueña. ¿Usted?

—Bien, gracias a Dios. ¿Y eso?

Se sube al asiento del acompañante mientras cabecea en dirección a lo que le llamó la atención: una camioneta Rastrojero de la que tres hombres jóvenes descargan materiales de construcción.

—Quédese tranquilo que ya fui a averiguar. La casa acaban de alquilarla. Dos enfermeras que son de 9 de Julio, o de Bragado, no sé. Me dijeron pero no lo retuve. Alquilaron y como la casa está muy venida abajo van a hacer algunas refacciones.

Ludueña asiente. El vigilante matutino agarra sus cosas y se despide hasta mañana.

Un par de horas después Ludueña decide hacer su propia ronda de reconocimiento. Se aproxima, busca un timbre que no encuentra y golpea las manos. Mientras espera que le abran estudia someramente los materiales que han apilado en el porche delantero. Bolsas de cemento y de cal, unas cajas de azulejos, listones de madera, una mezcladora eléctrica (lo bien que le vendría a él tener una de esas). Sale un muchacho joven, con el pelo apenas largo, que lo saluda con una inclinación de cabeza.

Ludueña se presenta como "el custodio de la cuadra". No tiene sentido, si los recién llegados no lo saben, ponerlos en autos de que casi enfrente vive un coronel del Ejército. No es información que sea bueno divulgar en estos tiempos. No dice más, adrede, para ver cómo reaccionan. El muchacho se presenta como albañil. Dice que los contrataron dos hermanas, dos chicas jóvenes que son de Bragado, enfermeras una del Hospital de Morón y la otra del Posadas, que acaban de alquilar y la casa está medio venida abajo. Y "los" contrataron porque son tres. En confianza le aclara que el único que es albañil de verdad es él, que el otro es su hermano más chico y que lo usa de peón, aunque es medio chambón, y un amigo del barrio. De Ciudadela. Son de Ciudadela. Y sí, es raro que siendo de Ciudadela se costeen hasta acá por una obra que no les va a llevar más de un mes, mes y medio a lo sumo, pero que vienen de trabajar hace poco en lo de una amiga de una de las hermanas, la que se llama Ana María, y esa amiga los recomendó y por eso vinieron.

Ludueña le agradece la amabilidad y que le disculpe tanta curiosidad, cosas que uno hace de aburrido, nomás. Y que cualquier cosa que necesiten él está todas las tardes ahí en el auto, vigilando la cuadra. Y el muchacho le dice que muchas gracias, que se llama Gervasio, y que los otros dos son Ernesto y Luis. ¿Su hermano? Ernesto. Ernesto es el hermano y el amigo del barrio es Luis.

9

Mendiberri se pone de pie para estirar las piernas. Desde hace un par de años estar mucho tiempo sentado le pulveriza las articulaciones. Antes podía pasarse el día entero estudiando y escribiendo sin la menor molestia. Ya no.

No le gusta pensar en eso. En los cambios que se producen en las cosas, simplemente porque no le gusta que las cosas cambien. Mendiberri es feliz en las repeticiones.

El aula en la que dicta clase, por ejemplo. Perdida en el último piso del edificio, al fondo de un pasillo casi inaccesible, pero suya desde hace tantos años que no le resulta fácil llevar la cuenta. Han pasado gobiernos, se han sucedido rectores, decanos e interventores, pero Mendiberri sigue dando sus clases de Período Cuaternario en ese rincón. No se engaña: su perduración en ella debe obedecer a que nadie ha codiciado esa aula recóndita. ¿Qué hubiese pasado si algún colega hubiese intentado disputársela? Tampoco en eso se engaña: Mendiberri la habría entregado, porque lo suyo no son las batallas.

¿Y ese cargo que aceptó cuando se lo ofreció la actual intervención del claustro? A sus hijas les ha mentido. O no les ha dicho la verdad, que es casi lo mismo. A ellas les presentó la cuestión como un tardío reconocimiento a sus merecimientos y pergaminos. En realidad Mendiberri sabe que en estos tiempos revueltos, confusos, plagados de equívocos, que le ofrecieran ese cargo fue eso: apenas un minúsculo extravío, producto de que confundieron su tozudez con valentía y su parsimonia con fuerza de voluntad.

Hace algunos días lo habló con sus hijas. Con Mónica, sobre todo, que es propensa a las inquietudes. La facultad es un campo minado en el que muchos han volado por el aire a lo largo de los años. Mendiberri, no. Mendiberri sigue ileso porque, sencillamente, ha sabido quedarse quieto. Ni siquiera por cálculo, sino por desinterés. Jamás le entusiasmó la política, ni hacer una verdadera carrera en el mundo académico. Y con eso consiguió que los tiros de cada algarada le pasasen por el costado. Sólo en los últimos años estuvo a punto de ser destituido, porque el peronismo triunfante de 1973 consideró que esa prescindencia y ese desinterés sí constituían un pecado. Y le iniciaron un sumario para expulsarlo. A esa altura Mendiberri sí se preocupó. Adela había muerto el año anterior y tantos cambios juntos lo estaban intranquilizando. Pero lo salvó el segundo peronismo triunfante de 1973, que interpretó su porfía como heroísmo, y consideró que el sumario que le había iniciado la "infiltración marxista" era la prueba de su lealtad al peronismo verdaderamente peronista.

Mendiberri, que a esa altura ya estaba cansado de tantos vaivenes, dejó que interpretaran, hablando mal y pronto, lo que se les cantaran las ganas. Fue toda una sorpresa, Mendiberri lo reconoce, que la intervención premiara su "lealtad" con ese cargo de Secretario de Posgrados. Estuvo a punto de rechazarlo, porque no le interesaba sumar novedades que lo distrajesen de la simetría de sus jornadas. Y sin embargo, y después de pensarlo mucho, terminó por aceptar. ¿Vanidad? ¿La mansedumbre de que no le parecía bien malquistarse con las autoridades que tan gentilmente se lo estaban ofreciendo? ¿Las dos cosas?

Mendiberri se aproxima a la ventana del aula. Echa un vistazo distraído a los tres alumnos que permanecen en sus sitios, escribiendo. Le aburre mucho tomar parciales. Los finales son más divertidos, porque son orales y Mendiberri se entretiene no sólo escuchando sino intentando determinar, por las expresiones de las caras, si los alumnos han estudiado o han venido, simplemente, a tentar a la suerte.

—Quedan diez minutos —dice, acodado en el borde de la ventana.

Uno de los estudiantes se pone de pie y se acerca al escritorio. Mendiberri le hace una seña para que deje su parcial encima de los seis y siete que ya han entregado y vuelve la cara hacia afuera. Es de noche y la ventana sólo le devuelve su reflejo. De día se ve un patio vecino, un tendedero, algunas plantas, un edificio en torre que están construyendo un par de lotes más allá. Hace un ademán distraído al anteúltimo alumno, que después de entregar su examen, saluda y se va.

Mendiberri regresa al escritorio. El único alumno que todavía está escribiendo alza la cabeza y le hace un gesto que da a entender que está terminando. Mendiberri mira la hora. Le quedan tres minutos. Se lo dice. En eso es intransigente: nada de tomar más tiempo del estipulado. No sería justo para los demás. Que ya hayan entregado no obsta a su regla de que todos deben disponer del mismo tiempo para sus respuestas.

Levanta el breve montón de hojas manuscritas con la idea de ordenarlas. Y más que de ordenarlas, de emprolijar los bordes mal cortados. En eso anda cuando se desliza del montón un papel que no es parte de ningún parcial. Un cartel manuscrito, en bastas imprentas mayúsculas, con marcador negro, un mensaje escueto de diez palabras: "Vas a morir como el gorila de mierda que sos".

10

El custodio nocturno trabaja, durante las tardes, en una sucursal bancaria de Flores. Cuando termina, a las siete, se sube a su Fiat 128 y conduce hasta Ituzaingó para relevar al compañero que hace el horario de 12 a 20.

Pobres giles, piensa Ernesto. Se dejan explotar por dos pesos locos. Es más, el idiota debe gastarse buena parte del dinero que gana con sus adicionales en mantener ese auto y en llenarle el tanque de nafta. Delirios burgueses. En fin. Todo eso va a cambiar, y pronto.

Por el momento, la buena noticia para el policía es que no va a estar presente cuando ellos ataquen al coronel. De eso tiene que ocuparse Ernesto, justamente. Y hoy va a hacer la prueba.

Los custodios fijos lo son de lunes a viernes. Los fines de semana hay mucha más rotación y, por eso, el ataque tendrá que efectuarse un día de semana. Ya han comprobado que los relevos entre los vigilantes dejan mucho que desear. Son mucho menos puntuales para llegar a la guardia que para dejarla. El que cumple como un granadero es el custodio de la tarde. Saben que es el único oponente de cuidado. Es un morocho retacón, con pinta de taimado. La primera tarde se plantó en la vereda y, a falta de timbre, aplaudió un par de veces a modo de llamado. Menos mal que estaba Gervasio, que se presentó como el capataz, lo invitó a pasar, le comentó los arreglos que las inquilinas tenían contratados y le convidó un par de mates. El petiso los aceptó, dio charla, chusmeó toda la casa. Por suerte el celo del custodio lo llevó a hacer esa visita intempestiva el primer día, porque pudieron mostrarle que estaba todo por hacerse. Si volviese hoy, una semana después, podría comprobar que los trabajos no han avanzado ni un centímetro. Pero no va a suceder. Vino, lo recibieron, le mostraron, se fue.

De todos modos Gervasio ha sido terminante con eso: hay que evitar que el ataque se produzca en el turno del morocho. Hay que hacerlo de noche, una vez que se hayan cerciorado de que el blanco está en su casa y de que el auto de la fuerza que lo traslada se ha retirado. Pero es importante que no esté el custodio, si se lo puede evitar. El operativo podría empezar —es cierto— con la neutralización de ese custodio. Pero sus armas no tienen silenciadores y el ruido de esos disparos puede poner sobre aviso al objetivo. La solución es mantener al custodio nocturno lejos del teatro de operaciones.

Y por eso está Ernesto merodeando su Fiat 128, estacionado como todos los días a una cuadra de Plaza Flores. Se apoya sobre el costado del auto, como si estuviese matando el tiempo, mientras se cerciora de que nadie lo esté mirando. Cuando se siente seguro se gira hacia la puerta del conductor y con la ganzúa abre la cerradura en diez segundos. Se instala detrás del volante y hurga buscando, en el costado, la fusibilera. Saca el fusible del contacto y el de las luces y los reemplaza por los fusibles fundidos que llevó consigo. Después revisa en la guantera que no tenga un juego de repuesto. Nada de eso. Hay un anotador, el manual del usuario, unos anteojos rotos. Se asegura de dejar todo como estaba y se apea, bajando antes la traba de la puerta. Salvo que sea muy sagaz, cuando se suba a las siete comprobará que el auto no arranca, que hay unos fusibles defectuosos y que le llevará un buen rato solucionar el desperfecto. Si el auto perteneciese al morocho del turno tarde deberían andarse con otro cuidado. Pero ahí está: el morocho anda a pie. Los seguimientos al morocho los hizo

Luis. Resulta que en Morón se toma el 242 que lo deja en Camino de Cintura, antes de la rotonda de San Justo. Camina tres cuadras y llega a su casa, una construcción chata de ladrillo a la que le falta el revoque en dos de las paredes.

Si tuviera que elegir, Ernesto prefiere a ese tipo y no al custodio nocturno. Elegirlo como persona. Es un laburante, que tiene claras sus prioridades. Tendrá sus pruritos pequeñoburgueses de la casa propia y el progreso individual —en eso todos los cipayos se parecen—, pero por lo menos es un profesional de su trabajo. Como contrincante, sin embargo, elige a este otro. A este custodio nocturno que llega rendido después de trabajar en una comisaría a la mañana y en un banco a la tarde, es decir: un tipo que va a su guardia a dormir y que, a la primera de cambio, se ausenta de ella.

Esa noche, según comprueba Ana María desde su puesto de vigilancia en el velero, el custodio llega con su 128 pasadas las once. No le avisó a nadie o, si avisó, nadie se preocupó por reemplazarlo. La conclusión es evidente: ahí el comando tiene la ventana temporal que necesita para llevar a cabo el operativo y retirarse sin sufrir contratiempos.

11

Es verdad que le da un poco de culpa que siempre le toque a Mirta lidiar con lo peor de la cocina. Al fin y al cabo, Mónica vive en esa casa lo mismo que su hermana, y es tan hija de su padre como ella. A favor de sí misma, Mónica puede argumentar que trabaja nueve horas afuera de su casa todos los días y que le toca viajar en esos colectivos repletos y en ese subte asfixiante, mientras Mirta se queda tan tranquila sin asomar la nariz de su casa excepto para hacer las compras.

Sucede que ni proponiéndoselo podría seguirle el ritmo a Mirta. Ahora mismo tiene en marcha un rehogo de cebollas y morrones en una hornalla y un arroz a punto de hervir en otra, además de una colita de cuadril dorándose en el horno. Si Mirta se contagiase de repente de la moda de los paros sorpresivos, se quitase el delantal y se sentara de brazos cruzados, Mónica no podría evitar la consumación del desastre. Se quemarían el rehogo y la colita y el arroz se pasaría irremediablemente. Es como si Mirta estuviera programada para atenderlos, a su papá y a ella, desde que atraviesan la puerta hasta que se van a dormir.

Tuvo que pelearse con ella, casi, para que la dejara ocuparse de su propio té, ese que le gusta tomarse un rato antes de la cena. Ayudó que en ese momento sonase el teléfono, porque Mirta dejó por la mitad el argumento que suele iniciarse con la afirmación: "Dejame a mí que tenés que descansar", y corrió a atender. Mónica tuvo un momento de horror pensando que el rehogo, el arroz y la colita de cuadril habían quedado a merced del azar, pero por fortuna Mirta volvió de inmediato diciendo que se había cortado.

El teléfono vuelve a sonar dos minutos después y Mónica, con tal de escapar al irresoluble desafío culinario, se incorpora con un respingo y le dice a Mirta que la deje atender a ella. Levanta el tubo al tercer timbrazo, dice "Hola" y escucha el clic del corte de la llamada. Maravillosa Entel, piensa Mónica, mientras vuelve a la cocina.

Su padre emerge como una majestad abúlica y condescendiente desde su habitación, ya puesta la bata sobre su pullover de bremer escote en ve, se sienta en la cabecera y recibe el té que Mirta le pone delante con el consabido: "¿Cómo fue tu día, papi?".

Mendiberri contesta un poco distraído mientras se levanta de la silla porque se dejó el diario en el living, y ahora le toca leer el tercio restante, la parte que siempre deja intacta por la mañana para tener con qué entretenerse hasta la cena. A mitad de camino se escucha otra vez el sonido del teléfono. Mirta se queja de que esté sonando de nuevo. Mónica, en un arranque súbito, corre a la habitación de su papá, donde está el otro aparato. Atiende al mismo tiempo que escucha el "Hola" con el que su padre atiende el del living.

Le llegan, claritas, la voz de un hombre, la serenidad del tono, la contundencia de las palabras: "Oíme bien, sorete. Lo tuyo es cosa juzgada. Vas a cagar como el gorila de mierda que sos". Y el mismo clic que escuchó ella hace un rato y que confundió con una falla en la comunicación. Mónica se queda muda. Tiesa. Aguza el oído. Su padre está preguntándole a Mirta si sabe dónde quedó *La Prensa* de esa mañana. Mónica vuelve a la cocina al mismo tiempo que su padre. Lo mira inquisitiva, pero él le devuelve una expresión que es la mar de tranquila.

—¿Quién llamaba, papá? —pregunta, intentando espejar la misma calma.

—Ni idea, hija. Se cortó cuando atendí —miente ostensiblemente su papá.

—Hay que ver —interviene Mirta, haciendo malabares con la fuente del horno en una mano y la sartén con el rehogo en la otra— lo mal que andan los teléfonos. ¿No, papi?

—Terriblemente mal, hija. Terriblemente.

De inmediato, al advertir que Mónica se lo ha quedado mirando, su padre le dedica una sonrisa beatífica y le pide que le alcance la azucarera.

12

Y de tanto darle vueltas al asunto del tiempo Diego se da cuenta de que acaba de pasar otra cosa extraña, con el tiempo. Así como cuando lo secuestraron los guerrilleros (su papá le confirmó que sí, que eran guerrilleros montoneros los que lo secuestraron, y que le pidieron plata para soltarlo, porque esa plata la usan para comprar armas y bombas y las cosas que necesitan para ser guerrilleros) el tiempo se le pasó lentísimo los primeros días y después se le fue pasando más rápido, más normal, con eso de mirar tele y hacer dibujos y practicar con las figuritas y comiendo lento las comidas; y cuando lo dejaron volver a su casa volvió a pasar lento porque sucedieron un montón de cosas extraordinarias como su papá y Esteban llorando de emoción por él. Después ya empezaron a pasar cosas raras, que no es lo mismo que extraordinarias. Extraordinarias son cosas raras pero buenas. Raras… son raras nomás. O raras y desagradables, como eso de Cachito rompiendo y rompiendo con que les contase todo, o que cuando fue a jugar estuvieran todos pendientes de lo que hacía y de lo que dejaba de hacer y le pasaran la pelota aunque estuviera marcado o mal perfilado como si quisieran mimarlo y Diego no necesita que lo mimen. No le interesa. Ni que lo mimen ni que se pongan curiosos. No le interesa. No quiere. ¿Qué tienen que andar preguntando? Si tanto les interesa saber, que vayan y que les digan a los Montoneros que los secuestren a ellos así se enteran de cómo es, qué tanto.

Diego no quiere ni que lo mimen ni que se pongan curiosos ni que lo miren como a un bicho raro. Y por eso no quiere ir a la escuela, porque seguro que lo que hizo Cachito lo van a hacer todos, eso de preguntarle un montón de cosas que no las va a contestar, algunas porque no las sabe y otras porque no quiere, porque aunque lo que le pregunten lo sepa, para contestarles tiene que pensar en ellas, y pensar en ellas significa que se las tiene que acordar, y es eso lo que no quiere. No se las quiere acordar.

Por eso no va a la escuela. Ya faltó el lunes, el martes y hoy, que es miércoles. Y lo único que quiere es estar en la cama, tirado en la cama, y el único problema es que como no hace nada, ni quiere hacer nada tampoco, lo que ocurre ahora con el tiempo es que no pasa ni rápido como los días comunes ni lento como los días extraordinarios. No pasa, directamente. Es como si el tiempo no existiese más.

Y eso de que no exista más el tiempo ya de por sí es un problema, pero hay otro. Otro peor, si se quiere. Porque le da vergüenza pero le sucede igual. Y se promete que la próxima vez va a estar preparado pero no, mentira, no consigue estar preparado un cuerno. Y lo que pasa es que cuando le golpean la puerta su mamá o su hermana o su hermano o su papá se sobresalta tanto que pega un salto hasta el techo cada vez que se oye el toc toc, y su primer impulso es darse vuelta a ver dónde quedó el sombrero para ponérselo y sentarse de espaldas a la puerta.

13

Ludueña golpea rítmicamente con la lapicera sobre el tablero del auto. Banfield-Vélez. Banfield-Vélez. Mira el resto de la boleta. Hasta ahora puso cuatro locales, cinco empates, dos visitantes. Le quedan dos cruces para completar la boleta. La otra es Unión-Rosario Central. Pero no tiene que distraerse. Piano, piano, se va lontano. Banfield-Vélez. Eso es lo que hay que resolver primero. ¿Puso pocos visitantes? Sí, dos de trece (o bueno, dos de once hasta ahora) son pocos. Pero es la de siempre: el fútbol no es lógico. O no es del todo lógico. Si lo fuera, todo el mundo acertaría el Prode. Pero, claro, tampoco es del todo ilógico. Y un montón de partidos terminan como se supone que tienen que terminar. Porque si fuera puro azar Ludueña agarraría y metería las cruces de local, empate o visitante al tuntún y daría lo mismo. El problema es que es algo que está en el medio: ni pura lógica ni pura suerte. Y a Ludueña lo fastidian las medias tintas. Lo fastidian mucho. Lo que no lo fastidiaría para nada sería ganarse el Prode. Ahí sí te quiero ver. No hay una sola guardia en la que Ludueña no dedique por lo menos diez minutos a soñar qué haría si se gana el Prode. Un Prode como la gente, no uno de esos que se anuncian algunos lunes con un "setecientos apostadores acertaron los trece pronósticos de la fecha del fútbol". No. Si lo ganan setecientos, cada uno cobra chaucha y palito. Ludueña sueña con ese lunes en el que las radios digan: "Hay un solo ganador para el Prode de esta semana. Se desconoce su identidad. Sólo trascendió que la boleta ganadora se jugó en la localidad de San Justo".

Ahí te quiero ver. Algunas tardes hasta hace una lista de prioridades. Una columna para las compras. Otra columna para las decisiones. Entre las decisiones, renunciar a la Policía es la primera. Que se vayan bien a la concha de su hermana. Entre las compras… ahí le vienen las dudas entre las cosas útiles y las cosas lindas que le calientan la croqueta. Un trompito mecánico para mezclar el cemento, requeteútil. Un Fiat 600 cero kilómetro, será menos útil pero qué cosa linda sería tener un Fiat 600 cero kilómetro.

De todos modos esos serán dilemas inútiles si no resuelve, para empezar, dónde pone la cruz en Banfield-Vélez. Está a punto de señalar un salomónico empate cuando ve salir a uno de los albañiles de la obra de enfrente y recuerda que tenía algo pendiente que decirle. Baja la ventanilla.

—¡Hola!

El muchacho se gira hacia él, detiene la marcha y lo saluda con la mano.

—Buenas, ¿qué dice?

—Bien… —¿cómo se llamaba este pibe? ¿Ernesto o Luis?—. Te quería comentar, el otro día que te vi comprando en el almacén de acá a la vuelta, el de Mansilla.

—Sí… ¿por?

—Que te conviene más comprar en la fiambrería que está sobre Belgrano. Es despacho de pan, además. Tienen mejor mercadería y es más barata —Ludueña baja un poco la voz aunque es una precaución innecesaria en la soledad de la siesta—. El de acá de Mansilla es un carero…

—Ah, gracias… ¿Pero Belgrano cuál es?

—La que corre pegada a la estación, de este lado de la vía. ¿No conocés?

—No, por acá no vengo nunca. Ahora, por la obra, nomás. Pero soy de Flores y vivo en… Ciudadela.

—Ah, claro. Fijate cuando bajás del tren, mañana. Lo tenés que ver.

—Bueno. Muchas gracias.

—No hay de qué.

Se despiden con un gesto y Ludueña vuelve a levantar la ventanilla. Se siente bien con esas pavadas. Le gusta ayudar a la gente, y seguro que si compran el pan y el fiambre donde él le recomendó se van a ahorrar unos cuantos pesos, que seguro no les sobran. Vuelve a lo suyo. Banfield-Vélez. Banfield-Vélez. Ma sí. Pone la cruz en el casillero del empate.

14

Ser tu papá es esta aventura tardía en la que cada vez llego más a destiempo. Porque esa, la sensación de llegar siempre tarde a todo, es la más frecuente con vos, desde hace tanto tiempo que ya se me olvida ese tiempo feliz y diferente en el que nos entendíamos a las mil maravillas.

El hijo para la vejez. Ese es tu título honorífico. Te lo dio una vecina que vivía donde ahora viven los Junco. Doña Carmina, se llamaba. Nos la cruzamos una de las primeras veces que te sacamos a pasear en el cochecito. Mamá no cabía en su cuerpo del orgullo que sentía. Y va esta vieja y nos saca conversación, nos mira, te mira, nos vuelve a mirar y nos suelta ese: "Por lo menos será el hijo para la vejez". Con mamá no dijimos nada de ese encuentro, pero se le ensombreció el ánimo hasta que llegamos a la placita. Después se le pasó. Pero a mí me quedó siempre rebotando la frase de esa vieja desagradable.

El hijo para la vejez. No era el plan, por supuesto. Pensamos en tener hijos apenas nos casamos, pero no se dio. Consultamos a más de un especialista, yiramos y yiramos, y después nos resignamos. Y al final naciste vos.

Sabés lo feliz que nos hizo tenerte. Con mamá somos demasiado cristalinos como para que no se nos noten los sentimientos. Creo que es una virtud, aunque a vos te hayamos hecho pasar vergüenza más de una vez con nuestras alharacas.

Nunca se me pasó la rabia contra la frase de esa vieja y decidí que no, que de ninguna manera, que yo iba a hacer todo para que no fueras el hijo "para" nada. Y mamá actuó siempre de la misma manera. No íbamos a asignarte una función vinculada con nosotros ni con nuestras necesidades. Debías ser libre. Debías desarrollar tu vida en la dirección que vos quisieras. Y yo, a sabiendas del peso que tenían mis opiniones en tu ánimo, reconocí que debía retroceder, debía retirarme, debía hacer silencio. No asfixiarte. No reprimirte, como está de moda decir ahora.

Bueno, hijo. Creo que cumplí. Tanto te dejé que permití que abrazaras esa causa en la que creés y en la que confiás como un fanático. Todo por respetar tu libertad. Todo con tal de que no fueras un hijo para la vejez. Mirá vos qué paradoja. Ya estoy adentrándome en la vejez. Y cada vez estoy más convencido de que con tu madre tendremos la vejez, pero no el hijo. Mirá por qué extraños caminos habrá terminado bien errada esa vieja de mierda de doña Carmina.

15

Haciendo gala de una simpatía que no suele ejercitar y de una paciencia que no la caracteriza, Mónica se acerca a preguntar a tres oficinas, a dos aulas, a una mesa llena de panfletos atendida por algunos militantes de la JUP y a otra del PST, hasta que una chica se apiada de ella y le recomienda que, si busca a Paterson, se fije en el bar de la esquina, en las mesas del fondo.

Mónica desanda el camino hasta ahí, preguntándose si esa Facultad fue siempre una pocilga de carteles, paredes pintarrajeadas y mugre en los rincones o la habrán puesto en esas condiciones en los últimos años. ¿Su propia facultad presentará el mismo aspecto de chiquero abandonado? ¿Cómo sería su día a día si ella, en lugar de haberse recibido hace cinco años, tuviese hoy que estudiar en un lugar así? ¿Correría su papá el mismo peligro si la dichosa materia de Período Cuaternario se dictase en la Facultad de Ciencias Económicas en lugar de en la de Filosofía y Letras?

No le cuesta encontrar el bar ni intuir que Paterson es una del grupo que ocupa la mesa del fondo. Mucho más complicado es determinar cuál de esas chicas es la Secretaria Adjunta del Centro de Estudiantes. Un saludo amplio y una pregunta específica la sacan de dudas. Es la de cabello corto. Después le toca a ella identificarse.

—Soy Mónica Mendiberri, la hija del profesor Mendiberri, de Período Cuaternario, de Arqueología.

Al ver sus expresiones Mónica se da cuenta de que casi

todas las palabras de la oración salían sobrando. Alcanzó con que dijera "Mendiberri" para que los cuchicheos cesen y los cuatro muchachos y las tres chicas que acompañan a Paterson se giren para verla bien. Sintiéndose un bicho de laboratorio, Mónica se mantiene lo más erguida y serena que puede.

—No sé en qué puedo ayudarla —dice al fin Paterson.

—Me gustaría hablar con usted.

—Hablemos.

—Preferiría que fuera en privado.

Termina de decirlo y teme que alguno de los presentes le endilgue una perorata sobre lo público, lo privado, lo colectivo y lo individual, pero no sucede. A un gesto de la chica los que acompañan a la Secretaria Adjunta dejan sus asientos y cambian de mesa.

—La escucho —Paterson habla mientras con un ademán la invita a sentarse.

—A mi padre lo están amenazando de muerte.

Es todo lo que dice. En sus ensayos mentales alcanzaba con eso para que Paterson iniciase una explicación o una defensa. En la realidad eso no sucede. La tipa le sostiene la mirada sin que se le mueva un músculo.

—Y los que lo amenazan son los Montoneros.

Nuevo silencio. Nueva cara de estatua de Paterson. La estrategia de Mónica se agota en ese punto. No tiene idea de cómo ir más allá. Lo único que se le ocurre es quedársela mirando, a su vez, con la cartera en el regazo y aferrada con los nudillos blancos de tanto apretar las manijas. Algo consigue, pese a todo, porque Paterson se revuelve en su silla y habla.

—No sé por qué me lo viene a contar a mí.

—Porque usted es de la Juventud Universitaria Peronista.

—Exacto. Y la JUP no es Montoneros.

Mónica suspira. No había contado con eso. Suelta lo que piensa como un exabrupto:

—Sí. Del mismo modo que la Concentración Nacional Universitaria no tiene nada que ver con la derecha peronista.

No tuvo la intención de decirlo, pero lo dijo. Paterson sonríe, como si el comentario le hubiese resultado más divertido que ofensivo. Mónica intenta asirse de esa sonrisa.

—No conozco a nadie en Montoneros. Además no sé con quién debería hablar. No hay una oficina que diga: "Montoneros. Golpee y será atendido".

Paterson vuelve a sonreír.

—No, claro. Supongo que no sería seguro, ¿no le parece?

—Mi padre es inofensivo. Ya sé que no es a usted a quien tengo que decírselo. Pero déjeme creer que si se lo digo a usted, usted a su vez pueda decírselo a alguien más. Alguien con poder de decisión sobre lo que piensan hacerle. Le repito: mi papá es inofensivo. No sabe un pito de política. No le interesa, no… A él lo único que le importa es dar sus clases.

—Me llama la atención lo que me dice —Paterson se cruza de brazos—. La Tendencia Revolucionaria no se toma las cosas a la ligera. No actúa a tontas y a locas, se lo aseguro. ¿Usted está segura de que lo amenazaron?

—Llamaron a mi casa. Escuché la amenaza. Le pintaron el aula. Le… —hurga en la cartera y exhibe el cartel que le dejaron entre los parciales y que su padre le mostró, días después, a regañadientes, cuando Mónica lo acorraló aprovechando que Mirta había salido a hacer las compras—… dejaron esto sobre el escritorio.

Paterson mira el cartel, largamente.

—No. Es claro que un chiste no es.

Mónica siente deseos de preguntarle cómo sabe, mirando ese cartel manuscrito sin firmas ni sellos. Si sabe es porque sabe, porque ella y la JUP son la cara visible de los otros, más allá de que se esté divirtiendo a su costa, macaneando con que son "organizaciones diferentes". Pero no tiene sentido enojarse. O manifestar la dimensión gigantesca de su enojo.

—Le pido que haga algo. Que hable con quien sea. Le repito: mi padre no se mete en política. Le da igual que la Argentina la gobiernen los peronistas, los militares o los marcianos.

Paterson endurece el gesto.

—Bueno, ahí en una de esas tiene una pista. En una de esas a su padre no debería darle lo mismo.

—No le entiendo.

—Las cosas que hacemos tienen consecuencias. Su padre es un adulto. Si pone el gancho en un nombramiento que le propone una banda de asesinos, tiene que tenerlo claro.

—Mi papá es geólogo…

—Lo que le digo es algo que está al alcance de un geólogo y de un verdulero. Cada quien es responsable de sus actos. Si uno quiere estar cerca del poder tiene que asumir las consecuencias de estar cerca del poder.

Mónica traga saliva. Más claro echale agua, piensa. Maldita la hora en que a su papá se le ocurrió aceptar ese nombramiento.

—¿Y si renuncia?

Paterson la estudia largamente.

—Y si renuncia, ¿qué?

—Si consigo convencer a mi padre de que renuncie, Paterson. Que renuncie. Que se vaya. No sólo que deje el cargo. Que deje también la cátedra. ¿No desaparece ahí el motivo que tienen ustedes, perdón, que tienen ellos, para atacarlo?

—No sé qué decirte —el pasaje al tuteo dista de ser una señal de distensión—. Hay algo que no estás tomando en cuenta, y que tiene que ver con la lucha política y revolucionaria. Las cosas no sólo tienen sus razones. Las cosas son lo que simbolizan. Y además, también tienen su inercia. Todo es un entramado muy complejo de razones, de decisiones, de argumentos, de estrategias. Todos nosotros estamos sumidos en esa coyuntura. Y una vez que las cosas se ponen en movimiento no son fáciles de parar. Obedecen a fuerzas profundas.

—¿Qué fuerzas?

—Las fuerzas de la revolución, las fuerzas de la reacción. Entendeme: si estamos en medio de un proceso revolucionario, uno no puede levantar la mano y decir: "Momento, me quiero bajar". Las cosas te llevan. Y si tu viejo cometió la torpeza, o la osadía, o no sé cómo llamarlo, de sumarse con un cargo importante a esta gestión de fachos, se tendrá que hacer cargo de lo que hizo y asumir las consecuencias.

—¡¿Asumir las consecuencias?! ¡¿Entonces para vos está bien que lo maten?!

Mónica ha hablado más fuerte de lo que se proponía y la otra endurece tanto el gesto que ella teme que se levante y se vaya o peor, que le cruce la cara de una bofetada.

—Para mí no está ni bien ni mal. O mejor dicho: es improcedente lo que a un individuo le parece bien o le parece mal. Las que deciden son las organizaciones, que para algo son la vanguardia del pueblo en armas. Y si la Organización decidió que es un enemigo al que debe eliminar, no está en mis manos, ni en las tuyas, ni en las de nadie, pretender evitarlo.

Lo dice encorvada sobre la mesa. Lo dice mordiendo las palabras. Lo dice echando fuego por los ojos. Lo dice sin levantar la voz. Siguiendo un impulso súbito Mónica se levanta, gira hacia la salida, intenta esquivar las sillas, se tropieza un par de veces, consigue encaminarse hacia la calle, sale al exterior como si fueran a perseguirla o a hacerle daño. Sabe que ella no corre peligro, pero la dureza granítica de sus palabras, el tufo a muerte que se desprende de sus últimas frases la hacen salir despavorida. Eso y la necesidad de correr a su casa, enfrentar a su padre, zamarrearlo hasta hacerlo entrar en razón, impedirle salir de su habitación si es necesario hasta que le prometa que va a renunciar de inmediato. No sólo a su cargo, sino a su cátedra. No puede dilatarlo. Lo que dijo Paterson y, sobre todo, el modo en que lo dijo: Mónica está segura de que sí, de que van a matarlo.

16

Alejandro niega con la cabeza, interrumpe la frase que viene diciendo y deja las manos suspendidas en medio de un ademán, como si el movimiento de sus manos dependiese de las palabras a las que pretenden acompañar. En realidad, es así. Su madre siempre le dice que tiene que aprender a gesticular menos cuando habla. Pero es que el Cabezón lo saca de quicio. Decide probar por otro flanco:

—No sé si es un mito. Ponele que sí, Cabezón. Ponele que es un mito. ¿Y si hace falta el mito?

—¡Ah, no, señor! Se supone que venimos a clarificar. A esclarecer. Yo esclarezco, tu esclareces, él esclarece —llevamos casi una década conjugando ese verbo para arriba y para abajo—. Y lo que se tiene que esclarecer es la realidad, Ale. La realidad objetiva. No me vas a decir ahora que está bien tener un mito.

—El que empezó con los mitos fuiste vos, no yo.

El Cabezón revisa los bolsillos hasta el fondo. Primero los de la campera. Después el de la camisa. Por último los de los vaqueros.

—¿Podés creer que me quedé sin puchos?

—Sonamos, porque acabamos de fumarnos los últimos que tenía.

—Vamos a comprar, Ale.

—¿A esta hora? ¿Estás en pedo?

—¿El kiosquito de la estación no estará abierto, todavía? El flaco ese cierra tarde.

Alejandro intenta enfocar la esfera de su reloj hacia la poca luz que llega desde el alumbrado público.

—No, Cabeza. A esta hora también cerró.

Su amigo niega con la cabeza. Estuvieron poco previsores con ese asunto. El Cabezón retoma la conversación anterior donde la dejaron.

—Lo que yo te dije fue que nos la pasamos meta y ponga con "el pueblo" esto, "el pueblo" lo otro, "el pueblo" lo de más allá.

—¿Y qué, con eso? —Alejandro intenta contenerse y no gritar, pero el escepticismo del Cabezón a veces lo saca de quicio.

—¿Qué con eso? Que está todo atado con alambre, Ale. ¿Quiénes forman parte del pueblo? ¿Quiénes no? ¿De dónde sale la verdad de que nosotros somos sus intérpretes? Mejor dicho, ahí tenés: ustedes y nosotros nos peleamos por ser los verdaderos intérpretes. Ustedes dicen que nosotros no lo somos. Nosotros decimos que ustedes no lo son. Ahí tenés.

—Pero si te ponés en esa actitud nihilista no hay manera de salir, Cabezón.

—¿Nihilista?

—Bueno, llamala relativista.

—¿Relativista por preguntarme, con toda la humildad del mundo, quién carajo nos dio a nosotros, o a ustedes para el caso, o a nosotros y a ustedes, el certificado de que somos el pueblo, o los intérpretes de la voz del pueblo?

Se hace un silencio largo. Ernesto estira el brazo hasta una de las botellas de cerveza, pero cuando la alza nota que está vacía. Con la de al lado pasa lo mismo. La tercera está por la mitad. Bebe del pico. Piensa. Retoma la discusión.

—Mirá, Cabezón. Ponele que te acepto, sólo a título de herramienta para discutir, que el pueblo del que hablamos nosotros es una abstracción, una herramienta teórica.

—Un mito.

—¡Y dale con el mito! Bueno. Te lo acepto. Ponele que lo acepto.

—¿Aceptás que es un mito? ¿Que luchamos en nombre de un mito?

—¿Y si no hay otra manera de hacerlo que así? ¿Y si nuestros enemigos también tienen su mito? ¿Quién te dijo que el mito de ellos es mejor que el mito nuestro?

El Cabezón no contesta. Parece estar sopesando sus palabras.

—Cuando ganemos, Cabeza… Contestame lo que te voy a preguntar. Cuando ganemos, ¿acaso el pueblo no va a ser mucho más feliz que ahora? ¿O no va a ser así?

—Sí. Eso sí.

—Entonces dejate de joder, Cabezón. Mientras haga falta un mito, peleemos por ese mito. Y después, cuando ganemos, nadie se va a acordar, porque no va a hacer falta ningún mito.

El Cabezón se queda en silencio. Vuelve a hurgar, aunque sepa que es inútil, en el fondo de todos sus bolsillos.

—Sos convincente, Ale, ¿eh?

—Tomatelás.

El Cabezón se estira hacia la cerveza que Alejandro tiene cerca de la mano, pero no llega.

—Pasámela, Ale, que quedaba un culito.

17

Ludueña tiene la paciencia por el piso. Basta. No falta nunca. No llega tarde. A él no le gusta dejar la guardia, pero tampoco hacer el papel de estúpido. La vez pasada se prometió que era la última vez que se la aguantaba. Que la próxima vez que Ibarra llegara tarde a relevarlo, él se plantaba y lo hablaba con el comisario.

Ayer el tipo volvió a clavarlo. En su casa no dijo nada para evitarse el consabido "Yo te dije" de su mujer. Igual no hizo falta, porque llegó casi a las once de la noche y sus hijos dormían, y su mujer tenía una cara de traste que se la pateaba.

Pero listo. Punto final. Ya aguantó bastante. Por eso esta mañana, antes de ir a su puesto de custodia, pasa por el despacho del comisario. A saludar, dice. A ver cómo anda todo. Pero al rato de charlar de bueyes perdidos se lo pregunta. Así, clarito. En concreto. ¿Qué tiene que hacer si el relevo no le llega puntual? No pronuncia el apellido del relevo, pero el comisario lo conoce de memoria. Tanto lo conoce que se queda pensando un poco, y al final le dice que no se preocupe. Que si fuera otro el relevo, lo convoca a la oficina y lo levanta en peso. Pero que Ibarra tiene mucha banca. Mientras dice eso de la banca se toca el hombro, dando a entender que la banca viene de arriba. ¿Más arriba del comisario? Mirá vos, este Ibarra, piensa Ludueña. Pero que no importa, sigue el comisario. Tampoco va a pasar nada, justo porque un día la casa del coronel quede veinte minutos sin custodia. Que tampoco es culpa suya, Ludueña. Así que usted cuando se le hace la hora, se manda mudar. Nunca más temprano de las ocho, por supuesto. Por supuesto, contesta Ludueña. Perfecto. Listo el pollo, piensa Ludueña, satisfecho del resultado de la diligencia. Seguirá haciendo su turno religiosamente. Pero, a las ocho, si te he visto no me acuerdo.

Qué cosa, igual, este Ibarra. ¿Cuál será la banca que tiene? Ludueña se toma el colectivo, directo para la estación de Morón, porque no está seguro de hacer a tiempo para almorzar en su casa, así que mejor come algo nomás en el copetín al paso del andén, no sea cosa de que se le haga tarde. Ludueña no es estúpido, y sospecha que debe haber una relación, una relación estrecha, entre que el comisario prefiera no meterse con Ibarra y sus apoyos, y el Fiat 128 flamante del susodicho. Pero mejor no adentrarse en honduras, después de todo.

Saca el boleto y se sienta. A esa hora van vacíos. Antes de guardarlo en el bolsillo revisa el número de la tirita de papel verde y blanco para ver si no le salió un capicúa. No: 83712. Hace mucho que no le toca uno.

18

La inspección la llevan a cabo un capitán y un teniente. Ernesto no los conoce, pero tampoco le llama la atención no conocerlos. Las normas de compartimentación son estrictas, mucho más que en otras organizaciones, por lo menos si se guía por lo que le cuenta el Cabezón sobre Montoneros. No lo vio bien, la última vez, al Cabezón. Y le preocupa. Ernesto siente que se aproximan días importantes. No. Importantes no. Definitivos. Y si la moral es clave siempre, ahora, hoy, cuando las fuerzas populares están arribando a la instancia final de la confrontación definitiva (como bien dijo Ana María el otro día, que le tocó analizar en detalle el último documento que les bajaron), la moral es más importante todavía. Mientras los oficiales inspeccionan hasta el mínimo detalle a la escuadra en formación, Ernesto se dice que apenas pueda va a ir a su casa, va a citarse con el Cabezón, va a intentar ayudarlo en su esclarecimiento revolucionario. Porque de eso se trata, después de todo.

—¡Escuadra Ho Chi Minh! —el capitán tiene la precaución de no gritar, porque el galpón en el que lo están revistando no deja de estar enclavado en el medio de Ciudadela, y las paredes oyen, pero Ernesto aprecia la marcialidad de su entonación— ¡Des… cansen!

Abandonan al unísono la posición de firmes: pie izquierdo desplazado, FAL sostenido junto a la pierna derecha, mano izquierda detrás de la cintura con el dorso apoyado en la espalda. Qué lindos quedaron los FAL, piensa Ernesto. Fue un lío conseguir uno a último momento para Laura, pero la simetría queda perfecta. Y hablando de Laura, la piba la verdad es que se ha portado magníficamente. Recién llegada, adaptarse al grupo, participar en la inteligencia de la misión nueva, aprenderse todos los movimientos para la revista, conseguirse lo que le faltaba del uniforme. Impecable. Gervasio toma la palabra.

—Si los señores oficiales están de acuerdo, les pedimos que nos acompañen para presentarles los avances del plan operativo.

Y al recibir su gesto de asentimiento:

—¡Escuadra Ho Chi Minh! ¡Rompa... filas!

Ni Ernesto ni los otros soldados se atreven a acercarse a los oficiales sin recibir, primero, alguna indicación en ese sentido. Por eso Ernesto y Luis se encargan de llevar los FAL al sitio en el que los esconden. Al volver al galpón ven cómo tanto los oficiales como Gervasio, Ana María y Laura rodean la mesa de trabajo que colocaron en un rincón. Su jefe está explicando los detalles del plan operativo. De vez en cuando el capitán, pero con más frecuencia el teniente, hacen una pregunta. A veces responde Gervasio pero, más a menudo, cede la palabra al miembro de la unidad que más haya trabajado sobre ese punto. A Ernesto, por ejemplo, le toca hablar de la neutralización preventiva que debe hacer del custodio nocturno. A Laura, de los tres simulacros cronometrados que se llevan hechos, y a Ana María sobre las correcciones que se hicieron sobre la estrategia de despliegue en el terreno. Al final Gervasio deja que Luis se luzca con la maqueta que construyó, señalando los puntos de entrada, ataque y retirada.

Ernesto no sabe qué efecto produce esa larga exposición colectiva en sus superiores. Pero siente el pecho lleno de confianza, de orgullo y de certeza. Confianza en la escuadra, orgullo de poder ser parte de un desafío como ese, certeza de que las cosas sólo pueden ir hacia adelante y hacia arriba. Y como si el capitán le leyera el pensamiento, toma la palabra para decir:

—No puedo menos que felicitarlos, camaradas. Todas las unidades del Ejército Revolucionario del Pueblo hacen gala de un profesionalismo y una entrega dignas de mención. Pero reconocer ese esfuerzo colectivo no debe opacar el hecho de que algunas unidades son sobresalientes. Y la escuadra Ho Chi Minh lo es.

Cruza un rápido vistazo con Gervasio y con el teniente, como si la cuestión hubiese sido tema de conversación en el intercambio privado entre los tres. A un gesto del capitán, el teniente y Gervasio van hacia la puerta del galpón. Salen. Ernesto se pregunta qué se traen entre manos. Gervasio vuelve a entrar y los convoca para que ayuden a abrir los portones. Entra un Renault 12 conducido por un militante al que Ernesto conoce de vista. Vuelven a cerrar el acceso. El conductor baja y con ademanes diestros activa varios cerrojos. Ese Renault 12 con aspecto anodino es, en realidad, una maravilla de ingeniería que oculta tres embutes distintos. Uno contiene cuatro FAL en perfecto estado, otro varias pistolas y revólveres y otro granadas caseras. Gervasio da instrucciones precisas para que todo el nuevo armamento sea inmediata y correctamente almacenado. El capitán y el teniente, sabedores de que es Gervasio quien mejor conoce la casa operativa, no tienen remilgos en obedecer sus indicaciones para acelerar el proceso. Ernesto no puede menos que apreciar ese gesto de humildad y contracción a la misión que todos tienen entre manos. El Renault 12 se retira apenas vacían los embutes. Todo el material es cuidadosamente almacenado. Cuando terminan, Gervasio les ordena que vuelvan a reunirse alrededor de la mesa de trabajo. El capitán toma la palabra:

—Le agradecemos al comando Ho Chi Minh que en medio de los preparativos de una acción importante toda la unidad se haya tomado el tiempo no sólo para la revista sino para colaborar con esta tarea de acopio de material bélico, camaradas.

Como se trata de una reunión informal, las respuestas son escuetos asentimientos de cabeza. Ana María levanta la mano. El capitán la autoriza a hablar con un gesto.

—¿Puedo preguntar si el material que acabamos de almacenar es para una acción específica, capitán?

—Entiendo su curiosidad, camarada. Pero por el momento no estamos autorizados a entrar en materia.

Ana María asiente en silencio. Ernesto no se decepciona. Está convencido, y está seguro de que los demás también, de que ya habrá tiempo para que los hagan partícipes de lo que sea que tenga el futuro para depararles. No hace falta ser adivino para darse cuenta de que se está cocinando algo grande. Grande y en Buenos Aires. Todo ese despliegue no puede estar destinado a enviar el material al monte tucumano. Los envíos a Tucumán se hacen en cantidades mucho más modestas, porque tienen que cubrir distancias enormes. No. Estos volúmenes sólo se entienden si el objetivo es local. Se felicita por haber sido tan enérgico con el Cabezón, la otra noche, cuando se vieron. Estos son los días definitivos. Ernesto lo presiente. Más que presentirlo, tiene la certeza absoluta.

19

Antonio señala en el plano de la Capital Federal a medida que habla:

—El único lugar en el que a veces cambia de recorrido es cuando va por Juan B. Justo y está llegando al cruce con avenida San Martín. Dos veces dobló por Repetto, y una vez dobló por Espinosa.

—Pero una vez que entra en el barrio —suma el Mencho— hace siempre lo mismo. Termina en Maturín para doblar en la esquina de Seguí.

—Siempre igual —corrobora Antonio, y agrega de inmediato—: Ojo, la hija lo acompaña siempre.

—¿Alguna vez maneja ella? —pregunta el Puma.

—No —contesta el Mencho—. Siempre maneja el tipo.

—Los demás asienten.

—Entonces hay que hacerlo a muy corta distancia. Y en esa calle que dijeron recién… —el Puma apoya el dedo en el plano—. Maturín. ¿Es muy transitada?

—Para nada —niega el Mencho.

—Una calle de barrio típica —agrega Antonio.

—¿Comisarías? —pregunta Claudia.

—Parece hecho a propósito —se entusiasma Antonio, aunque se siente raro al notarse entusiasmado—. El sitio está equidistante de la 29ª, la 27ª, la 11ª, la 50ª y la 41ª.

Mientras las nombra señala en el plano dónde se ubica cada una. Siempre con el dedo, nunca dejando marcas en el papel.

—Nos deja la ruta de escape despejada hacia el noroeste —completa.

—Con Antonio probamos varias rutas y la más rápida es para el lado de los monoblocks de Warnes, después rodeando Veterinaria y Agronomía.

—Y de ahí por avenida San Martín, hasta salir de Capital.

—Perfecto —aprueba Santiago—. Bien hecho, compañeros. Muy completo. Ahora pasemos a la cuestión de las armas.

Santiago se gira hacia el Puma, en otra escena, piensa Antonio, de la nueva película intitulada *Dos a quererse*, como la telenovela del año pasado. Desde lo del secuestro del pibe Laspada —o desde su liberación, más bien—, es decir, desde que lo del secuestro salió a pedir de boca, y desde que los felicitaron por todo lo alto desde la Dirección de la Columna, Santiago y el Puma parecen Batman y Robin, o pensándolo mejor, Batman y Batman, porque ninguno parece menos que el otro. ¿Qué les habrán prometido desde arriba? ¿Qué les habrán dicho de cara al futuro?

Por el momento no sueltan prenda, pero es evidente lo bien avenidos que están. Antonio nota el mismo cambio en Claudia, quien ha pasado de despreciar, criticar, mandonear y sospechar del Puma, a agasajarlo como al hijo pródigo. El Puma está diciendo algo del armamento que van a llevar, de en qué zona y cuándo levantar los autos para el operativo, de dónde dejar el coche seguro para la segunda etapa de la retirada, pero Antonio no consigue concentrarse. No es que esté disperso. Está concentrado en cómo va cambiando su propio estado de ánimo. Hace dos minutos estaba —lo notó, lo supo— entusiasmado. Resumirles a sus compañeros dos semanas de tareas de inteligencia, responder con pericia sus preguntas, anticiparse a sus objeciones, había sido como una inyección de autoestima, de vitalidad. Algo parecido a lo que sintió cuando les había llevado —porque había sido él, Antonio, el que les había servido en bandeja el mejor secuestro al que podía aspirar una UBC en la Columna Oeste, en la Regional Buenos Aires o en el mundo entero, y estaba bueno recordarlo— a Laspada como objetivo. Era lindo y extrañaba sentirse así: activo, útil, entonado. Estar en sintonía con lo que ellos eran, lo que ellos hacían. Pero le había durado un suspiro. Las semanas largas en las que había sabido que en la piecita del fondo estaba cautivo su vecino lo había pasado cada vez peor. Ahí estaba, de hecho. Sentía que era "su vecino" el que estaba ahí detenido. No un objetivo, no el hijo de un industrial explotador. Las palabras son importantes. Tienen su peso. Hacen su magia. O no. O te levantás un día y resulta que las palabras ya no pesan ni producen conjuros. El largo cautiverio de Diego Laspada le fue pesando cada vez más, como una piedra que le crecía en el estómago. Que el pago del rescate y la liberación del pibe se hubiesen hecho con éxito había sido un alivio gigantesco. Y las palabras de felicitaciones de la UBC, y de los oficiales superiores —a qué negarlo— habían sido una caricia adicional.

Ocuparse de la logística del nuevo operativo le produjo una nueva oleada de energía. Hacer seguimientos, memorizar chapas de autos e itinerarios, recordar rostros de protagonistas, ejercitar la paciencia durante horas, juntar todo eso en algo coherente para compartir con sus compañeros, eso había sido valioso. Mucho.

Pero Antonio siente que acaba de dilapidarlo. Ya está. Ya lo hizo. Ya lo comunicó. Ahora viene la otra parte. Que es la que importa. La parte real. La parte en la que las cosas no se observan sino que se hacen. Y acá es donde Antonio se siente cada vez menos seguro.

—¿Alguien tiene alguna duda hasta acá? —pregunta el Puma.

Mejor callarse, porque lo que tiene para preguntar Antonio no tiene que ver con qué sitio de qué auto tendrá que ocupar cada uno, o si toca conducir el vehículo A o el vehículo B en el operativo. Mejor callarse, definitivamente. Mejor, pero no consigue hacerlo.

—No termino de entender la importancia del objetivo.

Antonio no necesita alzar los ojos —los tiene fijos en la mesa, en el esquemita con la ubicación final de los vehículos y la disposición para abrir fuego que el Puma destruirá al final de la reunión— para saber que sus compañeros están cruzando miradas y gestos de "¡Otra vez este tipo!". ¿Cuántos más de estos exabruptos estarán dispuestos a tolerarle? ¿Cuándo llegará el día en que Santiago lo cite a una reunión con la superioridad en la que se le notifica que se lo sanciona y se lo separa de la UBC hasta nuevo aviso? A veces Antonio se pregunta si las cosas que hace, como la pregunta extemporánea que acaba de formular, no son un modo inconsciente de aproximar lo más posible ese momento.

—¿A esta altura del plan y con ese planteo, compañero? —si las palabras tuviesen filo, la pregunta de Claudia lo habría dejado lleno de cortes.

—Creo que nuestra última acción militar tuvo un éxito rotundo —se defiende Antonio— porque hubo una coherencia muy marcada entre la envergadura del objetivo y el resultado.

—¿Quiere que se lo reconozcamos de manera individual, compañero?

Antonio prefiere no detenerse en el trato de usted que le prodiga Santiago.

—No pretendo ningún reconocimiento, aspirante —si vamos por el lado de la formalidad, vayamos—. Lo que hicimos lo hicimos todos. Pero elegimos un objetivo que podía procurarnos mucho dinero y le expropiamos, efectivamente, mucho dinero. Ahora bien: si lo que pretendemos ahora es un golpe político, dejar un mensaje claro, que el enemigo pueda leer, ¿atacar a un profesor ignoto va a permitir la repercusión que pretendemos? ¿La lectura del mensaje que queremos dar?

—¿Y usted que propone, a cambio?

El Puma también opta por el "usted". Magnífico. Falta que el Mencho también se le plante enfrente, a destilar su rencor.

—¿No deberíamos elegir un blanco mucho más visible, más reconocible para los propios sectores reaccionarios?

Son varias las voces que se enciman para retrucarle, pero es la del Puma la que se impone:

—Tenga en cuenta que cuanto más visible, y más representativo, más custodiado está, y más inexpugnable es.

"Inexpugnable". Antonio no para de sorprenderse de ese ex oficial montonero. Qué léxico maneja el flaco.

—O sea que a este tipo no lo vamos a bajar por importante, sino por accesible.

—¡De ninguna manera! —Santiago no está de ánimo como para esperar su turno de hablar—. ¡Si se lo ajusticia es porque se lo merece!

—¡Cualquiera de ellos se lo merece! —refrenda Claudia.

—Pero se la damos porque lo tenemos a tiro, no porque sea el peor de los brujovandoristas.

Antonio usa a propósito el calificativo, que le escuchó un par de veces a Santiago y que siempre le genera mucha gracia. Juntar a López Rega y a Vandor en el mismo concepto no es poca cosa, amigos míos. Santiago replica, casi fuera de sí:

—¡Que no los bajemos a todos no significa que no se merezcan todos terminar con un tiro en el bocho, carajo! ¡Se lo merecen! ¡Pero no podemos! ¡Y con todo el tiempo que llevás en Montoneros deberías saberlo, Antonio, la puta madre!

—¿Pero hacemos la guerra para matarlos a algunos o para matarlos a todos?

—¡A todos! —grita Santiago.

—¡A algunos! —grita, encima del grito de Santiago, el Puma.

Antonio está tentado de rematar la discusión con un "Si no podemos ponernos de acuerdo entre nosotros…", pero le parece demasiado.

20

Laspada hace la recorrida de todas las noches. Puerta del garaje. Puerta principal. Puerta del fondo. Llave de paso de la cocina, llave de paso del calefón. Esta noche no va a llover, de modo que no hace falta desconectarle la antena al televisor. Escucha el silencio de la casa que es, en realidad, el silencio de la gente que la habita. Apaga la lámpara del living y se sienta en el sillón. Poco a poco sus ojos se acostumbran a la oscuridad. Tantea sobre la mesita hasta que su mano toca el vaso de whisky. Se lo acerca a los labios. Bebe un sorbo. Lo apoya de nuevo en la mesita.

Saca del estante la cajita que lo obsesiona desde hace tiempo. ¿Quién? ¿Quién y cómo los vendió? ¿Por qué? Se dice que lo mejor es dejar esa cajita en su sitio. Hasta que la cubra el polvo y se la olvide. Aunque sospecha que no se la va a olvidar. Pero este es su momento de paz, de relax. No es bueno arruinarlo pensando en eso.

Saca del estante la cajita de la fábrica. La cosa con el personal está más o menos tranquila. Más o menos. Hay mar de fondo entre el delegado Barrios y sus muchachos de la CGT, por un lado, y un grupo de izquierda del PST con su comisión interna paralela, por el otro. Pero Laspada sigue decidido a no meterse. En este país, el comedido sale jodido. ¿O cómo les fue a esos colegas suyos que se enamoraron del gobierno de Onganía? ¿Y cómo les fue a los de la CGE que se abrazaron con Gelbard? Con el gobierno de Isabel ya no se abraza ninguno, no sea cosa. O por lo menos no públicamente. Laspada está decidido a mantenerse al margen de esos quilombos. Él no está ni con los peronistas ortodoxos de derecha, ni con los peronistas de la tendencia revolucionaria de izquierda, ni con los trotskistas guevaristas no peronistas. Parece mentira, piensa mientras bebe otro trago, hay que andar con un diccionario en mano para llamar a cada cual como quiere que lo llamen, porque si te equivocás en una de esas se te ofenden.

Así que por ese lado las cosas están más o menos tranquilas. Bueno, no tranquilas: estacionarias. Laspada saca de su estante la cajita de sus finanzas. Acá también las cosas pintan mejor de lo que pintaban hasta hace un par de semanas. Antes de ayer el martillero de Caballito le contó que tenía una reserva para el departamento de la calle Rosario. Con la plata de la venta podrá cubrir el agujero que Laspada y Cecilia dejaron en las quincenas, las cuentas corrientes y el pago de los proveedores. Hoy estuvieron largo rato en la fábrica con su hija afilando el lápiz: con el departamento no cubren el millón de pesos que pagaron de rescate, pero van a poder mantenerse a flote.

Ahí Laspada tiene otra cajita interesante: Cecilia. Su hija, que dos meses atrás no quería ni pisar la fábrica, ni quería saber una palabra de cómo se sostenía su familia, ahora es la mano derecha de Laspada con los proveedores, con los clientes y cada vez más con los sindicatos. La piba es una fiera y Laspada no puede más de orgullo por ella.

¿Y entonces? ¿Por qué no terminar acá la revisión de las cajitas? ¿Por qué no dejarlas a todas, de una buena vez, en paz en el estante? Las cosas no son tan buenas como podrían ser en sus mejores sueños, pero están lejos de ser un desastre. A Diego se lo llevaron, pero a Diego lo devolvieron. Ya está. Ya pasó. La macana es que lo que siente Laspada en relación al secuestro de Diego no puede ponerlo en ninguna cajita. Porque las cajitas sirven para las ideas, no para las emociones. Las emociones no entienden de razones. Tan es así que Laspada no puede consolarse con esto de que los secuestradores de Diego se la lleven de arriba. Y no piensa en la guita. No. La guita ya está. Ya se perdió. Pero no es la guita lo que más le importa.

¿Qué es lo que más le importa? Varias cosas le importan. Le importa la sensación que tiene de que se burlaron de él. Alguien los vendió. Alguien los estudió a fondo. Alguien se ocupó de enterarse con pelos y señales de los mínimos detalles de la vida de Diego. Y si lo hicieron con Diego seguro que lo hicieron con Esteban y con su mujer y con Cecilia y con él. Y eso le da bronca y le da miedo. Le da impotencia y unas ganas locas de vengarse. ¿Pero de quién?

Le encantaría estar seguro. Porque tampoco es un caído del catre. Tiene sus sospechas. Sus fuertes sospechas. Pero son eso: sospechas. ¿A quién acudir con esas sospechas? Y además: ¿Qué pasa si él ventila sus sospechas y su movida llega a los oídos del dichoso capitán Igarzábal? ¿Quién le dice a Laspada que el tal Igarzábal no toma represalias? Es muy peligroso patear ese hormiguero.

Pero es tanta la humillación y la bronca que siente. Lo tomaron de boludo. Peor: lo tomaron de boludo y se cebaron en su hijo. No lo dañaron a él. Lo dañaron a su hijo más chico. Cuando piensa en eso —y ese pensamiento lo desborda de tal modo que no cabe en ninguna cajita de ningún estante— Laspada siente una furia que le sale por los poros y que le exige revancha. La que sea, como sea, cuando sea. Pero que sea.

Laspada sabe que algo tiene que hacer con esa furia que le ruge en el pecho cada vez que vuelve a su casa y su mujer lo mira con los ojos llenos de lágrimas. Cada vez que camina por el pasillo que da a las habitaciones. Cada vez que da dos golpecitos suaves en la puerta de la habitación de Diego. Cada vez que abre despacio para no sobresaltarlo. Cada vez que se lo encuentra casi a oscuras, vuelto hacia la pared, con los ojos muy abiertos, chupándose el dedo pulgar de la mano izquierda como cuando tenía dos años.

21

Sobre la mesa, además de la maqueta de la casa del coronel, hay varias fotografías, un mapa de Ituzaingó ampliado, un croquis que representa todas las casas de la cuadra. Gervasio ocupa, de pie, uno de los laterales. Los otros cuatro miembros de la escuadra, también de pie, el otro.

—Este es el último repaso, camaradas. Lo que no se aclara hoy… quedará sin aclarar.

Aunque asiente como todos los demás, Ernesto sabe que la advertencia es innecesaria. Han trabajado hasta el agotamiento, precisamente, para que no quede nada, absolutamente nada, en el terreno de la conjetura.

—La hora cero está fijada para las 20.30. Eso nos da margen para que Cattáneo esté en su casa sí o sí. Acá —señala la foto de un militar en uniforme, un pelado de gesto adusto y bigote frondoso— lo tienen. Se le dispara únicamente a él, salvo fuerza mayor. Sólo se dispara a otros blancos si constituyen una amenaza evidente para el éxito de la misión y la seguridad del comando. ¿Entendido?

Nueva ronda de asentimientos.

—Cattáneo nunca volvió a su casa después de las 19.15. Pero, por si acaso, Laura estará desde el mediodía en la casa alquilada, para asegurarse de que el coronel esté en el domicilio a la hora prefijada. ¿De acuerdo?

Ahora es Laura la única que hace el gesto de asentimiento.

Los dos móviles nuestros se estacionarán a la vuelta de la casa, uno en cada calle. Uno sobre Mansilla y uno sobre Olazábal. A las 20.15 Laura tiene que salir de la casa de vigilancia e ir al móvil de Mansilla, en el que estará Luis. Si Laura confirma que Cattáneo está en su casa darán una vuelta manzana para que el otro móvil, en el que esperamos Ana María y yo, tome nota. Vuelven a estacionar sobre Mansilla. Es un momento muy peligroso, porque estaremos estacionados, sin otro minuto que parejas con ganas de intimidad en esas calles arboladas. Pero no hay otra. Hay que esperar a Ernesto, que se subirá al auto de Luis cuando llegue.

Gervasio se encara con Ernesto.

—Antes de todo esto, a las 18.30, Ernesto neutralizó el Fiat 128 del custodio nocturno, en Flores. Se quedó en las inmediaciones del lugar hasta confirmar que el custodio permanece junto a su auto, dispuesto a repararlo, y que no ha decidido dejarlo tirado ahí para llegar a tiempo a su relevo. Recién entonces, asegurado de que la custodia nocturna está neutralizada, Ernesto se toma el tren en Flores hasta Ituzaingó. Tiene que llegar un poco antes de las 20. Pero esperará en la plaza del lado sur y recién a las 20.15 caminará hacia la cita con el móvil de Luis y Laura. Cinco cuadras. Cinco minutos. A las 20.20 se sube al auto con ellos. Ya la cita de control entre los dos móviles tuvo lugar unos minutos antes. A las 20.29 Luis vuelve a dar una vuelta manzana, pero ahora el otro móvil, que maneja Ana María, lo sigue.

Hace una pausa y muestra unas fotos.

—No lo dije, pero Laura tiene que estar segura, cuando sube al auto con Luis, de que el custodio de la tarde se ha retirado —señala con el índice la foto del morocho retacón— y que no hay relevo, ni con este —señala al que Ernesto tiene que dejar a pata en Flores— ni con este —señala al custodio matinal—, que a esa hora se supone está durmiendo en su casa.

Desplaza las fotos hacia un costado y pone frente al comando el croquis de la cuadra.

—Los autos se dejan cerca del cordón, con el motor en marcha, para salir rápido después del operativo. Es preferible el riesgo de que se oigan los motores al peligro de que alguno no arranque al terminar la operación. Además, la operación no puede durar más de un minuto. Dos a lo sumo. Adelante, el móvil de Luis. Detrás, el de Ana María. En ese móvil tenemos los dos FAL, que usaremos Ana María y yo. Los tres ocupantes del primer móvil rompen, con el ariete, la puerta del tapial, y se hacen a un lado.

Gervasio señala a un costado. El ariete es demasiado pesado y voluminoso como para exhibirlo sobre la mesa de trabajo, con el resto de las cosas. Lo fabricó Luis y, la verdad, quedo buenísimo. Es un caño de seis pulgadas de diámetro y metro y medio de largo, relleno de cemento, al que Luis le soldó cuatro agarraderas, dos adelante y dos atrás, para que sean dos sus portadores. Llama la atención el empuje inercial que consigue el artefacto después de un par de balanceos. Hay que golpear la puerta a la altura de la cerradura para hacerla volar por el aire. Eso es todo. Lo probaron contra una puerta de la casa segura y la hicieron saltar al primer intento. Como les dio miedo haber elegido para la prueba un obstáculo demasiado endeble, hicieron otros dos intentos con idéntico resultado. Para no seguir destrozando las puertas de su escondite probaron contra una de las paredes del galpón: le hicieron tres buracos de varios centímetros de profundidad.

Ese será el momento de mayor peligro: hasta que no rompamos y abramos la puerta no tendremos visión del jardín delantero y de la casa, porque el paredón del frente tapa todo. Por eso entramos Ana María y yo, cubriéndonos con los FAL. Si podemos evitar disparar, lo evitamos. Si recibimos fuego defensivo desde la casa, respondemos. Una vez que nosotros nos abramos paso —se dirige a Luis, Laura y Ernesto— nos sigue Laura, que los cubre a ustedes.

Ernesto sabe que ese es el momento en que Luis y él estarán más regalados, avanzando a lo largo de quince metros descubiertos con un ariete en la mano. Le dieron todas las vueltas del mundo, pero no encontraron una alternativa mejor. Si los atacados quedan paralizados por la sorpresa, no pasa nada. Si los atacados intentan responder, pero los FAL los mantienen en posiciones defensivas, tampoco. El escenario sólo es peligroso si el coronel o los otros ocupantes de la casa reaccionan de inmediato, se parapetan en lugares de difícil barrido con el fuego de los FAL y repelen los tiros. Ahí te quiero ver, piensa Ernesto. Pero esa es sólo la peor de las hipótesis.

—Una vez que con el ariete derriban la segunda puerta, la de la casa, repetimos la formación: los FAL adelante y los otros tres detrás, ya con las armas cortas listas.

Discutieron durante varios días si todos debían ir armados con fusiles de asalto. Pero Gervasio fue de la opinión de que Luis y Ernesto se iban a entorpecer los movimientos si debían cargar el ariete y los FAL. Y Laura explicó que no tiene experiencia en disparar armas largas. Por todo eso terminaron decidiendo que no: con dos FAL tienen suficiente poder de fuego como para disuadir cualquier respuesta. Y para andar moviéndose dentro de la casa, con civiles que tal vez se interpongan en la línea de tiro, es preferible la precisión de las pistolas.

—Dentro de la casa —está diciendo Gervasio— quedamos librados a nuestro instinto y nuestra experiencia de combate. No conocemos la distribución de los ambientes. Basándonos en lo que observamos desde el mirador del velero estipulamos que abajo están el living, el comedor y la cocina, y arriba los dormitorios. Y que el dormitorio de Cattáneo es el que tiene la terraza que mira hacia el frente, o sea, en el extremo sur de la casa. Pero son suposiciones.

Ernesto asiente e intenta no inquietarse. Llevan casi un mes armando el operativo, y han conseguido un nivel de planificación muy meritorio. Pero toda acción tiene un momento en el que el azar, la improvisación, el impulso, juegan el papel preponderante. Y ese momento será cuando traspongan la puerta de la casa. Puede que encuentren a la familia en pleno y en ese caso sólo se trate de mantener a raya a la mujer y a los hijos (el varón tiene veinte y la chica veintidós) mientras se ejecuta al milico. O que estén desperdigados por la casa y entonces deban dividirse para buscarlos, neutralizarlos y recién ahí proceder a la ejecución. O que (y eso es lo que teme Ernesto) la búsqueda se haga contra individuos con poder y acción de fuego. Verse bajo fuego enemigo en un laberinto de puertas, pasillos y habitaciones desconocidos es la pesadilla en la que ninguno de ellos quiere pensar. Pero aunque no quieren pensarlo, puede suceder. Se han extenuado en el cumplimiento de las tareas de inteligencia y planificación. Y con eso han reducido el margen de peligro hasta niveles muy confiables. Confiables, sí. Inexistentes, no.

Por otra parte, se obliga a pensar Ernesto, si la guerra en la que se están jugando el pellejo se librase con márgenes de peligro inexistentes, no habría ningún mérito en librarla. Para algo son soldados revolucionarios y no esbirros del poder. Esos sí que operan con márgenes de peligro casi inexistentes. Mejor dicho, operaban. Ahora saben que el ERP les respira en la nuca. Y pasado mañana, cuando se enteren de que el coronel Cattáneo fue ejecutado, como parte del plan de represalias, en su casa de Ituzaingó por el comando Ho Chi Minh en una operación perfecta, van a incrementar sus niveles de preocupación y nerviosismo. Cada vez más.

—Ernesto.

El aludido mira a Gervasio.

—Sí, sargento.

—¿Me pareció o estabas distraído?

—Para nada —le da vergüenza reconocer que estaba volando.

—Perfecto. Sigamos. La salida es en orden inverso. Laura, Luis y Ernesto se retiran primero y Ana María y yo cubrimos la retirada con los FAL. Una vez afuera: Ernesto maneja el móvil uno al que subimos Ana María y yo. Luis y Laura al móvil dos. El cambio de coche lo hacemos en Villa Ariza, en el punto prefijado. ¿Alguna pregunta?

Todos niegan. Gervasio parece recordar algo:

—¿Quedó algo que haya que retirar de la casa alquilada?

—Mañana nos llevamos lo que queda —dice Luis.

—La chance de que la policía relacione esa casa con el operativo es mínima —agrega Ana María.

—De todos modos el contrato de alquiler lo firmamos con documentos falsos —dice Laura.

—Miren… si la policía de la provincia de Buenos Aires, o los propios milicos, disponen de personal, tiempo y ganas de ponerse a investigar los pormenores del atentado, significaría que no los estamos volviendo lo suficientemente locos —afirma Gervasio.

—Imposible —convalida Luis—. Si uno dijera hace cuatro años, tres años, vaya y pase. Pero ahora, con la de bombas y tiroteos que hay todos los santos días… imposible que den abasto.

—¿Listo entonces? ¿Levantamos la reunión? —pregunta Gervasio.

—Sí, sargento —responde Ernesto, en tono marcial, medio en serio medio en broma.

—No saben el tuco que preparó el sargento para los fideos —dice el propio Gervasio, señalándose mientras recoge todos los materiales de la mesa y se los ofrece a Luis—. ¿Te ocupás vos de quemar esto? —y a los demás—: Se van a recontrachupar los dedos, van a ver.

22

Faltan tres semanas. Tres semanas y terminan las clases. Negociar con su padre fue más o menos lo mismo que discutir los términos de la paz en Oriente Medio. Y eso que Mónica regresó de su reunión con Paterson con el envión desesperado del miedo, dispuesta a cualquier cosa para conseguir arrancarle la decisión de dejar la facultad.

De esa reunión, a las cansadas, surgieron los términos finales del acuerdo. Su papá daría las clases que faltaban, hasta terminar el dichoso "ciclo lectivo" y renunciaría al cargo de Secretario de Posgrados. En cuanto a la cátedra, se vería en febrero. No hubo modo de moverlo de ahí. Lo único que consiguió arrancarle, como fatigada y postrera garantía, fue que iría y volvería desde la facultad en auto.

Mendiberri al principio se negó, por supuesto. Se cerró en banda. Que no le gustaba manejar, que es un gastadero de plata, que el colectivo lo deja perfecto. Pero Mónica fue inflexible. En auto o nada. Y su padre terminó por aceptar. Mónica ni siquiera está segura de que esa precaución sirva para algo. Pero ha hecho el ejercicio de pensarse en esa situación. Si soy una guerrillera y tengo que dispararle a alguien: ¿qué prefiero: perseguirlo en auto o cruzármelo cara a cara en una vereda? ¿En qué situación es un blanco más fácil? Le pareció evidente que un peatón está aún más indefenso que un automovilista.

Y por eso desde hace tres jueves ella sale una hora más temprano del trabajo y lo espera en la puerta de la facultad y lo acompaña a buscar el auto y vuelven juntos. Si lo piensa un poco, la precaución de acompañarlo es ridícula. ¿Qué puede hacer ella si lo atacan? Es más: ella misma puede resultar herida. Pero, estúpidamente, quiere pensar que, tal vez, si lo ven acompañado, posterguen el ataque para una mejor ocasión. Y faltan tres semanas. Eso sí, su papá no ha mentido con eso de que no le gusta manejar. O bueno, que le guste o no habría que verlo. Pero que es un desastre al volante, eso es indiscutible. Mónica no sabe manejar (en eso su padre no dio su brazo a torcer, se negó de plano a enseñarle porque además, adujo, aunque aprendiese jamás le prestaría el Valiant). Pero aun sin saber entiende que su padre maneja endemoniadamente mal. Pésimo.

Es incapaz de mantener los ojos al frente. Mónica trata de no sacarle charla porque él, por razones de estricta cortesía, considera adecuado mirarla a ella mientras conversan, como si prestar atención a la ruta fuera algo completamente superfluo y accesorio. Las líneas que demarcan los carriles son, para él, apenas una sugerencia. Va y viene, derivando a derecha e izquierda sin más límite que su capricho. Muy de vez en cuando algún bocinazo, originado en sus maniobras impredecibles, lo saca de su letargo. Pero la alerta no dura mucho. Apenas lo sobrepasa aquel con quien tuvo el altercado, maniobra que en general viene acompañada de coloridos insultos, su padre vuelve a su anterior estado de inopia de recursos y de reflejos.

El único modo que encuentra Mónica de sentir que puede hacer algo para evitar que choquen es gritar órdenes urgentes y concisas, al estilo de "frená", "movete a tu izquierda", "no, para ese lado no, para el otro", o "frená, frená por Dios que está en rojo". Y su padre, lejos de fastidiarse con sus intervenciones, parece agradecer eso de tener una apuntadora que le traduce ese vértigo de estímulos contradictorios que es el tránsito de la ciudad de Buenos Aires en indicaciones simples y concretas.

Por eso cada vez que consiguen evitar una colisión, cada vez que otro conductor los adelanta blandiendo el puño y profiriendo barbaridades, Mónica se dice, como para tranquilizarse y darse ánimos: faltan tres. Tres semanas y terminan las clases.

23

Aunque se muere de impaciencia, Ernesto se obliga a esperar hasta la hora que le ordenaron. Le preocupa —lo dijo en varias reuniones de planificación— que su llegada a Ituzaingó depende de las veleidades del Ferrocarril Sarmiento. Y de su llegada depende, a su vez, el lanzamiento de la fase definitiva de la operación. Es cierto que dispone de más de una hora, en principio, para hacer el trayecto desde Flores. Pero a veces ese tren de mierda anda como el mismísimo demonio. ¿Tiene tiempo de sobra? Sí. ¿Puede ser que el Sarmiento lo deje a gamba? También.

Por suerte el custodio nocturno es puntual en lo que le toca. Sale del banco a las 18.55 y llega a retirar su Fiat 128 a las 19.00. Sentado en un banco de la Plaza Flores, Ernesto puede seguir con comodidad sus movimientos. Se sube, da arranque, el motor no responde. El tipo insiste. Ernesto sabe que es inútil y el custodio acaba de convencerse también. Abre el capot. Baja a inspeccionar. Toca en varios lugares que Ernesto, desde donde está, no puede ver. No hace falta: seguro que revisa los bornes de la batería, los contactos de los cables de las bujías, el burro de arranque. Sin bajar la tapa del capot (lo que indica que no tiene esperanzas de haber encontrado el desperfecto, y que supone que tendrá que volver a echar otro vistazo) el policía vuelve a ponerse detrás del volante y a intentar encender el coche. Desde su sitio Ernesto escucha que el arranque empieza a empastarse. El riesgo de agotar la batería en esos intentos inútiles disuade al custodio de insistir.

Otra vez abajo. Otra vez a toquetear el motor. Ignora que uno de los cables de las bujías fue reemplazado por uno defectuoso. Que hace un rato Ernesto abrió la puerta con su ganzúa, levantó también el capot y reemplazó el cable sano por uno que no puede hacer contacto porque tiene varios cortes dentro del plástico, en el cordón de cobre. Por eso el custodio no tiene manera de ver que ese es el problema. Ni el custodio ni cualquier mecánico amigo que pueda convocar un jueves a deshoras. Y aun cuando el convocado tenga la intuición de suponer que puede ser un problema de los cables de bujías, y el hábito improbable de cargar con un juego de cables de repuesto, Ernesto les tiene preparado un problema adicional: la rueda trasera derecha está en llantas. Eligió esa para que el cordón de la vereda vuelva casi imposible detectarlo a simple vista. Sólo en el improbable caso de que logren hacer andar el Fiat podrán comprobar, después de rodar treinta, cuarenta, setenta metros, que la cubierta está sin aire. Y si el custodio se detiene otra vez contra el cordón a cambiar la rueda se enterará, furioso, de que la rueda de auxilio que guarda en el baúl también está sin aire. ¿Se figurará, para entonces, que su auto ha sido saboteado? Ernesto sospecha que no tiene la imaginación suficiente. Se quedará con el fastidio de toda su mala suerte encadenada: cable de bujía, rueda pinchada, rueda de auxilio desinflada. Y lo más seguro es que, cuando deje el barrio de Flores, lo haga en tren.

A esa altura al custodio se le presentará un dilema moral: completar su guardia frente a la casa del coronel Cattáneo o irse a su casa a intentar descansar un poco antes de volver por la mañana a Flores a ver qué cuernos hace con su Fiat 128. Haga lo que haga será, como dicen los abogados, una cuestión abstracta: ya no habrá nadie a quién proteger. Se enterará en Ituzaingó, cuando tuerza la esquina y vea los patrulleros y las ambulancias. O se enterará en su casa de Moreno, cuando su mujer, al escuchar las llaves en la cerradura, salga desquiciada a su encuentro para decirle que lo están llamando sus superiores para que explique por qué mierda no está en el lugar del atentado en el que perdió la vida su dichoso coronel.

Claro que todo esto el custodio todavía no lo sabe. Por eso baja la tapa del capot, cierra con llave la puerta del conductor y camina media cuadra hasta el teléfono público que hay sobre la vereda de la avenida Rivadavia. Por el tiempo que demora es posible que haga más de un llamado. Por fin regresa hasta donde tiene el auto estacionado, vuelve adentro, hace un último intento infructuoso de arrancar y termina por bajar, recostarse sobre el lateral y encender un cigarrillo, en la clara actitud de quien tiene para rato.

Ahora sí, Ernesto se levanta del banco, intenta no dejarse llevar por el apuro y encara hacia la estación. Son las 19.15. Tiene una hora exacta para contactar con su grupo. Con ansiedad, cuando le faltan ochenta metros para la estación, ve cómo desciende la barrera del paso a nivel de la calle Artigas. ¿Cuál es el tren que está viniendo? ¿El que va a Plaza Once o el que sale de la ciudad hacia Moreno? Ernesto, como otros varios transeúntes, empieza a correr hacia la estación. Las vías pasan tan encajonadas entre los edificios que no hay manera de ver, a la distancia, cuál de los trenes está llegando.

Con alegría advierte que es el que viene desde Caballito. Sube de dos en dos los escalones que llevan al andén (sacó el boleto hace rato, precisamente para no arriesgarse a perder un tren por esa demora estúpida) y se trepa a un vagón casi repleto. Son las 19.18. En Floresta y Villa Luro casi no suben pasajeros, pero en Liniers el aluvión es tan grande que la masa humana lo obliga a moverse lejos de las puertas, pasillo adentro. No es grave. Cuando el tren llegue a Morón, donde baja una enormidad de gente, volverá a acercarse a las salidas.

Los problemas empiezan cuando el tren sale de Ciudadela. En lugar de tomar velocidad, en ese largo tramo de vías rectas, el tren avanza lentamente. Tanto que los autos que van por la avenida Rivadavia, que ahí corre paralela a las vías, lo sobrepasan uno tras otro. Unos quinientos metros antes de la estación de Ramos Mejía el convoy se detiene por completo. Ernesto insulta para sus adentros. Mira el reloj. Todavía no es grave. Pasan varios minutos hasta que se ponen otra vez en marcha. En Ramos Mejía no son demasiados los que suben y los que bajan. Son las 19.50 cuando el tren abandona Ramos. Y otra vez va como pisando huevos, la puta madre. Otra vez la detención completa, en este caso a la altura del Instituto de Haedo, a mitad de camino entre estaciones. Pasan dos minutos. Otros dos. En el pasillo abarrotado los pasajeros empiezan a quejarse en voz baja. Se oye un rumor de tren avanzando a gran velocidad. Por la vía exterior, la más pegada al alambrado perimetral, como un bólido, un tren que va en la misma dirección sobrepasa al de Ernesto. El rápido a Morón, concluye. Por eso su tren iba tan lento. Porque debía dejar pasar al rápido antes de la unión de vías que hay entre Haedo y Morón, donde el rápido debe regresar a la vía principal. Ahora sí, se esperanza Ernesto. Ahora sí su propio tren, una vez que el otro se aleje un poco más, debería reanudar la marcha. Con alivio, un minuto después, siente en el cuerpo el tironeo de la inercia cuando se reinicia el movimiento de la formación. A las 20.01 dejan atrás Morón. Si no se presentan más contratiempos puede llegar en ocho minutos a Ituzaingó. Bien.

Pero cuando el tren llega a Castelar escucha el sonido de fritura de los parlantes de la estación y tiene un nuevo sobresalto. "Tren que arriba a Plataforma 1 es Castelar solamente. Solamente Castelar. Se ruega a los señores pasajeros descender del mismo". Ernesto insulta en voz alta. Todos los pasajeros, resignados, empiezan a amucharse en el andén. Ernesto se dice que debería haberlo previsto: él es de ese pueblo, y sabe de memoria que muchos trenes, en lugar de seguir hasta Moreno, terminan su recorrido en Castelar, porque ahí están la playa de maniobras y los galpones donde los limpian y los guardan por la noche. Intenta consolarse diciéndose que no estaba en sus manos proceder de otro modo. Se topó con un "Castelar solamente". No es para tanto. De haberlo sabido debería haber tomado el rápido que los sobrepasó en las cercanías de Haedo. Momento: no. Tampoco. Porque el rápido a Morón no se detiene en Flores. Ni en Flores ni en ninguna otra, desde Once a Morón. De ahí su nombre. No debe ser idiota. No debe preocuparse por lo que no estaba en su mano modificar. Él avisó en las reuniones del comando que el Ferrocarril Sarmiento es una porquería. Si de todos modos le asignaron el sabotaje de Flores, pese a sus advertencias, será porque no es tan grave la demora.

Otra mirada al reloj. Las 20.10. ¿Y si sale de la estación y cubre ese tramo final en colectivo? Hay varios que lo llevan. Pero el problema es que el tren es más veloz. Si se va a tomar el colectivo y justo viene el tren siguiente —que sí o sí seguirá hasta Moreno porque nunca despachan dos "Castelar solamente" consecutivos—, terminará perdiendo más tiempo que esperando en el andén. Basta. Seguir las órdenes. Quedarse ahí. Ninguna de las demoras en las que incurrió fue culpa suya.

Para ahorrar hasta el último segundo camina hasta el final del andén. Así se subirá por la última puerta del último vagón, y al bajar en Ituzaingó estará, también, en el extremo de la estación, bien pegado a la barrera de la calle Juncal. Más no puede hacer. En eso está cuando escucha la campanilla de la barrera de la estación de Castelar y ve cómo bajan las barreras. Mira el reloj. Son las 20.14. Se asoma intentando ver hacia el lado de Morón, como si eso acelerase la llegada del próximo tren, pero no se ve nada.

Lo distrae un sonido que viene del otro lado, a sus espaldas. Cuando se gira no puede evitar un nuevo insulto. El tren que está llegando a la estación, y deteniéndose, es el que va en sentido contrario, hacia la Capital. No llega más, la puta madre. El tren abre sus puertas. Como el extremo trasero del tren que espera Ernesto cae a la misma altura que el primer vagón del que va en la otra dirección puede ver cómo el motorman abandona la cabina de conducción y saluda a un reemplazante que esperaba en el andén. El otro sube y cierra la estrechísima puerta por la que acceden a la cabina. Maldita estación de Castelar donde suceden todas esas cosas que demoran a los trenes. Por suerte en ese momento ve asomar, a lo lejos, la trompa del siguiente tren a Moreno. Mira el reloj. 20.17. Cuando el tren se detiene se pone a un lado para dejar bajar a otros pasajeros y sube haciendo cálculos. Si sale en seguida puede bajar en Ituzaingó a las 20.21. Si corre hasta el punto de reunión puede hacerlo en dos minutos. 20.23. Y como respondiendo a sus ruegos, el tren hacia Moreno cierra las puertas y arranca de inmediato.

24

Cuanto más lo piensa más se da cuenta de que se mandó una macana grande como una casa. ¿Cómo va a poner, en el partido diez del Prode, empate entre Ferro y All Boys? ¿En qué estaba pensando cuando marcó esa casilla? Ferro viene bien, All Boys viene como el demonio. ¿Y él pone empate? ¿Se puede ser así de boludo?

Ludueña, acodado en el borde de la ventanilla, mira sin ver. Una vez que el tren se adentra en la playa de maniobras entre Ituzaingó y Castelar hay un montón de empalmes que las formaciones toman a baja velocidad, para evitar daños en las instalaciones y descarrilamientos. Eso se lo explicó un motorman y Ludueña no lo ha olvidado. Era en la época en que viajaba seguido a Capital. Cuando el tren iba muy lleno intentaba que lo dejasen viajar en la cabina, para evitar apretujones. Y como el tema le interesó siempre, aprovechaba los trayectos para satisfacer su curiosidad, salir de dudas. Pero él venía con otra cosa en la cabeza. ¿Qué era?

Ah, sí. Lo del empate que puso en Ferro contra All Boys. En su momento le pareció una opción plausible. Como son medio vecinos, Ferro de Caballito y All Boys de Floresta, hay una pica, una rivalidad. Y en una de esas (ahora se acuerda perfecto cuál fue su razonamiento) All Boys le hace más fuerza a Ferro. Más fuerza que en un partido normal. No tanta fuerza como para ganarle en su cancha, pero fuerza igual. Además, si uno se pone a pensar, todos los partidos tienen lo suyo. De lo contrario, ganar el Prode sería una pavada y lo ganaría todo el mundo. En una de esas no es tan grave. O le termina pasando lo de tantas otras veces: ese pronóstico del que se arrepintió y con el que se hizo una mala sangre bárbara lo termina acertando, y pierde el pozo por otro partido que cuando metió la cruz en local, empate o visitante lo hizo confiadísimo en que lo que hacía estaba bien.

Como va sentado en el primer vagón, del lado de la estación, al principio las personas de pie en el andén de Castelar son sombras borrosas que desaparecen enseguida y, a medida que el tren frena, se van dejando ver mejor y con más detalle.

Ludueña enciende un cigarrillo. Por eso viaja en el primer vagón, porque los impares tienen los cartelitos negros de "para fumar". Por eso y porque así puede bajar rápido en Morón, saltar de dos en dos los escalones del andén y llegar a la parada del 242 antes que la mayoría. Como el colectivo sale desde esa terminal puede sentarse. Lo piensa y casi la escucha a su mujer quejándose de que se lo pasa todo el día sentado. Es cierto. Pero a esa hora está cansadísimo, y descabezar un sueñito hasta su parada de Camino de Cintura le permite llegar despabilado a su casa y charlar con los chicos en la cena. En el tren no vale la pena dormirse, por dos estaciones. Después sí.

Precisamente para no dejarse ganar por la modorra pasea la vista por el andén. A la otra plataforma está llegando el tren que viene desde Capital. Se ve que el anterior fue "Castelar solamente", por la cantidad de gente que espera para subirse. Se abren las puertas del tren que llega y una marabunta de pasajeros se derrama desde el interior. A Ludueña lo pone de muy mal humor que los que esperan subir, de puro impacientes, intenten hacerlo cuando los de arriba todavía no bajaron. Cuando le toca sufrirlo en carne propia no se hace problema: les pega terrible empujón que los deja hechos un molinete, y más de una vez el impaciente termina de culo en el piso. A ver si aprenden, la pucha. Esta vez los que esperan son civilizados, parece, porque se quedan a un costado hasta que los otros terminen de bajar. Es verdad que como fuerza de choque no prometen demasiado: una señora que lleva dos bolsas de compras. Un viejo con bastón. Pero cuidado que también hay dos flacos jóvenes que esperan con prudencia.

Ludueña se queda mirando fijo a uno de los flacos. El mundo es un pañuelo, como dice su mujer. Es uno de los albañiles que trabajan enfrente de la casa del coronel, esa que alquilaron las enfermeras. Mirá vos qué casualidad, cruzárselo en la estación. Ni ayer ni hoy trabajaron, cosa que le llamó la atención porque hizo un día precioso. Ni él ni los otros dos. ¿O estarían trabajando adentro? Qué boludo, no tiene nada que ver si les tocaba trabajar adentro o afuera, porque hoy no fueron a trabajar y sin embargo el pibe se está tomando el tren hacia Ituzaingó, no hacia Ciudadela, que es donde vive, según le dijo.

Ludueña sigue pensando. Raro que ande por ahí, siendo la hora que es, cuando el flaco le dijo expresamente que no conoce para nada la zona. Raro, había dicho Ludueña, siendo Ciudadela otra estación del mismo tren. La gente se suele mover sobre las líneas de los ramales. Pero el flaco dijo que no, que nunca había venido para este lado. Es verdad que el propio pibe es un poco raro. Tiene menos pinta de albañil que Ludueña pinta de astronauta. Habla bien, empilcha bien…

Ludueña salta del asiento y busca la puerta justo en el momento en que se escucha el estampido del mecanismo neumático de cierre. La puerta se le cierra en las narices. Mira alrededor. En la puerta siguiente una de las hojas está cerrada, pero la otra quedó trabada y abierta. Ludueña va hacia ahí mientras el tren se pone en marcha. El policía encara hacia la abertura pensando que si demora el salto puede chocarse con cualquier obstáculo o caer directamente al suelo, por eso de ir en la parte de adelante. Se lanza de todos modos y aminora el envión con varios pasos cortitos sobre el andén. Enfrente todo el mundo ha subido ya al tren que va hacia Moreno. Ludueña pega un trote hasta el penúltimo vagón, para no subir cerca del albañil jovencito. Debe ser una estupidez. Y si el idiota de Ibarra hubiera llegado en hora, ni se lo plantearía. Pero justo Ibarra no llegó en hora, ni avisó, ni nada. ¿Y si el flaco…?

Es imposible. Pero por otro lado, no se va a quedar tranquilo. Cuando lleguen a Ituzaingó se fija bien. Si el flaco sigue viaje, Ludueña se baja y espera el próximo para el lado de Morón y se deja de jugar al detective. Y si se baja en Ituzaingó pero encara para otro lado, lo mismo.

Eso sí: si Ludueña está armando toda esta vuelta al pedo, la calentura que se va a agarrar su mujer, con él volviendo una hora tarde por hacerse el detective Columbo, va a ser para alquilar balcones.

25

El tren, Ludueña lo sabe, va mucho más rápido desde Castelar hacia Ituzaingó que desde Ituzaingó hacia Castelar, por la bendita cuestión de los empalmes y bifurcaciones de las vías. Una larga recta que se hace en tres minutos. Tres minutos que Ludueña pasa buscando —y encontrando— motivos plausibles por los cuales el albañil —no se acuerda del nombre, ni siquiera está seguro de que alguna vez se lo haya dicho… ¿Eduardo? ¿Emilio? Era con E…— está viajando en la dirección equivocada el día que no fue a trabajar.

Seguro que se baja en Ituzaingó y agarra para otro lado. No. Ni siquiera. Seguro que sigue de largo, para Padua, o para Merlo. Y él, como un idiota, viajando para adelante y para atrás y perdiéndose media hora de estar tranquilo en casa con los chicos mirando la tele mientras su mujer termina de cocinar.

Tampoco es para tanto. Una parte del tiempo perdido la podrá recuperar, igual. En lugar de esperar el colectivo vacío para viajar sentado subirá al primero que esté para salir. Eso sí, qué pavote perderse esa siestita reparadora en el ómnibus por un pálpito ridículo.

El tren pega el bocinazo largo que da antes de cruzar el paso a nivel de Santa Rosa. Listo. Unas cuadras y llegan. Ludueña se aproxima a las puertas y piensa cómo conducirse al bajar. Hay un noventa y cinco por ciento de posibilidades… no, hay un noventa y ocho por ciento de posibilidades de que el flaco esté en el mejor de los mundos. En ese caso, si justo baja también en Ituzaingó, Ludueña lo saluda con una inclinación de cabeza y listo. Momento: ¿qué va a pensar el pibe si lo ve bajarse del tren en Ituzaingó, a esa hora, y ponerse a esperar el tren para el otro lado? Que está loco o que es un pelotudo.

Por eso, cuando se abren las puertas, Ludueña, en lugar de encarar hacia el final del andén, por donde eventualmente estará bajando el flaco, se apea dando la espalda a ese sitio, cosa de no quedar como un idiota si el pibe lo ve y lo reconoce. Además —se repite Ludueña— lo más probable es que siga arriba del tren y no se baje. Y por lo tanto lo más probable es que cuando Ludueña finalmente se dé vuelta resulte que no lo vea en el andén. Simple. Eso será todo.

Pero cuando Ludueña finalmente se gira hacia el otro lado se encuentra con algunos hechos sorprendentes: Uno, el flaco, efectivamente, bajó en la estación de Ituzaingó. Dos, el flaco ya no está en el andén. Y tres, el flaco corre como alma que lleva el diablo para el lado de la casa del coronel.

Ludueña sale corriendo detrás a todo lo que da.

26

Con la lengua afuera, Ernesto se desploma en el asiento trasero del auto estacionado sobre Mansilla. Sus pies tocan el ariete, que descansa sobre el piso.

—¿Qué te pasó? —pregunta Laura.

Ernesto intenta recuperar el aliento. ¿Tiene sentido intentar explicarles?

—El Sarmiento me pasó. El hijo de mil puta del Ferrocarril Sarmiento.

Como era de prever, desde el asiento de adelante no llega ninguna réplica. Repasa sus procedencias: Luis es de Caballito. Gervasio se crió en La Plata y del Gran Buenos Aires no conoce ni jota. Y las mujeres son de Zona Norte y el único tren que conocen es el Ferrocarril Mitre, que comparado con el suyo es como esos trenes de Europa que parece que son puntualísimos, limpios y perfectos.

Luis arranca y empieza a dar la vuelta a la manzana, en la segunda vuelta de control. Ernesto mira la hora. Cinco minutos fue su retraso. Tampoco es para tanto, se consuela. Pasan junto a un auto estacionado sobre Olazábal con dos ocupantes. En la oscuridad Ernesto no los ve, pero sabe que son Gervasio y Ana María. Luis se cerciora, por el retrovisor, de que arrancaron y lo siguen.

De vuelta sobre Mansilla, Luis se detiene sin apagar el motor, el tiempo justo para que Laura le pase una pistola a Ernesto, que la guarda en la cintura, y empuñe la suya. Luis da vuelta a la esquina a baja velocidad. La calle Paulino Rojas está completamente desierta. Sin acelerar demasiado para que el motor no meta demasiado bochinche llega hasta la altura de la casa del coronel. Se escucha que, justo detrás, Ana María acaba también de detenerse.

No necesitan decir una palabra. Luis y Ernesto retiran el ariete y lo empuñan. Laura, con el arma en alto, se agazapa junto a ellos. Apenas más atrás, Gervasio y Ana María preparan los FAL.

—¡Ahora! —da la orden Gervasio.

Con la sincronía que desarrollaron a fuerza de despanzurrar puertas y paredes en la casa segura, Luis adelante y Ernesto detrás, avanzan los pasos que los separan de la puerta metálica que cierra el paredón, mientras mueven hacia atrás el ariete, para aprovechar la fuerza conjunta de sus pasos y del movimiento de péndulo. Descargan el ariete en la cerradura e intentan preparar el cuerpo para el envión que sentirán cuando la puerta se abra de par en par, pero no sucede nada. El estruendo que hace el ariete contra la puerta de chapa es enorme, pero sigue cerrada.

—¡De nuevo! —vocifera Gervasio.

¿Cómo es posible? Se nota que no es una puerta demasiado sólida. De hecho, a la débil luz callejera Ernesto puede ver la abolladura que le hicieron a la altura de la cerradura. ¿Por qué no se abrió? Retroceden unos pasos y vuelven a descargar el ariete. Nuevo estruendo, una abolladura más pronunciada, pero justamente: la puerta empieza a arrugarse, a desarrollar una protuberancia que apunta hacia el jardín delantero de la casa, pero no se abre.

—¡Ya saltó la cerradura! —señala Luis, alarmado.

En efecto, la cerradura ya no está en su sitio. ¿Qué carajo pasa, entonces?

—¡Debe tener una tranca! —grita Gervasio, que se cruza el FAL en bandolera y se coloca detrás del ariete—. ¡Vamos los tres! ¡Peguemos más arriba!

Porque la tercera es la vencida, o porque tres empujan más que dos, o porque con la desesperación sacan fuerzas de donde no creían tenerlas, ahora consiguen hacer saltar la bisagra superior y doblar la puerta un poco por encima de la mitad. Ernesto se da cuenta de que Gervasio tenía razón. La puerta tiene una tranca transversal, del lado de adentro, mucho más fuerte que la cerradura. Gervasio salta por encima de la puerta doblada. Lo pierden de vista mientras se agacha. Escuchan como sacude la tranca que ellos, para peor, al abollar la puerta, hacen más trabajoso retirar.

En ese momento suceden dos cosas, una buena y una mala. La buena es que se escucha un ruido metálico, como de un objeto de hierro que cae al piso, y Gervasio abre la maldita puerta de par en par. La mala es que se empiezan a escuchar disparos. Disparos que no son suyos. Disparos que tampoco vienen de la casa del coronel. Son disparos que les tiran desde la retaguardia.

27

Ludueña corre todo lo que puede, pero el pibe ese es un galgo. Al final va a tener razón su mujer, cuando le dice que está viejo y achanchado. Antes de la esquina de Zufriategui lo pierde de vista, entre lo rápido que va y lo oscura que es la cuadra.

De todas maneras no necesita verlo para seguirlo. Puede ir a ciegas porque sabe a dónde va. Ahora está seguro. Está yendo a la casa del coronel. No a la casa que están refaccionando, la de las enfermeras. Si es un albañil que se olvidó algo en la obra no corre así. Ni loco. Ese pibe es cualquier cosa menos albañil.

Cuando le faltan dos cuadras para llegar ve que sobre Mansilla un auto arranca con las luces apagadas y da la vuelta por Paulino Rojas. Al flaco no se lo ve por ninguna parte. Se habrá subido a ese auto. No. No es el auto de los albañiles. Momento: ¿qué cuernos importa si es el auto de los albañiles? ¿O si van a hacerle algo al coronel van a usar su auto? Ludueña se reprocha ser un pelotudo y sigue corriendo, pero cuando está por llegar a la esquina del coronel escucha que, detrás de él, un coche acaba de doblar la esquina. Es el auto que antes estaba estacionado. Sospechoso. Pegadísimo detrás, otro auto. Recontra sospechoso.

Ludueña se pega a la línea de las casas. Saca el arma, pero no le quita el seguro. Siente que el corazón le late en la garganta. No puede ser. Se lo tiene que estar imaginando. Los dos autos doblan la esquina muy, muy lento. Avanzan por Paulino

411

Rojas. Ludueña se asoma detrás del ligustro de la casa esquinera. Frenan los coches delante de lo del coronel. Ahí está el Falcon de la custodia. Ibarra, bien gracias. Quién sabe dónde carajo se habrán metido él y su Fiat 128, pero adentro del Falcon Ibarra no está. Del primer auto bajan tres personas. Uno es el flaco del tren. Junto con otro bajan una especie de caño. Del otro auto se bajan dos. Llevan armas largas. La reputísima madre que lo remil parió, piensa Ludueña.

¿Qué carajo puede hacer con una Browning contra semejante arsenal? Si dispara, si nomás les da la voz de alto, lo van a cagar a tiros. ¿Cuántos cargadores tiene? Tres. Ellos son cinco. En eso anda cuando ve que los tipos levantan ese caño que bajaron de uno de los autos y golpean el portón. Claro. Quieren hacer saltar la puerta. ¿Y si toca el timbre de alguna casa y pide el teléfono para llamar a la policía? Se sabe de memoria el teléfono de la comisaría de Ituzaingó. Los guerrilleros, porque está claro que son guerrilleros, carajo, están volviendo a golpear la puerta. Toca el timbre de la casa, que tiene un farol encendido en el porche. No pasa nada. No quiere gritar porque teme delatarse.

Nuevo topetazo. Ludueña ve que ahora son los tres hombres los que empuñan el caño. Uno de los tipos, el que tenía el rifle —¿un FAL?— se trepa por encima de la puerta a medio derribar. Ludueña mide la distancia que lo separa de los atacantes. Cincuenta metros. Varios árboles, la mayoría demasiado flaquitos. Hay dos tilos a mitad de camino que son enormes. Después el Falcon, muerto de risa. Y después ya los guerrilleros. Por los ruidos que se escuchan están terminando de librarse de la puerta. Ludueña entiende cómo va a ser el ataque. Una vez que pasen los cinco —¿puede ser que los otros dos sean mujeres?— van a cruzar el jardín de la casa y al coronel y a la familia los van a cazar como a pajaritos. No puede borrarse. Siente el corazón golpeando como un tambor, tum, tum, en el pecho. Una vez que empiece a disparar lo van a ver y lo van a hacer mierda. Donde la mina con el FAL, porque seguro que es un FAL, se dé vuelta, le tira una ráfaga y lo caga a tiros.

Ludueña escucha cómo la puerta de chapa cruje mientras terminan de vencer su resistencia, corre para alcanzar uno de los tilos de tronco ancho, levanta el arma y empieza a disparar.

28

Lo más difícil debe ser superar el primer momento de desconcierto, piensa Ernesto. Y lo piensa así, "debe ser", porque no está seguro de que sea. Y no está seguro porque es la primera vez en su vida que le disparan. No es la primera vez que él abre fuego. Ni la segunda. Pero nunca, hasta ahora, se lo habían devuelto. Como los disparos desde la retaguardia empiezan justo cuando Gervasio consigue derribar el portón, el mejor modo de ponerse a salvo es entrar al jardín de la casa para guarecerse detrás del paredón perimetral. Y como le tocó ayudar a Gervasio dándole empellones con el hombro a la chapa, él, Ernesto, es el primero en pasar. Laura entra detrás. Luis la sigue. Ana María, antes de pasar adentro, lanza una ráfaga contra el atacante exterior. No puede ser el custodio nocturno. ¿Pero quién carajo puede ser, entonces? ¿Habrán llamado a la policía? Imposible que vengan tan rápido.

Ana María corta la ráfaga y se gira hacia ellos. Acomoda el FAL en posición vertical para que no la estorbe en el movimiento. Busca a Gervasio. Lo ve. Grita una pregunta.

—¿Cómo seguimos, sargento?

Y de repente cae de costado, como si desde su derecha le hubiesen pegado un empujón, y el pecho se le empieza a teñir de rojo.

—¡Mierda! ¡Le dieron a Ana María! —grita Ernesto.

Como si fuera el único que lo vio, después de todo. Pero siente que si no lo dice, si no lo grita, no puede procesarlo. De todos modos tampoco es que así, gritándolo, pueda entenderlo del todo. Gervasio mira hacia la casa y los mira a ellos, y otra vez hacia la casa y otra vez hacia ellos.

—¡El ariete! —ordena.

—Pero… —dice Luis.

—¡El ariete! —vocifera Gervasio, y le grita a Laura—: ¡Cubrí la calle!

No hace falta más. Todos se ponen en movimiento. Luis y Ernesto levantan el ariete. Laura cruza los dos metros que la separan de la puerta, asoma el arma y dispara dos tiros. Después estira el brazo para retirar a Ana María, que se queja de dolor, del umbral del portón destrozado. Desde afuera siguen viniendo tiros, pero espaciados. Es evidente que el tirador no tiene un ángulo directo. Debe estar, piensa Ernesto —siempre y cuando a eso que está haciendo pueda llamárselo pensar—, parapetado detrás del Falcon de la custodia, o detrás de los árboles grandes que hay un poco más allá. ¿Cómo van a poder retirarse con un tirador enemigo ahí? Cubriéndose con los FAL, supone. Igual, ponerse a pensar ahora en eso es ridículo. Lo urgente es lo que tienen por delante en los próximos treinta segundos. Y lo que tienen es derribar la puerta de entrada de la casa.

Por eso van al trote, ahora, Luis delante y él detrás, con Gervasio cubriéndolos con el FAL. Los tres miran fijamente la puerta. Diez metros. Cinco. Tres. Y de repente reciben una nueva andanada de disparos, pero que no vienen desde afuera sino desde una de las ventanas de la casa. Se escuchan tan cerca como si fueran propios.

—¡Cuerpo a tierra! —grita Gervasio.

Ernesto obedece. Suelta el ariete y se lanza al piso como le enseñaron. Se mueve apenas de costado para sacar el arma que ha llevado hasta ese momento en la cintura. Gervasio suelta una ráfaga del FAL sobre la ventana desde la que vinieron los disparos. No contento con eso dispara también sobre la puerta de la casa, y sobre la otra ventana que da hacia el frente. Termina de vaciar el cargador y se pone boca arriba para cambiarlo. Ernesto lo cubre disparando su pistola. Tres balas a una ventana. Tres balas a la puerta. Tres balas a la otra ventana.

—¡Mierda! —escucha a Gervasio.

—¿Te dieron? —Ernesto lo pregunta y no puede disimular la desesperación. Tampoco lo pretende.

—A mí no —dice Gervasio.

Es cómo lo dice. Y es la pausa que se produce, en la que no hay disparos desde la casa, ni desde el jardín que ocupan, ni desde la vereda. Y es el modo en que yace el cuerpo de Luis, a mitad de camino entre Ernesto y Gervasio. Ernesto repara en que Luis no disparó para cubrir al sargento mientras recargaba. Ni la posición que tiene Luis es la que les enseñaron en los campamentos de entrenamiento para echarse cuerpo a tierra. Luis está inmóvil, con la cara hundida en el pasto. Luis está muerto.

29

Ludueña escucha el silencio repentino y duda. Lo de adentro fue un intercambio de disparos. De eso no hay duda. Primero fue una pistola. Después un FAL. Ahora no se oye nada. Debería buscar un mejor ángulo de tiro. Así está muy oblicuo. Bien protegido por el árbol, pero no tiene ni idea de lo que pasa en la casa. No se anima a parapetarse detrás del auto de la custodia. Demasiado cerca. Lo van a dejar como un queso. Mira la vereda de enfrente, la de la casa de los albañiles. Otra que albañiles. Hijos de mil puta. Al lado de esa casa, justo frente a la del coronel, hay una casa con un tapial bajito, pero de mampostería. Tiene que aguantar. Si llega hasta ahí es un buen lugar para refugiarse. Más seguro que el árbol de mierda detrás del cual se guareció.

El fuego contra su posición también está silenciado. No alcanza a ver a su atacante. Debe estar esperando, también, su próximo movimiento. Pero ahí está. Si los guerrilleros deciden ir para su lado está perdido. Un árbol no es protección suficiente. Mejor salir pitando para el lado de la casa de enfrente.

Sale corriendo. Le parece ver un movimiento en el umbral del portón derribado. Dispara para cubrirse. Otra vez. Otra más.

Salta la tapia. Se deja caer al pasto. Oye una ráfaga atronadora. La mampostería de la casa, dos metros detrás de sí, empieza a saltar en pedazos. Hijos de puta. Ahora le están tirando con un FAL.

—¡Oigan! ¡Los de la casa! —grita—. ¡Si me escuchan, ni

se les ocurra asomarse! ¡Llamen a la policía y esperen tirados en el piso! ¡Soy de la custodia del coronel! ¡Llamen a la policía y no se levanten!

Escucha una nueva andanada de tiros. Se agazapa y cierra los ojos, pero no. Esta vez no es el FAL ni es contra él. Es en la casa. Pero no se anima a sacar la cabeza para espiar, por miedo a que se la vuelen.

30

Laura termina de disparar con el FAL hacia la vereda de enfrente y se cubre detrás del paredón para recargar. Ernesto mira a Gervasio, sin saber qué hacer. El sargento le devuelve una mirada igual de confusa. El dilema es clarísimo. Seguir adelante o abandonar. En ese momento se escuchan otra vez disparos.

—¡La puta que lo parió! —se oye gritar a Laura.

Ernesto ve que, muy cerca de donde está su compañera, saltan pedazos de revoque del paredón a causa de los impactos. La chica suelta el FAL y sale disparada hacia el exterior, con las balas picando cerca de sus pies. Ernesto entiende que los que disparan, otra vez, son los hijos de puta de la casa. Pero como disparan desde la planta alta ellos dos, Gervasio y él, no son visibles porque los cubre el alero de la galería. Su superior se pone de pie y ordena:

—Retirada, carajo. Te cubro.

Ernesto se incorpora y se vuelve hacia Luis. No puede pensar que se dio vuelta hacia "el cadáver" de Luis. ¿Lo van a dejar ahí?

—¡Retirada, carajo!

Gervasio lo grita de un modo que busca que Ernesto salga de su estupor y da unos pasos hacia atrás para tener visible la planta alta. Dispara a discreción con su FAL sobre todas las ventanas de la fachada. Ernesto obedece la orden y cruza el jardín delantero de regreso hacia la salida, con el estrépito de los disparos y de los cristales despedazados a sus espaldas.

Cuando llega al portón se parapeta en el umbral, apuntando hacia afuera y grita a su vez:

—¡Lo cubro, sargento!

A los pies de Ernesto, cruzada en el camino de acceso, sigue Ana María, que ahora no se queja ni se mueve. Afuera, sentada en el pasto junto al cordón y con la espalda apoyada en el auto de la custodia, Laura le hace un gesto dirigido a la otra vereda. Ernesto ve que se asoma una cabeza detrás de la tapia de la casa de enfrente. Dispara en esa dirección hasta vaciar el cargador. No cree haberle dado. Gervasio llega hasta la posición externa de Laura y Ernesto. Con cuidado la da vuelta a Ana María. Insulta en voz baja. Mientras recarga el FAL habla sin alzar la voz:

—Ayudala a Laura a subir al auto de adelante. ¡Ya!

Se escucha una sirena en alguna parte.

—¡Están tirando desde allá enfrente! —Ernesto le señala a su sargento de dónde vienen los tiros.

Gervasio dispara hacia la casa de enfrente. Ernesto corre encorvado hasta Laura y la incorpora. La chica intenta ayudarlo rodeándole los hombros con su brazo sano. El otro le cuelga inerte. Ernesto tiene la esperanza de que esa sea su única herida. De nuevo se oyen tiros desde el interior de la casa. Por el rabillo del ojo ve que Gervasio repele ese fuego parapetándose en el umbral de la maldita puerta de chapa que tanto los demoró al principio del operativo. ¿Cómo terminaron en medio de ese fuego cruzado? Querría cubrirlo, a su vez, disparando hacia el tirador de la casa de enfrente, pero no puede hacerlo mientras tenga que cargar a Laura. La sirena se escucha cada vez más cerca. Se le cruza de repente un dato de la inteligencia: la comisaría de Ituzaingó está a ocho cuadras de la zona de combate. No era un peligro porque para cuando pudieran reaccionar ellos estarían lejos y a salvo. Pero todo resultó para la reverendísima mierda.

Ernesto consigue depositar a Laura en el asiento trasero. Cambia el cargador de la Browning, se afirma sobre el techo del Fiat 128 y dispara con regularidad sobre el tapial de la vereda de enfrente. Gervasio cruza como una exhalación los diez metros que separan el umbral ahora hueco del murallón de la casa del coronel y el Fiat. Se acomoda a su lado y empieza a tirar con el FAL, pero en disparo selectivo. Debe ser su último cargador. ¿Y el otro FAL? Ernesto se da cuenta de que quedó junto al cuerpo de Ana María.

—¡Vamos!

La orden perentoria de Gervasio lo saca de sus cavilaciones. Da la vuelta por delante del auto, que sigue en marcha desde que llegaron, y se pone al volante. Antes de treparse al sitio del acompañante el sargento dispara una andanada hacia la casa de enfrente y otra hacia el paredón de la casa del coronel. La metralla hace saltar trozos de mampostería, vuela revestimientos de madera, destroza la copa de un arbolito de ligustro, hace explotar una luz de mercurio. Ernesto no sabe si Gervasio está cubriendo la retirada o vengándose de esa cuadra maldita que se llevó la vida de dos compañeros.

Cuando Gervasio se deja caer en el asiento Ernesto suelta el embrague y el Fiat 128 sale lanzado como un bólido en la oscuridad.

31

Cattáneo está sentado en uno de los sillones del living cuando su hijo baja de dos en dos los escalones desde la planta alta.

—Hola, viejo, qué decís.

—Bien, Gerardo. Pensé que volvías tarde de la facultad, hoy.

—No, vine temprano porque mañana tengo el parcial de Contratos y vengo como el culo con el estudio.

—¿Te enteraste de lo del Toto Lorenzo?

—¿Qué pasa con Lorenzo?

—Que parece que firma como técnico de Boca para la temporada que viene.

—¿Quién te dijo? No leí nada.

—Me lo dijo un suboficial en el Regimiento. El tipo es fanático de Boca y se sab…

Se interrumpe de repente cuando escucha un estruendo metálico que viene desde el exterior. Su mujer aparece desde la cocina y le pregunta:

—¿Qué fue eso, Alberto?

Antes de que Cattáneo pueda responder, el estruendo se repite. Porque está mirando por la ventana hacia adelante, o porque su cerebro ya está trabajando a pleno, se da cuenta de que están intentando derribar la puerta del portón. Se incorpora de un salto:

—¡Ya! ¡Te las llevás a mamá y a Alejandra a tu pieza y trabás la puerta!

—¿Qué pasa, por Dios, qué pasa? —los alaridos de su mujer se alejan a medida que Gerardo la tironea escaleras arriba.

Cattáneo corre al modular y saca la pistola del estante de arriba de todo. Se acuerda de algo.

—¡Apagá todas las luces, Gerardo! ¡Apagalas ya mismo!

Mientras lo grita salta por encima de uno de los sillones para apagar las luces del living. Dos metros más allá estira la mano para tantear la pared de la cocina y hacer lo mismo. Espera que Gerardo sea capaz de apagar las de la planta alta cuanto antes. Afuera hay un tercer embate contra el portón. Cattáneo toma ubicación agachado en el rincón inferior izquierdo del ventanal del living. Escucha disparos y se dispone a repelerlos hasta que entiende la escena. Hay unos tipos rompiendo el portón, pero no son ellos los que disparan. Los tiros vienen desde más lejos, desde la calle. ¿Será Ibarra? Ojalá que sí, piensa Cattáneo. Pero no entiende cómo le pasaron por delante y no lo vieron. Un barbudo alto salta por encima de lo que queda de la puerta. Le da la espalda mientras forcejea con la puerta abollada, para terminar de arrancarla de las bisagras. Cattáneo piensa que es un blanco fácil, pero duda. A la luz de mercurio de la calle ve que tiene un FAL cruzado a la espalda. ¿Todos vendrán igual de armados? Él tiene la Ballester Molina, con un puto cargador de siete balas. Está jodido. La Glock la guarda en el placard de su dormitorio. Imposible. Tiene que hacerse fuerte ahí todo lo que pueda. Aguantar para dar tiempo a que los vecinos llamen a la policía antes de que suban a la planta alta.

Se da cuenta de que los intrusos no son ningunos improvisados. El barbudo da las órdenes. Otros dos levantan el ariete que usaron con el portón. Cattáneo entiende que van a derribar la puerta de calle. Esa no tiene una barra de hierro cruzada detrás. Donde la impacten, la echan abajo. Apunta al pecho del que va adelante con el ariete. Dispara dos veces consecutivas. El tipo se derrumba como un muñeco.

Cattáneo corre agazapado hacia la cocina y se deja caer en el piso. Una lluvia de metralla destroza la ventana del living y el living. Hijos de puta. Ahora ametrallan la puerta de entrada. Lo que no lograron con el ariete lo van a lograr con la munición del FAL. Pero la ráfaga sigue hacia la cocina. Cattáneo siente cómo los vidrios de la ventana, los trozos de mampostería de las paredes, la fórmica de las alacenas llueven a su alrededor. Se desplaza cuerpo a tierra hasta la ventana. En algún momento tendrán que recargar, se dice.

Después de una mínima pausa se escucha una nueva tanda de disparos, pero estos son de un arma de mano, por el ruido que hacen. Lo están cubriendo al del FAL, evidentemente. Cattáneo teme que si se asoma le vuelen la cabeza de una ráfaga de fusil. Su única esperanza es que necesitan dos para cargar el ariete. En ese caso dispondrá de unos segundos, apenas unos segundos, para dispararles. Pero para eso tiene que volver al living y esperarlos ahí, agachado en la oscuridad, para tirar lo más cómodo posible. Mientras repta de regreso hacia el living, cortándose con los vidrios rotos del piso, escucha una nueva tanda de disparos y Cattáneo se quiere morir, porque comprende que salen de la planta alta de la casa y el único que puede estar tirando desde ahí es Gerardo. El pendejo sabe dónde guarda la Glock, y debe estar disparándole a la mujer que quedó cubriendo a los de la vanguardia desde el umbral de la calle. Cattáneo manda todo a la mierda. Se incorpora y va hacia la puerta de calle. Va a abrirla de par en par para que no tiren hacia arriba, sino hacia la planta baja. Si el del FAL consigue una línea de tiro más o menos nítida hacia el primer piso su hijo es hombre muerto.

—¡Dejate de joder, Gerardo! ¡Tirate al piso! ¡Tirate al piso!

Es lo único que alcanza a gritar porque de inmediato el trueno del FAL silencia todo lo demás. Desesperado, comprueba que las balas no están impactando a su alrededor. Significa que los hijos de puta están apuntando arriba, nomás. Cattáneo abre la puerta de calle, se asoma para echar un vistazo y vuelve a esconderse. Intenta componer lo que vio. El barbudo alto estaba cruzando el hueco del portón, hacia la salida. Se están retirando.

Cattáneo vuelve a asomarse, pero ahora en posición de tiro. Rodilla en tierra y brazos extendidos. Dispara tres de las cinco balas que le quedan por el hueco del portón. Ignora si le acierta a algo. Duda. No sabe si revisar cómo está su familia o salir detrás de los invasores. Quiere hacer lo primero, pero su deber es hacer lo segundo. ¿Y si están preparando un segundo intento? Tiene que evitar a toda costa que vuelvan a entrar. ¿Dónde están los pelotudos de la policía? No puede ser que los vecinos no hayan llamado a la comisaría. ¿Qué carajo esperan para venir?

Cattáneo cruza el jardín delantero, sin detenerse a la altura del cuerpo que quedó tendido casi a la altura de la galería. Tampoco se detiene a mirar el de la mujer que está tirada muy cerca del umbral. Cuando está a punto de asomarse el mundo vuelve a convertirse en una pesadilla de disparos de FAL. Se tira al piso. Hay dos opciones: o están lanzando un segundo ataque o están cubriéndose la retirada. Cattáneo reza porque se trate de la segunda opción. Sobrevienen cinco segundos de silencio y luego se oye la aceleración de un auto. Cattáneo se incorpora y asoma apenas la cabeza. Hay un auto en medio de la calle con el motor en marcha. El Falcon de la custodia vacío. Detrás del tapial de la casa de los Martínez le parece ver un bulto moviéndose. Cattáneo retrocede.

—¿Quién vive? —pregunta.

—¡Soy Ludueña, coronel!

Cattáneo sale al exterior y ve a Ludueña emerger de su escondite.

—¡Tengo que ver qué pasó con mi familia!

—¡Me quedo acá, coronel! —dice Ludueña, arma en mano.

Cattáneo vuelve adentro. Salva en dos trancos el jardín delantero, cruza la puerta, sube la escalera, gira en el pasillo, entra al dormitorio de Alejandra. Su hija y su mujer, arrodilladas en un rincón, lanzan un grito aterrorizado.

—¡Soy yo, soy yo! —grita Cattáneo—. ¿Dónde está Gerardo?

—¡No sé, no sé qué pasó!

Cattáneo sale de la habitación con un nudo en la garganta. La puerta del dormitorio de su hijo, uno de los dos que dan al frente, está abierta de par en par. Se asoma. Los destrozos son incontables, pero no hay nadie. Corre hasta su propia habitación. La puerta también está abierta. Entra temiendo lo peor. La ventana está destrozada, las puertas del placard salidas de sus goznes y partidas en varios pedazos, el techo lleno de agujeros, pero su hijo tampoco está ahí.

Vuelve al pasillo y encara otra vez hacia la planta baja. A mitad de la escalera ve una figura que viene desde el exterior y se recorta en el umbral de la puerta de entrada.

—¿Dónde estabas, papá? —pregunta su hijo, la Glock todavía en la mano derecha.

Cattáneo no responde. Suelta todo el aire que tiene guardado en los pulmones vaya a saber desde cuándo. Dobla las piernas, poco a poco, hasta sentir en el trasero uno de los peldaños de la escalera. Con mucho cuidado, le pone el seguro a la Ballester Molina y la deja apoyada sobre el mismo escalón en el que se ha sentado.

32

Toda la cuadra es un enjambre de policías, personal del Ejército y vecinos entremezclados. Un patrullero cruzado en cada esquina impide el tránsito, como si a esa hora de la noche, en Ituzaingó, fueran a pasar muchos autos. Aunque los policías les dicen y repiten que vuelvan a sus casas, los vecinos no quieren saber nada. Se muestran unos a otros los destrozos en las casas de cada quien y brindan testimonios que nadie les ha pedido acerca de qué estaban haciendo cuando empezaron los tiros. Nadie tiene la menor intención de volver adentro antes de que retiren los cadáveres de los guerrilleros. Porque son guerrilleros, de eso no hay duda. Montoneros, seguro, afirman algunos con aire de entendidos. Corrieron varias versiones sobre los muertos, pero a esta altura todo el mundo sabe que son dos, un varón y una mujer. Jóvenes, para variar. Hay que ver, esta juventud, están todos locos.

Ludueña conversa con el comisario de Ituzaingó pero, sobre todo, con un capitán y un teniente del Ejército que llegaron enseguida. Son del regimiento de Cattáneo y están revisando el lugar codo a codo con los policías. Alguien comenta que la mujer del coronel está con una crisis de nervios y un pico de presión y que la van a tener que llevar al hospital. Por ahora no hay ambulancias.

Los cuerpos de los muertos tenían cada uno un DNI, pero los milicos calculan que son falsos. El teniente dice que deben ser montoneros, pero el capitán dice que no: los montoneros atacan sobre todo a policías, mientras que el ERP anda con una campaña de represalias contra miembros de la Fuerza. Así que para él son bichos colorados. Cuando Ludueña les da los detalles del profesionalismo con el que se movían, la larga tarea de inteligencia que se mandaron, la disposición táctica del ataque en sí, más se afirma el capitán en su hipótesis.

Un poco después de las diez el comisario de Ituzaingó le viene con la novedad de que ubicaron a Ibarra, el custodio nocturno, en su casa, en el mejor de los mundos. No creen que tenga nada que ver, pero por si acaso lo están apretando en la comisaría de Moreno para estar seguros. Dice que le hicieron algo al auto, en Flores, y que por eso no pudo llegar a la guardia. Que está seguro porque no sólo no arrancaba sino que tenía una rueda de atrás en llantas, y la de auxilio también. Ludueña piensa que Ibarra se va a comer un sumario de la puta madre. Debió dejar el auto, notificar la novedad a sus superiores y venir a cubrir su puesto de todos modos. Después se acuerda de su Fiat 128 y de la banca que tiene. Habrá que ver, entonces, si le hacen o no le hacen el sumario.

Los policías rompen el candado de la reja de la casa de enfrente, la que estaba alquilada por las enfermeras, y están buscando cualquier rastro que pueda ser de utilidad. Para rastros, los muertos, les dijo Ludueña. La mina que está tirada en el umbral del paredón es una de las enfermeras, y el tipo que cayó a pasitos de la puerta de la casa, en pleno jardín, es uno de los albañiles. Les habla también del otro albañil, el que estaba en el andén de Castelar y le puso a carburar la cabeza a Ludueña.

A medida que pasa el rato las cosas van encajando. El comisario dice que apareció un 128 abandonado en Villa Ariza, con rastros de sangre en el asiento de atrás. Le recita el número de chapa a Ludueña pero no sirve de gran cosa, porque no tuvo tiempo de mirarla. Pero si es un 128, y el asiento tiene sangre, seguro que es el que usaron para escaparse. Ludueña comenta que la mujer que alcanzó a subir estaba herida. Que los dos tipos no sabe, pero que la mujer iba herida, eso seguro.

Pasa más de media hora hasta que llega una ambulancia, a la que suben a la mujer de Cattáneo. El teniente del Ejército se lleva al coronel y a sus hijos al hospital. Salen pitando detrás de la ambulancia y su sirena encendida. Cuando el camioncito de la morgue levanta los cuerpos de los guerrilleros y se los lleva, los vecinos dan por satisfecha su curiosidad y poco a poco vuelven a sus casas. Poco a poco, también los patrulleros van dejando la zona. Quedará una guardia mínima frente a la casa del coronel, necesaria, entre otras cosas, porque donde antes había un portón de chapa ahora hay un agujero por el que podría mandarse cualquiera.

El comisario de Ituzaingó le pregunta si quiere que un móvil lo alcance hasta su casa. Ludueña dice que sí. A esta hora los trenes pasan cada muerte de obispo, y el 242 ni te digo. Echa un último vistazo a ese Falcon inmóvil en el que pasó tantas horas las últimas semanas. Tiene los vidrios destrozados y varios impactos de bala. Bueno, si es por los impactos, todas las fachadas de la cuadra quedaron a la miseria, llenas de agujeros de munición del calibre 7,62. Alza la mirada hacia el techo de la casa que los guerrilleros usaron de base para preparar el ataque. Sigue pareciéndole hermoso el velero que disimula el tanque de agua.

Sabe que no va a volver por ese barrio. Primero, porque difícilmente la familia del coronel vuelva a vivir en esta casa, después de lo ocurrido. Y segundo, porque mañana mismo hablará con su comisario para que lo devuelvan a su aburridísimo trabajo de oficina. Porque Ludueña no piensa aceptar una comisión de custodia nunca más en la puta vida.

33

Entre las cosas que han cambiado está que Laspada ya no toca bocina para que le abran el portón del garaje. Ya no. Ahora deja el auto en marcha, se apea, abre la cerradura y pliega las puertas a un lado y al otro. A continuación vuelve al auto y lo entra con cuidado. Después baja otra vez y cierra.

Por supuesto que sigue perdiendo un montón de tiempo en toda esa operación. Y por supuesto que sigue siendo peligroso por la casa abierta y el auto encendido, indefensos en la media luz del atardecer. Pero por otro lado, Laspada se siente más allá de todo. Ya le secuestraron un hijo durante dieciocho días. ¿Qué más puede pasarle? En realidad sabe que es un razonamiento incompleto, falso. Pueden pasarle otro montón de cosas horribles, además de la que le pasó. Pero al mismo tiempo siente que lo que viene de vivir lo ha desbordado de tal modo, ha derribado tantas cosas dentro suyo, que nada de lo que hacía o decía o sostenía tiene demasiado sentido seguir haciendo, o diciendo, o sosteniendo.

Tal vez se le pase. Tal vez en algún momento la vida recupere cierta normalidad que por ahora no tiene, y las cosas vuelvan a importarle de maneras parecidas a como le importaban antes. Por el momento, no. Por el momento, si se le acercan unos chorros a afanarle el auto o la casa mientras está con el portón abierto piensa decirles: "Pasen, sírvanse. Pero tengan en cuenta que acabo de pagar un millón de mangos en un rescate".

Ahora mismo, mientras baja del auto dentro del garaje,

con mucho cuidado para que la puerta del conductor no golpee contra la pared, se siente gobernado por esa indiferencia. De todos modos, es preferible esa indiferencia a la bronca. La bronca es peor. Y a veces también le agarra.

Pasa por detrás de su Torino GS y empieza por cerrar las tres hojas del portón que se pliegan a la izquierda. Se estira para accionar las trabas superiores y se agacha para las inferiores. Ahora las del lado derecho. Echa un vistazo a la calle, que sigue desierta. La verdad, por su calle casi nunca pasan autos. Tal vez tenían razón sus hijos cuando tildaban de paranoia esa precaución de entrar rápido el auto.

Cuando está moviendo la traba del anteúltimo panel tiene una idea. Mejor dicho. La idea la tuvo varias veces, pero todas las veces la descartó. Esta vez, no. Sale a la vereda. Mira enfrente y hacia las esquinas. No hay nadie. Cruza la calle. La casa de la viuda de Linares tiene el mismo aspecto de siempre. El cerquito bajo de madera, detrás el jardín, más atrás todavía la ventana del living donde nunca parece haber nadie. Laspada se aproxima. Duda. Si sale alguien justo en este momento, ¿qué puede decir? Se impone el Laspada indiferente. Si sale alguien pondrá cara de estúpido, dirá buenas tardes y volverá para su casa. Pero no sale nadie.

De manera que Laspada se acerca más todavía y se asoma por encima del cerquito. Porque eso es lo que quiere ver. El cerco de madera, del lado de adentro. Del lado en el que su vecino estuvo, supuestamente, trabajando durante varias semanas, pintando y lijando.

Es raro, piensa Laspada, solamente están lijados tres de los listones de madera. Únicamente tres, cerca de la puerta... ¿Dos o tres semanas de trabajo, y lo único que consiguió fue lijar tres listones de madera?

34

¿Por qué un fanático? ¿Por qué te digo lo de fanático? Entiendo que te moleste la palabra. Te suena como un insulto y sí, probablemente yo te lo diga así, como un insulto. Lo siento. Pero a veces te escucho... Mejor dicho: siempre que te escucho me asombra que vos y tus amigos vean la realidad como algo tan claro, tan simple, tan brutalmente evidente.

Una única realidad. Un único problema. Una única solución.

Y sí, hijo. Eso es lo que hacen los fanáticos. En lugar de ver que las cosas son múltiples, son confusas, son cambiantes, se mueven entre categorías puras de luces y oscuridades, infiernos y paraísos, pasados y porvenires. No. Me equivoco. El plural les queda grande. Una luz, un paraíso, un porvenir. Y ustedes, claro, encarnan todo eso. Y ustedes, por supuesto, deben juzgar a todos y proceder en consecuencia. Porque son los dueños de la verdad.

Ahí tenés. Eso es lo que piensa un fanático: que hay una sola verdad, y que él está en posesión de esa verdad. ¿En serio te parece exagerado que te diga que tu modo de ver el mundo es el modo de un fanático?

¿En serio te vas a enojar? No es justo. ¿Vos tenés derecho a decirme que tengo una mirada de burgués chiquito, muy chiquito? Bueno. Entonces yo tengo el derecho de decirte que te comportás como un fanático. Además, te hago el favor de evitarte el diminutivo. No, señor. Vos sos un fanático grande. Muy grande.

35

Esta noche no están en la terraza, sino en el living de la casa del Cabezón, porque su madre y sus hermanas están de viaje. ¿A cuándo hay que remontarse para que la madre del Cabezón haya cerrado la despensa para tomarse dos días libres? Agasaja a su amigo con pizza casera y liquidan pacientemente un cajón entero de cerveza. Lástima la tristeza que sobrevuela el ambiente. Pero no hay manera de evitarlo. Alejandro se pasó un rato largo, cuando llegó, contándole con pelos y señales el operativo en Ituzaingó. Al final del relato se quedaron un buen rato fumando y bebiendo cerveza en silencio.

—Dos extremistas abatidos en Ituzaingó —dice Alejandro, en medio de ese largo silencio.

Está respondiendo una pregunta que el Cabezón le hizo hace rato, pero su amigo no lo capta de entrada.

—¿Qué?

—Esa fue la repercusión periodística de la acción armada. Una nota de diez renglones en *La Nación*. En los demás diarios no salió nada.

El Cabezón va hasta la cocina a buscar un paquete de cigarrillos sin abrir que dejó sobre la heladera. Vuelve a los sillones. Se queda mirando a Alejandro, que fuma mirando el techo. Cuando el otro se da cuenta, le devuelve la mirada y le pregunta:

—¿Qué pasa?

—Nada, Ale. Lo hablamos mil veces.

—¿Qué es lo que hablamos?

—Que es al pedo.

—¿Qué es al pedo?

—Todo es al pedo. Se jugaron el culo en ese operativo, y perdieron a dos compañeros que estaban con vos desde hace… no sé…

—Luis dos años y Ana María tres años.

—Bueno. Perdieron a dos compañeros en un operativo que podía salir bien o podía salir mal. Como salió mal, ellos dos están muertos. Y el único impacto público de la acción es una notita de diez renglones en un diario. En uno solo. Y si hubiera salido bien sería la misma notita de mierda…

—¡La misma no, Cabezón! Porque cuando las bajas son de ellos se mandan unos titulares así de grandes que…

—¡Eso era antes, Alejandro! Eso era antes.

El Cabezón se calla. No quiere discutir con su amigo, y menos en la situación en la que están Alejandro y su célula. O lo que queda de su célula. Pero siente que tiene que cerrar su idea.

—Ahora sería casi lo mismo. Está bien: la diferencia sería que la nota, en lugar de diez renglones, tendría veinte. Además de una foto minúscula del fulano en uniforme y el titular de "Atentado terrorista se cobra la vida del capitán Fulano".

—Coronel.

—¿Qué?

—Que era un coronel.

—Da igual. Eso es lo que intento decirte. Que da lo mismo.

—No puede dar lo mismo.

—Pues da lo mismo, Ale. Y cada vez más.

—¿Cada vez más, qué?

—Cada vez da más lo mismo todo. No se detiene el mundo cada vez que se ejecuta a alguien. No es que cae un compañero y todo el mundo presta atención. Al contario.

El Cabezón tiene una idea, pero decide que mejor se la

calla. El otro, que lo conoce desde que tenían seis años, no deja de advertirlo:

—¿Ahora qué ibas a decir?

—No iba a decir nada, Ale.

—No jodas. Decí lo que ibas a decir.

El Cabezón duda. Se decide:

—Que es loco, y es una mierda. Pero es como una ley de oferta y demanda.

—No te entiendo.

—Ya sé que no me entendés. Pero ¿viste eso de que cuando algo abunda vale menos?

—Sí.

—Bueno. Se supone que la muerte tiene que tener un significado, Alejandro. Pero cuantos más muertos hay, menos significa cada muerto.

36

Ernesto se promete no llorar, cueste lo que cueste. No se imagina a los guerrilleros de Fidel y del Che, después del desembarco del *Granma* y la batalla de Alegría de Pío, llorando por los camaradas caídos. Seguramente no lo hicieron. Y si lo hicieron, lo hicieron a solas, sin testigos.

Por eso Ernesto no va a llorar delante de lo que queda del comando Ho Chi Minh. Ni delante del capitán que preside la reunión a la que fueron convocados. Ni delante de los nuevos reclutas que acaban de asignarles, dos chicos y una chica cuyos nombres de guerra Ernesto, concentrado en dominarse, no consiguió retener. Porque lo importante ahora, lo más importante, es no demostrar una flaqueza inadmisible.

Es el capitán el encargado de solicitar el minuto de silencio en homenaje a los camaradas muertos. Y cuando se extingue el último "¡Presente!" gritado a voz en cuello, el oficial le cede la palabra a Gervasio, que se mantiene de pie y solicita a los demás que tomen asiento. Si bien se queda cerca de una de las cabeceras de la mesa, toma la precaución de desplazarse un par de pasos al costado, como si ocupase un banquillo de testigos, o de acusados, imaginario. Como si quisiera dejar claro que no preside nada, ni lo pretende.

—Aunque ya elevé el informe a la superioridad por escrito, creo que corresponde que comparta las conclusiones más importantes con la célula en esta reunión. A manera de autocrítica, me parece. Autocrítica de la que me gustaría dejar aparte a los miembros sobrevivientes del comando, porque sus acciones, revisadas una y otra vez por este responsable, y en conversaciones entre este responsable y los oficiales a los que este responsable reporta, quedan absolutamente a salvo de cualquier reclamo y objeción por parte del Ejército Revolucionario del Pueblo.

En la pausa que sigue los ojos de Ernesto se cruzan fugazmente con los de Laura. ¿Cómo se sentirá ella? No se lo ha preguntado, ni se lo va a preguntar. La destinaron al comando Ho Chi Minh cuando estaban por empezar con la preparación del atentado contra Cattáneo. La chica se comportó a la altura en todo lo que le pidieron, y más también. Demostró un temple militar irreprochable cuando tuvo que enfrentar el fuego cruzado. Se atrevió a disparar con el FAL, aunque no tenía instrucción específica en el manejo de armas largas. Y con eso les permitió asegurar la retirada a Gervasio y a él, salvando lo que quedaba del comando. Y encima le pegaron un balazo en el brazo, que ahora tiene en cabestrillo. Sus órdenes son reincorporarse recién dentro de dos o tres semanas, pero quiso estar en esta reunión. La mina es de acero, piensa Ernesto. ¿Y él? ¿De qué está hecho? De un material bastante menos noble y más blando, se teme. No le pasa inadvertido, de todos modos, que Gervasio haya dicho lo que acaba de decir, con respecto al desempeño de la tropa. ¿Qué fue lo que dijo? Inobjetable, o algo así. Gervasio sigue hablando.

—Entre los muchos errores cometidos por la conducción a mi cargo debo señalar, sin pretender un orden de importancia, sino simplemente por mencionar alguno: esta dirección equivocó la táctica de ingreso a la finca. No valoró adecuadamente que la puerta de acceso pudiera estar tan reforzada. Esta conducción se confió en que el ariete sería suficiente para derribarla de inmediato. Y no lo fue.

Hace una pausa. Continúa:

—Dejar descuidada la retaguardia fue otro error gravísimo. Seguramente peor que el de la puerta de acceso al lugar. Ese descuido sometió al pelotón a un fuego cruzado que terminó por hacer impracticable el éxito de la misión. Todo indica que el custodio nocturno nunca llegó al teatro de operaciones. Y la policía local tampoco hizo a tiempo de abrir fuego sobre el comando, ni mientras estaba todavía a la ofensiva ni durante la retirada. Pero aunque esta conducción desconoce la fuente del fuego enemigo, ese fuego enemigo desde la retaguardia efectivamente se produjo. Fue el que le costó la vida a la camarada Ana María, y el que permitió al objetivo que estaba dentro de la casa prepararse para repeler el ataque.

Nueva pausa. La voz de Gervasio es monocorde. Ernesto se pregunta si habrá tenido que ensayar su discurso muchas veces.

—Otro error imperdonable de esta conducción radicó en no abortar la operación en ese momento, cuando el fuego desde retaguardia modificaba completamente el equilibrio de fuerzas en el combate. La conducción sobreestimó la ventaja que creía conservar. Ordenar el avance del pelotón sobre la puerta de la casa sin haber asegurado el perímetro fue un claro acto de improvisación que dejó a los combatientes a merced del fuego enemigo, esta vez proveniente de la casa que se pretendía objeto del asalto. Ese nuevo y flagrante error le costó la vida al camarada Luis.

Nuevo silencio. La expresión del capitán, en la cabecera de la mesa, es impasible.

—Esta conducción no considera, pese a todo, un error haber ordenado la retirada luego de esa segunda baja. Después de las numerosas revisiones formuladas, sigue creyendo que perseverar en el asalto, en pos del subsiguiente ajusticiamiento del objetivo, podría haber redundado en más bajas propias, sin la garantía de conseguir alcanzar el objetivo propuesto. La ventaja táctica estaba perdida, y se consideró que a esa altura sólo restaba minimizar las pérdidas propias. Por lo tanto se deja constancia de que el pelotón no sólo siguió las órdenes de retirada que se le impartieron, sino que esa retirada no implica una claudicación ni un acto de cobardía ni un menoscabo en el celo revolucionario ni en la disposición para el combate de los miembros del pelotón.

Dice todo eso de un tirón. Brevísima pausa.

—Sin embargo, también en la retirada esta conducción siguió acumulando errores inadmisibles en el responsable de un comando militar. Dejó atrás armamento valiosísimo, a saber: un FAL, un revólver 38 marca Smith and Wesson y una pistola Bersa del mismo calibre.

Ernesto se pregunta cuánto falta.

—Y lo que tal vez constituye la equivocación más imperdonable de esta conducción es que, cuando se discutió en el seno del pelotón cuál de los objetivos militares sugeridos por la sección de Inteligencia del ERP podía ser seleccionado, esta conducción pecó de aventurerismo, de osadía falsamente heroica y de soberbia juvenilista al apuntar a un blanco que se sabía protegido y difícil de afrontar. En lugar de ajustar la estrategia a los limitados alcances técnicos, teóricos y prácticos de esta conducción, se pecó de grandilocuencia y exceso de confianza.

El rostro del capitán sigue tan inescrutable como al principio. Gervasio acomete el final de su exposición.

—Lo último que esta conducción debe agregar es que, aunque lamenta enormemente haber dejado atrás los cuerpos de los camaradas caídos, se consideró inadmisible arriesgar aún más la vida del resto del pelotón en la recuperación de los cuerpos. Como balance final de la operación llevada a cabo por el comando Ho Chi Minh el pasado jueves 3 de diciembre, esta conducción considera que no obstante la entrega, la valentía y la disciplina puestas de manifiesto por la tropa a su cargo, la impericia del responsable del grupo condujo a que la acción se saldara con un estrepitoso fracaso. No sólo se incurrió en pérdidas humanas y materiales de enorme envergadura, sino que no se alcanzó el objetivo militar señalado por la superioridad, ni se pudo hacer aprovechamiento político alguno de la acción intentada.

Cuando Gervasio hace silencio, el capitán lo observa unos segundos y se pone, a su vez, de pie.

—¿Algo más que quiera agregar, sargento?

El otro demora apenas en pensarlo.

—Una única cosa, señor. Dejar sentado, con la mayor claridad, que esta conducción se hace cargo de los errores cometidos, acepta con la humildad y convicción de los verdaderos revolucionarios toda sanción correctiva que la superioridad estime conveniente aplicar, y se compromete a renovar el esfuerzo político y militar hasta sus últimas consecuencias, que no pueden ser otras que la victoria del pueblo en su lucha revolucionaria.

Ahora sí parece estar todo dicho. El capitán permanece de pie en la cabecera.

—Puede tomar asiento, sargento.

—Gracias, señor.

Una vez que Gervasio se ubica en su lugar, el capitán toma la palabra:

—La Secretaría Militar de la regional, por mi intermedio, manifiesta su profundo pesar por las pérdidas humanas y materiales sufridas por el comando Ho Chi Minh en el operativo llevado a cabo en Ituzaingó el pasado 3 de diciembre. Recabados los informes pertinentes, y discutido que fue el caso en el seno de dicha Secretaría, las conclusiones generales obtenidas se aproximan bastante a las que acaba de exponer el sargento al mando del pelotón y de la operación. Por lo tanto, no voy a abundar en repeticiones inútiles. La Secretaría lamenta profundamente que un operativo que lucía, en los papeles, como sencillo y provechoso tanto desde el punto de vista militar como político, haya constituido un fracaso tan rotundo. La Secretaría hace su propia autocrítica, y advierte que confió en exceso en la solidez política, la preparación técnica y la disposición para el combate del comando en cuestión. Más allá de la intentona por parte del sargento a cargo de asumir de manera individual las responsabilidades por el fracaso —se lo invita a repensar si no hay, en esa actitud, un resabio de individualismo pequeñoburgués y de prometeísmo antidemocrático— y sin dejar de prestar atención a las innumerables fallas en las que incurrió la conducción, es el entero comando el que demostró no estar a la altura del desafío con el que la operación los interpelaba. Y la lamentable muerte de dos integrantes del pelotón no debe ocultar la improvisación, la chapucería y la endeblez ideológica con que la empresa fue acometida. De lo contrario, las dificultades prácticas de la operación, sus obstáculos empíricos, habrían podido ser superados a base de convicción, sacrificio y arrojo.

El capitán hace una pausa en la que mira alternativamente a todos los presentes.

—No somos mercenarios del capital. No somos sirvientes del poder. Nos alienta la certidumbre de que estamos librando la guerra definitiva por la liberación nacional y popular. Como dijo el comandante Guevara, para el verdadero revolucionario no hay más alternativa que la muerte o la victoria. Los invito por lo tanto a iniciar un período de reflexión y autocrítica verdaderamente profundo. No dudo de que al cabo del mismo podrán volver a la lucha con ímpetu renovado pero, sobre todo, con la conciencia enfocada en los alcances de su compromiso y en las posibilidades del verdadero empuje revolucionario.

Ernesto, que viene sintiendo cómo esas verdades se le

clavan en las tripas, no puede evitar dar un respingo cuando escucha al capitán decir "podrán volver a la lucha". Eso quiere decir que sus peores temores se confirman. Están afuera. Mierda. Mierda, mierda y mierda. Ese "podrán volver" quiere decir que "ahora no están". Y si "ahora no están" significa que esa acción espectacular, dramática y definitiva que se está cociendo en las alturas del Buró Político y del Comité Militar, y que es un secreto a voces que está al caer, van a perdérselo. El comando Ho Chi Minh de Ciudadela está afuera, lo han privado del derecho y del privilegio de pelear, y Ernesto preferiría estar muerto.

37

Mónica empieza a relajarse cuando llegan a Ángel Gallardo, porque esa avenida es menos transitada que las anteriores, los semáforos son bien visibles y el verde bastante prolongado, y eso reduce la cantidad de variables que su padre tiene que tener en cuenta. Mendiberri, no obstante, sigue ignorando mayestáticamente todas esas variables, pero en esa avenida amplia que fluye hacia el oeste de la ciudad, el riesgo de que se estrelle contra otro coche se reduce bastante. El primer tramo de la ruta, por Independencia y avenida La Plata, es mucho peor: vertiginosa una, de doble mano la otra, llenas de colectivos y de taxis, el geólogo se ve en un aprieto de magnitudes para sortear ese cúmulo de amenazas.

En esas avenidas Mónica se siente en la obligación de extremar su concentración y conducirse como una copiloto curtida en cien tempestades. No alzar la voz para no alterarlo, anticiparse a las maniobras de su padre y de los otros automovilistas, recordarle con método y sin nerviosismo que debe detenerse en los semáforos en rojo, y todo eso mientras intenta sostener una conversación normal sobre su día en la oficina, para que su papá no sospeche lo cerca que han estado del desastre dos, cinco, veinte veces.

Por fortuna ahora ya están en el remanso de Ángel Gallardo. Falta mucho menos para llegar a su casa. Mónica siente que puede dejarse caer sobre el respaldo, descansar, recuperar algo de tranquilidad.

—En enero, pensaba ir. ¿Vos ya sabés cuándo te dan las vacaciones?

Su papá sigue en su mundo. Mónica sospecha que, además de su inveterada desconexión con el mundo real, su padre tiene un serio problema en la vista, porque achina los ojos y enfoca la mirada sirviéndose de la parte inferior de los lentes, como si eso le permitiese alguna ventaja óptica que el uso normal de los anteojos no le ofreciera. Maneja aferrando el volante con ambas manos en la parte superior y la barbilla casi apoyada en el dorso de las manos. Un taxi los sobrepasa mientras su conductor toca bocina e insulta por la ventanilla abierta. Mónica se pregunta cuál será la acusación implícita en las barbaridades que les grita a medida que se aleja.

—¡Mónica!

—¿Eh? ¿Qué?

—Que cuándo te dan las vacaciones, hija. Por eso que te digo de San Luis.

Ni loca, piensa Mónica. Si este hombre cree que va a malgastar las dos semanas que tiene de vacaciones ayudándolo a juntar piedritas en las Sierras Grandes, está equivocadísimo.

—Creo que recién en marzo.

—Ah, qué macana —dice el padre.

Lo bueno de que tengan que tomar San Martín desde Ángel Gallardo es que la enorme estatua del Cid Campeador sirve de suficiente mojón como para que hasta su papá lo vea. Lo malo es que lo ve recién cuando le faltan unos quince metros para la esquina. Sin avisar su maniobra con la luz intermitente (Mónica no está segura de si conoce la existencia de ese dispositivo) acomete entonces un sorpresivo desplazamiento en diagonal que suscita bocinazos y frenadas de la más diversa especie. Una vez incorporado al tránsito de San Martín vuelve sobre la conversación como si tal cosa.

—Cuando ustedes eran chiquitas íbamos mucho…

—Sí, me acuerdo. Lo que no me acuerdo es hasta qué edad fuimos.

444

—Eh... dejame pensar. La última vez fue cuando a Mirta le dio la peritonitis.

—Ah, entonces yo tenía doce y ella catorce. ¡Cuidado, papá, que está en rojo!

—Sí, sí, lo vi, hija.

Su padre frena en seco, con medio Valiant sobre la senda peatonal. Otra cosa buena, piensa Mónica. En la selva vial, un Valiant es un animal que impone respeto. Si anduviesen en un Fiat 600, o en un Citroën 2CV, sospecha Mónica, ya habrían sido convenientemente depredados. Su padre sigue hilvanando recuerdos de ese último verano en las sierras de San Luis, la ambulancia que trasladó a Mirta de urgencia, los nervios que pasaron todos.

Mónica no lo dice, pero se acuerda de que se alegró de que esas vacaciones terminaran antes de tiempo. Hacía mucho que andar por los cerros recogiendo piedras que para ella eran todas iguales había dejado de constituir una aventura. Mirta, seguro, debe haberlo lamentado. Han pasado quince años de eso, pero la imagen de su hermana pululando alrededor de su papá, ofreciéndole sus propios hallazgos, escuchando embelesada sus explicaciones, la tiene tan presente como si hubiese sucedido ayer.

—Acordate de que doblamos en la próxima, papá.

—Sí, sí, ya sé.

"Sí, sí, lo vi" y "Sí, sí, ya sé" son las dos muletillas que su padre no cesa de repetir desde que salen de la facultad hasta que llegan a la casa. Tuercen a la derecha por Fragata Sarmiento y un poco más allá, a la izquierda, por Maturín. Mónica se consuela sacando cuentas: falta una semana más. El jueves que viene y listo.

Una camioneta que maniobra adelante, saliendo de una cochera, les cierra el paso. Mónica está a punto de decirle a su padre que tenga cuidado, pero advierte que no es necesario.

Su padre frena y pone punto muerto. El conductor es un chico joven que les sonríe y les agradece la espera.

—¿Y Mirta que te dijo? —retoma ella el tema de las vacaciones.

Mónica se vuelve hacia su padre mientras hace la pregunta. Detrás tienen otro auto que también espera que la camioneta despeje el camino. De ese coche se bajan el conductor y su acompañante. Mónica se vuelve hacia adelante y ve que de la camioneta también se han bajado dos personas. El chico que acababa de sonreírles como agradeciéndoles la paciencia y una chica. Momento: ¿qué hacen los cuatro acercándose al Valiant? Su papá sigue hablando como si nada.

—La verdad es que a Mirta le gustó la idea. Le encantó. Dice que la playa la cansa, no le gusta la arena, el viento. En eso salió a mamá la petisa, viste cómo es, que…

En ese momento se escucha un estampido seco y la cabeza de su padre se sacude y un montón de sangre salpica en todas direcciones y Mónica grita como nunca jamás ha gritado en toda su vida y el único sonido que hace el mundo es su alarido porque todo, todo lo demás, es silencio.

38

En ese sentido Gervasio es inflexible. El día anterior a que vengan los de la Secretaría de Logística ordena al comando que saque todas las armas de los depósitos, las desarme y las limpie una por una hasta en sus mínimos detalles, como si se tratase de una revista. A Ernesto le ordena revisar los explosivos. Por seguridad trabaja con muy poco material a la vez y en el extremo más alejado del galpón. ¿Lo hace sentir bien ese gesto de confianza de su sargento, asignándole la tarea más delicada y peligrosa? No. Es que nada, en estos días, lo hace sentir bien.

También es verdad que Gervasio no tiene a nadie más para encargárselo. Los chicos nuevos son eso: chicos. Ignacio, Silvia y José llegaron con todo el entusiasmo del mundo, pero apenas han tenido algunas semanas en la escuela de cuadros. De todos modos, aunque podría pensarse eso, o lo que fuera, Ernesto hace todo lo posible por no pensar. Por no pensar en nada. Por dejar que el tiempo pase en la esperanza de que llegue un día en que deje de tener las imágenes de Ana María y de Luis —Ana María y Luis muertos, acribillados en el piso— clavadas en el cerebro.

El día señalado Gervasio no les ordena vestir sus uniformes, como en aquella revista que tan bien lució en las vísperas de la acción de Ituzaingó. Sí exponen el armamento perfectamente limpio y ordenado, para que el teniente —el mismo que los revistó aquella vez— pueda hacer una recorrida de cómputo e inventario. No hay modo de saber si le impresiona favorablemente el celo que pusieron en acondicionar las armas que están a punto de entregar, o si le molesta, o si le parece una puntillosidad inservible, o una absoluta pérdida de tiempo. Abarca con expresión inescrutable la recorrida que le propone Gervasio.

La avanzada de Logística ha venido en un Ford Fairlane provisto de un baúl con doble fondo, en el que acomodan los FAL y algunos explosivos. El otro móvil es un Siam Di Tella pintado como taxi de la Capital Federal. Ahí se van las armas de mano y los explosivos restantes. Les lleva bastante tiempo porque los escondites son los interiores de los asientos, que hay que desmontar y volver a montar con sofisticadas maniobras que sólo parece conocer el conductor del taxi, a quien Ernesto saluda con un movimiento de cabeza porque se lo ha cruzado alguna vez, en algún lejano plenario del Partido. Mientras lo cargan, Ernesto se pregunta si no será un riesgo excesivo acopiar tanto material en un solo vehículo, pero enseguida se reprende pensando quién carajo es él para tildar de riesgo excesivo cualquier decisión tomada por cualquier otro cuadro en cualquier circunstancia.

El teniente se retira en ese móvil después de estrecharles la mano a los miembros del comando. Una vez que el taxi se va, Gervasio les consulta sobre alguna eventual novedad, pero lo hace por pura rutina. Están seguros de que todo salió como debía y que los móviles se retiraron sin problema alguno. Cumplida la formalidad, los despacha de descanso hasta la hora de preparación de la cena. Ernesto dedica el tiempo libre a desarmar, limpiar y volver a armar el revólver Colt 38 largo que tiene asignado. Mira a su alrededor. Laura, que ve su gesto, le pregunta si le pasa algo. Ernesto dice que no, que en absoluto. Miente. Sí le pasa. Siente como si los de Logística se hubiesen llevado mucho más que todo el armamento que tenían almacenado. Y para peor lo agobia la idea, la certeza más bien, de que van a usar esas armas para algo grande, grandísimo, y que el comando Ho Chi Minh, como castigo, se ha quedado afuera de eso. Es, al cabo, como si con el retiro de esas armas los hubiesen despojado también de una buena porción de la historia y los pergaminos del comando. Como si los hubiesen degradado. Pero esas flaquezas de niño rico, esas debilidades de individualismo burgués no son cosas que se compartan con los camaradas.

39

El Cabezón termina de leer su *Crónica* y se sirve más cerveza. Esta noche no lo van a agarrar desprevenido. Tienen cigarrillos y cerveza como para abastecer a un regimiento.

—¿Y salió algo en los diarios?

—Sabía que ibas a preguntarme.

Levanta el trasero de las baldosas de la terraza, saca una hoja de papel de diario doblada en varias partes y se la tiende a Alejandro, que la despliega. Es del diario *Crónica*.

—"Raid subversivo en Capital y Gran Buenos Aires" —Ale lee el titular en voz alta.

Aunque ya la leyó, el Cabezón relee por encima del brazo de su amigo.

—Flor de reportaje —dice Alejandro, señalando con la cabeza hacia la nota a doble página, las letras enormes en el titular, las varias fotografías.

El Cabezón señala con el dedo en la tercera columna de la página par.

—Nosotros estamos ahí. "Asesinan a docente en Paternal".

Es un texto que abarca unos quince renglones de esa columna. Alejandro repara en el tono de voz de su amigo.

—La verdad es que no te entiendo, Cabezón, qué querés que te diga.

—¿No entendés qué?

—A vos. Tus reacciones.

—¿Qué pasa con mis reacciones?

—Que pase lo que pase, hagan lo que hagan, no te veo contento.

—Bueno, Ale. No sé, capaz que a vos bajar a un tipo te pone contento. A mí…

—¡No lo digas así! ¡Bajar a un tipo! Ustedes no "bajaron a un tipo". Ajusticiaron a un burócrata, un facho, un enemigo del pueblo…

—Depende de cómo lo mires. También lo podés mirar como que emboscamos a un viejo que iba en su auto y lo cagamos a tiros. Un viejo que iba desarmado.

—¿Y qué? ¿Es una virtud, ahora, que vaya desarmado? ¿Lo hace menos hijo de puta?

—No. No sé. Pero seguro que lo hace más fácil de matar, ¿entendés? Eso sí me obsesiona.

—¿Te obsesiona qué?

El Cabezón duda. Alejandro insiste.

—¿Qué es lo que te obsesiona?

—Eso. A quién ajusticiamos. ¿Ajusticiamos al que se lo merece o ajusticiamos al que tenemos más a tiro? ¿Al que se nos cruzó en el camino y por eso lo vemos y lo investigamos y nos damos cuenta de que sí, que lo podemos bajar?

—Cabezón, lo tenés que pensar exactamente al revés. Si ustedes lo individualizan, y lo investigan, y le hacen inteligencia, y se dan cuenta de que es un blanco posible… suficiente. Que haya otros tipos que, por el motivo que sea, consiguen escaparse de la justicia revolucionaria es otro tema.

—No te entiendo.

—¡Claro! Merecerlo, se lo merecen todos. No es que este se lo merece menos. El otro, tal vez, se lo merezca más. Pero ya le va a llegar. Es cuestión de tiempo.

—Escuchándote, parece facilísimo.

—No se trata de que sea fácil o difícil, Cabezón. Es. El

asunto es que te convenzas. O que te vuelvas a convencer, en realidad. Porque antes estas dudas no te agarraban. No te pasaba.

—¿Antes cuándo, Alejandro?

—No sé, Cabezón. Antes. Hace seis meses, un año, ni en pedo hubiéramos sostenido esta conversación.

—¿No?

—De ninguna manera. No.

—No sé. Capaz que tengas razón. Pero…

—¿Pero qué?

El Cabezón se incorpora. Se supone que no debería asomarse por encima de la baranda hacia la calle. Pero es tardísimo y afuera no quedan ni los perros. Así estira las piernas y, en una de esas, Alejandro se olvida y cambia de tema.

—¿Pero qué, Cabezón?

No, ni se olvida ni cambia de tema.

—No sé, Ale. Yo te veo y sos… no sé… de piedra.

—¿Cómo de piedra?

—Te mataron dos compañeros, boludo. Te mataron dos amigos. Y no te mataron a vos de casualidad.

—¿Y qué?

—¿Cómo y qué? ¡Estamos hablando de morirse!

—¡Siempre supimos que podíamos morir, Cabezón! ¡De eso se trata, carajo! ¡Siempre lo supimos, y lo asumimos!

—Te escucho y es como si morirte no te importara.

—¡Y no me importa! ¡O sí me importa, pero hay otras cosas mucho más importantes que morir! ¡Muchísimo más importantes! Y…

—¿Y qué?

—No, Cabezón. Dejá.

—Decime. Ya empezaste. ¿Y qué?

—Que el que cambió fuiste vos, Cabezón. El distinto, el raro, el cambiado, sos vos, no yo.

El Cabezón suelta el humo hacia adelante, con la mirada abandonada en la casa de Laspada. ¿Habrá alguien despierto en esa casa a esta hora de la madrugada?

40

Una madrugada de diciembre Gervasio les dice que el operativo acaba de ponerse en marcha. Se pasan la mañana revisando hasta el último detalle y al mediodía Ernesto y Silvia recogen con un auto a la médica y la llevan tabicada, para su propia seguridad, hasta la casa operativa. La dejan preparando su quirófano de campaña con Gervasio, Laura e Ignacio, y en un segundo viaje hacen lo mismo con el enfermero. La tarde transcurre con una lentitud exasperante, entre mates y conversaciones deshilachadas. Laura concurre a una cita de comunicación pasadas las cinco y vuelve con la noticia de que no habrá novedades, por lo menos, hasta el día siguiente. Gervasio conversa con el personal sanitario y acuerdan que se los devuelva a sus casas y se repita el procedimiento al día siguiente. Ernesto y Silvia se ocupan de llevarlos, tabicados, de regreso.

Esa noche Ernesto apenas consigue pegar un ojo. Se pregunta por los motivos del aplazamiento de esa operación. No tienen mayores datos, pero tiene que ser algo enorme. Por algo se los dejaron entrever como un premio posible, y se los retacearon después del fracaso estrepitoso del operativo contra Cattáneo. Llevarse todo el armamento que se les había confiado y reducirlos al papel de una posta sanitaria es, también, bajarles una sanción tácita. Por confiados. Por inútiles.

Ernesto lo acepta, como lo aceptó Laura, como lo aceptó Gervasio. Sin chistar. Para algo son soldados. Pero una parte de su cabeza no puede dejar de ilusionarse con el aplazamiento de ese día. ¿Y si la Comandancia está reorganizando el operativo, sea el que sea? ¿Y si en esa reorganización cabe la posibilidad de que al comando Ho Chi Minh se le asigne un rol diferente del papel casi nulo que hasta ahora les han ordenado cumplir? ¿Y si hay alguna voz en la oficialidad dispuesta a interceder por ellos? ¿A señalar sus hojas de servicio intachables hasta ese gran borrón de Ituzaingó? No quiere ilusionarse, pero no puede resistir la tentación de hacerlo. Un poco, aunque sea. Por eso se pasa la noche dando vueltas, casi sin pegar un ojo.

A la mañana siguiente se pregunta si los demás tendrán expectativas parecidas. Con "los demás" piensa en Laura y, sobre todo, en Gervasio. En los nuevos, no. No tiene nada contra ellos. Si están allí es para sumar su esfuerzo y sus capacidades, que seguro las tienen. Por algo los han reclutado. Pero no tienen, no pueden tener, la espina que ellos tres sí tienen clavada. La necesidad de redimirse, de difuminar, al menos, los trazos dolorosos que les ha dejado el fracaso en el alma.

Pero las órdenes de hoy terminan siendo idénticas a las de ayer. Esta vez el traslado de la médica y del enfermero corre por cuenta de Ignacio y de Laura y lo llevan a cabo sin novedad. Y la tarde de este segundo día transcurre, de ser posible, más lenta que la de la víspera. Le toca a Ernesto la cita de comunicación. Se le informa que hoy sí el operativo está en marcha. El comando debe permanecer en máximo alerta ante la posibilidad de recibir heridos en combate. Siguen las noticias por los informativos de la radio. Aunque descuentan que es imposible que los noticieros de la tele lleguen a difundir alguna novedad, Gervasio designa a Ignacio para que se quede chequeando los cinco canales hasta el final de la transmisión, cerca de medianoche. Efectivamente, no hay nada.

En la radio las cosas son distintas, aunque no demasiado. En el resumen de los atentados del día, se menciona un ataque guerrillero a un Regimiento Militar en la zona sur del Gran Buenos Aires. Por supuesto nadie pega un ojo en la casa operativa en toda la noche. En los diarios, que Silvia se encarga de comprar en cuatro puestos distintos, tampoco sale nada. Recién por la mañana son de nuevo los noticieros radiales los que abundan un poco más en detalles. El comando Ho Chi Minh se esfuerza en separar la paja del trigo, por supuesto. Hacen oídos sordos a las condenas al "terrorismo subversivo", al encomio de "la valentía y denuedo puestos de manifiesto por el Ejército Argentino", a las vagas alusiones al "sangriento saldo" que la intentona ha tenido en las fuerzas de los atacantes. Saben que todo eso es burda propaganda gubernamental. Intentan quedarse con los hechos concretos. El ataque se produjo cerca de las siete de la tarde. El blanco de la operación fue un Batallón de Arsenales y Gervasio comenta que tiene mucha lógica: si el copamiento es exitoso le reportará al ERP un caudal de armamento y de munición que puede resultar vital en los tiempos venideros. Ignacio pregunta dónde queda exactamente ese cuartel militar. Ernesto no lo sabe. Silvia dice que es en zona sur, por Lanús, por ahí.

Ciudadela queda lejísimo de Lanús. La probabilidad de que reciban algún herido es minúscula, por no decir inexistente. No sólo el comando Ho Chi Minh quedó reducido al papel menor de posta sanitaria. Quedó reducido, piensa Ernesto, al más ínfimo rol de posta sanitaria periférica. Casi prefiere decir decorativa, pero se niega a ponerle ese rótulo. La Comandancia no sería capaz de esa frivolidad.

Gervasio da la orden de permanecer en alerta hasta nuevo aviso. A la una en punto del mediodía de esa tercera jornada Silvia y Laura se encargan de preparar el almuerzo para todos. Se come con poco apetito. No es fácil mantener la serenidad frente el discurso torpemente triunfalista de la radio. Si toman por cierto que fue un ataque gigantesco, con retenes en los accesos y un despliegue de fuerzas enorme, entonces el resultado debe haber sido mucho más positivo para el ERP de lo que los medios oficialistas transigen en admitir. Lo peor de todo es que las radios hablan de sesenta, ochenta, cien guerrilleros muertos, los muy imbéciles. Esas serán las bajas del ejército regular. Qué torpes. Qué necios.

A las cinco, aunque le tocaba ir a Ernesto, es Gervasio el que concurre a la cita de control. Cuando vuelve tiene el rostro adusto. Dice que la información la brindará por la noche. Que trae órdenes de desactivar la posta sanitaria. Ernesto e Ignacio son los encargados de llevar de regreso a la médica y al enfermero. Al regreso del segundo viaje se reportan con el sargento sin novedad.

41

¿Será que acá abajo, en el patio, me falla la magia? En una de esas, si pudiéramos tener esta conversación en el techo del galponcito, viendo el mundo desde esa cima refulgente, mis palabras tendrían el poder de demostrarte lo equivocado que estás, poseerían la cualidad de "esclarecerte", ese verbo que tanto les gusta a ustedes.

¿O será que el poder que tenían mis palabras, en esos tiempos, no derivaban tanto de la geografía como de quiénes éramos entonces, y de quiénes éramos a los ojos del otro? A veces, de hecho, me daba un poco de miedo que mis opiniones te importasen tanto. Que te marcaran tan profundamente. Como la vez aquella que compramos una remera de color lila porque te comenté que era un color que me gustaba y volviste llorando de un cumpleaños sin atreverte a decirme que era la cuarta vez que tus compañeros de tercer grado se burlaban porque el lila era un color de nenas. Se lo dijiste a mamá y le hiciste prometer que no me dijera nada. Me sentí raro al saberlo. Me dio pena por vos. Pero también me conmovió tu lealtad. Tu porfía en usar la remera lila a pesar de las cargadas. ¿Te imaginás si ahora mis opiniones tuviesen sobre vos un efecto parecido? ¿Te imaginás si ahora vos decidieras abandonar el ERP, el PRT, la acción armada, la revolución socialista y la lucha de clases porque tu papá dijo que le parece que son metas que no tienen sentido?

No, hijo, ni vos te lo imaginás ni yo me lo imagino. No soy capaz de convencerte. Puedo arriesgar el esqueleto subiendo al galpón, como hice la otra vez para podar las ramas de la higuera de la casa de Balbuena, pero no puedo hacerte entrar en razón. Ni acá abajo ni allá arriba.

Me gustaría ser más joven. En una de esas, me digo a veces en alguno de mis insomnios, si yo te hubiese tenido de más joven las cosas habrían sido distintas. Por ese asunto de la brecha generacional de la que hablan tanto ahora. En una de esas, si yo en lugar de llevarte cuarenta años te llevase veinte, o veinticinco, no sé, en una de esas nos entenderíamos mejor, mejor en esto de tus ideas, me refiero. A mí no me parecerían tan aventuradas, y podría acompañarte sin escandalizarme.

Pero esas cosas no se eligen, ni quiénes serán nuestros hijos o nuestros padres ni de cuántos años será esa dichosa brecha. Y no puedo escucharte sin pensar que tus ideas están equivocadas, qué digo equivocadas, equivocadísimas, pero no sólo tus ideas, o las de ustedes, porque sé que tus amigos piensan exactamente lo mismo que vos, pero no sólo las ideas, y lo que hacen para llevar adelante sus ideas, sino algo que me desespera más todavía, hijo, porque si yo pensase que estás equivocado en tus ideas y en tus métodos pero que con ellos van a conseguir lo que se proponen, no sé, por lo menos sería algo medio malo y medio bueno. Malo para mí porque no estoy de acuerdo con ellas y bueno para vos, que te morís de ganas de que tengan éxito. Pero lo que más me angustia es que en donde más equivocados están es en cómo ven la realidad, cómo se ven ustedes en la realidad. Alguna vez te dije, y vos te enojaste mucho, que ustedes vivían en un frasco. Bueno, a esta altura de la cosecha te tendría que decir que me parece que viven en un frasco, adentro de una caja, adentro de un baúl, adentro de un pozo, o sea, que no tienen ni puta idea de cómo los ven los demás, qué piensa de ustedes ese dichoso pueblo con el que todo el tiempo se llenan la boca.

Ahora mismo acabás de hacer silencio después de contarme durante quince minutos lo que les "bajó" (porque ustedes son así, una especie de ascensor donde las cosas suben o bajan) Santucho con respecto al asalto al Batallón de Arsenales. Me explicaste, y lo más notable era que lo creías mientras me lo explicabas, que tu Secretario General analiza el copamiento como una derrota militar y un triunfo político, y que lo que falló fue que los oficiales no estaban lo suficientemente preparados, y que aunque se vienen tiempos duros porque los militares van a dar un golpe de Estado, ustedes van a poder afrontarlo recontrabien, porque el PRT-ERP está mejor que lo que estaba en 1972, cuando también gobernaban los milicos y ustedes se las vieron negras.

¿Y sabés qué imagen me vino a la cabeza? Ya sé que es una estupidez, es algo tan estúpido que no te lo voy a decir, pero no puedo evitar pensarlo mientras seguimos en silencio el uno junto al otro. No puedo, y en una de esas tampoco quiero, impedir que la imagen me venga una vez y otra vez: me acordé de vos en el triciclo, ese triciclo rojo que tenías y con el que andabas como un endemoniado por este mismo patio, a tal velocidad que a tu madre le daba miedo. Recién te escuchaba y te imaginé en las vías del Ferrocarril Sarmiento montado en el triciclo, no con tu aspecto de ahora sino con el que tenías a los tres años, que mamá te dejaba los rulos medio largos y cuando andabas en el triciclo te flotaban atrás mientras te reías como un enajenado, bueno, eso me imaginé, vos por las vías del Sarmiento derechito contra la trompa de uno de los trenes Toshiba japoneses que trajo Frondizi, vos con la misma alegría medio maníaca, con el mismo desparpajo, con la misma inconciencia.

Tuve que hacer un esfuerzo (otro más, esta noche me está costando muchos esfuerzos todo) para no incorporarme y caminar hasta el sillón de hierro en el que estás apoltronado, y poner mi cara a veinte centímetros de la tuya y decirte que estás en pedo, no, peor, porque cuando uno de emborracha en algún momento la borrachera se te pasa pero a ustedes no, no se les pasa, por eso mejor decirte que estás loco, están locos, vos y todos los demás, que no se dan cuenta pero los están cagando a patadas en el culo y los milicos los van a terminar de cazar como pajaritos y si para muestra basta un botón ahí tenés lo de Monte Chingolo, que los acaban de hacer puré y va tu Secretario General y dice que fue una victoria política, va tu Secretario General y dice que están mucho mejor que hace tres años, va tu Secretario General y sigue meta y meta con la situación revolucionaria y que lo que hace falta es ponerse a la vanguardia. ¿A la vanguardia para qué, a la vanguardia con ese triciclo de mierda para que los agarre el Toshiba y los levante por el aire, me querés decir en qué carajo están pensando?

Y vos ni te das cuenta de que me tengo poco menos que atar a mi propio sillón para no hacerlo, y no te das cuenta porque seguís completamente metido en tu frasco en tu caja en tu baúl en tu pozo en tu revolución inminente, aunque ahora te fuiste un poco más atrás para explicarme por qué a tu comando lo dejaron afuera del operativo de copamiento, y no sos muy explícito por cuestiones de seguridad (y no sabés lo cómico que resulta escuchar a un nene de tres años en un triciclo con los rulos que le flotan atrás mientras anda por el patio hablando de cuestiones de seguridad), pero me hablás de un operativo anterior que salió mal, y en tu cara veo lo mal que salió, en tu cara veo que en este caso "mal" también incluye muertos, pero no muertos indeterminados sino muertos cercanos, muertos tuyos, y de nuevo siento el corazón a punto de saltárseme porque eso significa que si los mataron a ellos también pudieron haberte matado a vos, y sin embargo vos me lo decís con tristeza pero con naturalidad, como si fuera una cuestión de la vida de esas en las que uno no puede hacer nada, me lo decís con cara de… ¿sabés qué? De fatalidad, con eso, con cara de fatalidad, la puta madre, como quien habla del paso de los años y de las erupciones volcánicas, y sí, qué se le va a hacer, los viejos como la chusma esa de Carmen la vecina envejecen y el Etna entra en erupción y el sol sale por el Este, y a algún que otro camarada lo matan a los tiros, y de nuevo me pondría de pie y me colocaría a veinte centímetros de tu cara para exigirte que salgas del frasco de la caja del baúl y del pozo para que te des cuenta de que casi nadie ve la vida como la ven ustedes, ni la vida ni la muerte, y cuanto más tiempo pasa más solos están y sin embargo no lo ven. Ni lo quieren ver. Ni lo pueden ver.

42

A veces Mónica se odia cuando detecta el extraño modo de funcionamiento de su propio cerebro. Se teme depravada, psicótica o perversa. Ahora mismo, en esta casa velatoria abarrotada de gente, de olor a encierro, de murmullos y de tazas de café, su cabeza se extravía en la evocación de un cuento de Julio Cortázar que leyó hace años, en una edición barata de la editorial… no se acuerda. Y por eso su cabeza, como un disco rayado o, mejor, como el brazo de la púa de un tocadiscos enfermizo que vuelve y vuelve a caer sobre el mismo surco, intenta recordar de qué editorial era el libro de Cortázar donde está ese cuento en el que una familia se dedica a invadir velorios ajenos.

Si Mónica fuera una persona normal, se dice, haría lo mismo que hace su hermana Mirta. Desde hace horas, bañada en lágrimas, se deja abrazar en los sillones del rincón por alguna de las tías, repite hasta el cansancio (porque en los velorios largos el público tiende a la renovación y a la escucha atenta del dolor de los deudos), dos letanías que Mónica se considera ya capaz de repetir sin equivocarse, de tantas veces que las lleva escuchadas. Una, el panegírico celestial que sintetiza las virtudes de su padre. Otra, el detalle minúsculo de las últimas horas que compartieron Mirta y él, antes de que se fuera a trabajar a la facultad, la tarde en que lo mataron. Mónica, cuando le toca escuchar este último, se pregunta a quién le importa que el profesor Mendiberri almorzó liviano, un churrasquito de cuadril con puré de batata y se retiró a descansar hasta las tres y que, después de la siesta, compartieron un café con galletitas en el estudio mientras Mirta zurcía unas medias y su papá ponía en orden los papeles para su clase.

¿Qué saca en limpio su hermana de repetir y repetir esas dos elegías? Evidentemente algún provecho obtiene, porque de lo contrario no insistiría con la cantinela a cada nueva tanda de primos y de tías que se suceden en su escolta.

¿Y Mónica? ¿Saca ella algún provecho de estar recluida en un rincón de la capilla ardiente? Si se hubiera ubicado a la cabecera del féretro podría constituir, en una de esas, una estampa trágica y duradera en el recuerdo de los presentes. La hija menor de Mendiberri, cual edecán doliente que custodia las primeras horas de su descanso eterno. Pero Mónica ha optado por una silla que está casi escondida detrás de una de las puertas, apenas visible entre las coronas y las palmas que han llegado con tal profusión que empiezan a ganar terreno más allá de la sala estrecha donde yace el ataúd, y ocupan ya una pared de la amplia sala destinada a los familiares y amigos del difunto.

Mónica prefiere ese sitio casi clandestino. Sólo se aventuran hasta allí alguna amiga o algún familiar verdaderamente decidido a encontrarla. A esos, como premio a su porfía, Mónica sí les da un abrazo y cambia algunas palabras. Las menos posibles, eso sí, porque prefiere el silencio.

Una ventaja adicional de estar en la capilla ardiente es que nadie se queda en ella demasiado tiempo. No hay ahí ni siquiera premio para los morbosos, porque el velatorio se lleva a cabo con el ataúd cerrado. "Nos van a disculpar, pero no hubo manera de componer a su papito", fueron las palabras del dueño de la funeraria. Mónica le hubiera propinado un cachetazo, pero no por la imposibilidad de ofrecer a los deudos la contemplación del cuerpo de su padre, sino por el diminutivo confianzudo, ridículo, extemporáneo.

Pero así son las cosas. La compasión es una lluvia copiosa que la empapa desde las más diversas direcciones y de la que no hay dónde guarecerse. Y la silla, en el rincón detrás de la puerta, es lo más parecido a un refugio.

Para colmo, desde la mañana, desde el comienzo mismo del velorio, se presentó una guardia de honor de la Concentración Nacional Universitaria para rendir honores al mártir asesinado por la subversión apátrida. Mónica demoró unos cuantos segundos en entender quiénes eran y qué pretendían. Les explicó (le explicó, mejor dicho, en singular, a uno que fungía las veces de líder) que su padre no tenía nada que ver con la política, que no le interesaba en lo más mínimo, que si lo habían matado era de puro idiotas, porque las peleas feroces entre unos y otros (y cuando dijo "otros" Mónica los señaló a su interlocutor y a otros cuatro pavotes que lo escoltaban dos pasos más atrás) lo tenían absolutamente sin cuidado.

—Mire, señorita. En la Argentina de estos tiempos, nos guste o no nos guste, la muerte es un acto político. Un acto político de quien la provoca y un acto político de quien la sufre. Si su padre fue víctima del artero ataque de los subversivos fue porque desempeñaba un cargo en la normalización de la universidad. Y esa normalización está intentando por todos los medios y a toda costa extirpar el tumor del marxismo de las aulas argentinas. Por algo los Montoneros lo señalaron, lo amenazaron y lo ejecutaron.

Mónica iba a retrucar insistiendo en lo que había dicho antes. Al profesor Mendiberri le importaban un carajo los marxistas, los peronistas, los radicales, los militares, los católicos, los nacionalistas, los desarrollistas y cualquier bicho que se moviese por encima de la superficie del planeta, porque sólo tenía ojos, cabeza y corazón para lo que sucedía en la corteza terrestre. Lo demás era demasiado frágil, etéreo y cambiante como para que le importara. Es más, si pudiese levantarse del féretro (cosa imposible, porque aunque resucitase abruptamente se toparía con el ataúd ya cerrado, debido a este inconveniente de que "no hubo manera de componer a su papito"), les diría que se fueran bien a freír churros, los unos y los otros y los todos, que él no estaba para andar lidiando con unos jovencitos con la cabeza llena de aire, más allá de la composición peronista, marxista, revolucionaria o nacionalista de ese aire.

Iba a retrucar pero se detuvo. Primero, porque por la actitud de esos cinco orangutanes no parecía que fueran a acoger bien ese desaire. Y, segundo, porque le habían quedado dando vueltas en la cabeza esas palabras de la muerte y los actos políticos. Bien mirado, el idiota que tenía enfrente tenía razón. Importaba poco, importaba nada, lo que su padre hubiese pensado o dejado de pensar, sostenido o dejado de sostener, creído o dejado de creer.

Estos, y los otros, se tiraban cadáveres de trinchera a trinchera como si cada cuerpo portase un mensaje. Un mensaje definitivo. El problema, pensó Mónica, es que cuantos más cuerpos se apilan menos claro queda ese mensaje.

De repente la ganó un cansancio tan enorme que renunció a discutir, a resistirse, a echarlos a la calle. Se alejó, la buscó a su hermana, le explicó someramente que eran unos alumnos de la universidad que quería rendirle honores (Mirta sonrió entre sus lágrimas, complacida) y empezó con su estratagema de ubicarse en los rincones menos concurridos, hasta que no tuvo más remedio que ubicar la silla casi detrás de la puerta de la capilla ardiente, entre el follaje marchito de las coronas.

Y fue en ese momento en que le vino por primera vez a la cabeza ese cuento de Cortázar, que leyó hace años, en el que una familia tiene como pasatiempo presentarse en velorios ajenos y capturarlos. Pasan las horas, de hecho, y los de la

CNU se relevan puntualmente y mantienen dos guardias muy tiesos a los pies del féretro.

Mónica se pregunta si su padre hubiese apreciado la ironía, y no. No la habría apreciado. Primero porque el humor no era algo que ejerciese en lo más mínimo. Segundo, porque seguramente no tenía la menor intención de morir a los sesenta y cinco. Y tercero, porque no habría entendido la paradoja. Desde que Mendiberri aceptó el maldito cargo, o desde que Mendiberri se puso en la mira de quienes no debía, o desde que se negó a renunciar, se convirtió en un proyecto de féretro para que se lo disputaran. La única diferencia entre su papá y el cuento es que no se trata de un grupo de extraños disputándole las exequias a los deudos. Acá son dos grupos de extraños, enfrentados entre sí, que convierten en símbolo a un tipo sin el menor interés en simbolizar nada. Y los deudos no tienen arte ni parte en el asunto. Ni en la guardia de honor ni en la elección de con qué objeto personal o afectivo enterrar al cuerpo, porque la funeraria no lo preguntó de tan apurados que estaban, por esta imposibilidad de "componer a su papito".

"Conducta en los velorios." Ahí está. Por fin se acordó. El cuento se llama "Conducta en los velorios" y está en *Historias de cronopios y de famas*. Eso sí, por más que se rompe la cabeza, Mónica no consigue acordarse de si el librito en el que lo leyó lo había editado Losada, Galerna o Minotauro.

Verano

1

En una de esas tiene razón Alejandro, y lo que tiene que hacer es dejarse de joder con las dudas y los remordimientos. Porque el problema es ese: dejar traslucir sus inseguridades. Hablar de ellas. Porque sus conductas, en cambio, son intachables. Nadie de la Unidad Básica de Combate es más consecuente con sus tareas y con su compromiso revolucionario.

Más aún, piensa el Cabezón mientras sube al 238 en la estación de Morón y saca el boleto hasta Castelar: si nos ponemos a hilar fino, su profesionalismo es, tal vez, superior al de sus colegas. En estos últimos meses han debido enfrentar desafíos numerosos. Han tomado decisiones. Han corrido peligros. Han tenido que afrontar acciones definitivas sobre la vida y sobre la muerte. Todos, Santiago, Claudia, el Puma, el Mencho, habrán flaqueado. Y, en esos momentos de flaqueza, sus convicciones revolucionarias, la fortaleza de sus ideas, la solidez de su formación teórica les habrá dado el envión que les faltaba. Perfecto. El Cabezón ha tenido que enfrentar los mismos dilemas y las mismas fatigas sin ese apoyo de las convicciones.

Cuando se lo dijo Alejandro pensó que lo estaba criticando, hasta que entendió que no. Que lo que su amigo estaba diciendo era un elogio. Su amigo le dijo que era tan buen soldado que no podía hacer las cosas mal ni aunque se lo propusiera. Éste es tu piso, Cabezón, le dijo. Peor que esto no vas a estar. Peor que esto no te vas a sentir. Es una mala racha, una pésima racha desde el punto de vista ideológico. Pero nada más. Cuando pase, cuando la dejes atrás, vas a ser mucho más fuerte todavía. Visto desde afuera vas a ser el mismo revolucionario sólido, confiable, experimentado que todos quieren tener a su lado. Pero le vas a sumar el fuego de tus convicciones. Que las tuviste, y vaya que las tuviste. Y que las vas a volver a tener.

El Cabezón lo pensó bastante y decidió que Alejandro estaba en lo cierto. Un año de mierda, perfecto. Pero sólo si lo juzgaba desde dentro de sí. Desde afuera cada cosa que le había tocado hacer la había cumplido con creces. Por algo Santiago acaba de proponerlo para un ascenso, que implica su paso a la clandestinidad completa. Por fin.

Se baja del colectivo en el paso a nivel de Zapiola. Cruza al lado norte. Camina por ese barrio en el que ha vivido desde que nació. ¿Va a extrañarlo? Está bien que se lo ponga a pensar. Si Santiago le habló del ascenso es porque ya lo tienen cocinado. No son cosas que se anticipen si no van a concretarse. Y si lo ascienden se acaba, por fin, ese asunto de seguir volviendo a su casa cada noche. Se irá para no volver. Lo único que va a extrañar es no verlo de vez en cuando a Alejandro, y tampoco es para tanto: así como se la rebuscaron para seguir encontrándose con Alejandro clandestino, nada les impide encontrar un modo con el Cabezón clandestino. Seguro que encuentran la manera.

Le sigue llamando la atención que Ale, tan disciplinado, tan cumplidor, siga porfiando en ver a sus viejos. Sabe que algo les mintió a sus superiores con eso. Les inventó un tema de salud de su papá. El Cabezón no va a hacer nada semejante. No tiene la menor intención de correr ese riesgo. Ni su madre ni sus hermanas van a lamentar que se mude, que se vaya de sus vidas. Él tampoco va a extrañarlas. Nunca se entendieron. Cosas que pasan.

Dobla en la esquina de su casa. El Torino GS de Laspada

reluce debajo de la luz de mercurio que acaba de encenderse con el anochecer. Uno puede saber que es sábado por eso. Porque el Torino está ahí afuera. Y porque sobre la otra vereda don Aurelio está meta y meta manguerear el jardín.

El Cabezón se pregunta si extrañará esas cosas cuando lo asciendan y lo trasladen. No. No va a extrañarlas. Cuando le faltan veinte metros para su casa, saca las llaves del bolsillo. Un Chevrolet 400 gira en la esquina y toma su calle un poco más rápido de lo habitual. El Cabezón recién se alarma cuando ve que el auto se sube a la entrada de coches de su propia casa y dos tipos bajan con armas en las manos y le apuntan. En su cerebro se dispara el cálculo: buscar dónde parapetarse, sacar el arma, disparar. Las chances son muy bajas. Se gira en redondo y se lanza a correr. Escucha gritos detrás. Zapatos raspando las veredas a su espalda. El chorro de la manguera de don Aurelio lo moja cuando lo atraviesa. Más gritos detrás. El Cabezón es bueno corriendo. A la vuelta está el baldío de los Menossi. Si consigue saltar el tapial puede perderse por los fondos y salir cerca de la vía del tren. Y ahí, que Dios lo ayude.

Pero antes de que alcance la esquina ve que otro auto se asoma de contramano, frena con un chirrido y se bajan tres tipos, igual de armados que los que lo persiguen. Por segunda vez descarta sacar el arma. Ahora tiene enemigos en la vanguardia y en la retaguardia. Trepa una reja con la idea de dejarse caer en el jardín delantero de una casa. Es lo de Manner. Los Manner tienen una reja alta y pierde un tiempo precioso escalándola. Para cuando consigue llegar a la cima unas manos lo aferran de las botamangas de los pantalones, le golpean las pantorrillas, suben por sus muslos, la cintura del pantalón, los hombros, y lo tiran hacia atrás. El Cabezón cae de espaldas en la vereda, en medio de una lluvia de trompazos y patadas.

2

Salimos los tres a la vereda, porque mamá también quiere despedirse. Aunque no diga nada, porque ella nunca dice nada con respecto a lo que pasa, a lo que pasa de verdad, a lo que pasa en el fondo, a lo que pasa de veras, sale con nosotros contradiciendo su frase habitual de: "Prefiero quedarme adentro haciendo cosas porque si te veo irte me pongo mal".

¿Será que estuviste más serio, más ensimismado? ¿Será que le llamó la atención la abrupta alteración de tus rutinas, esto de venir a comer un asado un domingo a mediodía? El momento más doloroso fue cuando mamá sacó el tema del Cabezón Linares. Te preguntó si sabías que hace unos cuantos días se lo llevaron preso a tu amigo. Por la forma en que alzaste la cabeza, por tu ligero respingo, por tus rápidos pestañeos, me di cuenta de que no, de que no sabías nada de nada. Mamá agregó que un sábado vinieron unos autos que parece que eran de la policía (y mamá dijo así, "parece" porque no eran patrulleros, y los que se bajaron y lo agarraron y se llevaron al Cabezón iban vestidos de civil) y desde hace días que no se sabe nada y la tienen a la madre de un sitio para otro, y a las hermanas también, intentando averiguar lo que pasó. Cuando mamá lo dijo lamenté que se adelantara a mis planes. Pensaba decírtelo yo, un rato más tarde, cuando ella se fuera a hacer una siesta y nosotros nos quedáramos charlando un rato. Pero, pensándolo bien: ¿cómo habría podido suavizar esa noticia? Tal vez fue mejor la naturalidad con la que lo dijo tu madre. Aunque conceptos como "mejor" no caben, me parece, en situaciones como esta.

Tengo que reconocerte la sangre fría con la que, apenas te recompusiste, escuchaste el resto de su relato. Hasta te permitiste un: "Qué barbaridad, pobre Cabezón", con un tono a mitad de camino entre la sorpresa y la incredulidad, pero como si ese mundo quedase en las antípodas del tuyo.

Es cierto que lo dijiste sin mirarla y sin mirarme. Hablaste con los ojos clavados en un rincón, como si tuvieras que concentrarte y emplear todo tu empeño para edificar ese tono natural, casi neutro, casi sin inflexiones. Yo terminé haciendo lo mismo que vos: clavando los ojos en el mismo rincón. Pero en mi caso no fue un intento de disimular la conmoción. Lo que me pasó a mí fue que se me vino encima la visión de que eso te pasase a vos. Esos tipos interceptándote, los gritos, las corridas, los golpes, los autos haciendo chirriar las cubiertas y alejándose.

Tuvimos, después del almuerzo, un rato para nosotros dos. Estaba lindo, ahí, debajo de la parra, protegidos del calor de la siesta. Tuvimos la precaución de no hablar de nada importante, como si tácitamente nos hubiésemos puesto de acuerdo en darle un respiro a nuestros laberintos. Hablamos de bueyes perdidos, y no sabés lo feliz que fui mientras lo hacíamos.

Cuando mamá se levantó y vino a ofrecer café vos miraste el reloj y dijiste que no, que se te hacía tarde y tenías que irte. Ahí nos miramos. Tampoco dijimos nada. Ni tenía sentido ni hacía falta: otra vez el mundo se había puesto en movimiento. Otra vez, nosotros dos en la tormenta.

Y acá estamos ahora, los tres, de pie en la vereda, y yo me estoy ahogando en esta atmósfera turbia y melancólica de la despedida. Ninguno de los tres dice una palabra. Una palabra especial, quiero decir. Mamá te dice lo de siempre. Cuidate.

Comé bien. No hagás desarreglos y dormí como corresponde. Pero el abrazo que te da y que le das es más largo, más firme, menos improvisado.

¿Y el mío? ¿Cómo es el abrazo que nos damos vos y yo? También tiene algo de postrero. Algo de que te vas quién sabe a dónde, a qué y hasta cuándo. Algo de que ni vos ni yo sabemos si hay después.

Enero sigue cociendo las veredas y las copas de los árboles. Recién ahora, que está por anochecer, corre algo parecido a una brisa que no alcanza a refrescar el sopor de todo el día.

Te acomodás el bolsito. Levantás la mano en un saludo tímido. Con mamá te lo devolvemos. Decís algo de que nos vas a llamar cuando puedas. Yo me guardo todas las preguntas, todos los miedos, todos los ruegos y me limito a sonreírte.

Te alejás con esos pasos largos que das y que se parecen a los míos. Casi en la esquina te das vuelta para mirarnos. Tu mamá y yo seguimos en la vereda. Ahora somos nosotros los que iniciamos el saludo minúsculo alzando la mano y vos respondés del mismo modo. A la distancia me parece ver que nos sonreís, pero no estoy seguro. Primero porque estás lejos y segundo porque tengo los ojos húmedos y se me emborrona un poco tu imagen.

En ese momento sopla un vientito que enseguida se calma pero que alcanza a moverte el cabello antes de extinguirse. Después nos das la espalda, seguís caminando, doblás en la esquina y, entonces sí, te perdemos de vista.

Castelar, mayo de 2020 - noviembre de 2022

Índice

Nosotros dos en la tormenta de Eduardo Sacheri
se terminó de imprimir en el mes de junio de 2023
en los talleres de Diversidad Gráfica S.A. de C.V.
Privada de Av. 11 #1 Col. El Vergel, Iztapalapa,
C.P. 09880, Ciudad de México.